二十世纪流行经典丛书

COMA

昏迷

Robin Cook

［美］罗宾·科克 著

何斐 译

人民文学出版社
PEOPLE'S LITERATURE PUBLISHING HOUSE

著作权合同登记号　图字 01-2021-0725

Robin Cook
COMA

图书在版编目(CIP)数据

昏迷 / (美) 罗宾・科克著；何斐译. —北京：
人民文学出版社，2021
(二十世纪流行经典丛书)
ISBN 978-7-02-016889-7

Ⅰ. ①昏…　Ⅱ. ①罗…　②何…　Ⅲ. ①长篇小说-美
国-现代　Ⅳ. ①I712.45

中国版本图书馆 CIP 数据核字(2020)第 268242 号

责任编辑　**卜艳冰　邱小群　刘佳俊**
封面设计　**钱　珺**

出版发行　**人民文学出版社**
社　　址　**北京市朝内大街 166 号**
邮政编码　**100705**

印　　刷　**山东新华印务有限公司**
经　　销　**全国新华书店等**

字　　数　**244 千字**
开　　本　**890 毫米×1240 毫米　1/32**
印　　张　**9.875**
版　　次　**2021 年 9 月北京第 1 版**
印　　次　**2021 年 9 月第 1 次印刷**

书　　号　**978-7-02-016889-7**
定　　价　**55.00 元**

序　幕

一九七六年二月十四日

八号手术室的手术台，南希·格林利的眼睛死死地盯着头顶巨大的鼓形无影灯，一动不动，竭尽全力想让自己镇定下来。她已经接受术前注射，本来她可以在这几针注射的效果下陷入睡眠状态，而且会有一种愉悦之感。万万没想到，她却依然清醒如常，而且还感到一种莫名的难受。相较之下，南希此刻的心情比之前更加恐惧了。让她更难以接受的是，她已经丧失了自卫的能力，现在只能无助地躺在手术台上。在她过往的二十三个年头之中，还从未出现过像此时这般狼狈不堪、身心憔悴的情形。她盖着一条布边磨损、角上撕破的白亚麻布被单。她也搞不清楚到底是什么原因，自己竟如此心神不安。南希身穿一件颈后系带子的病号衣，衣长未及膝盖，后背也是敞开的。除此之外，只有一条已被鲜血浸透的卫生巾。她对医院既憎恨又惧怕。她想大声惊叫，想要逃出这里，可是她没有采取任何动作。医院周围这种让人痛苦的冷漠环境让她十分不舒服。同时，更让她恐惧的是她的阴道一直在流血。她清楚地感觉到死亡的威胁正一步步降临，这种感觉让她不寒而栗。

一九七六年二月十四日早晨七点十一分，波士顿东方的天空刚出现鱼肚白，一辆辆进城的小汽车依然车灯大亮。此时只有七摄氏度，路上皆是行色匆匆的行人。空气中回荡着机器的轰鸣声和寒风的呼啸声，除此之外再无其他声响。

与此截然相反，波士顿纪念医院里却是热闹非凡。手术区里灯火辉煌，医务人员走来走去，七点三十分的手术将在喧闹声中准时开始，到时医生将会用手术刀切开病人的皮肤。在此之前，病人接诊、消毒、麻醉诱导等术前准备工作必须提前完成。

七点十一分，每间手术室的各项准备工作都到了关键时刻，八号手术室也不例外。每间手术室都一模一样，白色瓷砖的墙壁，彩斑塑料的地板。在八号手术室里，病人南希·格林利即将进行一次妇科常规手术——刮宫术。麻醉师罗伯特·比林、手术助理护士露丝·詹金斯、巡回护士格洛丽亚·德马特奥和主刀医生乔治·梅杰将共同完成这次手术。梅杰医生虽然还很年轻，却已是行业老前辈的新搭档了。此时此刻，他忙着更换手术服，其他人也有条不紊地准备各项术前工作。

南希·格林利的子宫出血已有十一天了。起初，她以为只是正常的月经，虽然提前了三周。没有经前不适，可能腹部在第一次出血的早晨有隐约的痉挛。但从那以后，这就成了一件不痛不痒的事，时隐时现。之后，她每晚都期盼经血会停止。然而，第二天醒来时她还是发现棉塞里浸透了经血。她先后电话咨询了梅杰医生的护士及梅杰医生本人。虽然南希心中的顾虑打消了，但是月经周期变短，终归会扰乱她的日常生活，这让她极度烦闷，这次月经来得真不是时候。金·德维罗将从杜克大学法学院过来和她一起欢度春假，而她的室友又刚好要去基林顿滑雪，这将是多么浪漫、温馨的美事啊，可是没想到却出现月经提前的事情。南希不想搞砸了这次难得的浪漫之旅。她姿容清秀，让人怜爱，对自身的穿着打扮极其讲究，即使头发上有一丁点的不适，她都会有一种坐立不安的感觉。她自然会对子宫出血厌恶不已，但她对此毫无办法，终于开始惊慌起来了。

当时，南希正躺在沙发上，把双脚搁在扶手上，看着《环球报》的社论。金在厨房里准备饮料。她突然感到阴道里传来一股异样的感觉，自己从未有过这种感觉。就好像有个温暖而柔软的东西在慢慢地胀大，也没有感到任何疼痛或不适。她还没来得及搞清楚出了什么事，她的大腿内侧就传来一种湿热的感觉，在臀部凹处缓缓流下一股液体。她知道自己的下面在流血，而且流得很快。她没有手忙脚乱，只是静静地躺着，转头向厨房喊了一句："金，请帮我叫一辆救护车，好吗？"

"发生了什么事？"金赶忙跑过来问道。

"我出血了，很多，"南希冷静地说，"不用担心，可能是月经过多。我想最好马上去医院，你快叫一辆救护车过来。"

一路上很顺畅，既没有鸣响警报器，也没有在中途进行抢救，南希很快就被送进急诊室，可是她在里面空等了很久。直到梅杰医生来到急诊室，南希才终于松了一口气之前，她一向都十分反感做这种阴道常规检查，还把梅杰医生的声音样貌、行为举止和这种检查联系在一起。但当梅杰医生出现在急诊室时，她还是很高兴，差一点就流出了眼泪。

毫无疑问，在急诊室进行阴道检查无疑是她经历过的最糟糕的一次，这让她羞愤不已。一层薄薄的布帘将她与急诊室中的人群隔开，以此保护她那无地自容的自尊心，可是布帘仍时不时地被人掀开。几分钟就要测量一次血压，还有抽血、更换病号衣。随着这些操作的进行，布帘也被他们一次一次地掀开。不经意间，南希透过空隙可以看见一大堆身穿白衣的人，有割伤出血的小孩，还有心力交瘁的老人。她看见一个便盆就放在人人都能一眼看见的角落，里面还有一大团浸透了深红色污血的棉塞。与此同时，梅杰医生站在她双腿中间，一边探查，一边与旁边的护士聊着另一个病例。南希紧闭双眼，黯然地流泪。

检查很快就能结束，这是梅杰医生事前承诺过的。他给南希详细地介绍子宫内膜的情况，正常月经周期内子宫内膜是什么状况，若是出现变化又会是什么状况，以及血管、子宫排卵等问题。梅杰医生建议进行“扩张和刮宫术”，这是最彻底的治疗方案。南希立马同意了，但要求由她自己在手术后再告诉父母，因为她担心母亲会以为她是在做人工流产。

现在，南希仰视着顶部硕大的无影灯，唯一让她感到欣慰的是只需要一个小时就可以结束这场恐怖的梦魇，她的生活也将恢复正常。她对接下来的手术完全不懂，她也不关心其他任何事物，只是紧盯着头顶的无影灯。

“有什么不舒服吗？”

南希瞄了瞄右边，手术面罩后面有一双深褐色的眼睛正盯着她，格洛丽亚·德马特奥将她的右臂用吊带紧紧绑住，这使得她无法动弹。

“没有。”南希有些超然地回答道。事实上，她有一种身处地狱般的难受。手术台就如同她家的廉价餐桌一样坚硬。同时，她感到体内的盐酸异丙嗪和哌替啶在大脑深处开始产生作用，一方面她觉得自己的头脑依然保持着清醒，同时她又觉得周围的事物似乎飘忽不定。她服用的阿托品也开始让她觉得嘴唇发干，舌头黏糊糊的。

罗伯特·比林医生把所有心思全放在他的麻醉机上，它由几只不锈钢压力计及不同颜色的压缩气筒组成，还有一瓶棕色麻醉剂放在上面。标签注明为“溴氯三氟乙烷”。这是一种近乎完美的麻醉剂。说它“近乎”，则是因为它经常被认为会损伤病人的肝脏，只是这种情况很少会发生罢了，而且与这种麻醉剂的其他特性相比，损害肝脏的潜在可能性就显得极其微小。这种麻醉剂可是比林医生的最爱，终有一日，他将改进溴氯三氟乙烷，还要在《新英格兰医学杂志》发表一篇重要的文章，详细地向世人介绍它，然后他将穿着结婚时的燕尾服，隆重地上台领取诺贝尔医学奖。

比林医生是一位十分优秀的麻醉科住院医师，相较于大多数同行，他自信在麻醉学知识方面不弱于同行半分，而且他觉得自己的麻醉技术更是远远地将这些同行甩在身后。工作方面，他一向认真严谨，尽心竭力。他所经手的病人中从未发生过严重的并发症事故，这不禁让人为他的成就赞叹不已。

他有着飞行员一般的严谨作风，他特意制定了一张麻醉查核表，一步一核查，一丝不苟地严格操作每一个步骤。他一直严格遵守这个制度。为此他还复印了上千份表格，但凡有手术，除了必备的麻醉器械，他必定会带上一份表格。七点十五分，麻醉师正在操作表格中的第十二项，他在机器上挂了一根类似水下呼吸器的橡皮管，一端连接着容量四到五升的排气袋，这可以在麻醉过程中强行给病人输送氧气，而另一端连接碱石灰滤毒罐，用以吸收病人呼出的二氧化碳。第十三项是检查各通气管的单向止回阀排列方向是否有误。第十四项是给麻醉机接通墙上的压缩空气、一氧化二氮及氧气源。比林医生细心察看了一下气压表。两只气筒都灌满了氧气，他对此深感满意。

“我将在你的胸部放置监测心脏的电极。”格洛丽亚·德马特奥说完，一下把被单拉开，接着把南希的病号衣掀至胸部下方，南希的腹部一下子就暴露在无菌空气之中。“涂了这个药，你会有一些冰冷的感觉。”她说着就在南希的胸部下方三个侧点挤了一些无色胶冻物。

南希想向他们表达什么，但对发生在自己身上的事情而感到左右为难，一时不知所措。一方面，南希的心中充满感激，这是因为他们正在为她提供救治，他们也持这样的观点。另一方面，她又为此时近乎赤身裸体的窘况而恼火至极。

“过一会儿，你的感觉会变得迟钝。”比林医生说，他用力拍打着南希的左手背，当静脉暴出时，他立刻拿一根橡皮管紧紧地扎在手腕上。刹那间，心脏的跳动感就传到南希的指尖，一时之间她竟没适应过来。

“格林利小姐，早上好。”刚到手术室，满腔热忱的梅杰医生便向她招呼一声，“昨晚休息得还好吧？花不了几分钟，手术即可完成，然后你就可以回病房好好地睡上一觉。”

南希没来得及回话，一阵剧痛就从手背传来。一刺入针头，剧烈的疼痛就集中在一点，随后痛感立马便消失了。接着他打开橡皮管止血带，南希的手又恢复正常的血液循环，她不禁流出了眼泪。

比林医生在表格的第十六项画了一个黑色的记号，他还自言自语地说道：“静脉滴注。”

“南希，片刻之后，你就会睡着了。”梅杰医生接着说，“比林医生，对吧？南希，今天可是你的幸运日啊，比林医生的麻醉技术可是第一流的。”梅杰医生不管病人是年长还是年幼，均会亲切地称呼她们为姑娘。这种自认为庄重的做法是从年长的搭档那里学来的。

“非常正确。”比林医生说完，便准备把麻醉管接在橡皮面罩上，“格洛丽亚，请把八号管递给我。梅杰医生，你可以去消毒了。七点半时，我们一定完成所有的准备工作。”

“好吧。”梅杰医生往门口走去。他突然停住，对着把器械放置在梅氏架上的露丝·詹金斯说：“露丝，我要用我自己的那副扩张器和刮匙。上次你给我的是医院那套破烂货，像中世纪的老古董一样。”护士还未来得及回应，他就走了。

南希身后的心脏监视仪传来类似声波的嘟嘟声，仿佛是南希的心律在室内不断地回响。

“好了，南希，你躺下一点，腿搁在脚镫上。”格洛丽亚把南希的小腿分别套进两个不锈钢脚镫。因为手术台的下部是倾斜的，被单从她两腿中间滑落，一直滑到地上，大腿中段以下都露在外面。南希闭上眼睛，无法想象自己四肢摊开在手术台的情景。格洛丽亚捡起滑落在地上的被单，顺手就放在南希的腹部，挂在两腿之间的被单刚好能遮住被剃光阴毛、鲜血污染的下体。

南希想让自己心态一直保持平静，但是心中的烦闷更加剧烈；她想向他们致谢一声，但是她莫名其妙地想发火。

“对于做这次手术，我自己一直是犹豫不决的。”南希看着比林医生说。

“一切顺利进行，”比林医生画了一个记号在第十八项，还用虚假的口气关心着南希，“你会很快睡着的。”他说着就把注射器竖起来，小心地推出里面的空气，“我先给你打一针喷妥撒麻醉剂。你有困意了吗？”

“没有。”南希回道。

“嗯，那你应该早点告诉我。”比林医生说。

“我搞不清楚什么样的感觉才是对的。”南希回答说。

“没有太大问题。”比林医生说着，随后把南希头边的麻醉机拉过来。他熟练地将装着喷妥撒的针管接到静脉滴注管的三通阀上。“南希，现在我要你开始数数字，从一到五十。”他猜测南希最多数到十五就会睡着。每一次看着病人进入睡眠状态，比林医生的心中就会忍不住升起欣慰感，他认为自己又一次证实了科学方法的有效性；他觉得自己还是那么强大有力，毫不费力就主宰病人的大脑活动。但是，意志坚定的南希虽然已有睡意，潜意识却鬼使神差般地抵抗着麻醉剂的药力。比林医生又加了一剂喷妥撒，心神恍惚中的南希依然清晰地在数数。数到二十七，南希终被麻醉剂诱入睡眠状态。一九七六年二月十四日早晨七点二十四分，南希睡着了，永永远远地睡着了。

比林医生没有预料到的是他引以为傲的工作纪录被打破了，年轻健康的南希竟成为他第一例严重并发症的患者。他自以为控制了一切，表格上的项目也逐一顺利完成。他先是让戴着面罩的南希吸入溴氯三氟乙烷、一氧化二氮和氧气的混合气体，然后又把两毫升含有百分之零点二的氯化琥珀酰胆碱溶液滴注到南希的静脉，这样就可以麻痹她的骨骼肌，不仅方便插入气管导管，而且便于梅杰医生的双手诊察卵巢病变。

氯化琥珀酰胆碱溶液的功效可算是行之有效，面部肌肉、腹部肌肉均先后麻痹了。当麻醉剂被血液输送到全身，运动神经和神经末梢都丧失极性，骨骼肌也完全麻痹了。唯有心脏之类的平滑肌没有受到影响，监视仪发出的嘟嘟声表明它们还在正常工作着。

麻痹后的南希往里收缩舌头，气管被堵住了。不过这倒无妨，因为胸肌和腹肌也被麻痹了，呼吸也就停止了。氯化琥珀酰胆碱的化学成分与亚马孙原始人的箭毒虽然不一样，但效果是一样的。只要五分钟，无法呼吸的南希就会死亡。不过，比林医生完全掌控着一切，他精准地控制每一步操作的效果，也顺利达到预期结果。比林医生表面强装镇定，内心却心急如焚。接下来是第二十二项，他拉下南希的呼吸面罩，接过检喉镜。他用检喉镜压着舌片顶端拉出舌头，熟练地越过白色会厌观察气管口，他看见声带微微张开，它也被麻痹了。

比林医生快速往气管口喷了些局部麻醉剂，随后插入气管导管。比林医生折回检喉镜压舌片时，传出一声“啪”的金属声。他用小注射器充气至气管导管的套箍，将它牢牢扎紧，随后他马上将没有呼吸面罩的橡皮软管与通气管导管连接在一起。他开始挤压氧气袋，同时，南希的胸部开始上下起伏。比林医生用听诊器细心地倾听南希的胸部反应，他这才舒心地吐出心中那一口气。插管工作顺利完成了，病人的呼吸已被他完全主导。他参照着流量计将溴氯三氟乙烷、一氧化二氮和氧气的混合气体调节到适当比例，随后他用几块胶布把气管导管牢牢地固定住。他弯动手指，将静脉滴注速度调整到合理速率。比林医生这时才放下心头的那块巨石。他一直能保持内心的平静，他只有在插管的时候，总是控制不住情绪，莫名其妙地会心慌意乱。当医生给麻痹状态的病人操作时，一定不能出丝毫差错。

比林医生朝格洛丽亚·德马特奥点了点头，示意手术的准备工作可以开始，自己此时可以彻底放松了。现在，他只要仔细观察患者的生命体征：心率、心律、血压和体温。此外，他仍要给麻痹状态的病人按压排气袋，帮助病人呼吸。接下来的八到十分钟内，氯化琥珀酰胆碱将完全失效，当病人开始自主呼吸时，麻醉师就差不多完成工作了。南希的血压一直保持在 105/70 毫米的数值，脉搏也从麻痹前的不稳定状态恢复过来，数值保持在 72 次 / 分，真是一个令人欣慰的结果。比林医生的内心万分欣喜，再过四十分钟就可小憩片刻，那时他就去喝一杯热腾腾的咖啡。

手术正进行顺利，当梅杰医生刮完第二遍，比林医生突然发现心脏监视仪上的心律有了些许变化。他细心看着示波屏上的电子扫描信号，脉搏已经降至 60 次 / 分左右。出于本能反应，他往血压计气囊充气，随后屏气凝神地倾听着，他在等待血液涌过动脉时发出的沉闷流动声。再将血压计内大量气体排出，舒张压的弹跳声随即传入比林医生的耳中。就连向来善于分析的他也对这种情况迷惑不解，南希的血压是 90/60 毫米，这可不是太低的数值。难道是迷走神经的反应才导致这种情况吗？他在心中产生一丝怀疑，随后他取下听诊器说：

“梅杰医生，能麻烦你稍微停一下吗？病人血压降低了一点，你估计病人失血量是多少？”

"不会超过五百毫升。"

"真是奇怪,"比林医生将听诊器塞入耳中,再往气囊充气,血压数值是 90/58 毫米;又回头看了看监视仪,脉搏 60 次 / 分。

"血压多少?"梅杰医生问道。

"血压 90/60,脉搏 60/ 分。"比林医生又拿下听诊器,接着看了看麻醉机上的阀门。

"天哪,到底怎么回事?"梅杰医生疾声厉喝地问道,外科手术中的早期急躁情绪完全表露出来。

"应该没什么问题,"比林医生回道,"仅仅是一点小变化,前不久可是很稳定的。"

"不过,她下面的血可真红啊,就像樱桃一样。"梅杰医生被自己的笑话逗得哈哈大笑,却无人回应。

比林医生看了一眼墙上的时钟,此时是七点四十八分。"好,接着手术吧。若有变化,我立马通知你。"他使劲挤压了一下气袋,尽可能地让南希肺部的呼吸量达到最大限度。但是他依然心神不定,他明显感到一种无法言说的恐惧,在肾上腺素的刺激下,心脏仿佛要跳出来。他看着气囊不断地瘪陷,直至气囊的瘪陷停止时,他才又按了一下,他默默地计算南希支气管和肺部传出的阻力。他发现自己能轻易将空气灌输到南希体内,他重新检查了一遍排气袋。虽然南希体内的氯化琥珀酰胆碱早已完全代谢,可是南希还是没有任何反应,原本应该恢复的自我呼吸迹象也未见踪影。

血压刚出现略微上升趋势,可又马上降到 80/58 毫米,监视仪发出了一下嘟嘟声。比林医生急忙朝示波屏望去,心律又恢复正常值了。

梅杰医生好心地说:"再过五分钟,手术就结束了。"比林医生这才心神稍定,他接着调小一氧化二氮和溴氯三氟乙烷的流量,还将氧气的供应量调大，他想把南希的麻醉深度降低下来。在他的一番操作下，血压又回到 90/60 毫米。比林医生的心才稍微安定，他用手拭去前额的汗珠。不断积累的焦虑使得比林医生前额渗满汗珠。他重新将碱石灰二氧化碳吸收器检查一遍，幸好没有出现什么意外情况。时间已经到了七点五十六分。他用右手翻开南希的眼睑，却未感觉到一丝弹性，南希的瞳孔出现明显扩散。比林医生惊恐万分，出大事了，情况万分紧急。

二月二十三日　星期一
上午七点十五分

一九七六年二月二十三日，黎明的朗伍德大街一片曚昽，几片雪花在空中飞舞。寒冬季节，温度只有零下六摄氏度，人行道上的雪花依旧保持飘落时的形状。刚刚苏醒的城市上空笼罩着一层灰蒙蒙的乌云，看不见一丝阳光。越来越多的云层被海风送进城市，积压在高楼大厦的上空，四周雾气弥漫。黎明像是对城市挥动着柔弱的手指，波士顿却变得更加暗淡。这不是下雪天，但是从科哈塞特的上空凝聚了几片雪花，随风飘落在波士顿市的朗伍德大街上，接着又被吹到路易斯·帕斯特大街上。突然，它们被一阵向下的气流卷起，直直地扑向医学院宿舍三楼的窗棂。本应滑落的雪花被窗棂上的一层油腻尘垢粘在上面，室内的热量透过玻璃窗，慢慢地融化了这几片雪花，和窗上的尘垢交融在一起。

窗棂上的戏剧性变化完全没有引起房内苏珊·惠勒的注意。昨夜一场没有任何意义却令人烦躁的噩梦让她整晚辗转反侧，无法安睡，直到现在还未完全摆脱。二月二十三日，她将面临的最艰难的一天，甚至会成为她的灾难日。在医学院学习过程中，学生们经常会面对不同的小麻烦，但偶尔会遇见从未出现过的剧变。苏珊·惠勒在冥冥中感觉到，一场剧变将在二月二十三日降临在她身上。五天前，她以优异的成绩通过医学院里前两年的课程，不管是课堂内还是实验室里，甚至考场上，她都能挥洒自如。她的课堂笔记很有名，大家总是想问她借。一开始她不分青红皂白地借给别人。后来，当她开始意识到拉德克利夫学院竞争体制的现实时，她改变了策略。她只把笔记借给一小群她的朋友，或者是那些在她不得不缺课时也可以向对方借笔记的人。尽管她很少缺课。

许多人因苏珊了不起的出勤记录而取笑她，她对此总是回答说是因为自己需要得到尽可能多的帮助。当然，这不是主要原因。苏珊·惠勒进入了一个由男性占主导地位的行业，在这个行业中，基本上所有的教授和讲师都是男性，所以她不能为了逃课而错过点名。虽然苏珊以一种中性的、不带性别的方式看待她的老师，把他们看作自己的上级，但他们并没有以同样的方式看待她。事实上，身为一名二十三岁的女性，苏珊·惠勒是非常有魅力的。

她有着一头金黄纤细的披肩发，又长又漂亮；如果她不把头发往后挽起，在脑后用发夹夹住，那么一阵微风吹过，飘散的头发就会变成一大蓬。她的脸庞宽宽的，高颧骨，一双蓝绿中略带褐色的眼睛镶在凹陷的眼眶里，在不同的光线中不断变幻。她那洁白整齐的牙齿，除去一半天然玉成的功劳，另外就要感谢市郊牙科医生精湛的矫正术了。

总之，就像百事可乐广告上的姑娘一样，二十三岁的苏珊·惠勒，健康活泼，性感迷人，完美地流露出那令人顾盼生姿、扣动心弦的加利福尼亚人的风采。而且苏珊·惠勒非常机灵敏捷。更让任职于行政部门的父母感到无比高兴并引以为傲的是苏珊的智商，在初中智商测验中，苏珊·惠勒一直高达一百四十分左右。她不仅在课程学习上取得全A的优异成绩，而且她所涉猎的其他方面也是硕果累累。爱学习、勤动脑的苏珊·惠勒拥有对一切未知领域的探索欲，在拉德克利夫学院的学习和生活，让她感到称心如意。专心、刻苦学习的她成绩优秀，在主修化学之余，她还选修了文学，考入医学院对她而言真的是小菜一碟。

上帝打开一扇门，也会关闭另一扇窗，招人喜爱的苏珊姑娘也有不尽人意的地方。首先是她无法逃课，课堂上的她是众人关注的焦点。在少数几个常被问到的倒霉学生里，她名列前茅，教授先生用揭示学生的愚昧来衬托出自己的才华横溢，且乐此不疲。其次，人们凭着对她的一知半解而说三道四，因为她与广告上双眸闪耀的模特儿非常相似，所以人们经常会把苏珊和那些有胸无脑的女孩归为同一类。

不过，聪明、美丽也有它优越性的一面，苏珊逐渐意识到，在一定程度上灵活利用这异于常人的优势也是合理的。如果遇到复杂的难题，她只要提问一次，无论是导师还是教授，都会做进一步解释，马上解决她在内分泌学或解剖学上遇到的难点、疑点。

苏珊并没有人们想象中那么热衷于社交活动。这种怪现象也是事出有因。首先，相对于乏味的约会，苏珊更喜欢在房间里读书。她对自己的聪颖有着极度自信，认为大多数男人只会让她感到厌烦，没有任何挑战性。其次，美丽聪明的苏珊让男人觉得高不可攀，他们对她望而却步，不敢尝试向她提出邀约。因此，星期六晚上苏珊多半都是独自在房间里看小说或者其他书，一心沉浸在书籍的海洋里。

从二月二十三日起，苏珊的舒适生活就要被打破了，她将永远告别自己熟悉的课堂生活。包括苏珊·惠勒在内的一百二十三个学生像刚断奶的孩子一样，从安定、无忧的小天地被粗暴地扔进临床实习的赛场中进行竞技。而在现实中，病员护理存在许多变化无常的问题，这是几年基础课学习中形成的自信力所无法应付的。

苏珊·惠勒只能放弃幻想。她清楚地认识到若是想真正胜任医生一职，专业地护理好每一个鲜活的生命，自己的现有知识还远远不够，甚至在内心怀疑自己是否可以胜任。但是现实不会以她的意志而转移，二月二十三日起她将步入临床实习的竞技场，面对与病人打交道的情景。这种信心危机让她睡不安稳，做了一夜荒诞不经的噩梦。在梦中，她依稀记得自己毫无反抗地落入一个陌生的迷宫，努力寻找那可怕的目标。苏珊还不知道，她的梦境和未来几天内的经历会多么相近。

早上七点十五分，咔嗒一声把苏珊从梦魇中惊醒过来，声音是从她已设置定时自动开关的收音机传出的。她被唤醒了，大脑也慢慢地清醒过来。在收音机内尚未传出喧闹的乡村音乐之前，它就被苏珊关闭了。以往需要音乐声才能被吵醒的苏珊，今天早晨却一反常态，没有借助音乐来叫醒自己，她实在是过于紧张了。

苏珊把脚放在地板上，坐在床沿边。地板一点也不漂亮，而且冰凉。她的头发杂乱地从头顶披散下来，只留一点点空隙，从中可以看到她的房间。这个房间不大，大约十六平方米，房间尽头有两扇多层窗户。窗外是一栋砖房和一个停车场，所以苏珊很少朝外面看。两年前她自己粉刷过这个小房间，所以现在看上去还算新。房间涂料的颜色是令人愉快的淡黄，完美地突出了她的芬兰印花窗帘。窗帘是深浅不一的荧光绿，中间由深蓝色隔开。墙上挂着各种五颜六色的海报，配上不锈钢框，展现着从前的文化活动。

家具是医学院提供的。有一张老式的单人床，太软了，并不舒服。还有一把破旧的安乐椅，塞得鼓鼓囊囊的，苏珊从来不坐，只是用来放脏衣服。苏珊喜欢在床上看书，在书桌旁学习，所以用她的话来说，安乐椅就真的不“挑剔”了。书桌是橡木的，除了桌面顶部刻有姓名首字母的图案和一些划痕之外，没什么特别之处。桌上摊着一本物理诊断书，过去三天她又把它读了一遍，但这并未振作她日渐低落的信心。

“该死。”她大声地说，语调没有变化。这句话没有针对任何人或任何事。这是一个基本的反应，因为她意识到二月二十三日真的来了。苏珊喜欢说脏话，而且经常这么做，但大多是对自己说。这样的说话方式和她健康向上的形象形成了鲜明的对比，不过效果确实很显著。她发现说脏话很有趣，也很实用。

苏珊迅速地从温暖的被窝里爬出来，意识到她还有十五分钟时间。这是她惯常的做法，在进浴室之前，她会反复关闭收音机闹钟。但她对开始新的一天的矛盾心理，让她只是坐在那儿盯着前方，幻想自己能去读法学院或文学院……只要不是医学院，去哪儿都行。

一阵凉意从打过蜡的地板上传到苏珊的脚底。当她坐在那里时，身体的循环系统将她体内的热量弥散到寒冷的房内，她光着的大腿内侧不知何时冒出鸡皮疙瘩。她只穿了一件薄薄的破法兰绒睡衣，这是她五年级时的圣诞礼物。她几乎每天晚上都穿着它上床睡觉，尤其是她一个人睡的时候。不知为什么，她很喜欢这件睡衣。在她不停变化的生活中，它似乎为她提供了一个保持连贯性的避难所。而且，她父亲也觉得她穿这件睡衣很合适。

苏珊在很小的时候就懂得让父亲开心。她对他的第一印象是他身上的味道：是一种室外和香皂的混合气味，掩盖了某种独特的气味，后来她意识到是男性的气味。父亲一直都对她很好，她知道自己是父亲的最爱。她从未和任何人分享过这个秘密，尤其是她的两个弟弟。当她在童年和青春期时遇到各种困难时，父亲一直是她自信的源泉。

苏珊的父亲是一个意志坚强的人，一个始终占统治地位但慷慨而温和的人，他就像一个开明的暴君，管理着他的家庭和他的保险业务。一个充满魅力的男性，全家都认同他对任何事拥有最后的裁决权。苏珊的母亲并不是一个软弱的人，只是和她结婚的这个人更强硬而已。苏珊在生命的大部分时间里都接受了这一点，并把它视为不变的准则。然而，她内心最终还是生出了某种困惑。虽然苏珊很像她父亲，她父亲也鼓励她朝这个方向发展。但苏珊开始意识到她不可能像父亲那样，期望有一天能拥有自己的家，就像抚养她长大的这个家一样。有一段时间，她拼命想成为她母亲那样的人，而且有意识地这样做。不过这无济于事。她的个性越来越展现出她父亲的特质，在高中时，她甚至被迫担任过领导职务。苏珊被选为毕业班的班长，尽管她当时其实更愿意多做一些幕后工作。

苏珊的父亲从来没有特别苛求过她，当然也从不咄咄逼人。他仍然是苏珊的自信和鼓励的源泉，她可以做自己想做的任何事，不用在意她的性别。进入医学院后，苏珊熟悉了一些女同学，她意识到她们中的不少人也都有着类似的家长式的家庭背景。所以当她见到她们的父母时，她们的父亲看上去都有些似曾相识。

窗户下面的暖气片发出砰砰的响声，这预告着即将传出的热量。蒸汽从溢流阀发出嘶嘶声。暖气片的振动使苏珊意识到房内的寒冷。她僵硬地站起来，伸了个懒腰，关上窗户。窗户其实只开了一条缝。苏珊脱下睡衣，从浴室门上的镜子里看着自己的身体。镜子对她一直有一种奇特的吸引力。她每次从镜子前经过时，总要看一眼才觉得安心。

“也许你该去当一个舞蹈家，苏珊·惠勒，”她边说边踮起脚尖、伸展双臂，“而不是当一个该死的医生。”像一个泄了气的气球似的，她放下手臂，看着镜子里的自己。“要能那样就好了。”她平静地补充道。苏珊一直对自己的身体感到很骄傲，柔软、灵活，还很结实，而且保养得很好。她完全可以当一个舞蹈演员。她有很好的平衡感和节奏感，运动意识也好。她很羡慕卡拉·柯蒂斯，柯蒂斯是她在拉德克利夫时的一个朋友，大学毕业后就去跳舞了，现在在纽约。不过苏珊也知道自己不可能真的去跳舞，虽然她一直这么幻想。她需要的是一个能不断地锻炼大脑的职业。苏珊冲着镜子吐吐舌头，做了一个鬼脸，随后走进了浴室。

她在浴室里打开了淋浴器，隔了好一会儿，水才慢慢变热。她把头发甩到后面，从浴室的镜子里看着自己的脸。她觉得如果鼻子能再窄一点，也许会更迷人。

二月二十三日　星期一

上午七点三十分

波士顿地区有着大量的建筑师，不过波士顿纪念医院在建筑史上却没有留下任何痕迹。漂亮的医院中心大楼总让人在第一时间关注到它，一百多年前，人们呕心沥血地用褐色大石块将其堆砌而成，称得上是独具匠心的杰作。医院中心大楼很小，仅有两层，使用起来非常不便。此外，它设计的大型普通病房，现在也已经过时了，早就应该淘汰，没有多少实用价值。不过这幢医院中心大楼镌刻着很多医学史上的痕迹，见证了往昔的风雨岁月，所以它被一直保留到现在。

周边的建筑大多数是美国哥特式的大楼房，它们由亿万块砖头堆砌而成，窗户上一片污秽，还有千篇一律的平屋顶。这些建筑是为了应对所谓的床位需求或资金可用性而在短时间内赶造出来的。楼宇之间的布局设计显得极不合理，唯有几幢小型科研楼还算典雅，没有浪费建筑师的一番心血，多花费的钱财也算物有所值了。

事实上，医院建筑是否漂亮、合理，并不为大多数人所关注。医院本身所代表的含义更为重要。人们被层层感情色彩所包裹，直觉早被抛至九霄云外，大楼已被赋予更深层次的含义，这就是国内知名的波士顿纪念医院，它包含着现代医学的一切神秘和魔力。当外行人走进这所医院时，言语中不免带着惊悸；而在专职医务人员心里，波士顿纪念医院是医学界的泰山北斗，是梦想朝拜的医学圣地。

这家医院所处的环境几乎没有什么变化。一边是通往北站的迷宫般的铁轨和令人眼花缭乱的高架公路，形成了一个生锈的巨大钢铁雕塑；另一边是一个面向低收入家庭的现代住房项目。不知何故，这一目标与波士顿政府臭名昭著的腐败行为混为一谈。由于缺乏外观设计，这些公寓楼看起来像是为穷人准备的住房。但实际上那里的租金高得吓人，只有富人和特权阶层才会住在那里。医院前的波士顿港是一个死气沉沉的角落，那里的水就像麦咖啡，因混合了下水道的气体而变甜。一个水泥操场把医院和港湾分隔开，操场里面堆满了废弃的报纸。

周一早晨七点半，纪念医院的手术室已经忙成一团。再过五分钟，将会有二十一台手术同时进行，病人的皮肤将被手术刀一一切开。大多数病人的命运只能托付于医生的判断，由他们来决定切除哪个部位或发现什么问题。一切都以风驰电掣般的速度进行着，直至下午两三点才能结束。经常会有两个手术室要忙碌到晚上八九点，甚至通宵达旦，一直工作到第二天早上七点半。

相较于手术区的忙碌景象，外科休息室却显得十分寂静。由于九点以后才是喝咖啡的休息时间，所以现在休息室里只有两个人。一个是面容憔悴的男子，他正站在水池旁边，看上去比他六十二岁的实际年龄要老得多。他正忙着洗刷水池，但丝毫没碰池内二十多只半盛着水的咖啡杯。大家都叫他沃尔特斯，也不知道沃尔特斯是他的姓还是名。切斯特·P. 沃尔特斯才是他的全名，没人知道中间的字母 P 是什么意思，也许连他自己也不知道吧。他从十六岁起就在医院的手术区工作，虽然整日游手好闲，可是没人敢贸然开除他。他苍白的面容显得极不健康，总是装出一副有气无力的样子，还会时不时地咳上几声，然而他又烟不离口，总是抽个没完。

中级外科住院医生马克·H.贝洛斯也在外科休息室，H是指哈尔彭，是他母亲娘家的姓氏。马克·贝洛斯拿着一本黄色记事簿，正在上面匆忙地记录什么。沃尔特斯一边抽烟，一边咳嗽，这使得贝洛斯十分恼怒。只要沃尔特斯咳嗽，贝洛斯就会抬头望着他。这样毫不爱惜身体的事情是贝洛斯无法理解的，一边不停地咳嗽，一边还不间断地抽烟，真是死性不改。贝洛斯从不抽烟。无论是他的相貌、品格，还是他终日游手好闲，都让贝洛斯搞不明白，沃尔特斯是如何能一直留在手术区工作的？贝洛斯认为，波士顿纪念医院的外科已经达到现代外科艺术的巅峰，行业内也算得上是独占鳌头，是医务人员朝思暮想的神圣殿堂。贝洛斯在这里拼死拼活地努力奋斗，方才如愿以偿地被任命为外科住院医生。然而，在这个美好的环境中，却有一个贝洛斯口中的“食尸鬼”在四处游荡，真是荒唐极了！

在正常情况下，此时的马克·贝洛斯应该正在某间手术室里进行手术，或是指导其他人进行手术。可是在二月二十三日，他所负责的医生培训队伍里又多了五名医学院的学生。现在他被指派到外科的最佳病区B-5工作，即B幢五楼。同时，他肩负着外科重症监护室的工作。

贝洛斯一心一意地埋头工作。他随手拿起桌上的咖啡杯，浅浅地尝了一口热咖啡。“啪”的一声，他放下杯子，他竟然想出一个鬼点子，也许让助理医生给学生上课会取得意想不到的效果，他赶紧记下助理医生的名字。他把一张外科部的便笺摊放在面前的矮桌上，对这些实习学生的名字进行一一分析、研究：乔治·奈尔斯、哈维·戈德堡、苏珊·惠勒、杰弗里·费尔韦瑟三世和保罗·卡平。有两个人的名字给他留下深刻印象：费尔韦瑟[1]这个姓让他忍不住呵呵笑了几

---

① 原文 Fairweather，直译过来是好天气。

声，脑海中立马浮现出一个养尊处优、手无缚鸡之力的孱弱青年，上身穿着“布鲁克斯兄弟”品牌的衬衣，戴着眼镜，像古老的新英格兰绅士般彬彬有礼；苏珊·惠勒这个名字也被他着重关注，贝洛斯自以为有着超高的女人缘，不费吹灰之力就能获得女性的青睐，而且拥有运动员体魄的他在同行之中算得上凤毛麟角。不过贝洛斯不太了解当下社会的流行风尚，他在这一点上和他的大多数同事一样天真幼稚。他看着苏珊·惠勒的名字，憧憬即将到来的女学生，也许下个月的工作就没有那么枯燥乏味了。他并没有对苏珊·惠勒的外貌抱较高的期望，按照以往的经验，期望越高则失望越大，胡乱猜测无疑是浪费脑细胞。

马克·贝洛斯在波士顿纪念医院已经工作了两年半。无论什么事情，他都能称心如意，他一直坚信自己拥有职业晋升的资本，一有机会他就会去竞争总住院医生的职位。他现在是中级住院医生，突然被指定带一批医学院学生在外科实习，虽然有点麻烦，不过他安慰自己，这是能者多劳、吉星高照。这个意外源自高级住院医生休·凯西，他的工作包括在一年之中带两批医学院的学生。可是，他在三周前被查出了肝炎，这次突发事件导致贝洛斯被霍华德·斯塔克医生叫到他的办公室，而贝洛斯完全不知道发生了什么事情。按照过去的惯例，被外科主任召见肯定不是什么好事。他努力思索自己最近是否犯过什么错误，以便更好地应对外科主任的训斥。万万没想到，斯塔克对贝洛斯表现出前所未有的亲善之意，他还对贝洛斯最近在惠普尔手术中的表现予以了肯定和赞扬。一番糖衣炮弹的轰炸后，斯塔克耐心地介绍了休·凯西医生的情况，他还轻声细语地询问贝洛斯是否愿意接手凯西的工作。从贝洛斯的本意来讲，他在第一时间内就想拒绝这个提议，但是他考虑到这个提议是由斯塔克提出的，而且还是和声细气地跟他商量。贝洛斯心中十分清楚，若是自己提出反对意见，这无异于自毁前程。他也明白眼前这位可不是一个大肚量的人，只能故作喜悦地同意了。

贝洛斯用直尺在黄色记事簿的第一页画了三十多个一英寸[①]的方格，他想制作一张日期表，他要为这批学生的实习生活做好计划。每个方格又分上午和下午，他计划每天上午为学生做一次演讲，而下午他要找一位主治医师来做讲座。为了避免重复，贝洛斯需要提前拟定好每个演讲主题。

二十九岁的贝洛斯上周刚过完生日，但要想从他的外貌上猜出他的年龄并不容易。对于男性来说，他有着健美的体格，皮肤光滑细腻。他每天都会慢跑两到三英里[②]，风雨无阻。只有越来越稀疏的头顶以及两侧不断后移的发际线才能表明他就快到而立之年了。贝洛斯长着一双蓝眼睛，几根灰发若隐若现地藏在耳根后面，一张天生友善的面孔，散发出一种让人倾慕、让人身心放松的独特禀赋。没有人会不喜欢马克·贝洛斯。

还有两名实习医生在 B-5 楼病区轮岗。专业地说，应该称呼他们为第一年住院医生，不过和大多数其他住院医生一样，贝洛斯仍称呼他们俩为实习医生，他们分别是约翰斯·霍普金斯医学院的丹尼尔·卡特赖特和耶鲁大学的罗伯特·里德。他们从去年七月开始做实习医生，已经有了长足的进步。但是到了二月，他们俩不出意外地患上了常见的实习医生抑郁症，他们一直盼望着可以在隔一天必须值一次夜班的痛苦挣扎中解脱出来。过去的半年里，他们慢慢地摆脱对责任的恐怖，现实也一步步磨平他们性格上的棱角。正因如此，他们请求贝洛斯给予适当的关照。卡特赖特被安排到了重症监护室，而里

---

① 1 英寸约 2.5 厘米。

② 1 英里约 1.6 公里。

德则被分配到了 B-5 楼病区。贝洛斯打算分派一些对医学院学生的指导工作给他们。对于五个医科学生的到来，贝洛斯感到心情舒畅。他觉得他们可以帮助他实现职业上的快速晋升，如果真能达成愿望的话，他就算多投入一些时间和精力也值了。贝洛斯是个马基雅维里式的人，为了获取实际利益，难免采用些许适当的方法。他渴望在纪念医院赢得职位上的晋升，他也清楚这种竞争极为激烈。不过他始终坚信，完成辅导学生的重任是实现个人职位晋升的重要砝码。

二月二十三日　星期一

上午九点

苏珊·惠勒从宿舍搭乘杰弗里·费尔韦瑟的捷豹前往医院。这是一辆老式旧汽车，车内限坐三人，最后一个位置是留给费尔韦瑟的好友保罗·卡平的。乔治·奈尔斯和哈维·戈德堡只能搭乘早高峰的公共汽车，赶在九点前到达医院，参加贝洛斯的会议。

捷豹就像英国机动车，让人坐着很不舒服。捷豹启动后，开了很久才跑了四英里的路程。直到八点四十五分，惠勒、费尔韦瑟和卡平才赶到医院。而另外两位在八点五十五分才到医院，花了将近一个钟头。他们与贝洛斯的见面地点约在 B-5 楼的病区休息室，可是他们一走进医院就不知道怎么走了。大家仍然保留着既来之则安之的良好心态，把指引方向的使命完全交付给命运女神。大多数医科学生的性情都比较被动，尤其是这两年，他们每天朝九晚五都坐在讲座厅里听课，稳重的性格中也培养出了一定的惰性。也许是出于偶然，抑或是事先约定的因素吧，两帮人在主楼电梯前不期而遇了。惠勒、费尔韦瑟和卡平从大门对面 T 楼的电梯去 B-5 楼，结果走错了。纪念医院内的楼房是短时间内仓促赶建的，布局极不合理，像一座迷宫。到了五楼，他们依旧是一头雾水，不明白应该朝哪个方向走。苏珊带着大家穿过走廊，走向另一头，一直来到护士站。和下面的手术区一样，如同蜂窝般的护士站里也是一片繁忙的景象。苏珊·惠勒努力抚平忐忑不安的心情，假装镇定地走了进去。

“打扰一下，请你告诉我……”苏珊开口道。

医务人员用头和肩夹住话筒，抬头望向苏珊：“你有什么事？”

“我们是医学院的学生，请问……”

“你们应该去找林奎维斯小姐。”那人低着头，快速往纸上记下一些数据，然后用铅笔指向特莉·林奎维斯。

“抱歉，”苏珊走了过去，彬彬有礼地对林奎维斯小姐说，“我们是医科学生，分派来……”

“啊，不。”林奎维斯毫不客气地打断她的话，她慢慢地抬起头，近似条件反射地把右手背放到前额，摆出一副周期性的偏头痛发作样子。“正是我需要的，”林奎维斯朝着墙壁说，一字一顿地强调每一个词，“在这一年中最忙碌的时候，却来了一批医科实习生。”她用愠怒眼神盯着苏珊，“请你现在别打扰我。”

“我没有打扰你的意思，”苏珊解释说，“我只是想请你告诉我，B-5 楼的病区休息室怎么走？”

“穿过中心台对面的弹簧门。”林奎维斯说，语气稍稍缓和下来。

在苏珊转身离开时，林奎维斯大声对另一个护士说：“南斯，真是难以置信，那种日子又来了。你知道是什么吗？有一批医科学生又来我们这里了。”

苏珊向来听觉灵敏，B-5 楼病区的几声叹息和呻吟清晰地传进她的耳朵。

苏珊从工作人员的桌子旁边绕过去，随后走向对面两扇乳白色的门。工作人员还在打电话、记数据。其他人跟着她走出去。

“真是别致的欢迎仪式。”卡平说。

“是啊，真有一种走红地毯的感觉。”费尔韦瑟说。尽管缺乏自信，这些医学院的学生仍然相信自己是非常重要的人。

“哼，等着吧，过不了多久，护士们就会对你言听计从了。”戈德堡踌躇满志地说。苏珊转过身，不屑地向他瞪了一眼，他却没有丝毫反应。对于人们在社交中微妙的信息交流，戈德堡的反应一向迟钝，甚至无法理解清楚明白的简单信息。

苏珊直接推门进入房间。她看到室内一片狼藉，旧书、过期内科临床参考手册、草稿纸、肮脏的咖啡杯、各种废弃针头以及静脉注射器全都胡乱地堆放在地上。有一张和桌子一样高的柜台靠着左侧墙，中间有一台很大的咖啡机，另一边是一扇没有挂上窗帘的窗户，一层波士顿尘垢糊在玻璃外面。二月的晨光轻柔地穿过玻璃，落在破旧的亚麻毡地板上。房间里的照明完全靠天花板上的一排日光灯。右墙上的布告栏里贴满了留言和通知，边上的黑板上覆盖着一层薄薄的粉笔灰。房间中央摆放着几张教室椅，椅子的右臂上都有一块木板充当成桌面。贝洛斯把一张椅子拉到黑板前，他坐到椅子上，面前是摊开的黄色记事簿。当学生们鱼贯而入时，他扬了扬左手的手表，轻飘飘地瞄了一眼。他这样的做法明显在提示这群学生，而他们立即心领神会。尤其是戈德堡，他不会忽视任何可能影响实习评分高低的因素。

有好几分钟，谁都没有说话。贝洛斯特意故作沉默，一言不发，他想把初次见面的情景深深地刻在学生的脑海之中。他还从未指导过医科学生的实习，不免以己及人地依据自身的过往经历，觉得一开始就有必要树立起自己的权威。学生们保持沉默，则是因为他们被吓坏了，此时他们的内心惶恐不安。

“现在是九点二十分，”贝洛斯逐一地打量着他们，“我们见面的时间约定在九点，而不是九点二十。”学生们不敢发出一丝动静，唯恐自己会引起贝洛斯的注意。“我希望我们会有一个顺利的开始。”贝洛斯故作威严地说道。他特意摆出一副努力站起来的样子，手中拿着一支粉笔。“在外科不管做任何事情，特别在纪念医院，有一点要牢记，准时！准时！准时！不然的话，我保证在这个地方，你们的实习将是……”贝洛斯用粉笔轻轻地敲着黑板，脑海中则在不停地思索，他想找一个恰当的词语来表达，他瞅了一眼苏珊·惠勒，她出众的外貌使他变得更加慌乱，他转向窗外望去，“一个漫长而难熬的寒冬。”

贝洛斯重新注视着学生们，开始一场他在匆忙中准备的开场白式的演讲。他一边讲一边观察学生们的表情。他觉得他一眼就能认出费尔韦瑟，一副琥珀色角边的狭小眼镜，完全吻合贝洛斯之前的猜想。戈德堡也很容易认出来，而另外两个男生却一时间无法与他们的名字对上。他假装无意地扫了一眼苏珊的脸，心中立马又是一阵慌乱。他未曾想到苏珊的美是如此动人心魄：一条藏青色便裤紧紧裹着修长的大腿，上身搭着一件浅蓝色牛津布衬衫，脖子上系了一条红蓝相间的丝巾，随意敞开的白大褂，丰满的胸脯展现出惊人的女性美。这让贝洛斯一时措手不及，他不得不把视线从苏珊身上移开。

“接下来的三个月，你们将在纪念医院进行外科实习，第一个月在 B-5 楼病区，”贝洛斯冷漠地说道，“正如生活中的许多事情一样，其中有利也有弊。”

对于这种生拉硬扯的大道理，卡平忍不住轻笑一声。其他人却毫无反应，他吓得赶紧闭嘴。

贝洛斯略带恼怒地瞪了一眼卡平，接着又说道：“ B-5 楼病区包括重症监护室，所以你们会获得密集的特别护理经验，这对你们有很多好处。但在另一方面，临床实习和特别护理同时进行，对你们而言确实有点过早了。据我所知，你们是第一次参加门诊的轮岗，是吧？”

卡平看了看左右两边，才明白贝洛斯是朝他发出提问。“我们……”他支支吾吾了一会儿，随后清了清嗓子，“是的。”他勉强地回答。

“重症监护室，”贝洛斯继续说，“你们在这个地方必须接受严格的训练，这里也是病员护理工作最关键的地方。你们给病人开的任何医嘱都必须交给我或当班实习医生进行审核，而且还要获得我们的联合签名，一会儿你们就可以与这两位实习医生见面了。你们在监护室开的医嘱，必须在第一时间内交给我们签名。病房病人的医嘱则可以在当天的任何时间一起送来签名，明白了吗？”

贝洛斯对学生们逐一审视，苏珊也不例外。她还是一贯的冷淡表情，回敬似的和他对看了一眼。贝洛斯留给她的初步印象有点差。她觉得贝洛斯假装成道貌岸然的样子，初次见面就来一段关于“准时”的下马威，未免有点小题大做的味道。他说话时的语气呆板枯燥，夹杂着少许莫名其妙的哲理，这使得苏珊从平常交流和书籍中总结出来的外科医生性格得到验证——颠三倒四、自命不凡，完全无视旁人的反对意见，她最反感的是他的讲话味同嚼蜡。苏珊只是把马克·贝洛斯看作一位普普通通的医生，她的脑海中完全没有产生他还是一位男性的念头。

“现在，”贝洛斯还在装模作样、单调古板地说，“我已经把你们的日程安排复印出来了，你们在B-5楼病区临床实习期间必须遵循上面的日程安排。病房和重症监护室的病人也分配给你们了，你们和实习医生一起工作。刚入院的病人，你们自行制订计划平均分配，轮流对入院病人的病情做全面检查，必须单独完成这项工作。而且你们必须留下一人参与夜班值守。简单地说，你们在五天内就要值一天夜班，我想这样的压力对你们来说不算太大吧，其实它会比日常的工作轻松许多呢。假如有人愿意挺身而出的话，那是再好不过了，但是你们当中一人就必定要通宵值班。今天找个时间共同商议一下，将你们商议的结果拟定成夜班值班表，然后交给我。”

“重症监护室的查房时间是每天早晨六点三十分。我希望你们提前去看病人，先核实清楚那些查房必问的问题。明白吗？”

费尔韦瑟面带沮丧地瞄着卡平，他把身子靠了过去，轻声地在他耳边说道：“我的天，这样就不用睡觉了！”

“你有什么异议吗，费尔韦瑟先生？”贝洛斯问。

“没有。”费尔韦瑟立马回应。他吓了一跳，没想到贝洛斯竟然认识他。

“现在还有一点时间，”贝洛斯看了一眼手表说，“我带你们去病房转一圈，你们和护士互相认识一下。我相信，你们会十分高兴认识彼此。”贝洛斯说着苦笑一声。

“这份‘高兴’我们已经领略过了。”这是苏珊进来后说的第一句话。她的声音吸引了贝洛斯的注意，他回头注视着她。“我们不期望她们会夹道欢迎，可也不至于受到冷落。”

苏珊的容貌不禁让贝洛斯有点魂不守舍，那朝气蓬勃的声音更让他心神荡漾。

“惠勒小姐，你必须明白，这里的护士只关心一件事。”

奈尔斯向戈德堡眨了眨眼表示完全赞同，但戈德堡不明所以。

“那就是病人的护理工作，必须护理好每一个病人。不管是新来的医学院学生，还是新的实习医生，他们的到来会给她们带来不少麻烦，甚至对她们的护理工作造成不利的影响。根据以前的实际经验，他们都知道新来的员工可能比细菌和病毒加在一起还更致命。你们可别期望别人会把你们当作‘救世主’，更不要指望护士会对你们夹道相迎了。”

贝洛斯停顿了一下，苏珊一声不吭，她在分析贝洛斯的为人，她判断他至少是一个现实主义者。贝洛斯留给她的印象不佳，但是这一点得到了苏珊认可。

“不管怎么说，我们先看一看病房的情况，然后再到外科手术室去。有个胆囊手术安排在十点半，你们可以穿上消毒衣，进入手术室里看一看。”

“还能看到牵开器是如何使用的。”费尔韦瑟加上一句玩笑话。沉闷的气氛被打破了，所有人都轻松地笑了起来。

不过手术室内的戴维·考利医生此时正怒火中烧，他对任何人都没有什么顾忌，还没等手术结束，他已经把巡回护士骂哭了，无奈之下只能将她撤换下去。麻醉住院医生也被他用满口的粗言秽语咒骂着，第一次碰到隔着麻醉屏的语言攻击，这也算是破天荒了。而且考利的手术刀还在他这位外科住院医生的第一助理的右食指上割了一道口子。

在医院综合外科医生中，考利医生的前途可算得上是一片光明，他在 B-10 楼拥有一间宽敞的私人办公室。他在纪念医院里受到重点关注，是医院教导、训练和培养出来的优秀医生。如果工作进展顺利的话，那么他就是一个好脾气的人：说一些粗俗的笑话，任意发表个人的想法，喜欢与人打赌，经常高声大笑，等等。而当事情一遇到阻碍，他就会肆无忌惮地爆发他的邪恶一面，他会不停地对人狂喷污言秽语。简单说来，他的身体里装着一个小孩子的灵魂。

那天，他的手术却发生了各种的问题。刚开始的时候，巡回护士就把外科器械弄错了，梅氏架上的胆囊外科器械是给住院医生使用的。考利医生二话不说，就把盘子狠狠地摔在了地上。接着，当他开始在病人身上下刀时，发现病人竟然产生了一点颤抖的反应，幸好他当时克制了心中的怒火，否则的话，手术刀很可能会被他甩向麻醉住院医生。然后问题又发生在 X 光机上，他刚想使用 X 光机，上面却没有照出图像。考利狠狠地盯着X光技术员，那个可怜的家伙几乎被他吓得魂飞魄散，开头的两张片子完全是一片黑影。

不知是有意还是无意，考利选择性地忘记了手术如此不顺的真正原因，那是因为胆囊动脉的系结被他不小心拉开了，鲜血立刻溢满伤口。在不影响肝动脉完整的前提下，重新隔离血管并在周围打一个结是一项非常艰巨的任务。即使在出血得到控制以后，考利仍然无法确定他有没有危及病人肝脏的血液供应。

此时医生休息室里空无一人，回来后的考利医生仍然带着一些怒气，他嘴里还在不停地骂骂咧咧。他走过一排衣帽柜，来到自己的衣帽柜前，狠狠地把消毒帽和口罩摔到地上，用力一踹，砰的一声，柜门应声而开。

“无能的混蛋！这该死的地方要完蛋了！”踹完柜子之后，他又高高地扬起拳头，重重地捶了一下柜门。这两下引发了连锁反应：第一，柜子顶部沉积五年的灰尘随之飘扬起来；第二，有一只消毒鞋被震了下来，差点砸在考利头上；第三，旁边的柜门被震出一条缝隙，柜里的物品接二连三地摔落在地上。

考利捡起鞋子，使劲朝远处的墙上扔过去，接着他踢开旁边的柜门，他想把掉落的物品放回柜内，可是当他看见柜内的情况时，一下就愣住了。

考利仔细看了看，顿时大惊失色。柜子里面堆满各种各样的药物：大部分已开封或用了一半的药品或药瓶，还有一些药物是未曾使用过的。各式各样的针剂、瓶剂、片剂，数量之多足以令人瞠目结舌，落在地板上的药物就包括哌替啶、氯化琥珀酰胆碱、依诺伐、巴罗卡丙（Barocca-C）和氯化筒箭毒碱。更多的药品还堆在衣帽柜内，包括整整一箱尚未开封的吗啡瓶剂，还有许多注射器、塑料导管和胶布。

考利赶紧把地板上的药物放回原处，重新锁好柜门，同时将三三八号记录在日历记事本上。考利想调查一下三三八号柜子是分配在谁名下的。尽管他非常生气，但他很清楚私藏药品的严重性，这也许会给医院带来灾难性的后果。刚才的手术并没有让他被怒火冲昏头脑，他还分得清事情的轻重缓急。

二月二十三日　星期一

上午十点十五分

医生休息室和护士休息室的另一个功能则是男性休息室和女性休息室，如果苏珊·惠勒想要更换消毒衣，她就不得不到护士更衣室。这让苏珊非常郁闷，社会的进步是如此缓慢，像蜗牛爬行一般，这种现象不过是又一个男权至上的例证。她幻想着自己将扭转这种不公平的局面，不禁感到一阵喜悦。更衣室里只有苏珊一个人，她不慌不忙地找到一个空的衣帽柜。她把脱下的白大褂挂在里面，随后在浴室门口找到一件手术助理护士穿的消毒衣，是普通棉布制成的淡蓝色连衣裙。她把衣服贴在身上看看是否合身。周围的环境让人不寒而栗，看着镜中的自己，苏珊突然对此感到极度厌烦、抗拒。

“这见鬼的护士服。”苏珊对着镜子吼道，她把消毒衣捏成一团，使劲甩在帆布筐内。她重新回到走廊，走到医生休息室门口。苏珊努力鼓起勇气，她一下就把门推开了。

这时，门边的贝洛斯正准备从柜子里拿消毒衣，他只穿着一条“詹姆斯·邦德式”的短裤（他是这样称呼的）和一双黑短袜，就像色情电影里刚要出场的男主角一样。他被突然出现的苏珊吓了一大跳，唰的一下，他就闪到更衣室里面的安全地带，一声不吭地躲在那里。和护士更衣室一模一样，站在门口是看不到里面的情况的。虽然事发突然，但是一身反抗精神的苏珊继续勇敢地朝柜子走去，选了一件小号的消毒上衣和一条裤子，随后像进门时那样迅速地离开了。临出门时，她依稀听见室内传来杂乱的声响。

她回到护士更衣室后就立即换好衣服。虽然上衣和裤子是小号，可是她还是觉得过于肥大了，她的腰身十分纤细，所以不得不尽量拎高裤子，牢牢系住。她开始在心中不停地猜测贝洛斯医生会如何斥责她，她可要想好应对的措辞。刚刚在病房里简短的介绍过程中，苏珊很清楚地感觉到贝洛斯对护士的傲慢态度。这种态度是具有讽刺意味的，因为前一秒他还在为护士辩护，解释她们为什么会对医学新生缺乏热情。无论出现什么情况，苏珊都不会改变自己对贝洛斯是个典型的大男子主义的厌恶之情。她决定对贝洛斯的大男子主义发起挑战，也许她可以把自己的外科实习生活变得更加舒适一些。每当想到贝洛斯在更衣室里的尴尬情景，苏珊就忍不住想笑，随后她向手术区走去。

“是惠勒小姐吧？”苏珊刚一出现，贝洛斯就问她。他若无其事地倚靠在门口左边的墙上，显然是在等着苏珊出现。他的右肘撑在墙壁上，手掌还托着头。苏珊听到贝洛斯的声音吓了一大跳，因为她没有想到他会在那里等她。

“我必须承认，”贝洛斯继续说，“我被你吓坏了，差点被你看到我没穿裤子的样子。”他满不在乎地笑了笑，他的言谈举止让苏珊感到他还有一些人情味，“我很久都没有体验过这种狼狈的感觉了。”

苏珊不知如何回答，只能羞赧地笑了一笑，笑得有点勉强。她准备着贝洛斯接下来的责骂。

“当我最终反应过来你为什么会突然出现在那里时，”贝洛斯继续说，“我开始认为那样逃跑的举动实在没有必要，甚至有点可笑。我应该更理性一点，站在那里坚持不动，不管我穿的是什么衣服……或者没穿什么。也许是我过于重视仪表和举止了。其实我当住院医生也不过是第二年，你们是我的第一批实习学生。我希望自己能尽力帮助你们，不仅让你们获得优秀的实习成绩，而且我也可以有所收获。总而言之，我们应该愉快地过好每一天。”

最后，贝洛斯微笑着朝苏珊点了点头，然后就去看胆囊手术被分在了哪个手术室。苏珊愣住了，她没想到贝洛斯竟然对刚才的事情毫不在意。茫然的苏珊一直望着贝洛斯慢慢离去，贝洛斯出人意料地自我反思，让她由愤懑、反抗激起的决心在瞬间彻底坍塌了，她不禁为自己之前的想法苦笑不已，没想到自己竟会产生如此愚蠢的想法。苏珊无意间的举动促使贝洛斯做出自我反思，可是事实证明她错了，苏珊必须改变自己对马克·贝洛斯的可笑偏见。她看着贝洛斯走到手术区中心台边，对于她来说，在这个陌生的环境里，贝洛斯显得那么游刃有余。苏珊觉得他变得顺眼多了，对他的印象也有了明显好转的迹象。

其他人都做好了进手术室的准备。乔治·奈尔斯帮苏珊的鞋子套上纸靴，并在里面塞入导电胶带，苏珊戴上兜帽、口罩。全副武装的他们绕过手术区中心台，径直走过弹簧门，来到洁净无尘的手术区。

苏珊还是第一次来手术区。她曾经站在观望窗外观看过一两例手术，但是那种场景仿佛在看电视。观望窗的存在让观众完全没有身临现场的感觉。现在，苏珊十分激动，她慢慢地走在走廊里，细心体会着生死无常的恐惧。一间又一间的手术室，苏珊看着里面正弯腰做手术的一道道身影，手术台上躺着内脏外露的昏睡病人，他们只能脆弱无助地昏睡着。一辆病号车正迎面推来，巡回护士在前面拉，麻醉师在后面用力推。与他们相遇的那一刻，苏珊看见病人在剧烈地干呕，麻醉师却毫不在意地托住病人下巴。“听说沃特维尔谷有四十英寸厚的积雪。”麻醉师对着巡回护士说。“周五一下班我就去滑雪。”巡回护士回应一句。他们俩慢慢地从苏珊旁边走过，他们要把病人推到恢复室去。刚做完手术的病人还处于十分疼痛的状态，病人饱受折磨的样子深深地触动了苏珊的心灵，她忍不住打了个寒战。

最终，他们来到十八号手术室，他们停在门口稍作休息。

“尽量别发出声音，”贝洛斯看了看窗内的情况说，“病人睡着了，唉，我还想让你们先看一下的。不过问题不大，你们还能看到铺单以及术前准备的其他步骤。你们先靠右墙站好，等他们开始动手术，你们可以走过去小心观看。假如你们有什么疑问，出去之后再说，清楚了吗？”贝洛斯和每个学生都用眼神确认一下，当他看向苏珊时，朝她微微地笑了笑。随后贝洛斯轻轻地推开手术室的门。

“啊，贝洛斯教授，欢迎。”一个身材魁梧的医生穿着整齐的手术服，粗声大气地问候贝洛斯，他正围着X光机不停地转悠，“贝洛斯教授和他的学生们来观摩东部第一快刀手。”他一边说笑，一边举起双臂，朝前摊开手掌，摆出一个“好莱坞式手术”的夸张姿势。“我想你已经告诉过这些敏感的青年，他们马上会看到百年难遇的场景。”

“呵呵，这个胖胖的家伙，”贝洛斯指着X光机旁满面笑容的人对学生说道，声音在整个手术室里回响，“可能是手术室待得太久的缘故。他是高级住院医生斯图尔特·约翰斯顿，整个医院里只有三位高级住院医生。你们要做好苦熬四个月的准备，你们的外科实习可要面对他的折磨哦。不过，他答应过会好好关照你们，但是结果会怎样，我就不敢打包票了。”

“你真可怜啊，贝洛斯，这例手术可是从你手中偷偷溜到我这里的。”约翰斯顿依然乐呵呵地说，接着他道貌岸然地对两个助手说，“伙计们，病人还等着你们铺单呢。快快快，动起来！你们这样磨磨蹭蹭，难道想泡一辈子吗？”

铺单工作在快速地进行。病人头部的上方拱着一根小金属管，将麻醉师与手术区间隔开。覆盖好的病人只有右上腹的一小块区域暴露在外面。病人右侧站着约翰顿医生，左侧则是一位助手，巡回护士把梅氏手术架上的遮盖移开，里面摆放着一整套正在滤干的手术器械。许多止血器具整齐地排列在盘子后面，刀锋锐利的新刀片在手术刀上装好，一切都已准备就绪。

“刀。”约翰斯顿说。手术刀“啪”地递到他戴手套的右手上。他伸出左手把腹部皮肤往外拉开，以此来提供反牵引力。这时苏珊和她的同伴都小心地向前靠过去，他们带着紧张、惊奇的心情观看预想过的情景，好像有一场死刑处决将要在眼前上演。他们做好思想准备，他们准备在大脑中完整地记录即将发生的场景。

约翰斯顿手中的手术刀悬在病人苍白的皮肤上方大约两英寸的位置，他把目光转向麻醉屏后的麻醉师，麻醉师一边把血压计气囊里的空气慢慢地排出，一边紧紧地盯着血压表，120/80毫米。他抬起头望向约翰斯顿，微微地点头。约翰斯顿稳稳地用手术刀切开病人的皮肤，刀锋和皮肤之间大约呈四十五度。刀口完全暴露在空气中，鲜血一下子从搏动的动脉涌出来，洒在刀口旁边，然后逐渐减弱、消退。

与此同时，在一旁观看的乔治·奈尔斯的大脑中突然发生了一种奇怪的反应：病人皮肤被切开的情景，让他的肌内血管立即产生扩张，这使得大脑的血液快速流向那些扩张的血管，导致奈尔斯一瞬间失去了意识。只见他直挺挺地朝后倒去，随后他的脑袋重重地撞击在塑料地板上，发出砰的一声闷响。

一听到这个声音，约翰斯顿猛然转身。他被吓了一大跳，立马爆发出外科医生特有的喜怒无常的愤怒。

“天哪，贝洛斯，快把这些孩子带出去，竟然有人会晕血，等他们能够忍受时再带进来吧。”他摇头叹息道，转身就用止血钳夹住正在出血的血管。

巡回护士敲碎一粒氨水胶囊，一股辛辣的臭味冲入乔治鼻子里，他很快就恢复了意识。贝洛斯急忙弯腰，检查了他的脖颈和后脑勺。此时，乔治已完全清醒了，他坐起身子，对眼前的一切一脸茫然。当他明白发生了什么事情后，不禁羞愧得无地自容。

“见鬼，贝洛斯，他们完完全全是生手，你为什么不提前告诉我？假如这孩子跌在病人的刀口上，那将会产生什么后果？难道你也不清楚吗？”

贝洛斯一声不吭，扶着乔治慢慢站起来，直到他确定乔治无恙后才放心。随后他向学生们做了一个手势，示意他们先离开十八号手术室。

在手术室的门还没有完全关闭之前，他们仍然可以听到约翰斯顿对他一个助手咆哮：“你是来帮忙还是捣乱啊？”

二月二十三日　星期一
中午十一点十五分

乔治·奈尔斯的自尊心受到的伤害远远大过身体上受到的损伤。他的后脑勺很快就鼓起了一个大包，幸好没有破皮出血。他的两只瞳孔大小一样，记忆力也没有受损，估计很快就能完全康复。然而，这个意外还是给整个小组浇了一盆冷水，他们的兴致一下子冷落下去了。贝洛斯的心情十分糟糕，毕竟是他决定把学生带进手术室的，没想到会发生晕血的事，这说明他的决定是多么不周全。乔治·奈尔斯非常担心以后每次看外科手术病例都会出现这样的反应。小组中的其他人也或多或少在为这件事情带来的影响而烦恼，毕竟在一个群体中，个人的行为往往会反映集体的表现。苏珊倒并没有像其他人那样，为这方面的问题而烦恼。她更为约翰斯顿出人意料的反应和戏剧性的态度转变而感到苦恼，前一秒他还兴致勃勃和他们开着玩笑，一切都显得那么友善，下一秒就仅仅因为一件意想不到的事情而怒气冲冲，甚至恶语伤人。苏珊心中又重新燃起了对于外科医生性格的成见，也许她的看法才是恰当的。

回到外科医生休息室后，他们换回便服，喝了杯咖啡。咖啡的味道还不错，可是室内香烟的味道呛得苏珊几乎受不了，雾腾腾的烟云弥漫在室内五尺以上的空间，就像洛杉矶上空的烟雾一样。苏珊对休息室内的其他人漠不关心，直到忽然她看见一个面色苍白的男人在水槽附近徘徊，他就是沃尔特斯。苏珊把头转向一边，随即转回来，心里琢磨着那个人是否盯着她。他确实在看着她，一双水泡眼透过烟雾对她瞧个不停，嘴角半干的唾沫牢牢地挂着香烟，一缕烟柱从烟灰中蜿蜒升起。不知为什么，他让苏珊莫名其妙地联想到《巴黎圣母院》里那个敲钟人，只不过他不是驼背罢了。这个男人就像一个迷路的食尸鬼，在纪念医院外科区的阴影笼罩下，他的存在倒也算是颇为应景。苏珊扭头想要移开视线，但她的眼睛不由自主地被沃尔特斯那令人生厌的目光所吸引。当贝洛斯示意离去时，苏珊非常高兴。他们把余下的咖啡喝光，一同朝着水槽边的出口走去。沃尔特斯一直注视着苏珊走出房间。沃尔特斯忍不住咳了一下，气管里的痰发出“咯咯”的声音。“真是个糟糕的天气，是吧，小姐?”沃尔特斯对着正在经过他身旁的苏珊说。

苏珊没有理他，她感到十分愉快的是终于摆脱了那直勾勾盯着她的视线。她原本就有点讨厌纪念医院的外科环境，现在又多了一个理由。

他们走进重症监护室，关上大门后，他们仿佛与整个外部世界隔绝了联系。就像进入了另一个朦胧的世界，学生们眼前展现出一个超现实的陌生环境，他们眨了眨眼睛，这才适应了室内昏暗的灯光。天花板上的吸音装置把说话声、脚步声都吸收掉了，只能听到室内的机械声和电子声，尤其是心脏监视仪里发出带着节拍的声音和呼吸器传出“嗞嗞”的呼吸声，在清澈的空气里回荡。病房内的高床被相互隔开，床的两边各有栏杆起着阻挡的作用，常见的静脉滴管和瓶子高高地挂在上方，连接着已经刺入血管的注射针。有一些病人被层层纱布包裹着，像一具具木乃伊。有几个病人是清醒的，骨碌骨碌转动的眼睛流露出惊魂不定的神色。

苏珊打量着房间。她的眼睛捕捉到了示波器屏前闪烁的荧光。她意识到，以自己目前的无知状态，能从这些仪器中获得的信息实在非常有限。静脉输液瓶贴着复杂的标签，标明所含液体的离子含量。一瞬间，苏珊像她的伙伴一样，感觉到一种无能的愤怒，医学院前两年的学习仿佛毫无意义。

这五个学生彼此靠得更近了，一起围向中间的桌子，他们像一群小狗一样跟着贝洛斯。

“马克。”重症监护室里的一个护士喊道。她叫琼·斯古德，有着一头浓密的金发，厚厚的眼镜后面是一双聪慧的眼睛。她确实很有魅力，苏珊敏锐地察觉到贝洛斯举止上的微妙变化。“威尔逊有过几次室性早搏，我告诉丹尼尔应该给他挂一瓶利多卡因点滴。”她走到桌前，“不过丹尼尔有些拿不定主意……”她把心电图拿给贝洛斯，“看看这些室性早搏。”

贝洛斯低头看着描图。

“不，不是那儿，你这个笨蛋。”斯古德小姐接着说，“那些是他的常规早搏，这里，看这里。”她给贝洛斯指了指，抬头期待地看着他。

“看起来的确应该给他挂一瓶利多卡因点滴。”贝洛斯笑着说。

“你说得对，”斯古德答道，“我已经用五百毫升葡萄糖溶液调好了，控制在每分钟两毫克，实际上吊瓶已经连接好了，我只需要过去打开它。你做记录的时候要写上，我看到他第一次室性早搏时给了他五十毫克的剂量。也许你该好好地说一说卡特赖特。我是说，这已经是他第四次对一个简单的医嘱犹豫不决了。我不希望我们这里出现怕担责任的人。”

在贝洛斯对她的评论做出回应前，斯古德小姐已经跳到了一位病人的面前。她熟练而自信地理清了扭在一起的静脉注射管，以确定哪根线管连接哪个瓶子。她打开了输利多卡因点滴的吊瓶，计算药滴的速率。护士和贝洛斯之间的这种快速交流，并没有给学生们本来少得可怜的信心带来什么正面效应。护士显而易见的工作能力只会让他们觉得自己更无能，也让他们感到惊讶。护士这种直来直去、咄咄逼人的工作方式，与他们仍在努力维护的医护关系的传统观念相距甚远。

贝洛斯把在架子上的医院病历卡抽出来，放到桌子上，然后在桌边坐下来。苏珊一眼看见病历卡上南希·格林利的名字。学生们站在贝洛斯身旁，围成一圈。

“保证‘输液平衡’是考验医务工作者在外科护理或任何病员护理中最重要的一点，”贝洛斯边说边打开病历卡，“这个病例就是一个很好的例子。”

监护室的门被打开了，一丝光线从外面透进来了，医院内的嘈杂声也随之涌入室内。进来的人是丹尼尔·卡特赖特，他是B-5楼手术区的实习医生。他身材矮小，大约三十五岁，穿着一件皱巴巴的白大褂，上面还残留着一丝血迹。他留着稀疏的小胡子，微微有点秃顶，性情温和，待人友善。他直接朝着贝洛斯一群人走来。

“你好，马克，”卡特赖特一边说，一边用左手打着招呼，“我们的胃切除手术很早就完成了，所以我想今天可以提前跟着你。”

贝洛斯把卡特赖特介绍给大家，随后让卡特赖特向大家说明一下南希·格林利的病情。

“南希·格林利，”卡特赖特用毫无感情的语气说，“女性，二十三岁，大约一周前在纪念医院进行刮宫手术。无异常病史，无参考性记录。术前常规检查结果正常，妊娠试验显示阴性。手术过程中突发麻醉并发症，到现在一直处于昏迷状态，没有任何反应。两天前的脑电图检查完全是一片空白。目前状况稳定：体重未减，小便量正常，血压、脉搏、电解液等都属于正常值范畴。昨天下午检测体温，出现一点上升的迹象，不过呼吸正常。从目前的各项数据来看，她应该还挺得住。”

“她需要我们提供细心、专业的帮助，才有可能坚持下去。”贝洛斯立即纠正道。

“二十三岁？”苏珊突然一问，随后往旁边病床探视过去，苏珊的脸上流露出一丝忧愁的表情。在重症监护室柔和灯光下，她的表情变化并没有被其他人发现。苏珊·惠勒和南希是同龄，也是二十三岁。

“不管是二十三岁还是二十四岁，这并不是重点。”贝洛斯说，他努力思考怎样才能最好地把体液平衡问题表达清楚。

不过这对苏珊来说很重要。

“她在哪里？”苏珊下意识地问道，其实连她自己也不确定是否需要别人告诉她答案。

“在左边的角落里，”贝洛斯头也不抬地回了一句，仍然注视着病历上的液体输入、排出数据，“我们要对病人输入、排出的确切液体数值是否相当做好检查工作。当然数据是死的，更为重要的是机体活动状况是否正常，但是数据变化可以更好地映射出机体活动情况。现在可以看到数据，她的排尿量为一千六百五十毫升。”

苏珊心神恍惚，她的双眼直直地盯着房间角落的病床，努力辨识躺在上面一动不动的身影。从她的位置看去，苏珊只看到一大团黑发下面掩盖着一张苍白无血色的脸，还有一根管子从病人嘴角伸出来。这根管子连接着床边的方形大机器，机器发出“咝咝”的进出声，是一台呼吸机在帮助病人呼吸。病人的身上盖着白色的被单，只有双臂还露在外面，左臂插着一根静脉滴管，另一根静脉滴管插在右颈部。天花板上一盏小型聚光灯发出一束光线，直接照射在病人的头部和上半身，让原本阴森的场景更增添了几许恐怖的色彩，角落的其余部分都隐藏在阴影中。只有呼吸机在不辞辛劳地发出咝咝声，除此之外，没有发现她身上有任何生理活动，似乎已失去了生命迹象。有一条塑料管弯弯曲曲地拖下来，将病人的下体与一只有刻度的小便容器连接在一起。

“每天我们都要对她进行体重检查，我必须知道确切的数据。”贝洛斯继续说。

苏珊却根本没在留意他说的话。“一个年仅二十三岁的妙龄女郎。”苏珊脑海中不断地萦绕着这个念头，让她久久无法释怀。苏珊并没有丰富的临床经历，她对眼前的事情无法做到熟视无睹，不可避免地陷入人性情感的旋涡之中。同样的性别、年龄，面前的一切深深地触动着她的心弦，她忍不住将自己和对方做着比较。她过去总是幼稚地以为，只有那些年老体衰的老人才会得重病。

“她多久没有反应了？”苏珊心不在焉地问，眼睛依然专注地凝视角落里的病人。

贝洛斯被苏珊这个突如其来的提问给打断了，他回头看了苏珊一眼，还没有注意到她内心的变化。“八天。”贝洛斯淡淡地说，他对自己正在长篇大论地进行体液平衡的演讲被打断而感到一丝不悦，“但这与今天的钠维持量毫无关系。惠勒小姐，请你把注意力集中在眼前谈论的问题上，好吗？”

接着，贝洛斯把注意力转移到其他人身上。“我希望从本周末开始，你们可以写日常的溶液医嘱。刚刚说到哪里了？”贝洛斯又接着讲液体输入、排出的计算问题，除了苏珊，其他人都俯下身子看越来越长的计算数字。

苏珊的目光依然盯着角落里毫无反应的病人，同时在脑中快速地回想身边的朋友有没有谁做过刮宫术。她想知道究竟怎样才能让自己和朋友们免遭南希·格林利身上的灭顶之灾？几分钟过去了，她愣愣地咬着下嘴唇，这是她陷入沉思的标志性动作。

“怎么发生的？”苏珊又一次毫无预兆地提出问题。

贝洛斯只能再次抬起头，比上次更快了许多，就像预感到有什么灾难即将降临一样。“什么怎么发生的？”他反问道，接着扫视一圈房间里的情况，还以为有什么意外事故发生呢。

“病人怎么会昏迷的？”

贝洛斯身子坐直，闭上双眼，慢慢地放下手中的铅笔。他沉默了一会儿，似乎在心里从一数到了十，这才缓缓开口说话。

“惠勒小姐，你最好专心点，参与到我们当中，”贝洛斯一字一顿、宽容地说，“你是与我们一起工作。至于病人为什么会变成这样，可能是变幻无定的命运之手在不经意转动的结果，有些事情是我们无法解释清楚的，明白吗？她身体健康，做常规刮宫手术，麻醉和诱导都没有出现丝毫差错，却意外地沉睡不醒，大脑供氧严重不足，也就是常说的脑部缺氧，懂吗？现在回到我们的工作上来。我们一整天都将在这里工作，先开好医嘱，中午还要去病房巡查。”

“这类并发症经常发生吗？”苏珊固执地追问道。

“不，”贝洛斯说，“非常罕见。大约是十万分之一的概率。”

“但对她来说，却是百分之百的概率，不是吗？”苏珊的话有点夹枪带棒的意思。

贝洛斯抬头望着苏珊，不太明白她到底想要知道什么。南希·格林利这一病例的人性因素已经不再是贝洛斯关心问题，他只关心怎样保持“离子”的正常水平、输入和排出的生理活动是否正常、体内的细菌繁殖是否会失控，等等。他只是不想看到南希死亡的事件发生在自己负责期间。假如她死了，对于护理不善的指责是他无法避免的，斯塔克医生可能会对他的工作挑三拣四，甚至提出严厉的批评。他清楚地记得，有一个昏迷的病人在约翰斯顿负责期间死了，斯塔克对他劈头盖脸、毫不留情地训斥了一通。

这并不是说贝洛斯不通人性，他只是对此无能为力，或者是力不从心吧。其次，他已经记不清处理过多少类似的病人，早就习以为常了，热血已经冷却，人早就麻木了。贝洛斯没有联想到苏珊和南希·格林利在性别、年龄上的共同点，他也选择性地遗忘了初次在医院参与临床实践的学生对于这种事在感情上会受到怎样巨大的冲击。

“强调一百遍了，请回到我们的工作中来。”贝洛斯说着把椅子移到桌边，神经质地用手整理了一下头发，他看了看手表，继续讲解他的计算：“假设使用一比四的生理盐水，那么两千五百毫升的溶液中有多少毫克钾盐？”

苏珊依然神游物外，她完全没有参与他们之间的谈话。她抑制不住内心的好奇，绕过桌子走向南希·格林利的病床。她小心翼翼地、慢慢地走过去，就像靠近危险物体那样谨慎，想要记住所有的细节。南希·格林利的眼睛只是半闭着，苏珊可以清楚地看见一部分蓝色虹膜，脸色惨白得像大理石一样，与她深褐色的头发形成鲜明对比。她的嘴唇发干开裂，一个口状塑料物把嘴巴撑开，气管导管就不会被她咬住了。门牙上还粘着已经硬化的褐色污血。

苏珊感到有点头晕，赶紧扭过头去，缓了一会儿才又回头看着南希·格林利。好端端一个人，一个年轻健康的活泼女孩，却成了现在这副半死不活的凄惨模样，这使苏珊心中升起一种无以言表的无奈情感，整个人禁不住战栗起来。那不是悲伤，而是另一种内心的痛苦，一种死亡感，一种生命的无意义感，绝望而无助。这种感觉犹如汹涌的潮水一般，不断回荡在苏珊的脑海中，使得她的手掌直冒冷汗。

苏珊宛如拿起一件精美的瓷器那样，小心地抬起南希·格林利的一只手。冰冷而又软绵绵的手没有一点活力。苏珊大惊失色，她还活着吗？苏珊的大脑立马闪过这个念头。上方的心脏监视仪忠实地发着令人放心的沉稳声音，心脏跳动的图像流转在屏幕上。

“我猜你已经完全掌握了体液平衡的相关知识，惠勒小姐。”贝洛斯站在苏珊身旁说。他的一句话把她从神情恍惚中惊醒，苏珊小心地把南希的手放了回去。她这才惊讶地发现其他人也都到了床边。

“诸位，这条是中心静脉压管子，”贝洛斯边说边拿起通入南希·格林利右颈部的塑料管，“现在这根管子的另一端插入颈部静脉进行滴注，我们把二十五毫克钾盐调制到一比四的生理盐水挂在另一端，滴速为 125 毫升 / 小时。”

“还有，”贝洛斯稍作停顿，茫然地看着南希·格林利，接着说，“卡特赖特，对她今天的小便做一次电解化验，每日血清电解常规化验就不用做了。哦，还包括镁含量化验，就这些。”

卡特赖特迅速把贝洛斯的医嘱记录在南希·格林利的索引卡上。贝洛斯心不在焉地拿起反射锤在南希·格林利的腿上敲了敲，想看看膝关节是否有膝跳反应，可依然毫无反应。

“你们为什么不做气管切开术？”费尔韦瑟问了一句。

贝洛斯抬头打量费尔韦瑟，他怔了一下。“问得好极了，费尔韦瑟先生。”贝洛斯转身质问卡特赖特，“为什么不做气管切开术，丹尼尔？”

卡特赖特的目光怯怯地看了看贝洛斯，然后又回到病人身上，一时显得有些惊慌失措，他假装镇定地核查着索引卡，虽然明知上面并没有这条记录。

贝洛斯又瞧了一眼费尔韦瑟："谢谢你提的这个问题，费尔韦瑟先生。如果我没有记错的话，我曾经叫你请耳鼻喉科医生过来，请他们给病人做个气管切开手术。没错吧，卡特赖特医生？"

"是的，是这样。"卡特赖特肯定地说，"我打了电话给他们，但他们一直没有回电话。"

"结果呢？你并没有盯紧他们。"贝洛斯说，不加掩饰地发泄心中怒气。

"没有，我在忙。"卡特赖特慌忙分辩道。

"得了吧，卡特赖特医生！"贝洛斯毫不客气地打断他，"请耳鼻喉科医生马上过来一趟。从现在的情况来看，这个病人很难恢复知觉了，像这样需要长期呼吸护理的病人必须做气管切开手术。你应该很清楚这个问题，长时间使用气管导管肯定会导致气管壁坏死。费尔韦瑟先生，你提的问题正切入重点了。"

贝洛斯与卡特赖特之间的这段对话，把沉浸在梦幻中的苏珊唤醒过来了。

"有谁知道这么可怕的现象为什么会发生在这个病人身上？"苏珊问。

"什么可怕的现象？"贝洛斯紧张地问，他赶紧在脑海里重新核查了一遍静脉滴注、呼吸器、心脏监视仪的工作情况，"哦，你指的是她一直没再苏醒过来。对了，"贝洛斯稍作停顿，"这倒提醒了我，卡特赖特，你在打电话请人过来会诊的时候，请叫上神经科医生，让他们再给病人做一次脑电图。倘若脑电图还是一片空白的话，也许我们可以摘取肾脏了。"

"取肾脏？"苏珊心惊胆战地问道，尽量不去设想这对南希·格林利而言意味着怎样的后果。

“是啊，”贝洛斯摊开双臂，双手搭在床栏上，“如果她已经是脑死亡状态，我的意思是指脑部彻底毁坏了，那么，我们将考虑摘取她的肾脏移植到需要的病人身上。当然，这首先必须获得她家属的同意。”

“也许她还能醒过来呢？”苏珊明确地抗议道，她的脸颊霎时变得一片通红，眼中冒出阵阵怒火。

“极个别的病人会苏醒过来，”贝洛斯耸了耸肩，无所谓地说，“但这对大多数人来说是不可能再苏醒了。他们的脑电图呈现空白，我们必须理性地看待事实，脑血管梗死引起的大脑坏死是无法重新恢复功能的。你又做不了脑移植手术，尽管在某些情况下它可能非常有用。”贝洛斯用一副戏谑的模样看了看卡特赖特，卡特赖特立刻明白贝洛斯的言外之意，随即笑了起来。

“为什么这个病人在手术时产生了大脑缺氧的情况，具体的原因查证过了吗？”苏珊问道。她再次回到刚才的问题，尽量不去想、也不敢想象南希·格林利的肾脏被摘取出来的场景。

“没有人知道原因。”贝洛斯看着苏珊的眼睛，坦率地回答，“这是个一目了然的病例。他们对麻醉过程的每一项步骤进行过仔细复查，而且是本院最认真负责的麻醉住院医生负责手术麻醉。对于这个病例，他自身也进行了彻底复查。我想表达的是，他是一个严于律己的人，却依然没有找到能够解释这一切的原因。我估计她可能是中风，也许她体内潜伏着某些对中风敏感的特别因素。当然，这仅是我个人猜测罢了。无论是什么原因，由于大脑在较长时间缺氧，引起脑细胞大量死亡，结果就变成现在这种情况……”贝洛斯在南希·格林利上方做了一个手掌向上的动作，“变成一个植物人了。除了不依赖大脑的心脏还在跳动之外，其他活动都需要我们来提供帮助，比如用呼吸器帮助她呼吸，”贝洛斯指着在南希头部右边发出嗞嗞声的机器，

“还有之前我们所做的一切，也是为了确保病人的体液和电解质维持严格的平衡。还需要给她打针，以此来维系她一直保持的生命体征，调节正常的体温。”在提到“体温”时，他愣了一会儿，突然反应过来一件事：“卡特赖特，今天给病人胸部做一次 X 光透视。幸亏我记起你刚才提的体温上升的问题，”贝洛斯对着苏珊扫视一眼，“这是导致大部分脑疾患病人死亡的重要原因。”

就在这时，断断续续的传呼器中又发出了声音。这次呼叫的是：“惠勒医生，苏珊·惠勒医生，请回复九三八号分机。”保罗·卡平用胳膊轻轻推了推苏珊，示意她正被别人传呼。苏珊抬头望着贝洛斯，惊讶的她感到有一丝措手不及。

“呼叫的是我吗?”苏珊难以置信地问，“明明呼叫的是‘惠勒医生’。”

“我把你们的名单给了这层楼的护士，让她们把你们的名字写在各自分管的病人病历卡上。你们将要负责处理类似验血及其他诱导的工作。”

“我还没习惯‘医生’这一称呼呢。”苏珊说着环顾四周，寻找离她最近的电话。

“你们要习惯这种称呼，对你们所有人都是这样来称呼的。不是为了讨好你们，这是为了让病人宽心。虽然没有规定必须隐瞒你们的学生身份，但也没必要去大肆宣扬。有些病人会因为你们是学生而不让你们碰一下，他们会为此大吵大闹，感觉自己被当作豚鼠，用来做医务试验。不管怎么说，既然你被传呼了，你先去处理一下，惠勒医生。然后再回来，我们结束这里的工作后将去十楼会议室。”

苏珊走到中心台去回复九三八号分机。贝洛斯一直看着她，直到她离开房间，他不禁注意到，那件白大褂里隐藏着一个性感迷人的身躯。贝洛斯完全被苏珊·惠勒吸引住了。

二月二十三日　星期一
中午十一点四十分

在回复传呼“惠勒医生”的电话时，苏珊有一种不真实的感觉。她觉得自己似乎在演戏，像一个蹩脚演员在扮演一个医生。她穿着白大褂，这一幕看上去既有点夸张，又恰如其分。不过在内心深处，她并不喜欢这个角色，她觉得自己更像一个随时会露丑的江湖骗子。

在电话另一端的护士讲话冷冰冰的，言简意赅。

“我们有一个病人安排的手术推迟了，麻醉师要求先给他进行术前静脉滴注。”

“需要我什么时候过来给他滴注？”苏珊捻着电话线问。

“现在！”护士答道，说完就挂断了电话。

此时在监护室里，其他的同学已经开始观看第二个病人，重新围着中心台，贝洛斯从架上取下一份病历卡，摊在面前，同学们都伸长脖子看着病历卡。当苏珊穿过昏暗的重症监护室时，没有人抬头看她。到了门边，当苏珊的左手握住不锈钢的门把，她慢慢地把头转向右边，眼光又落在一动不动、毫无生气的南希·格林利身上，不免想起她们之间那令人悲伤的相似之处。她满怀沉重的心情走出了重症监护室，走到外面时竟有一种如释重负的感觉。

不过这种如释重负的感觉稍纵即逝，刹那间就消失得无影无踪。她急匆匆地走过拥挤的走廊，心中不断地思虑着该如何应对接下来的小麻烦。苏珊从未进行过静脉滴注，之前倒是给几个病人抽过血，这还包括一个实验室里的伙伴，但还是第一次给别人做静脉输液。在书本上她掌握了静脉滴注的理论知识及注意要点，心里也清楚地明白自己完全可以胜任。这不过是把一根尖尖的针头刺进薄薄皮肤下的静脉管，只要注意针头不能穿透血管即可。真正困难的地方是静脉只有细实心面条那般粗细，里面的管腔就更细了。而且，皮肤表面下的静脉有时看不太清，完全需要凭着手感盲目地往里扎。

一想到将面对这么多困难，苏珊的心中不免有些忐忑。连这样一个极简单的静脉注射都让她有一种如临大敌感觉。不过最让她担心的，是自己被病人发现还是一个新手，病人也许会提出抗议，要求换一个真正的医生。而且，她也无法忍受由此借题发挥的护士讥讽和嘲笑自己。

苏珊来到仍是一片嘈杂忙乱景象的B-5楼病区。特莉·林奎维斯匆匆看了一眼苏珊，进了治疗室。另一个护士的帽子上有一条明亮的橙色条纹，胸牌上写着“萨拉·斯特恩斯”，一看见苏珊进来，就把已经准备好的一只静脉滴注盘和一瓶静脉滴注液递给了她。

“病人是五〇三室的伯曼先生，”萨拉·斯特恩斯说，“不用管输液的速度，我几分钟后会过去调整。”

苏珊点点头，她在走向五〇三室的路上检查了一下静脉滴注盘，上面放着各种针头：头部针、导管针、中心静脉压管和一些一次性针头，还有几包酒精棉花、几根用来止血的扁橡皮管和一只手电筒。苏珊看着这只手电筒，心想以后将不断重复在半夜端着盘子去给病人做静脉滴注的场景。

走过五〇七室、五〇五室，苏珊在五〇三室门口停下了，她在静脉滴注盘上的黄色针盒里找到一枚二十一号针，她以前看静脉滴注时就是使用这种针头。她很想拿一根导管针测试一下，但她的第一次静脉滴注是不敢胡乱试验的。

门上清楚地镂刻着“五〇三室”几个字，房门微微半掩着。苏珊不知道是该先敲门呢，还是直接推门进去。她情不自禁地回头看了一眼，生怕被人注意，然后敲了敲门。

“请进。”里面传来一个声音。

苏珊用右手稳稳地端着静脉滴注盘，左手拎着百分之五葡萄糖溶液的瓶子，用脚缓缓地把门顶开，小心地走进病房。她还以为里面会是一个上了年纪的病人。这是一个典型的单人病房：空间很小，很陈旧，地板上铺着一块块乙烯基方砖。窗户很脏，没有窗帘。有一只不知已涂过几层油漆的旧暖气片摆放在墙角。

让苏珊万万没有想到的是，病人的年纪并不大，身体也不算虚弱。躺在病床上的是一个看起来很健康的年轻人，年龄在三十岁左右。他穿着普通的病号衣，腰部以下盖着一条床单，又黑又密的头发连同鬓角向后梳着，耳朵的上半部也被盖住了。他那狭长的脸形显得天资聪颖、生性豁达。尽管正值冬天，皮肤也晒得黑黝黝的。高高的鼻梁露着一对微微上翘的鼻孔，似乎每时每刻都在不停地吸进空气。他有着运动员一般强壮的体魄。他用健硕的双臂环抱着屈起的双膝，有点神经质地反复揉搓着双手，好像在努力驱赶寒意。在他故作镇定的神态中，苏珊明显感觉到他内心的焦虑及恐惧。

“你太客气了，其实可以直接进来，就像在纽约中央车站一样来去自由。”伯曼笑着说，那略显勉强的微笑明显地透露出犹疑不定的情绪。显然，在等待手术的紧张气氛中，这个男人很乐意有人进来打扰他。苏珊走进房间，迅速看了一眼伯曼，朝他笑了笑。她把房门推回原处，把盘子搁在床尾，把输液瓶挂到床头的架子上。她有意识地躲开伯曼的目光，心里琢磨：伯曼原来这么年轻、健康，全身的器官功能也明显良好。对于苏珊而言，她宁愿碰到的是一个不省人事的百岁老人。

“又要吊针了？”伯曼问道，装出一副十分担心的样子。

“我想是的。”苏珊边说边打开静脉滴注管，把管子一端连到架子上的葡萄糖溶液瓶，让一些液体流进管子，然后用活栓固定住。苏珊抬头望向伯曼时，发现他正盯着自己。

“你是医生吗？”伯曼满腹狐疑地问道。

苏珊没有马上回答他，她直直地望着伯曼深褐色的眼睛，脑子里快速地权衡着几种不同的答复。很明显，她不是医生。她能说什么呢？她想说自己是医生，但苏珊向来不善于说谎，她不能确定自己能否将之说出口，更无法让自己信服。

“不是。”苏珊终于说出，视线回到二十一号针头上。发生在眼前的一切让她情绪低落，她感觉这可能会让伯曼更加焦虑不安。“我只是一个医科学生。”她匆忙补充道。

伯曼停止了双手之间神经质的揉搓：“你不必为此觉得难为情，”他语气真诚地说，“只是你看上去不太像医生，或者说看上去不像一个快成为医生的人。”

苏珊脆弱的心灵因伯曼这一番随意无心的评论而震动不已。初次参加专业实践的苏珊原本就疑神疑鬼，她误解了伯曼的话，认为他所说的是讥讽她的反话。

“怎么称呼你呢？”伯曼接着问，完全没有意识到自己刚才的话已经产生了误会。他躲开头顶上刺眼的灯光，让苏珊微微往左斜一点，以便看清她衣领上的名字：“苏珊·惠勒，苏珊·惠勒医生，是一个好听的名字。”

苏珊这才醒悟过来，对于作为医生的她，伯曼并未抱有任何偏见。但她依然没有吭声。她隐约感到伯曼身上有一种让她信任、欣慰的熟悉素质，但一时间又说不出是什么。她心里想，这种感觉太微妙了，就隐藏在他们初次见面的瞬间。这可能与伯曼颇具魅力而又我行我素的作风有关吧。

苏珊不想为了和伯曼的谈话而分心，于是她开始一心一意地进行静脉滴注的工作。她以一种公事公办的态度用止血带把伯曼的左手腕捆扎得紧紧的，接着撕开针袋和酒精棉花袋。伯曼饶有兴致地看着苏珊做这些准备工作。

“我承认我从一开始就不太想打针。”伯曼说。他装作若无其事的样子，但目光不停地在自己的手腕和苏珊之间来回。

苏珊感觉到了伯曼越来越紧张的情绪，无法想象如果他得知这是苏珊第一次给病人打静脉吊针的话，他会是什么反应。她确定他肯定会情绪失控。她很清楚，如果他们俩互换身份的话，自己也会是这种反应。

伯曼用力握紧拳头，在止血带的共同作用下，他手背上的静脉就像工作中的花园水管那样鼓起来了。苏珊深深吸了口气，屏住呼吸。伯曼也做了同样的动作。苏珊拿酒精棉花在他的手背上擦了擦，想把针头刺进去，但针头在皮肤一滑而过，并没有刺进去。

“啊！”伯曼尖叫一声，空着的右手用力地拧着被单。他本能的自卫行为显然是小题大做，让人哭笑不得的这声尖叫极具戏剧性。然而，如此一来，苏珊感到泄气，不敢再继续了。

“我想安慰地说，你挺像一个医生。”伯曼看着左手的手背。手腕上依然绑着止血带，手背有点发青。

“伯曼先生，你要尽量配合我。”苏珊说。她鼓足勇气，准备再试一次，希望失败的责任能由两个人共同承担。

“她说让我配合？”伯曼翻了翻眼珠，这句话回荡在脑海中，“我一直像一头献祭的羊羔一样乖巧。”

伯曼的左手再次被放平在床上，苏珊用左手绷紧伯曼的皮肤，以免针头产生滑动，这次针头在同样的力气下，一下就戳进去了。

“我投降。”伯曼风趣地说。

苏珊把所有的注意力都集中在扎进皮肤的针尖上，针尖第一次碰到静脉管就滑开了，她又绷紧皮肤，还是没有扎进静脉。于是她把皮肤绷紧后坚决地向前一戳针尖，似乎听到噗的一声，针尖已刺进静脉管，血液随即回流到连接针头的塑料管里。她赶紧挂上输液管，打开活栓，取下止血带。静脉滴液顺畅地往下流入静脉中。

两个人都石头落地般大大地松了口气。

苏珊觉得自己为病人做了一件真正的医务工作，由衷地感到欣慰。事情虽小，但也是一件工作。也许她的未来还是很有希望的。这让苏珊有一种兴奋的感觉，其中包含一种更强烈的温暖，不管医院的环境如何，在面对伯曼时，心里仍有一种自豪感。

"刚才你说我不太像医生，"苏珊一边说，一边用胶布固定住伯曼手背上的输液管，"那怎么样看上去才像一个医生?"她戏谑地问道，带着一丝兴奋。似乎她仅仅是想引伯曼说话，并不在乎他是否有什么不同寻常的高见。

"我这种说辞也许有点傻里傻气吧，"伯曼一边说，一边看着苏珊用胶布固定静脉针，"在我们班有一些姑娘天资聪颖，其中有几个成绩优秀，她们毕业后都进了医学院，但毋庸置疑的是，她们看上去并不像正常女性。"

"你觉得这其中的原因在于她们放弃了其他学科，偏偏进了医学院吧?"苏珊一边说，一边把静脉滴注的速度调得慢一些，让它一滴一滴落下。

"也许吧，这也可能是……"伯曼若有所思地支吾着，他明白苏珊话里的另一层意思，"不过我的想法不太一样。我非常清楚我认识的这两个姑娘大学本科的经历。她们是在临近毕业的这一年突然决定学医。但她们的非女性化与她们决定学医一事毫无关系。而你，即将成为医生的惠勒小姐，你从头到脚都笼罩着一种独特的女性气息。"

苏珊原想反驳伯曼对于两位姑娘略显偏激的言论，却未曾料到伯曼会把话题转到她身上。一方面，她很想问一问伯曼："你是说真的吗，伙计?”但另一方面，她又觉得他是认真的，并非仅仅出自礼节性的赞美。伯曼接下来的一句话决定了苏珊的想法。

“如果让我来推测你的职业，”伯曼继续说，“我肯定会说你是一个舞蹈家。”

伯曼无意中触碰了苏珊对另一个自我的幻想。苏珊觉得别人把她看成一个“舞蹈家”，这绝对是一种赞美。因此她非常乐意接受伯曼对她女性气质的评价。

“谢谢，伯曼先生。”苏珊真诚地说。

“我希望你叫我肖恩。”伯曼说。

“谢谢，肖恩。”苏珊重复一句。她不慌不忙地收拾好静脉滴注的随身器具，眼神飘向肮脏的玻璃窗外。眼神飘忽不定的苏珊并没注意到窗外的尘垢、砖墙、铅灰色云层，以及死气沉沉的树木。她又回头望着伯曼：“你的称赞让我有了一种无以言表的喜悦心情。或许你会感到诧异，事实上我已经有一年时间没有把自己当成一个女性了。你的这番话让我又找回了当初的自信。这不仅仅停留在口头上，我甚至已经开始把自己看成……”苏珊停顿一会儿，想找个恰当的词语来表达，“中性，中性这个词很恰当。在很长的时间里慢慢地形成了这种想法。在同学聚会时，面对曾经的老同学，特别是当初的室友，是在与她们的比较中才不断意识到的。”

苏珊突然停了下来，站直身子。她显得有点难为情，很惊讶自己竟如此坦率地与伯曼说话。“我都说了些什么呀？有时我都不敢相信自己了。”她嫣然一笑，随即自嘲起来，“我扮个医生都扮演不好，更谈不上像个医生。我想你肯定不想听我在这儿滔滔不绝地谈论自己在适应这份职业时所遇到的困难。”

伯曼抬头看着苏珊，脸上挂着灿烂的笑容。对于这段意外的插曲，他显然十分享受。

“病人应该多谈谈，”苏珊继续说，“而不是一直听医生说话。为什么不跟我聊聊你所从事的职业呢？这样我就可以闭嘴专心听你说了。”

“我是一名建筑师，”伯曼说，“出没于坎布里奇风景区的成千上万人中的一个，不过那是另一回事了。其实我更愿意听你说，能在医院里听到像你这样正常人似的闲谈是多么不可思议，这让我心里宽慰、平静许多。”伯曼的眼睛在房间里扫视了一圈，“我不介意做一次小手术，但老是这么傻傻地干等着，真让人恼火。而且每个人都板着脸，一副严肃认真的表情。”他又回头看了看苏珊，“告诉我关于你从前的室友的事，你要说些什么？我倒想听听。”

“你没有骗我吧？”苏珊眯缝着眼睛反问道。

“绝对没有。”

“这倒没有什么难以启齿的。她是一个聪明乖巧的女孩，如愿考进了法学院。这让她在维持自己女性形象的同时，又实现了她与男性在智力上一较高下的愿望。”

“虽然我不知道你有多高的智力，但毫无疑问，我可以肯定你是一个女人。‘中性’这个词根本与你无缘。”

一开始苏珊还想和伯曼争论一番。因为他把女性和女人的外表混为一谈了。苏珊认为外表仅仅是一个很小的方面。但她克制住了争论的冲动，对于即将去外科室动手术的伯曼，争论显然是不合时宜的。

“我不知道我的这种感觉是否准确，”苏珊说，“不过我思来想去还是觉得‘中性’是最贴切的词。早先我认为当医生有许多好处，例如，它提供了社会保险。我可以不必考虑或担心因社会压力而结婚。唉，”苏珊叹了口气，“它确实提供了超出我想象的大量的社会保险。事实上，我已经感觉自己慢慢地被逐出正常社会了。”

“如果你为此而烦恼，我很乐意为你效劳。”伯曼语带双关地说，

“当然，前提是对于建筑师也属于正常社会的一部分这一点你并不反对。你会发现其实有些人对此持不同意见。不过……”伯曼一边整理思绪，一边挠了挠后脑勺，“身上穿着这件似乎低人一等的病号服，待在这丧失个性的环境里，我几乎无法理智地与你谈话了，而我很想一直持续着这次愉快的交谈。我知道肯定会有各种各样的人经常找你搭讪，我不应该让你忙上加忙。不过，等到我把这该死的膝盖治好后，我们也许可以一起去喝一杯咖啡或者干一杯，”伯曼说着抬起他的右膝，“活见鬼了，几年前踢橄榄球时受伤了，从那时起，它就变成了我的致命弱点。”

“这个手术是在今天做吗？”苏珊问道，心里想着该如何回答伯曼的邀请。她知道这与医生职责相违背，但她被伯曼深深地吸引了。

“是啊，他们说只是微小的切除手术或者什么其他类似的手术。”伯曼说。

这时有人敲了敲病房的门。苏珊还没来得及回复一声，萨拉·斯特恩斯已经走进房间，把苏珊给吓了一跳。苏珊心神不定地在静脉滴注管的活栓上装模作样地胡乱摆弄，这种幼稚可笑的举动大大地刺激了她。她极其愤怒，自己竟然被这套医务系统弄得如此魂不守舍。

“又要打针了吧？”伯曼沮丧地说。

“手术前还需要再打一针。麻烦你转过身去。”斯特恩斯小姐说。苏珊被她挤到旁边，接着她把盘子放在床头柜上。

伯曼很不自然地看了苏珊一眼，然后向右侧卧下。伯曼的臀部左侧露在外面，斯特恩斯小姐抓住一块肌肉，针头一下就扎了进去。打完针后，苏珊注视着躺在病号车里的伯曼被勤杂工送往八号手术室，他将在那里接受膝关节半月板切除手术。苏珊转身走下走廊前，回头看了伯曼一眼。她朝他竖起了大拇指，他也报以微笑。苏珊朝着护士站走去，心情复杂。她心里有一种很温暖的感觉，因为她遇到了一个能够相互吸引的人；但与此同时，还有一个令人困扰的现实，那就是她所做的一切工作都还很不专业。苏珊不得不承认，要当好一名医生没那么容易。

二月二十三日　星期一
中午十二点十分

病区走廊里摆满了午餐车，各种无色的食物堆满在上面，苏珊像一个障碍滑雪运动员一般迂回穿插地通过走廊。盘子里堆放整齐的食物散发出诱人香味，这让苏珊想到自己今天还没吃早饭。早晨搭车时急匆匆地吃了两片烤面包，这算不上是一顿早餐吧？

忙碌不堪的 B-5 楼护士室在午餐车到来后，变得更加拥挤杂乱。药物、治疗和饮食都能准确无误地一一送到每一个病人，苏珊不免对这个不可思议的奇迹而赞叹不已。萨拉·斯特恩斯护士微笑着指着静脉滴注器的存放位置，对着苏珊说了声“谢谢”，这让苏珊感到十分惊喜。苏珊悄然地来去，并没有引起其他人的注意。医院里拥挤的电梯迫使苏珊决定还是走楼梯回监护室去，只需要往下走三层楼梯就可以到了。

苏珊再次回到监护室。一个护士抬头看了看她，接着又低头看她面前的心电图扫描。她对着房间扫视了一圈，周围的一切又再次触动她的心房：各种器械摆放在房间里，寂静得听不见一点人声，只有荧光信号在不知疲倦地扫描图像。宛如一尊雕像的南希·格林利依然躺在角落里，没有任何动静。她不幸地成了现代医学的受害者、先进技术的牺牲品。苏珊好奇地猜想南希的生活和爱情。一次普通的月经不调，一个简单的刮宫术，让这一切都化作烟云，随风而逝了。

苏珊竭力把目光从南希·格林利身上转移开来，其他人已经离开了监护室，他们可能是去参加会诊会议了。此时身在重症监护室的苏珊感到浑身不舒服。她忍不住胡思乱想：身穿白大褂，口袋里装着听诊器的自己站在这里，假如病人发生突发状况，她该怎么处理？假如有人让看似医生的她做出事关生死的决定，她又该如何应对？

苏珊有一点惶恐不安。她竭力克制自己的冲动，不让自己屈服于轻微的恐慌。她顺着惯性一把拉开房门，迅速逃回走廊，走向电梯。心里不停地琢磨着事实与幻想、现实和神话之间的差别，努力寻找作为真正的医学院学生和人们想象中的医学院学生之间的差别。

苏珊想到贝洛斯之前说过要在十楼开会诊会议，于是她赶紧乘坐电梯赶往十楼。她被挤到电梯的后部。电梯里的苏珊感觉这是一次受难之旅，电梯像一个大杂烩一样挤满了各种各样的人，他们都怀着各自不同的烦恼，电梯在每一层都会停下来。浑浊沉闷的空气，尤其是有个毫无文明意识的乘客嘴里还叼着一支香烟，完全无视贴着“不准吸烟”的明文告示。乘客都不看其他人，彼此也没有什么交流。所有人都茫然地看着指示灯上变换的数字，只希望电梯门快一点开、快一点关，这样可以早点离开这鬼地方。

刚刚到九楼，苏珊就急躁地挤到门口，一到十楼，她立刻从拥挤的人群中冲了出来，长长地舒了一口气。

气氛突然换了个模样。干净的地毯平铺在十楼的地板上，墙上新涂的光漆一闪一闪地泛着光。墙上挂着镀金镜框，里面是一幅幅身穿学者服的医院前任的伟人像。一排舒适的椅子摆放在走廊边上，椅子之间还有摆放着各式台灯的桌子，一沓沓《纽约客》杂志按合理的间隔整齐地码着。

一出电梯门，对面就有一块指示牌，上面清楚标明了会议室的方向。苏珊沿着走廊经过许多办公室，它们都是医院内著名医生的私人办公室。走廊内零零散散地坐着一些病人，他们一边看书，一边等着。当苏珊走过他们身边时，几乎每个病人都会抬起头，面无表情地看看她。

当苏珊快走到走廊尽头时，刚好经过外科主任医师霍华德·斯塔克的办公室。此时他办公室的房门半开半掩，里面有两个秘书在飞快地打字。有一个楼梯井位于斯塔克办公室的斜对面，走廊尽头的红木弹簧门上有一块示意牌在闪烁："正在开会。"

苏珊进入会议室后，轻轻地把门带上。由于房间里的灯都关着，她的眼前一片黑暗，缓了一会儿才适应过来。苏珊看到会议室角落有一块亮光，有一个人影正拿着教鞭对投射出的图像描述细节，这是一幅用柯达彩色胶卷拍出来的肺部照片。

在昏暗的环境中，苏珊慢慢地看清了一排排的座位以及座位上的人。会议室的宽度大概是三十英尺①，长度则是五十英尺。讲台比地板高出二级台阶，有一个缓缓向下的斜坡作为登上讲台的通道。苏珊没有看到放映机，但穿过上方烟雾的投射光束依然是那样清楚明晰。即使身处黑暗中，苏珊仍然可以看得出，这间会议室设计巧妙，装修豪华。

下一张彩色幻灯片是一幅显微镜的切片，会议室里立刻明亮了许多，苏珊甚至可以看清奈尔斯后脑勺上的肿块，他坐在靠着通道的座位上。苏珊走过去，在奈尔斯的肩膀上轻轻拍了一下，看到他们给她留了一个空位。她从奈尔斯和费尔韦瑟座位前挤了过去，坐到贝洛斯的旁边。

"你是去给病人做静脉滴注吗？我还以为是去做剖腹手术呢。"贝洛斯转过身子，小声地讥讽道，"这一去就是半个多小时。"

"这个病人很有意思。"苏珊说，准备再次接受他关于"准时"的

---

① 1 英尺约 0.3 米。

教育。

“有意思？我希望你明白，你还有很多更重要的事情。”

讲台上的人打断了贝洛斯的话，他意识到自己被讲台上的人提问了，他只听到：“关于这一点，你能给我们一些启迪吗？贝洛斯医生，可以吗？”

“非常抱歉，斯塔克医生，我没有听清问题。”贝洛斯说。他显得有点慌乱。

“她是否有肺炎症状？”斯塔克重复了一遍问题。讲台上的斯塔克身形瘦弱，脸部无法看清楚，他的侧影被一张右侧模糊的胸腔X光片投射在上面。

坐在贝洛斯后排的一个住院医生向前俯身，轻轻提示道：“他在说格林利，你这个笨蛋。”

“哦，”贝洛斯清了清嗓子，站了起来，“昨天她的体温出现了一点上升的迹象。她的胸腔听诊的声音清晰，虽然今天胸片还没有出结果，但我们可以参考两天前的片子。同时，检测到她的尿液中有细菌。我们认为她体温上升的原因是膀胱炎，而并不是肺炎。”

“你经常使用代词吗，贝洛斯医生？”斯塔克医生问，接着走到放讲稿的小桌子前，伸开双臂，向前撑在桌子两边。苏珊竭力想看清斯塔克医生的样子，他就是赫赫有名、一身臭脾气的外科主任。但在阴影中仍无法看清他的面容。

“代词，先生？”贝洛斯顺从地发出拖长的声音问，他有点摸不着头脑。

“代词，是的，代词。你应该很清楚什么叫代词，对吗？贝洛斯医生？”

周围的听众发出了一阵笑声。

“是的，我想是的。”

“这样回答就好多了。”斯塔克说。

“什么好多了?”贝洛斯追问一句。但话一出口，他立马就后悔了，这句话招来更大的笑声。

“你使用的代词‘好多了’，贝洛斯医生。我已经听腻了你们使用诸如‘我们’‘他们’或者其他不确定的第三人称代词。身为一名外科医生，你要接受的训练内容之一就是能够检验病情、仔细分析，做出决定。当我问你们当中某一个人问题时，我想听的是你自己个人的意见，而不是告诉我一群人的意见。当然，这不是否定其他人在参与决策过程中的作用。一旦你有了自己的决定，你的回复中要清楚坚定地告知这是‘我’的决定，而不是含糊不清的‘我们’或者‘某人’。”

斯塔克朝小桌子外面走了几步，手撑着教鞭站定。“现在让我们重新温故一下关于昏迷病人的护理问题。我再强调一次，先生们，在针对昏迷病人的护理上，要时时刻刻保持高度的警觉性。我们不仅要面对长期的特别护理工作，甚至很有可能是预后不良，导致你们丧失信心，但要清楚认识到在这个过程中将获得巨大的回报。光是在教学一项获得的回报就是无法估算的。长时间进行体内平衡的维持工作确实困难重重，当大脑……”

有一侧墙面上的红灯突然不停地闪动，所有人都转过头盯着它。灯下的电视屏上无声地显示出一行字:“B-2楼重症监护室，心跳骤停。”

“见鬼了。”贝洛斯嘀咕一声跳起来，急匆匆地挤向通道，卡特赖特和里德紧紧地跟在他身后。苏珊和其他几个学生犹豫了一会儿，面面相觑，互相鼓励地看了看，一起跟着出去了。

“接着上面的话题，在大脑完全损坏而无法修复的时候，体内平衡是如何维持将面临重重困难。请放映下一张。”斯塔克说着，看了看桌上的笔记，对一群人刚刚蜂拥着离开会议室丝毫不在意，也许他是习以为常了吧。

二月二十三日　星期一
中午十二点十六分

事情很明显，此刻的肖恩·伯曼正怀着忐忑不安的心情，紧张地等待即将进行的手术。他对医学方面的知识所知甚少。尽管他希望能更多地了解自己的病情和治疗方案，但还是克制着内心恐惧，没有去询问情况。药物和疾病都让他感到害怕。事实上，他倾向于把这两者等同起来，而不认为它们是对立的。一想到自己的皮肤将被医生用手术刀切开，他就无法保持坦然处之的心态。脑海中只要一冒出这种场景，他就禁不住前额冒汗、饮食不安，只能尽量不去想。用专业名词解释的话，这叫作“拒绝接受”。但在预约日期的前一天，当伯曼提前住到医院时，这种自我催眠的办法就彻底失效了。

“我是肖恩·伯曼，请叫我伯曼。”伯曼对入院经过有着清晰的印象。一件原本简单、顺当的事，在遇上医院的烦琐手续时就变成了一系列节外生枝、哭笑不得的折磨。

“伯曼？你确定预约住院的时间是今天吗？”一个打扮得花枝招展、涂着黑色指甲油的接待员好心地问他。

“是的，我肯定。”伯曼回答道，对她的黑指甲感到十分惊讶。这让他清楚地意识到，从某种意义上说医院算得上是一种垄断企业，因为在竞争激烈的行业里，是不可能允许工作人员涂黑指甲油的。

“抱歉，我这里现在没有你的登记表。请你先坐着等待一会儿，我先把其他病人处理完，然后尽快打电话让入院处给你办理。”

肖恩·伯曼刚开始办理住院手续，就遇到杂七杂八的糟心事，花了将近一个小时才办完。

“请给我看一下你的 X 光申请单。”年轻、瘦削的 X 光技术员问道。伯曼又是排了四十分钟队才被叫到。“我没有 X 光申请单。”伯曼说，眼睛仔细浏览了一下手里的几张单子。

“肯定有，每个住院病人都有一张。”

“但是我没有。”

“你一定有。”

“我告诉你我没有。”

这让人哭笑不得的入院手续弄得伯曼十分沮丧，但也带来了意想不到的积极效果。它占据了伯曼所有的注意力，使他暂时忘却了即将进行的手术。但当他走进自己的病房时，从其他病房半开着门里听到了呻吟声，肖恩·伯曼不得不再次正视即将降临到自己身上的现实。更让伯曼难以释怀的是，他的眼前总是不时地晃动着裹紧绷带或者身上不知哪个无孔部位插着管子的病人，一旦身处医院环境中，再使用“拒绝接受”这种心理上的防卫机制，也不过是徒劳之举。

既然如此，伯曼尝试使用精神病专家所说的“反应形成”的新战术。也就是说干脆集中注意力去思考、分析即将到来的手术，让自己在心理至高点上藐视这个手术。

“我是营养师，想和你商量一下你的饮食问题，”一个手拿写字板的胖女人猛然敲开房门，“你是来开刀的吧？”

“开刀？”伯曼不禁咧嘴笑了笑，“是的，我每年都开一次刀，我喜欢这种事情。”

不管是营养师还是化验员，甚至随便一个什么人，只要对方愿意倾听伯曼说话，他都会信口乱说一通关于自己即将开刀的事情。

这种方法是成功的，至少一直维持到真正动手术的那天早晨。早上六点半的时候，走廊里叮叮当当的手推车声把伯曼吵醒了。他想再睡一会儿，但睡不着了，也没有看书的心情。感觉时间过得很慢，好不容易熬到十一点，是手术预定的时间。此时他的肚子里空空的，都有点饿了。

十一点零五分，他的房门被突然推开了。伯曼感觉自己的心脏“怦怦”的，似乎要跳出来了。从门外进来一个急匆匆的护士。

“伯曼先生，你的手术时间推迟了。”

“推迟？推迟多久？”伯曼装作绅士般地淡淡地问道，这无疑加剧了等待的痛苦。

“不一定。半小时，也可能一个小时吧。”护士耸了耸肩。

“那是为什么？我都饿坏了。”伯曼并不是真的饿坏了，他只是太紧张了。

“手术室正在做准备。我一会儿会来给你打术前针，别太紧张。”护士说完就离开了。伯曼张着嘴，想再追问几句，他心中可还有一大堆的问题呢。别紧张？简直是在开玩笑！事实上，在苏珊到来之前，整个上午肖恩·伯曼一直都是冷汗淋漓、四肢发冷，处于极度的矛盾之中，既害怕时间一分一秒地流逝，又希望手术的时间快点到来。忧心如焚的他显出一副手足无措的样子，而且毫无根据地猜测这种忧虑会导致等待的手术产生更严重的后果。如果是这样，这样的手术是他无法承受的呀！伯曼担心自己无法忍受手术带来的疼痛，担心手术结果是否能达到医生所说的百分之九十八的治愈可能性，他还担心手术后将要绑着石膏待上几个星期。他唯独不担心麻醉的问题，甚至唯恐麻醉得不深，无法让他进入沉睡状态。所以他放弃了局部麻醉，宁愿让自己处于毫无知觉的状态。

伯曼丝毫不在意手术出现并发症的可能，甚至对于死亡的威胁也不放在心上。他觉得自己这么年轻、健康，怎么可能会面临死亡呢？如果真的恐惧死亡，他早就重新考虑是否进行这次手术了。伯曼有一个缺点，就是见木不见林。有一次，他去参加一个大楼设计的建筑奖比赛，由于不适合周围的环境，当地市政委员会否决了伯曼提交的设计方案。幸好，伯曼并不了解重症监护室里南希·格林利的遭遇。

苏珊·惠勒就像一颗明星，她的出现照亮了犹如被乌云笼罩的黑夜一样的伯曼！在他忧心忡忡、过度敏感的状态下，她就像一个精灵从天而降，帮他放松心情，度过这段艰难的时刻。不仅如此，在早晨的最初几分钟里，伯曼甚至忘记了他的膝盖和那把手术刀，可以去思考一些其他事情了。他全神贯注地听着苏珊的评论和她简短的自我剖析。搞不清是什么原因，不知道是因为苏珊美丽动人的容貌，还是她出类拔萃的智慧，又或者仅仅是伯曼情感上的脆弱，躺在病号车里的伯曼在前往手术室的路上一直保持着一副如醉如痴的模样，心情十分舒畅。他估计可能是斯特恩斯护士给他打的那一针开始起作用了，让他感觉到一点点头晕，眼前的画面似乎出现了断片的迹象。

“我猜你看过很多人被送去做手术吧？”电梯快到二楼时，伯曼问勤杂工。仰躺的他用双手枕着头。

“嗯。”勤杂工一边兴味索然地回答，一边忙着剔除指甲缝里的污垢。

“你在这里做过手术吗？”伯曼问，似乎对自己还能保持镇定，甚至超脱于当下的感觉而兴奋不已。

“从来没有，而且我永远也不会在这里做手术。”勤杂工说。电梯停留在二楼时，他抬头望着指示灯。

“为什么这么说呢？”伯曼问。

“可能是因为我见得太多了吧。”勤杂工边说边推着伯曼来到走廊上。

等候在待术区的伯曼已经陷入迷迷糊糊的迷醉状态了。伯曼之前被打的一针是一毫升依诺伐新型烈性麻醉混合剂，这是麻醉师诺曼·古德曼开出的处方。伯曼想和停在他身边的妇女聊聊天，但他的舌头麻痹，发不出声音，他对自己徒劳的举动感到好笑；他想抓住旁边经过的护士，迷幻中的他却只是抓了个空，禁不住咯咯地笑了。时间难熬的问题已不再困扰他了，伯曼的大脑已不再记录周围发生了什么。

手术室里正有条不紊地进行着准备工作。彭妮·奥里利完成了洗手消毒，更换了手术衣，在梅氏架上放好了蒸汽消毒后的手术盘。巡回护士玛丽·阿布鲁兹拿了一条充气止血带回到手术室。

“还有一台手术要做，古德曼医生。”玛丽边说边用力踩动脚踏板，把手术台升到病号车的高度。

“对极了。”古德曼医生说，此时的他心情轻松、愉快，他把静脉滴注管内的液滴流到地板上，排除里面的气泡，“这台手术应该很快就能做完。这个健康的年轻人很幸运，遇到斯波勒克医生这个最利索的快手。我敢打赌，我们在一点钟以前肯定可以结束手术。”

诺曼·古德曼医生在纪念医院工作了八年，并且在医学院也占有一席地位。在H大楼的四楼，他拥有一个个人实验室，里面饲养了一大群猴子。他的兴趣在于针对不同大脑分区进行选择性控制，以此发展新的麻醉理论。他的观点是网状结构终将因药物专门化而改变，这将会促进控制、减少麻醉的药量。事实上，就在几个星期之前，他和他的实验室助手克拉克·内尔森医生取得了意外的成果，他们偶然发现了一种丁酰苯衍生物，这种衍生物可以放慢猴子网状结构的电活动。他做事严谨，由于这次实验最初仅仅是从一只猴子身上获得了结果，所以他极力克制自己对于这次发现的喜悦心情。不过后来他们在八只猴子身上进行了相同的实验，每一只猴子都出现相同的反应，一一验证了此前的实验结果。

诺曼·古德曼医生希望可以排除一切活动对他的干扰，这样他就可以全天候地把所有精力投放在新发现上。他渴望推进更为复杂的药物实验，特别是在人体上进行实验。内尔森医生心里比他还要迫切，也更加乐观。古德曼医生苦口婆心，费了好大劲儿才说服内尔森医生打消了用小剂量的半成药在自己身上做实验的冲动念头。

不过古德曼医生十分清楚，真正的科学必须建立在经过周全、严密的努力后得出的一整套方法论基础上。每个人都必须客观地、缓慢地进行实验。实验不成熟、过早断言，甚至披露实验内容，都可能会导致有关人员承受不必要的灾难性后果。这也是古德曼医生必须控制自己情绪、继续正常工作状态的原因，除非他准备公布自己的研究结果，但到目前为止他还不想这么做。所以，周一上午他不得不进行像常人所说的“给病人送气”，投入临床手术的麻醉工作。

“糟糕，”古德曼医生直起身子说道，“玛丽，我忘记带气管导管了，请你到麻醉室帮我拿一下八号管。”

“好的，我马上就回来。”玛丽·阿布鲁兹说着跑出了手术室。古德曼医生在标记着一氧化二氮和氧气源的插座上插入了气体输送管的插头。

一九七六年二月二十三日，古德曼医生当天第四个，也是最后一个麻醉病人就是肖恩·伯曼。在此之前，他已经顺利地完成了对另外三个病人的手术麻醉。其中一位妇女可能会出麻醉问题，她患胆结石，伴有腹胀，体重高达二百六十七磅①。古德曼医生曾担心注入她体内的麻醉剂会被大量脂肪组织吸收，这样会导致终止麻醉的困难程度。结果是他所担心的事情并没有发生。手术时间虽然延长了一些，但并未对病人造成影响，她很快就苏醒过来了，最终在完成伤口的缝

① 1 磅约为 0.453 千克。

合后拔去了管子。

那天上午还有两个做普通手术的病人，分别是静脉剥离和痔疮手术。伯曼是最后一个病人，他要做一个右膝关节半月板的切除术。古德曼医生希望最晚能在下午一点一刻前回到实验室。每周一的上午他都诸事顺遂，这样他就有大量时间进行研究工作。在他眼里，临床麻醉工作让他觉得十分无聊：太简单、太平常，而且枯燥乏味。

他对邻居发过这样的牢骚，为了在周一上午保持头脑清醒，他会采用变换麻醉技巧的方式给大脑不断提供养料，逼迫自己去思考，而不像机械那样一板一眼地做程序化工作，否则自己就像在梦游一样。对于没有禁忌症的病人，采用平衡麻醉是他最喜欢的方式，简单说来，就是不使用大剂量的单种麻醉剂给病人进行麻醉，而是采取平衡使用多种麻醉剂的方式。他喜爱使用的方法是安定麻醉，事实上，这也正是他在麻醉剂类型中所寻求的原型。

玛丽·阿布鲁兹把气管导管拿回来了。

“玛丽，你真是个可爱宝贝，”古德曼医生一边说，一边对准备工作进行检查，“我们准备好了，把病人带进来，好吗？”

“太好了。我等手术做完再去吃午饭。”玛丽·阿布鲁兹说完又走了出去。

古德曼决定对没有禁忌症的伯曼使用安定麻醉。他知道斯波勒克医生并不会对他使用怎样的麻醉法提出建议。事实上大多数矫形外科医生都不会介意。每当麻醉师询问使用何种麻药时，矫形外科医生通常的回答是：“你的责任是把他们放倒整晕，而我所关心的是如何捆上止血带。”

作为平衡麻醉技术之一的安定麻醉法，它的操作方法是先给病人摄入有效的安定剂或镇静剂，然后再给病人摄入有效的镇痛药或止痛药。但这两种药物的副作用都是容易苏醒。古德曼医生最喜欢选氟哌利多和芬太尼这两种获准使用的药物作为麻醉剂。在给病人用药后，再使用喷妥撒让病人进入睡眠，为了让病人一直保持睡眠状态，接下来会使用一氧化二氮进行维持。氯化筒箭毒碱被用来麻痹骨骼肌，而且在手术时能让病人肌肉放松。手术过程中为了维持适当深度的麻醉效果，麻醉医生采用比例相当的安定剂和镇痛剂。在整个手术过程中，每时每刻都要严密观察病人的状况，古德曼医生喜欢这样不停地忙忙碌碌。在他看来，时间将在他匆忙的工作中飞快地流逝。

一名护理员推门进来，躺着伯曼的病号车被他拉进了八号手术室，后面是玛丽·阿布鲁兹在用力推。

“病人来了，古德曼医生，他像熟睡中的婴儿一样。”玛丽·阿布鲁兹说。

他们把病号车的栏杆放了下来。

“行了，伯曼先生，你该到手术台上躺着了。”玛丽·阿布鲁兹轻轻摇了摇伯曼的肩膀。他努力地半睁开眼皮。“你得帮个忙，伯曼先生。”

他们没费太多力气就把伯曼移到手术台上。伯曼咂咂嘴，侧过身子，床单被他拉到脖子周围。看上去他似乎正舒适地睡在自己家里的床上呢！

“喂，沉睡的人，请你仰着睡。”玛丽·阿布鲁兹哄着伯曼，把他的身子转过来，他的右手被她摆放在身侧。伯曼渐渐睡着了，对周围发生的一切毫无反应。他右腿绑着的充气止血带的气囊，正在做测试。他的右脚后跟被吊带吊在手术台一端的不锈钢杆上，整条右腿悬吊在空中。住院部助理医生特德·科尔伯特开始对他右膝做术前消毒工作。

古德曼医生立即动手开始麻醉工作。现在时间是十二点二十分，病人血压110/75毫米，脉搏每分钟七十二次，心律正常。他选用难度较大的大号静脉导管，以十分熟练的速度做了静脉注射。从皮肤穿刺到贴上胶带，整个过程不到一分钟。玛丽·阿布鲁兹接通心脏监视仪后，低振幅的嘟嘟声尖锐地回荡在整个手术室。

麻醉机已经完全准备好，机器上的注射器被古德曼医生连接到静脉滴注管上。

“好，伯曼先生，接下来我希望你放轻松一些。”古德曼笑着对玛丽·阿布鲁兹微微开玩笑。

“如果还要让他再放松一些，手术台上就要流淌着他的尿液了。”玛丽笑着答道。

古德曼医生将六毫升依诺伐注射到伯曼静脉里面，它实际上与手术前给病人用过的氟哌利多和芬太尼的混合剂相同。随后他对病人的眼睑反应进行仔细查看，确认伯曼已处于熟睡的状态。这样，就不必再对伯曼使用喷妥撒麻醉剂了。古德曼医生将一个黑橡皮面罩套在了伯曼的头部，把一氧化二氮和氧气的混合气体输进去。这时候，伯曼的血压105/75毫米，脉搏每分钟六十二次，心律正常。古德曼医生又给病人注射了零点四毫克的氯化筒箭毒碱，它被作为肌肉松弛剂来使用的。南美亚马逊民族的这种药物为现代社会做出巨大贡献。伯曼身上的肌肉抽搐了几下，马上就松弛下来，呼吸跟着也停止了。古德曼医生迅速插管，他一边用排气袋送气到伯曼肺部里，一边用听诊器在伯曼的胸腔两侧仔细听，两肺的通气情况均匀、充足。

就在充气止血带发生作用的同时，斯波勒克医生以风一般的速度走进手术室，手术进行得很快，斯波勒克医生以类似表演的手法一刀就切到关节。

“看！”他说，一边举起手术刀，一边侧着头为自己的手艺赞叹不已，“现在看我重现米开朗琪罗的大师级艺术刀法。”

彭妮·奥里利用眼神及时地回应着斯波勒克医生的戏剧性表演，

一丝微笑还挂在她的嘴角，接着，她将一把弯月面的手术刀递给斯波勒克医生。

“把刀刃涂一涂。”斯波勒克医生说着举起刀，刀尖上被住院医生喷洒了一些冲洗液。

手术刀旋即被插入关节，斯波勒克医生仰头盯着天花板，小心地摸索着关节周围，仅凭手感在关节里进行切割。只听到微弱的嘎嘎声，紧接着又传来一声“咔嚓”。

“好啦，找到你了。”斯波勒克医生牙关紧咬着，“罪犯就在这里。”

受损的软骨被取了出来。“你们都来看看这东西，就是上面这么一条小小的裂缝给病人带来了麻烦。”

科尔伯特医生对着软骨细心地看了看，又看了看彭妮·奥里利。两个人不约而同地点头赞同，但在心里其实都在想：天晓得这条小裂缝是不是因为他刚才用手术刀盲目地切割才产生的。

斯波勒克医生离开手术台，对自己的表现十分满意。他把手术手套“啪”的一声扔到一旁。“科尔伯特医生，你开始进行缝合吧。先用4-0号铬线，再用5-0号肠线，最后用6-0号丝线缝合皮肤。我回休息室了。”说完，他就自顾自地走了。

科尔伯特医生对刀口轻敷了很久，也没有什么效果。

“你估计还要多久？”古德曼医生隔着麻醉屏问道。

“十五到二十分钟。”科尔伯特医生抬头回答。一把细齿镊握在他手里，另一只手接过彭妮·奥里利递来的第一根缝合线。当他刚把缝合线夹住时，伯曼动了一下。与此同时，古德曼医生正在为伯曼提供呼吸帮助，他感觉到排气袋紧紧地绷着，那是伯曼在设法自己呼吸。此时，伯曼的血压升高到110/80毫米。

“他出现一点苏醒迹象了。”科尔伯特医生一边说，一边试着整理伤口的组织层。

“我再给他注射一点麻醉剂。”古德曼医生说。静脉滴注管还连接着依诺伐注射器，他又给伯曼注射了一毫升依诺伐。后来他承认这可能是个错误，他应该只使用镇痛药芬太尼就完全足够了。伯曼的血压很快就随着麻醉程度的加深而降了下来，跌到90/60毫米，脉搏却加快到每分钟八十次，后来又恢复到每分钟七十二次的正常值。

“现在一切又恢复正常了。”古德曼医生说。

“好，来吧，彭妮，把铬线递给我，我先缝起关节。”科尔伯特说。

他迅速进行着缝合工作，先是缝合关节囊，然后是皮下组织。大家都没说一句话。玛丽·阿布鲁兹坐在角落里，她打开一台小型半导体收音机，房间里开始回响着微弱的摇滚乐曲。古德曼医生把最后一个记号写到麻醉记录上。

“皮肤缝合线。”科尔伯特医生说，站在病人膝盖旁的他挺直了身子。

当持针器放到他摊开的手掌上时，他听到了熟悉的啪嗒声。玛丽·阿布鲁兹掀开口罩下部，把嘴里嚼烂的口香糖换了一块新的。

一开始，只是出现了一次室性早搏，接着就是一次代偿间歇。古德曼医生抬起头，看了看监视仪，住院医生又要了一根缝线。古德曼医生把氧气量调大了一些，又把一氧化二氮量相应地减少一些。接着，病人出现了两次不正常的异位心跳，心率一下就猛增至每分钟九十次。手术助理护士也发现了监视仪传出的声频变化。她看见古德曼医生也已经发现这个情况，就继续把皮肤缝线递给住院医生。每当他伸手时，她总能在第一时间把缝线的持针器递到他手里。

古德曼医生给病人停止了供氧，他猜想可能是伯曼的心肌层或心肌对血液中的高氧含量特别敏感。事后他承认也许这个判断是错误的。接着，他开始给伯曼的肺部灌输压缩空气，但伯曼仍然不能自己呼吸。

古德曼医生自己的心脏已经被伯曼接连几次奇怪的早搏现象吓得怦怦乱跳。他很清楚，像这样连续的室性早搏往往是心跳骤停的预兆。古德曼医生在给血压气囊充气时，双手明显在颤抖。伯曼的血压毫无预兆地突然下降到 80/55 毫米。古德曼抬起头，紧紧盯着监视仪，出现了越来越多的早搏现象，监视仪里尖厉地发出越来越快的嘟嘟声，向古德曼医生的脑门送来紧急信号。他的眼睛扫视着麻醉机和二氧化碳滤毒罐，头脑在高速飞转，拼命找寻答案。古德曼医生突然有一种想要上厕所的强烈冲动，但只能拼命忍住。恐惧传遍了他的全身。出大事了！伯曼出现越来越频繁的室性早搏，正常的心跳声已经几乎无法听到了，杂乱无序的图像也开始显现在监视仪上。

“这到底是怎么回事?”正在缝合皮肤伤口的科尔伯特医生抬起头，大声地叫道。

古德曼医生没有回答，伸出颤抖的双手不停地摸索着注射器。“利多卡因!”他对巡回护士大吼一声。紧张不安的他连针头的塑料帽也无法拉下来。“天哪!”他喊道，极度沮丧的他把注射器扔向墙面。他撕开了另一副注射器外面的玻璃纸，针头上的塑料帽也被他设法取了下来。玛丽·阿布鲁兹试着帮他拿住利多卡因药瓶，因为他的双手抖得太厉害，根本稳定不住瓶子。他一把夺过她手里的药瓶，狠狠地把针头戳进去。

“真是见鬼了，这家伙快要断气了。”科尔伯特医生说道，简直无法相信眼前的一切。他的眼睛直直地盯着监视仪，两只手上还分别握着持针器和一把细齿镊。

古德曼医生往注射器中抽入利多卡因，抽取的过程中瓶子掉到地板上，摔得粉碎。他竭力想让自己镇定下来，想要往静脉滴管里插针头，却不小心戳破了自己的食指，有一滴血从他的指头渗出来。而此时，格伦·坎贝尔呜咽的哀歌之声正从身后的半导体收音机传了出来。

古德曼医生还没来得及在静脉滴注管里注入利多卡因，监视仪突然又恢复了危机前的稳定节奏的正常声音。看着监视仪里的信号在他熟悉的正常模式下跳动，古德曼医生对于眼前一切简直难以置信。他马上拿起排气袋给伯曼的肺部充气。血压是100/60毫米，脉搏稳定地降到每分钟70次左右，古德曼医生前额的汗珠淌过鼻梁，缓缓滴落在麻醉记录本上。他自己的心率超过每分钟一百次了。现实给了古德曼医生一次严厉的教训：临床麻醉工作并不像他以为的那么枯燥乏味。

“天哪，到底发生了什么事?”科尔伯特医生大声问道。

“不知道，我也是一头雾水，”古德曼医生说，“快点缝完吧！我要弄醒这个家伙了。”

“可能是监视仪出问题了吧。”玛丽·阿布鲁兹说，她想尽量保持乐观的氛围。

住院医生缝合完皮肤。此前他们按古德曼医生给止血带排气的要求，暂缓了几分钟缝合工作。病人心率出现一点点的增加，但随后又恢复了正常。

住院医生开始给伯曼的腿部敷上石膏。古德曼医生一边给病人供气，眼睛一边紧紧地盯着监视仪。病人的心率正常。古德曼医生一边按压着排气袋，一边还抽空在麻醉记录上记下刚才发生的情况。敷完石膏后，古德曼医生等待着看伯曼能不能自己呼吸，但伯曼没有任何恢复呼吸的迹象。古德曼医生重新给他输气。他看了看时钟，现在是中午十二点四十五分。对于由芬太尼产生的呼吸抑制作用，古德曼无法确定是否需要再打一针芬太尼的对抗针来缩短苏醒的时间。而且，他想把给伯曼的药物控制在最低限度。全身冷汗的古德曼医生就像被浸在水里，他很清楚伯曼不是一个普通的病例。

对于无法自我呼吸的伯曼，古德曼医生很想知道他是否还能看到亮光。他检查了伯曼的眼睑反射，但毫无反应。古德曼医生检查时并不是抚摸眼睑，他把伯曼的眼皮拉起，注意到一些非常奇怪的现象。像其他的强麻醉剂一样，用了芬太尼以后瞳孔通常会很小。可是，现在伯曼的瞳孔却大得惊人，整个透明的角膜基本上都充满了黑色。古德曼医生用笔形电筒直直地照射到伯曼的眼内，只有反射回来的宝石红的光，但未曾见到瞳孔有任何反应。

古德曼医生简直无法相信，他不断地重复，试了许多次。终于，在又试了一次之后，他一脸茫然地抬起头。古德曼医生大声说了两个字："天哪！"

二月二十三日　星期一

中午十二点三十四分

在苏珊·惠勒和另外四个医科学生看来，沿着走廊呼啸而过、一路狂奔至电梯，这才符合他们预想中激奋人心的临床医学场景。这种急匆匆向前冲刺的动作带有一种令人莫名恐惧的、夸张的戏剧性。病人坐在走廊两旁，一边随意地翻阅着《纽约客》杂志，一边等待就医，被这夸张的情景吓得不轻，他们急忙把双脚向椅子边紧紧地收拢，目瞪口呆地盯着这群匆匆而过的人。苏珊他们几个把口袋中的钢笔、笔形电筒、听诊器和其他随身物品牢牢抓紧，生怕它们掉出来。

所有病人转过头看着这群人从身旁跑过，直至他们在走廊远处消失不见，还以为是急诊紧急召唤了他们。看到医生对于急诊认真负责的工作态度，病人们安心了许多。纪念医院真是一家很棒的医院。

在电梯边发生了短暂的混乱，忙乱之中耽误了一小会儿时间。贝洛斯不停地用力按着“下楼”的按钮，好像这样不停地操作可以让电梯运行得更加快似的。电梯楼层指示灯显示着电梯正按照自我设定的速度缓缓上升，悠然自得，一层层慢慢地运送着乘客。贝洛斯拿起电梯旁的应急电话的话筒，他迅速拨出，却未获得应答。通常情况下，纪念医院的接线员要花五分钟左右才会接通一个内线电话。

“这该死的电梯！”贝洛斯骂了一句。当下楼的按钮被狠狠地按下第十次时，贝洛斯飞快地望了一眼楼梯井的出口，又回头看了看电梯楼层指示灯。“快，走楼梯。”贝洛斯果断地说。

他们马上就蜂拥着冲进楼梯井，沿着盘旋而下的楼梯，开始从十楼狂奔向二楼的长途旅程。仿佛有永远走不完的楼梯，他们以一步两三级台阶的速度前进，不停地左转，彼此之间渐渐拉开了距离。六楼、五楼，一直到四楼才减慢速度，因为楼梯没有电灯，只能小心翼翼地摸索前进。然后又恢复原来速度向下猛冲。

苏珊在里圈超越了逐渐慢下来的费尔韦瑟。

“我不知道我们为什么要这样跑。”费尔韦瑟气喘吁吁地对着跑过身边的苏珊说道。

苏珊把散落在眼前的头发梳到右耳后面：“前提是贝洛斯和其他人跑在前面，我跑一跑也没什么关系。我很好奇发生了什么，不过我不想成为第一个到现场的人。”

费尔韦瑟改用舒服的快步下楼，一会儿就被甩在了后面。苏珊快跑到三楼平台时，听到二楼的贝洛斯一边用力砰砰地敲门，一边大声呼叫着开门。他那略带颤音的喊声在楼梯井里奇怪地回荡着。苏珊绕过最后一个楼梯口时，她看见二楼的门开了，奈尔斯正敞开门等着她，她迅速跑进门厅。由于在楼梯井中快速不停地左转，此时的苏珊感到有点头晕目眩，不过她并没有停下来缓一缓，依然跟着其他人直接奔向重症监护室。

与原来昏暗的房间形成鲜明对比的是，此时的监护室里灯火辉煌，房间内的各种物体都被光芒刺眼的荧光灯照射得闪闪发亮，房间在白色的塑料地板作用下显得更加明亮。角落里的南希·格林利正被监护室的三个护士做着封闭性的胸腔按摩。贝洛斯、卡特赖特、里德和医学院的学生们都围在那张病床边。

“等一下。”贝洛斯说，眼睛紧紧地盯着心脏监视仪。在南希·格林利右边床沿跪着的护士停止了封闭性胸腔按摩，直起了腰。监视仪的图像极不稳定，丝毫没有什么规律可言。

“她已经持续了四分钟的心室纤维性颤动，”谢古德看着监视仪说，“在发生颤动的十秒钟之内，我们就开始为她按摩了。”

贝洛斯迅速走到南希·格林利右边，他一边看着监视仪，一边在病人胸骨上用拳捶击。苏珊随着每一下沉闷的捶击，就眨一下眼睛。监视仪的图像却丝毫没有改变，贝洛斯开始自己动手给南希做封闭性胸腔按摩。

“卡特赖特，在腹股沟动脉上摸一摸。”贝洛斯说，目光仍然停留在监视仪上，“把除颤器开到四百焦耳。”他最后这条命令是告诉所有人的，监护室的一个护士立刻照办。

苏珊他们这几个医科学生静静地站在墙边，他们清楚地意识到自己只是旁观者。尽管他们想上前提供一些帮助，但对于这场狂乱的抢救，他们自知有心无力。

“脉搏正常。”卡特赖特把手按在南希·格林利的腹股沟说。

“事先有征兆吗？还是突发状况？”贝洛斯一边双手按摩胸脯，一边有些吃力地问，同时还朝监视仪方向点头示意了一下。

“只有一点点细微的征兆。”谢古德答道，“一开始，她仅仅是有几下室性早搏，说明她的心脏正在不断加强应激性，我们在心电图上清楚地看到轻微的房室传导缺损的迹象。”谢古德给贝洛斯看了一条心电图纸，“接着就突然猛地出现一阵收缩和一声重击，发生了纤颤。”

“现在给她使用了什么药？”贝洛斯问。

“没有，什么药也没用。”谢古德说。

“好吧，”贝洛斯说，“先给她注射一安瓿碳酸氢盐，然后在心针注射器里注入十毫升百分之零点一含量的肾上腺素。”

监护室的两个护士分别完成了注射碳酸氢盐及肾上腺素的准备工作。

“来个人负责抽血，马上针对电解质和钙含量进行化验。”贝洛斯说，示意让里德来接替他继续按摩。贝洛斯触摸了一会儿卡特赖特手底的股动脉脉搏，他对脉搏跳动情况感到满意。

“根据在这个病例的并发症会议上比林医生的发言可以看出，她当前的麻烦产生的原因出自手术室里发生的事情，现在又再次在特护室里重演了这种事情。”贝洛斯若有思索地说。他接过护士手里的内装十毫升肾上腺素的注射器，将针头一端向上举起，缓缓地排出里面剩余的空气。

“二者之间也有不同之处，”里德边按摩边说，“在手术室时她的心脏没有发生纤颤的情况。”

“虽然她的心脏没有纤颤，但是出现了室性早搏。很明显，在这两个时段里都有心脏应激性。好，停下来！”手持心针注射器的贝洛斯来到南希·格林利的左边。里德直起身体，停止了按摩。沿着南希·格林利的胸骨，贝洛斯顺利摸到了胸骨角，并以此为参照准确地找到了肋骨间的第四处空隙。

贝洛斯手持着针头长达三点五英寸的注射器，不锈钢针在灯光下反射着闪烁的光芒。他沉稳、果断地将针头戳进姑娘胸腔，直至只有针柄还露在外面。他往回拉动针筒，旋转的暗红色血液缓缓地回流到透明的肾上腺素溶液中。

“准确打到心脏了。”贝洛斯一边说着，一边迅速地往心脏注入肾上腺素。

苏珊目睹了南希·格林利的胸腔被一根长针直接刺进去，一头扎在颤动的心肌上。一想到这个画面，就禁不住起鸡皮疙瘩。她对南希·格林利的处境有种感同身受的感觉。

“继续按摩。”贝洛斯一边对里德说，一边从床边让开位置，后退了一步。里德立即重新开始心脏按压，卡特赖特点头示意南希的股动脉还在坚强有力地搏动。“如果斯塔克听说这个消息，肯定会大发雷霆，”贝洛斯眼盯着监视仪说，“尤其是刚刚被他训示必须对这类病人保持高度警惕，竟然马上就发生这样的麻烦。真是该死，我应该毫不犹豫地拒绝这份差事。她如果死了，那我可就要倒大霉了。”

苏珊很难理解贝洛斯这番话的意思。她不得不再次面对这样的现实：贝洛斯，甚至包括这里所有的医务人员，南希·格林利在他们的眼里不再是一个活生生的人了。医生和病人分别代表了一场复杂比赛中不同的组成部分，好像足球与球队之间的关系。足球的重要性仅仅在于它是球队晋级和获益的一个物体罢了。南希·格林利不幸成为技术挑战的一个物体、一场即将进行的比赛，最后的结果还不如在平常比赛中的进攻、反击来得那么重要。

此时的苏珊对临床医学产生了一种强烈的爱恨交织的矛盾心理。她刚刚萌发的女性的多愁善感，让她无法融入以医疗器械和医治方法为中心的氛围之中。她默默地怀念着那个熟悉的学校演讲厅，以及那些抽象的书本知识。眼前的现实显得那么严酷、冷漠、超然。

然而在另一方面，当苏珊看到她所学的基础科学知识在现实实践中成功得到应用时，又深深地迷恋这种学术上的满足感。从动物心脏的生理实验中，苏珊清楚知道纤维性颤动意味着结构破坏。如果可以让整个心脏去极化，把所有带电活动完全停止，那么心脏的内在节律还可能重新开始。

苏珊紧张地看着贝洛斯在南希·格林利袒露的胸脯上放置除颤器，一个桨叶压在胸骨上方，另一个桨叶压在左胸上。

"大家都离开床边！"贝洛斯命令道。他用右拇指按下开关，一股强大的电荷从南茜·格林利的胸口扩散开来，从一个桨流到另一个桨。只见南希的上身在床上猛然跳起，双手向内扭动着，手臂交叉在胸前。荧光屏上的电子尖头脉冲立刻就消失了，随后又再次出现，一幅相对正常的图像显示在屏幕上。

"她的脉搏很好。"卡特赖特说。

里德终止了外部按摩的工作。南希的心律稳定了几分钟后又出现了室性早搏，在连续三次室性早搏后，心率又稳定了。

"V形波，"谢古德自信地说，"心脏仍然容易应激，肯定是根本性的问题。"

"你如果知道，就把原因说清楚，"贝洛斯说，"准备五十毫升利多卡因。"

一个护士把已抽入利多卡因的注射器递给贝洛斯，随后贝洛斯将它注射进静脉。苏珊换了个位置，这样她就可以更清楚看到监视仪上的图像变化。

尽管使用了利多卡因，但南希的心律还是很快就混乱起来，再次出现毫无规律的纤颤。贝洛斯咒骂了一句，里德又开始做按摩工作，护士给除颤器连通了电源。

"到底是什么原因呢？"贝洛斯问道，示意再给他一安瓿碳酸氢盐。他并不指望有人能给他答案，只不过是一句纯粹的反问。

又注射了一针肾上腺素到静脉中，随后尝试做了第二次除颤，心律果然又恢复到了看似正常的状态。但即使利多卡因剂量增加了，依然出现了室性早搏的现象。

“这和他们在手术室遇到的问题是一样的。”贝洛斯说，眼睛观察着愈加密集的室性早搏现象，最后没有节律了，只剩下纤维性颤动，“你又得起来了，里德老兄。让我们来！”

一点十五分时，已经给南希·格林利做了二十一次除颤。每次除颤之后出现的相对正常的心律过不了多久又会恢复到纤颤状态。一点十六分，重症监护室响起了电话声。病房职员接起电话，记录数据。化验室在电话里把即时化验的电解液数据报告过来，一切正常，除了钾含量，低至 2.8 毫克 /1000 毫升的当量。

病房职员把化验结果递给一个护士，之后又转递到贝洛斯手上。

“天哪，两点八！怎么会搞成这样？不过，还好我们找到答案了。好吧，马上给她补充钾。加八十毫克当量到静脉滴注瓶里，把滴速调高到每小时两百毫升。”

贝洛斯刚发出新的命令，南希·格林利立刻出现第二十二次纤维性颤动。当贝洛斯准备好除颤器时，里德又开始给南希做按摩工作。钾也加进了静脉滴注液中。

苏珊完全被整个抢救过程深深地吸引住了。此时的她只关注着眼前的一切，差点没听到中心台旁边的传呼系统对她的呼叫。在南希心脏停搏的整个抢救过程中，传呼系统始终时断时续地呼叫着内科医生，都是以医生名字加来电分机号码的方式来进行呼叫的。只是呼叫声与房内的声音混在了一起，苏珊并没有注意到，直到最后房间里不断回荡着她的名字和分机号码三八一，她才明白过来。

苏珊有些不情愿地从墙边的位置离开，用中心台上的电话回复她的传呼。

三八一电话分机是恢复室的。让苏珊惊讶的是居然是恢复室在找她。她告知对方自己名字只是苏珊·惠勒，而不是苏珊·惠勒医生，而且她已经传呼过一次了。对方让她在电话边等一下，仅过了一会儿就回来答复说："我们的一个病人需要抽动脉血液气体。"

"血液气体?"

"对。是对氧气、二氧化碳和酸含量的检查。我们现在就要。"

"你们是从哪儿知道我的名字的?"苏珊捻着电话线问，她希望对方叫错了人。

"我只是奉命行事，你的名字写在病历卡上。请注意，现在立刻就要。"苏珊尚未回答，对方就把电话挂断了。事实上，她也没什么可说的了。她把话筒放下，回到了南希·格林利床边。贝洛斯重新把除颤器桨叶安放在南希胸部，病人全身被电流震动着，南希的手臂无力地拍打着胸部。这种充满戏剧色彩的场景却让人不免心生怜悯。监视仪显示心率正常。

"她脉搏很好。"卡特赖特用手摸着南希的腹股沟说道。

"在她的血液循环系统中输入了一些钾后，我觉得她的窦性节律会有明显的好转。"贝洛斯说，眼睛凝视着监视仪的屏幕。

"贝洛斯医生，"苏珊抓住机会插了一句，"我被叫去恢复室给一位病人抽动脉血液气体。"

"祝你愉快。"贝洛斯心神不定地说，他又转向谢古德，"那些内科住院医生到底在什么地方?真是天晓得，在你需要他们时，他们却不见了踪影，而当你准备给病人做手术时，他们立马跳出来，像秃鹫一样包围你，仅仅因为你的血清瓷皿不标准就取消你的手术病例。"

卡特赖特和里德出于人事方面的担忧，只能牵强地笑笑。

"你可能不知道，贝洛斯医生，"苏珊继续说，"我还没有抽取动脉血液气体的经验，也没有见过别人抽取。"

贝洛斯将目光从监视仪上转向苏珊："天哪！好像我烦心的事还不够多似的。这就和静脉抽血一样，区别只是从动脉抽出来而已。在医学院的两年，你们到底学到了什么？"

苏珊的脸立马变得通红，她有一种想要辩解的冲动。

"别说了，"贝洛斯迅速说道，"卡特赖特，你和苏珊一起去，另外……"

"五分钟后有一例甲状腺切除手术，是你让我和雅各布斯医生去做的。"卡特赖特医生看了看表，直接打断了贝洛斯。

"该死！"贝洛斯说，"好吧，惠勒医生，我和你一起去，示范一下怎么做动脉针刺，但是要等这里的情况稳定下来。我承认现在情况似乎正在好转。"贝洛斯转身对里德说，"再送一份血液样本去做一次钾含量测试，看看进展的情况如何，可能我们已经脱离险境了。"

苏珊等候在一旁，心中还琢磨着贝洛斯说的最后一句话。他使用"我们"这个人称代词，而不是说南希·格林利是否可以脱险。这是来自他们潜意识的常用说辞，他们总是那么冷酷无情地对待病人。贝洛斯的话让她又想起了斯塔克，他似乎也不喜欢贝洛斯不恰当地频繁使用"我们"这个人称代词。

二月二十三日　星期一

下午一点三十五分

"就像今天一样，很多日子也是这么忙碌。"贝洛斯说着拉开门，和苏珊一起走出了重症监护室。"就连吃午饭也成为一种奢侈。"他们俩正沿着走廊走，贝洛斯突然停下。两个人不约而同地看着地板。贝洛斯正挖空心思地想找一个恰当的词语，然而他用了一句话来表达完他的未尽之意："有时忙得甚至都没空小便了。"

贝洛斯瞄了瞄苏珊。苏珊抬头对他微微一笑：“你对我说话时没必要如此拘谨。”

贝洛斯仔细地端详着她的脸，苏珊竭力保持坦然自若的表情。二人彼此无言地从手术室的等候区走了过去。

“就像我前面提到的，动脉抽血和静脉抽血几乎是一样的。”贝洛斯改变了话题。他感觉到了苏珊对自己的影响，显得心慌意乱，他想重新占得上风。“当你隔离动脉时，无论是肱动脉、桡动脉，还是股动脉，这都无关紧要，用你的中指和食指，像这样……”贝洛斯举起左手，伸出中指和食指，假装在空中触摸一根动脉，“一旦你的手指间有了动脉，你就能感觉到脉搏了。接着简单地通过感觉，引导针头进入。最好的方法是让动脉压充满注射器，这样你就可以避免产生气泡，否则会影响数值。”

贝洛斯回到了恢复室的门口，仍然在用手比画着：“有两点十分重要：必须使用肝素化注射器，以防止血液凝结；必须在注射后的五分钟内对注射部位保持压力。如果忘了压住动脉，病人可能会出现血肿。”

在苏珊的眼里，恢复室和重症监护室非常相似，差别在于恢复室的灯光更加明亮，环境更嘈杂，人也更多一些。恢复室大概有十五到二十个隔间，每个隔间都安置了床位，有内置在墙上的配套设备，其中有监视仪、各种气体导管和营养吸入管。隔间内的大部分空间都被高床占据了，床两侧的围栏也被拉了起来。每张床都有病人躺在上面，身体的某些部位包扎着绷带。输液架顶端堆着静脉滴注瓶，就像光秃秃的果树上挂着丑陋的果实。

新病人和老病人不断地被送进送出。可移动的床铺有时也会造成一些交通阻塞。这里的工作人员显得悠闲自在，身处这种环境也像在家里一样，有时甚至还有些笑声。但也难免会听到病人发出的呻吟。

在护士站旁边，有一个无人看管的婴儿躺在婴儿床上号啕大哭。一大群医生和护士围在病床边，他们正忙着对大量的线路、阀门和管子不断地做调整。一些医生身穿皱巴巴的消毒衣，衣服上沾着血污，还有零零星星的其他分泌物。另外还有一些身穿上了浆的白大褂的医生。这个忙忙碌碌、杂乱不堪的场所就像一个充斥着病人、病历卡、各种救护活动和谈话的十字路口。

贝洛斯快速走向中心台，想要快点完成任务。中心台被巧妙地设在房间的中央。他询问了一下，顺利地从医生那里领取了装着肝素化注射器的托盘，然后在对方的指引下来到恢复室左侧的一张病床边。这张指定的病床正对着他俩进来的那扇门。

“先由我来抽取第一针，然后换你抽取第二针，行吗?”贝洛斯说。苏珊同意地点了点头，跟着他一起走到病床边。他们俩的视线被站在前面的几个人给挡住了，看不见病人的面孔。病床左边站着几个护士，床脚处站着两个穿消毒衣的医生，而右边则站着一个穿白大褂的高个子黑人医生。当他们走近时，黑人医生明显一副话音刚落的样子，此时他正用双手调节呼吸器上的压力设置。苏珊马上感觉到周围不同寻常的气氛。这两个穿着消毒衣的医生都显得忧心忡忡：小个子的古德曼医生显然在发抖，而怒火中烧的斯波勒克医生咬紧牙关，呼呼地用力喘着粗气，似乎要对敢挡在他面前的人发动攻击。

“总该有一个解释吧!”斯波勒克医生大发雷霆地咆哮道。他用力拽下脖子上的面罩，狠狠地甩在地上。“这个要求不算太过分吧?”他从牙缝中挤出这句话后，猛地转身离开，刚好撞在贝洛斯身上。贝洛斯在匆忙间奇迹般地抓住了被撞的小托盘，竟然没有一件物品掉落下来。没有一丝歉意的斯波勒克直接穿过了恢复室，砰的一声用力推开通向走廊的门。

贝洛斯径直来到病床左边，放下托盘。苏珊小心翼翼地走过来，看着其他人的表情。黑人医生站直了身体，一双黑眼睛看着怒气冲天走出门的斯波勒克医生。苏珊第一眼就被这个黑人医生威严的形象吸引住了。衣签上标记着他的名字“罗伯特·哈里斯医生”。他的身材高大，完全超过六英尺，一头梳成非洲发型的浓密黑发，毫无瑕疵的深褐色皮肤似乎在闪闪发光，一种混合了温文尔雅及克制的粗野的奇异表情呈现在他脸上。罗伯特医生显得从容不迫，以至于达到了一种举重若轻的境界。当他把看向斯波勒克的目光收回来、继续拨弄床边的呼吸器时，他的目光在苏珊的脸上一掠而过，不过并没有流露出任何异样的表情，仿佛眼前只是一团空气。

“手术前你用的是什么药物，诺曼？”哈里斯问。一字一顿地咬字清楚，他说话带着一种彬彬有礼的得克萨斯口音。

“依诺伐。”古德曼说。紧张导致他说话的音调异常高，甚至有些尖锐。

苏珊走到原先斯波勒克站着的床脚位置，细细打量身边穿皱褶衣服的古德曼医生。他脸上呈现着毫无血色的苍白，湿漉漉的头发上面满是汗珠；苏珊在他斜对面可以清楚地看到他那高耸的鼻梁。那双眼眶深陷的眼睛紧紧地盯在病人身上，都没有眨一下。

苏珊低头看向病人，漫不经心地把目光移向贝洛斯准备抽动脉血的手腕。突然，她大吃一惊，又把目光转回病人的脸上，她认出床上的病人居然是伯曼！

他们见面时的情景还浮现在苏珊眼前，这事情与现在不过相隔一个半小时。他原先暗红色的脸上已被一层暗灰色所覆盖，颧骨上的皮肤紧紧地绷着。从嘴角左侧拖出一根气管导管，一层干裂的分泌物凝结在下唇，半睁半闭着双眼，右腿上打着巨大的石膏。

“他还好吗？”苏珊脱口问道。她看了看哈里斯，马上又朝古德曼看去。“是不是出什么事啦？”苏珊激动地问道，她感觉事情有些不对劲。贝洛斯被她的突然提问吓了一跳。他放下手里的工作，抬起头，右手紧紧握住注射器。哈里斯缓慢地站直身子，朝着苏珊转过去。古德曼依然一动不动地盯着病人。

“一切都非常好，”曾在牛津待过的哈里斯带着那里的口音说道，“血压、脉搏、体温，一切都十分正常。但是，很明显他异常享受现在的麻醉睡眠，所以决定要一直沉睡下去。”

“难不成又是一个昏迷病人？”贝洛斯专注地问着哈里斯，担心像南希·格林利的麻烦会再次落在他的头上，“脑电图是什么情况？”

“等结果一出，第一个就告诉你，”哈里斯带着一丝讥讽的话音说，“医嘱已经开过了。”

正处于情绪冲动之中的苏珊，没有马上领会到他俩之间的对话。一时间，理性被希望暂时压倒，不过她终究还是明白过来了。

“脑电图？”苏珊忧心忡忡地问道，“你的意思是指他可能会跟重症监护室的病人一样吗？”她的眼睛在伯曼、哈里斯和贝洛斯之间不停地来回。

“哪个病人？”哈里斯问，同时把麻醉记录拿起来。

“那次刮宫手术的事故，”贝洛斯说，“你还记得大约八天前的那个二十三岁的姑娘吧？”

“但愿不会成为第二个的她，”哈里斯说，“可是情况看起来有点类似。”

“使用的麻醉药是什么？”贝洛斯问，伸手把伯曼的右眼睑翻开，看着他放大的瞳孔。

“安定麻醉剂加一氧化二氮，”哈里斯说，“而那个姑娘用的是溴氯三氟乙烷。假如临床上问题是一样的，那么就不是麻醉剂引起的问题。”哈里斯的目光从麻醉记录移向古德曼，“在手术即将结束的时候，你又用了一剂依诺伐，这是因为什么，诺曼？”

古德曼医生没有做出任何反应，哈里斯医生只能又叫了他一次。

“病人好像要醒过来了。”古德曼说，心神不定的他突然清醒了。

“但是还用依诺伐是不是太迟了？不是应该更慎重地单独使用芬太尼吗？”

“应该是吧，我真的应该只用芬太尼。但当时手边刚好放着依诺伐，而且我也仅仅增加了一毫升。”

“难道就没办法了吗？”苏珊带着一丝绝望的口气问道。她的脑海里不停地闪现着南希·格林利的形象以及她和伯曼之前谈话时的一幕幕情景。苏珊清晰地记得充满活力、生机勃勃的伯曼。此时他却面如蜡色地躺在那里，一副濒临死亡的样子。两者之间真是天差地别啊！

“用尽了所有能用的办法。”哈里斯总结似的说道，同时将麻醉记录还给古德曼，“现在我们只能静静地等待和观察了，如果还有脑功能的话，还要看他的恢复程度。瞳孔放大、无光感，这绝对不是好兆头，很可能意味着脑组织出现大面积的坏死。”

苏珊感到恶心。她禁不住打了个寒战，恶心的感觉过去之后，她又感到头晕眼花。让她无法忍受的是感到了无助和绝望。

“这太过分了！”苏珊突然面红耳赤地说，她的声音也在颤抖，“一个正常健康的年轻人，仅仅因为一点小毛病却落得如此下场，变成一个植物人。天哪，这种事什么时候能停止！在短短两周内，就有两个年轻人变成这副模样。我是说这是一种令人无法接受的风险。麻醉主任为什么不暂时关闭科室呢？肯定有什么地方出问题了，让人感到荒谬的是竟然还继续允许……”

正当苏珊进行长篇大论的演说时，罗伯特·哈里斯渐渐眯起眼睛，直至眯成一条线，他毫不客气地用尖锐的声音打断了她的话。贝洛斯惊愕地张着嘴。

“真是巧了，我就是你口中的麻醉主任，小姐。冒昧问一句，你是谁?”

苏珊刚准备回答，贝洛斯惴惴不安地急忙插话：“哈里斯医生，她是三年级医科学生苏珊·惠勒，刚刚到外科做轮岗实习的。哦，我们来给病人抽血，过会儿做完就走。”贝洛斯重新准备抽血工作，他用药水棉花迅速地在伯曼的右手腕上擦了擦。

“惠勒小姐，”哈里斯用一种居高临下的语调继续说，“你太感情用事了，这种冲动行为是很不合时宜的，坦率地讲，无济于事。当医生面对这样的病例时，首先要确定病因是什么。正如之前我和贝洛斯医生的谈话，这两个病例使用了不同的麻醉剂，除了这个过程中有几个小问题需要研究、讨论之外，整个麻醉过程是严谨规范、无可挑剔的。总的来说，在麻醉和手术过程中，这两个病人明显产生了不可避免的特殊反应。医生需要在对这些病人的研究中找出预防这种灾难性后遗症的办法。粗暴地指责麻醉，更糟糕的是让病人放弃必要的手术来规避小小的麻醉风险。什么……”

“八天内出现两个病例，这难道叫小小的风险?”苏珊打断他，冷冷地争辩道。

贝洛斯想给苏珊使眼色，提醒她不要与哈里斯继续争辩下去。可是，紧紧逼视着哈里斯的苏珊已经把情绪上的冲动升级到语言上的挑衅。

“去年发生过多少次这样的病例?”苏珊问。

哈里斯在苏珊脸上看了几秒钟后才回答道：“说了半天我才真正明白，你是在质问我。这是我无法容忍的，我也没必要向你解释什么。”不等苏珊回答，哈里斯就从她身旁走过，朝着恢复室门口走去。

苏珊转身朝哈里斯望去，贝洛斯伸手抓住她的右臂，他想让她不再说下去了。苏珊一把把他挡开，冲着哈里斯大声嚷道：“我没有对你无礼的意思。但是我坚持认为，有些问题总得要有人提出来，这样才会采取措施。”

哈里斯突然在离苏珊十英尺远的地方停下，他慢慢地转回身来。贝洛斯双眼紧闭，仿佛做好了五雷轰顶的准备。

“我记得有人好像还只是一个医科学生吧！如果你愿意成为一只苏格拉底所说的牛虻，那么我乐意奉告，除了眼前的这一个，最近几年内还产生过六个这样的病例。假如你同意的话，现在我可要回去工作了。”

哈里斯的话刚说完，他又转过身子朝门口走去。

“我认为你这样的感情冲动才可能是无济于事！”苏珊嚷道。贝洛斯靠着床，差点无力自持了。哈里斯又一次停下了，不过他没转过身，而是继续走到门口，砰的一声把通向走廊的门用力推开。

贝洛斯颓丧地用左手紧捂前额。“你疯了吗？苏珊，你想干什么？你想毁掉你的医学前途吗？”贝洛斯伸手扳过苏珊身子，让苏珊面对着他，“他可是麻醉主任罗伯特·哈里斯。天哪！”

贝洛斯准备进行第三次抽血，他的动作依然迅速、果断，但丝毫未掩盖他不安的神情。“你想过我和你是一起过来的吗？你刚才的样子会令我十分难堪。该死，苏珊，你干吗非要惹他生气？”贝洛斯把伯曼的桡动脉摸出来，然后把肝素化注射器的针头刺进伯曼手腕靠大拇指一边的皮肤，“我必须赶在别人对斯塔克说三道四之前，先向他解释清楚。苏珊，我问你，你为什么无缘无故地惹他生气？你显然太不懂医院里面的规矩了。”

苏珊看着贝洛斯给伯曼进行动脉针刺，她下意识地避免去看伯曼憔悴的面容。颜色鲜红的血一下就充满整个注射器针筒。

“他要生气是他自己的事情。如果要说我冒犯了他，那最后一个问题确实有些冒昧。不过这也是他咎由自取。”

贝洛斯没有说话。

“不管如何，我的本意并不想惹他生气。也许，我确实把他给惹恼了。”苏珊沉思了一会儿，“你知道，大概一小时前，我刚和这个病人聊过天，我从重症监护室离开就是去给他进行注射。真是让人无法相信！原本他还是一个功能齐全、身康体健的人！而且，我们的谈话还挺愉快。我了解了一些他的情况，甚至有点喜欢上他了。这是我为此恼怒和伤心的真正原因。而哈里斯近乎冷血的态度对我来说是火上浇油。”

贝洛斯没有立即应答，他仔细寻找混在托盘内的注射器帽盖。“不用解释了，”他最后说，“我不关心这个。来，帮我把注射器拿着。”贝洛斯把手中的注射器递给苏珊，自己则去准备冰袋，“苏珊，我想我可能已经被你害惨了，你不知道哈里斯是多么厉害。给，压住进针的地方。”

“马克，”正把伯曼的手腕紧紧压住的苏珊直视着贝洛斯说道，“我改叫你马克，你不会介意吧？”

贝洛斯把注射器放入冰袋内：“说实话，我真的不知道。”

“不管如何，马克，你不得不承认现在已经有六个昏迷病人，假如证实了伯曼与格林利是同样的问题，那这个数字就上升到七个。这么多脑组织坏死的病例，或者按你的说法——植物人。”

“但是每天都有很多手术在这所医院进行，苏珊。一天的手术病人数量常常会超过一百个，而每年的手术病人差不多有二万五千个左右，六个病例按比例来算只不过是万分之二，这并未超出外科手术麻醉的风险范围。”

“你的说法也许是对的，可是事实上，这六个病例是同一种可能的并发症，这和一般的手术麻醉风险必须区分开来。马克，这是很高的比率了。今天上午你在监护室时曾经说过，类似于南希·格林利的特殊并发症的概率仅仅是十万分之一。而现在你的说法又变成二万五千分之六也是正常的。这简直是一派胡言！这么高的比率，难道你、哈里斯，或者医院内的任何人会接受这种概率吗？换句话说，假如明天有某个小手术，你是否愿意冒这么大的风险呢？我越想越觉得困扰和不安。”

“好吧，那就别再去想了。我们走吧，我们先离开这里。”

“请稍等，你知道我想干什么吗？”

“我猜不出来，我也不想知道。”

“我准备对这个特殊问题展开调查，对这六个病例产生的原因应该有合理的结论。这可以以此作为我的三年级论文。”

“啊，天哪，苏珊，你太意气用事了。”

“这不是意气用事，我只是用这种回答来应对挑战。肖恩对我的医生形象不太认可，这一点上我不否认，甚至你会觉得我表现得就像个女学生。我现在又面临新的挑战了，可它是一个严肃的问题，也是对我智力的挑战。也许我可以用大家认可的方式来应对挑战，有一种可能性是新的复杂病症或变异性疾病导致出现这些病例，另一种可能性是一种新的麻醉并发症，由于这些人过去曾因病损伤了某一部分机体，因而出现特殊的过敏。”

“你越来越厉害了，”贝洛斯说，一面收起所有用于抽血的物品，“恕我直言，这听起来更像是解决你自己情感或调整心理问题时采取的一种非常困难的方法。另外，我觉得你是在浪费时间。我之前告诉过你，是比林医生给格林利进行麻醉的，他无比严谨、认真地细细梳理了一遍这次麻醉的过程。我敢跟你打赌，他是一个才华出众、技术高超的医生。而他最后得出了结论：对所发生的一切，无法解释。”

“如果你同意的话，我将无尽感激，”苏珊说，“我想先着手研究你监护室的病人。”

“先听我说，亲爱的苏珊，我必须先跟你清楚地说明一点，”贝洛斯伸起食指和中指，摆出尼克松式的胜利手势，“如果哈里斯为此生气，我不想被卷进去，无论如何不想牵涉进去，懂吗？你要是头脑发昏，坚持一意孤行，你自己要承担所有责任。”

“马克，你的话听起来就像是一个懦夫说的。”

“你不清楚医院的现实是什么，而我只想做好外科医生的本职工作。”

苏珊直直地看着马克：“这个嘛，马克，可能这正是你的可悲之处。”

二月二十三日　星期一

下午一点五十三分

纪念医院的自助餐厅很普通，相较于其他医院的餐厅并没有太多差别。黄色的墙壁已蜕变成芥末色，劣质隔音板铺满天花板。长长的L形蒸汽桌，桌面一端胡乱堆放着满是污渍的棕色托盘。

举世闻名的纪念医院是因为高超的医疗技术和卓越的医疗成果，但这与餐厅丝毫没有任何关联。进入餐厅后，不幸的顾客一眼望去，尽是沙拉，生菜看上去就像是潮湿的舒洁纸巾，一份又一份的沙拉高高地叠在一起，让人瞬间没了胃口。

更让人迷惑不解的是蒸汽桌上的热菜。虽然菜肴种类繁多，但味道极其相似，让人吃起来无从分别。只有胡萝卜和玉米是例外，胡萝卜有着令人厌恶的独特味道，而玉米则淡而无味。

下午一点四十五分，自助餐厅里几乎空无一人，繁忙的午餐高峰过后，只有几个餐厅员工围坐在一起，享受着短暂的休息时光。虽然食物糟糕透了，但仍然有许多人来此光顾，只因独此一家，别无分店。医院里很少有人会有超过半小时的午餐时间，而且根本不可能有足够的时间去其他地方吃饭。

苏珊随意选了一份沙拉，但当她看见里面松软的生菜后，就立刻放了回去。贝洛斯直接来到摆放三明治的地方，拿了一份。

“金枪鱼三明治倒不需要他们怎么烹制。”他回头对苏珊大声说。

苏珊看了看热腾腾的主食，接着往前走。像贝洛斯一样，她也选了一份金枪鱼三明治。

收款处空无一人，找了一圈也没看见负责收款的女人。

“走吧，”贝洛斯朝她比画了一下手势，“别等她了，我们的时间很紧迫。”

苏珊和贝洛斯在一张桌子旁坐下。未付款的她感到有点惶恐不安，就像一个刚刚作案后的小偷。三明治吃上去有点恶心，不仅有大量的水分在金枪鱼里，而且寡淡无味的白面包也变得湿漉漉的。不过此时的苏珊饿坏了，对她来说有食物就可以了。

“两点钟，我们有个讲座要参加，”贝洛斯咬了一大口三明治，含含糊糊地说，“快点吃。”

“马克？”

“什么事？”贝洛斯说，一口气就喝了半杯牛奶，他吃饭的速度绝对是奥林匹克级别的。

“马克，你会因为我缺席第一堂讲座而感到不快吗？”苏珊的眼睛闪闪发亮。

贝洛斯刚想吃掉剩下的半块三明治，不禁停下来看了苏珊一眼。一开始他以为苏珊是在和他撒娇地打趣，但这个念头只是一闪而过。

“感到不快？不会。你问这个干吗？”贝洛斯觉得自己被她控制了，却无心摆脱。

“我现在心情非常糟糕，对听讲座一点兴趣也没有，”苏珊一边说，一边撕开牛奶盒，“我的脑子里一塌糊涂。尤其在发生了伯曼事件之后，可能不该用‘事件’这个词，我心情一直无法平静下来，非常紧张，我想我是无法好好地上课了。如果我现在可以去做一些积极的事情，也许能排解一下心情。我想到图书馆去查阅一下麻醉并发症方面的资料。这样，我可趁机一边开始‘小小的’调查，一边可以整理我早上的某些想法。”

“可以向我诉说你的烦恼吗？”贝洛斯问道。

“不，我能好起来，真的。”对于贝斯洛突如其来的温情，苏珊觉得既惊讶又感动。

“一个无关紧要的讲座，一位名誉教授的介绍类报告而已。讲座结束后，我想带你们去病房看看你们的病人。”

“马克。”

“怎么？”

“谢谢。”

苏珊站起来，对贝洛斯笑了笑，转身离去。

贝洛斯一口吃下剩余的一半三明治，不停地在嘴里左右咀嚼。他并不清楚苏珊说的“谢谢”是什么意思，他看着苏珊一步步穿过自助餐厅，她把剩下的牛奶和三明治拿走，把托盘放到架子上。当苏珊到门口时，她转身朝贝洛斯挥手告别，他刚想举手回应，却发现苏珊已经离开了。

贝洛斯不好意思地环视了一下四周，看看他的举动是否被人发现。他把手放回桌上，心里不断回想着苏珊。他不得不承认，自己已经被苏珊深深地吸引住了，她以一种令人耳目一新的方式让他重新燃起曾经的新鲜感，让他想起自己初入社会时的心情：难以抑制的兴奋，莫名的焦躁不安。他天马行空般地想象着一幅幅追求苏珊的浪漫画面，但立刻又为这种不成熟的行为感到自责。

贝洛斯大口喝光了牛奶，然后在摆脏盘子的餐车上放下自己的盘子。一路上他不确定自己是否敢邀请苏珊出去。主要原因有两个：首先是担心因自身职位及职责而导致斯塔克对此事产生不必要的误会。贝洛斯不能确定如果斯塔克得知身为住院医生的他与分配给他的女学生约会时会产生什么样的想法。他很清楚对于已婚的住院医生，斯塔克是抱着欢迎的态度，原因在于已婚者更加成熟、稳妥。贝洛斯对这种想法嗤之以鼻。但若是想神不知鬼不觉地守住自己与女学生交往的秘密，这几乎是不可能的事。斯塔克肯定会听到风声，到时自己难免焦头烂额。其次，问题出自苏珊本人。她毫无疑问是个喜欢争强好胜的泼辣姑娘。可是她会变得温柔吗？贝洛斯对此还是一无所知。可能是她太忙了、太理性了，又有一副志比天高的样子。贝洛斯最不想做的事就是在一个性冷淡的冰雪女王身上浪费自己宝贵的空余时间。

反过来想想，他自己又是什么情况呢？就算苏珊有热情可爱的一面，贝洛斯有把握拿下这个与他共事的聪明的姑娘吗？虽然他曾经和几个护士约会过，但这次显然不可同日而语，医生与护士之间的联系无法掩盖两者之间巨大的差异。而贝洛斯从来没有和女医生约会过，包括实习的女医生。不知为什么，这一时的念头让他莫名地感到有些不安。

从自助餐厅离开后，苏珊找到了明确的方向，她感到身心愉悦了许多。虽然她对于由麻醉引起长期昏迷的调查思路还不太清晰，但她肯定这是在一种智力上的挑战，她要拿起科学方法和推理的武器去应对挑战。这一天下来，她终于觉得可以学以致用。她把图书馆的文献和病人的病历作为自己的资料来源，特别要重点关注格林利和伯曼的病历。

有一家医院礼品商店开设在自助餐厅旁边。这是一个令人愉快的地方，它是由几位仪表大方、身穿粉红色漂亮工作服的郊区妇女经营的。商店的竖框橱窗与医院的主走廊相对，为繁忙的医院中心带来一点乡村气息。一走进礼品商店，苏珊就看见她要买的一种黑封面小活页本。她把买到的东西塞进白大褂的口袋之后，就去了重症监护室。她确定先从南希·格林利身上开始调查。

监护室又恢复到抢救前的寂静状态，室内依然是她初次来访时的惨淡光线。沉重的大门在苏珊身后紧紧关闭时，之前那种局促不安、无能为力的情绪立刻涌上她的心头。她又一次想要在还未发生事情前迅速逃离，在她被问到一个简单至极的问题而自己却只能回答一句令人泄气的“我不知道”前溜之大吉。不过她没有逃跑。她想到此时自己有很重要的事情要做，她努力地坚定了一下信心。她必须拿到南希·格林利的病历。

苏珊向左边看去，南希·格林利孤零零地躺在病床上，旁边一个人也没有。给南希补充了钾含量之后，她又恢复了正常的心跳。危机结束了，南希·格林利再次被人遗忘，重回她自己广阔无边的深渊世界。只有机器还在尽心尽责地警戒着她那枯木朽株般的器官功能。

苏珊怀着无法抗拒的好奇心，来到南希·格林利的身旁。她竭力克制自己的情感，不再比较她俩之间的相似之处。苏珊俯视着南希·格林利，无法想象在她眼前的病人并非处于熟睡状态，而是一具失去了灵魂的躯壳。她很想伸手轻轻晃动南希的肩膀，把她唤醒，和自己畅谈一番。

但苏珊只是伸手轻轻地抓起南希的手腕，她发现南希的手软绵绵的，毫无血色地耷拉着。瘫痪的南希真的已经彻底垮了。苏珊突然想到这是由大脑受损引起的瘫痪。那么从某种程度上来说，她的神经末梢反射回路应该还是完好的。

苏珊握住南希的手掌轻轻摇动，把她的手慢慢弯曲起来，接着再把它伸展开。没有任何反应。然后，南希的手被苏珊尽力弯到极限，几乎让手指碰到了前臂。这时苏珊无意中感觉到来自南希的反抗，虽然只有一刹那的时间，却是真真切切的。苏珊又对另一只手腕做相同的测试，结果完全一样。由此可以看出南希·格林利的肌肉并未彻底瘫痪。苏珊从学术层面感到了一种由衷的欣慰，这种貌似不合情理的愉悦来自一种对发现的肯定。

苏珊找来一把用于肌腱反射的叩诊锤。红色硬橡胶材质的叩诊锤装设了不锈钢的手柄。在外科诊断课时，她曾经在自己身上和一位同学身上试验过，但从未在病人身上使用过。苏珊在南希右手腕上笨拙地敲了几下，设想中的弹跳反射却没有出现。当然，也许是因为苏珊搞错了下锤的确切位置。她把右边的床单掀开，轻轻地敲击南希的膝下部，依然毫无反应。她把南希的膝部用左手弯曲起来，又敲了敲，还是没出现反应。苏珊曾经在神经解剖课上学过，肌腱的突然拉伸才会导致肌腱反射。于是，她再次用锤轻击被拉直的南希膝部，大腿肌肉出现一下轻微到难以察觉的收缩。苏珊又测试了一次，松弛的肌肉有了一丝绷紧的现象。她在南希的左腿上也做了测试，结果还是一样。南希·格林利有着非常微弱的肌腱反射，苏珊对此确定无疑，而且是双膝对称。

苏珊还想继续检查其他部位的神经。她想到知觉程度试验。只有疼痛刺激反应的试验才能用在类似南希·格林利这样的病人身上。然而，当她尝试捏南希·格林利的跟腱时，就算使出全身的力气，都没有任何反应出现在南希身上。苏珊想验证是不是离大脑越近疼痛刺激就越强烈，她重重地拧了一下南希·格林利的大腿，却被吓得倒退了几步。她感觉南希好像要坐起来一样，当时南希的身子突然一挺，双臂从身体两侧伸直，然后痛苦地向内弯缩着。她的颌部左右磨动着，一副即将苏醒的样子。不过这个动作只是一闪而过，她再次回到原先软弱无力的状态。苏珊双眼瞪得圆圆的，往后退到墙边，她不知道自己刚才到底做了什么，对南希的反应也是一头雾水。但她知道以自己现有的知识和能力，根本无法解释刚才发生的一切。幸好格林利的动作只是稍纵即逝，真是谢天谢地。

苏珊感到心有点发虚，她紧张地在房间内扫视了一圈，看看自己是否被人注意到。确定没人看到她刚才的举动后，她才从惊吓中恢复过来。南希·格林利上方的心脏监视仪依然在不慌不忙地正常运转，早搏现象并未发生，这终于让压在苏珊心口的大石落了下来。

不过，苏珊心里有点忽上忽下的感觉，她意识到自己好像做错了什么：未经许可，擅自行动。也许会导致南希的心脏再次出现停跳，她这么做随时都有被斥责的可能。苏珊决定等把病人的病历资料认真查清楚后再对病人做进一步的检查。

苏珊摆出了一副泰然自若的样子走向中心台。柜台上的圆形不锈钢文件架放置着病历卡。她伸出左手慢慢地翻阅着文件架上的病历。讨厌的金属架发出吱吱嘎嘎的声响。架子随着她翻阅的动作一直响个不停。

“需要帮忙吗?”从苏珊身后传来琼·谢古德的声音。被狠狠吓了一跳的苏珊慌忙把手缩回来，像一个被当场抓住偷罐子里的小甜饼的孩子。

“我只想查看一下病历卡。”苏珊说，她猜想护士准会对她说一些刻薄的话。

“谁的病历?”谢古德和蔼可亲地问道。

“南希·格林利的。我想多了解一些她的病情，方便于做好她的护理工作。”

琼·谢古德仔细地翻找着病历卡，一会儿就找出了南希·格林利的那一份。“也许在那边你能更好地集中注意力仔细阅读。”谢古德冲她微微一笑，然后指向一扇门。

苏珊对她表达了谢意，她为自己能趁机离开而感到由衷的喜悦。谢古德所指的那扇门通向一个小房间，已上锁的装设玻璃的药柜摆放在房间四周。她可以把药柜的台面当作桌面来使用。右边有一个水槽，一把普普通通的咖啡壶放在左角的显眼之处。

苏珊拿着病历卡坐下来。虽然南希·格林利入院才短短两周，她在医院的病历已经有厚厚的一沓。不过这在重症监护室倒是比较常见的，一张张病历纸上记录着精心而持续的护理过程，不断加厚的病历卡看上去层次丰富。

苏珊把剩下的金枪鱼三明治和牛奶拿了出来，又给自己冲了一杯咖啡。接着又从笔记本里撕下几张白纸，她要开始工作了。由于对病历卡还不太熟悉，她先用了几分钟来弄清它们的编排结构，首先是医嘱，然后是脉搏、呼吸、体温和血压等生命体征的图表，接着是入院当天记录的既往病史和体检报告，最后一部分是病情进展记录、手术和麻醉记录、护士记录、无数的化验报告、X光报告，以及各种测试和测试步骤的记录。

因为苏珊不确定自己要找的到底是什么，于是她决定先从笔记做起。一开始，她还无法确定什么信息将是至关重要的，于是先把南希·格林利的姓名、年龄、性别、种族都一一写下来，然后又对她的既往病史做简单的摘录。在资料上可以清楚看到南希·格林利曾是一个健康的人。资料上还记录了一些零零碎碎的家族病史，包括她的一位祖母曾患过中风。南希的既往病史里唯一值得注意的是她十八岁时曾患过单核细胞增多症，后来显然顺利地康复了。南希的心血管和呼吸系统的所有检查数据都显示正常。苏珊把南希的术前常规化验结果详细地记录下来：血常规和尿常规正常，妊娠测试显示阴性。她又把南希各种凝血试验、血型、组织型、X光胸透和心电图的结果全都记录了下来。另外，苏珊还把一组试验范围广泛的化学分析数据也抄录下来了。南希·格林利的各项报告都在正常范围之内。

苏珊把最后一点金枪鱼三明治塞进嘴里，借助一口牛奶把它咽了下去。在翻看手术部分的记录时，苏珊找到了麻醉记录，记下术前用药：B-5楼的一名护士于上午六点四十五分给南希使用了哌替啶和盐酸异丙嗪。使用的气管导管是八号。上午七点二十四分在静脉进行两克喷妥撒的滴注，七点二十五分开始给南希输送溴氯三氟乙烷、一氧化二氮和氧气。一开始从弗洛特克式温度补偿汽化器通过的溴氯三氟乙烷的浓度是百分之二，几分钟之后就降到百分之一。一氧化二氮的流速是3升/分钟，而氧气的流速则是2升/分钟。一共用了两次百分之零点二的氯化琥珀酰胆碱进行肌肉松弛，每次两毫升，时间分别在七点二十六分和七点四十分。

苏珊注意到一点，初始阶段的血压一直维持着105/75毫米的稳定值，七点四十八分数值突然下降。当时溴氯三氟乙烷的浓度降到了百分之零点五，而一氧化二氮和氧气的流速分别变成了2升/分钟和3升/分钟，血压经过短暂的上下波动后恢复到100/60毫米。

不过再往后的麻醉记录就变得很难解读了。苏珊只能确定南希的两项记录，她的血压一直保持着100/60毫米的数值，脉搏是70次/分钟。虽然心率稳定了，心律却发生了异常，对此比林医生并未给出解释。

苏珊在记录中还了解到，上午八点五十一分，南希·格林利从手术室被移到了恢复室。他们曾用矩形波神经刺激器对她的末梢神经功能进行了测试。一开始怀疑南希的状况是由于她无法代谢额外剂量的氯化琥珀酰胆碱所造成的，但是测试表明两条尺骨神经的功能并没有完全丧失，这意味着很可能是大脑的中枢神经出了问题。

之后的一个小时内，医生给南希·格林利的体内注入了四毫克纳洛酮，这是要对她术前麻醉的特殊过敏问题进行排除，可是没有任何效果。九点十五分，在已经拿到神经刺激器测试结果的前提下，医生又给南希注射了二点五毫克新斯的明，用来观察她的神经传导阻滞及之后是否因为类似的箭毒阻滞引起的瘫痪。而且还输入了两单位新鲜冻血浆给南希·格林利，血浆里面含有已经确证的活性胆碱脂酶，可以把残留的氯化琥珀酰胆碱消除干净。这两项措施都使肌肉产生了轻微的抽搐，但真正的反应并未出现。

最后，比林医生在麻醉记录里写下简要结论：“麻醉后始终未能复苏，原因不明。”

苏珊接着翻阅了梅杰医生的手术报告。

日期：一九七六年二月十四日。

术前诊断：机能障碍性子宫出血。

术后诊断：同上。

手术医师：梅杰医生。

麻醉：使用溴氯三氟乙烷和气管导管做一般麻醉。

估计失血量：五百毫升。

并发症：麻醉结束后迟迟未能复苏。

步骤：经过适当的术前用药（哌替啶和异丙嗪）后，患者被带入手术室，并连接到心脏监护仪上。她在全身麻醉下顺利导入气管插管。会阴以正常方式支撑和覆盖。双侧检查显示卵巢等部位正常，子宫前屈。将四号佩德森窥镜插入阴道并固定。从阴道穹窿处吸出血凝块。检查宫颈，显示正常。用辛普森声波测量子宫至五厘米处。轻松施行宫颈扩张手术，创伤小。宫颈扩张器顺利使用。以三号刮刀对子宫内膜进行刮除工作。将一份样本送往实验室。手术结束时出血极少，窥镜被摘除。病人显然正在从麻醉中缓慢恢复。

苏珊放下略显疲惫的右手，稍微休息了一会儿。她的书写习惯是握紧笔杆，这容易导致手指出现血流不畅。当她的指尖慢慢充入血液后，她喝了几口咖啡，又开始工作了。

在病理报告里指出，经过检验了子宫内膜刮落物后确认为内膜增生，手术诊断结果是子宫内膜增生伴排卵性子宫出血。苏珊在病理报告里没有找到任何线索。

接下来，苏珊翻到了卡罗尔·哈维医生签字的首次神经科会诊记录，这是让她感到最有趣的一页。即使苏珊对她抄写的大部分内容并不太理解，原文的书写又十分潦草，但她还是竭尽全力地一一抄录下全部会诊记录。

病史：病人二十三岁，女性，白人，因患有（此处模糊不清）而入院。本人及家庭既往病史没有出现过严重的神经性疾病。病人的术前检查（此处模糊不清）。手术顺利，手术结果与术前诊断完全符合，病痛治疗完毕。但是，在手术过程中，血压出现了一些小问题，手术结束后病人处于长时间昏迷状态，并有明显的瘫痪。已经排除了氯化琥珀酰胆碱和（或）溴氯三氟乙烷的过量问题。（此处整句模糊不清。）

体检：病人处于深度昏迷状态，声感、光感和痛感均无反应。有轻度对称腱反射出现在二头肌和四头肌，但已经瘫痪的症状明显；肌肉张力虽未完全松弛，但有明显减弱的迹象；下垂度增大，未发现震颤现象。

头颅神经：（此处模糊不清）瞳孔放大，无反应，无角膜反射。

矩形波神经刺激器：末梢神经功能出现大幅度减弱，但功能尚未完全消失。

脑脊液（CSF）：无损伤穿刺抽液后，液色清，脑脊液压125毫米水柱。

脑电图：任何导程电波均属空白。

印象：（整句模糊不清）。（模糊不清）无局部征象（模糊不清），初步诊断昏迷是由弥漫性脑水肿引起。未曾对脑血管进行造影，脑卒中或中风的可能性不能完全排除。可能是对某种麻醉剂产生特异反应，虽然本人认为（此处字迹模糊不清）。气脑造影术和计算机辅助测试扫描可能会带来一些效果，但本人觉得这仅有学术上的意义，对这种疑难病症的诊断没有太多实际效用。为了确认脑部大面积坏死和损伤，可使用抑制一切机能或非机能活动的脑电图进行验证，在混合使用镇静剂和酒精的病例中偶然会出现此种情况。仅仅有三例记载在文献中。不管什么原因，该病患的大脑受到了严重的损伤。病人不太可能患上退行性神经综合征。

有机会见到这个令我深感兴趣的病例，本人对此深表谢意。

住院部神经科　卡罗尔·哈维医生

苏珊一边看着自己笔记本上的许多空白部分，一边在心中咒骂着病历卡上该死的潦草字体。她喝一口咖啡，又翻过了一页。现在翻到的是哈维医生的另一次记录。

1976年2月15日，神经科复查诊断

病人状况：未变。

脑电图复查：未见电活动

脑脊液化验：化验值均处于正常范围内。

印象：本人与助手以及住院部神经科其他医生已针对该病例进行了讨论，我们对急性脑损伤导致脑坏死的诊断结果取得相同意见。诊断结果：该病的直接原因由急性低氧症引起了脑水肿。由瞬间凝结的血块、血小板块、纤维素块造成缺氧的可能性极大，又或者刮宫过程中的其他栓子意外造成的脑卒中。不排除因某种急性原发性多神经炎或血管炎产生了作用的可能性。我们可以参阅两篇医学论文，其一是《急性原发性多神经炎——三个病例的报告》，原载于《澳大利亚神经病学》，1973年9月，第13卷，第98—101页；其二是《十八岁女性服用安眠药引起长期昏迷和脑坏死的调查》，原载于《新英格兰神经病学》，1974年7月，第73卷，第301—302页。

可以进行脑血管造影术、气脑造影术和计算机辅助测试扫描的检测，但我们一致认为，结果有很大可能是正常的。

非常感谢。

卡罗尔·哈维医生

苏珊抄完了冗长的神经科诊断记录后，休息了一会儿她那又酸又胀的右手。她从病历卡的护士记录直接跳到化验报告。化验报告里有包括一系列颅脑X光常规检查在内的许多份X光报告。接着是大量的化学报告和血液报告，苏珊不辞辛苦地把它们一一抄录在笔记本上。由于各项数据的查验结果基本上在正常范围内，苏珊只能把精力集中在搜寻术前和术后的数值是否有变化的问题上。但出现变化的仅有一项数值，手术结束后，南希·格林利的血糖值出现了较大的提升，似乎有患糖尿病的倾向。虽然在刮宫手术结束后曾经有一定的非特异性次波变化和强波变化，但一系列心电图并不能说明问题。主要是缺少术前心电图来进行对比。

看完后，苏珊就合上了病历卡。她把身体往后靠，向上舒展着双手，漫不经心地伸着懒腰。她不禁打了一个哈欠，缓缓地吐了一口气，随后又俯身向前，把刚抄录的八页密密麻麻的详细摘录仔细看了看。调查未取得丝毫进展，苏珊感到十分意外。甚至对抄录的许多内容，她都不太了解。

苏珊对科学方法坚信不疑，她始终相信书本和知识的力量。她认为这些材料是不可以取代的。虽然她对临床医学还知之甚少，但她依然相信，如果可以把科学的方法和获得的材料有效地结合在一起，她就能准确地查清南希·格林利陷入昏迷的原因。首先，她要尽可能多地搜集观测数据，这也是她查阅病历卡的原因；其次，她要把这些资料搞明白，为此她需要求助于文献。笛卡儿思想的核心之一正在于将分析法推向综合法。目前，苏珊对此十分乐观。虽然她对南希·格林利病历卡的抄录材料只能理解一小部分，但是她并不为此感到烦恼，她坚信自己可以在这些材料的迷宫中找到突破点，她将游刃有余地解决这些问题。但如果想要把突破点找出来，就要更多的信息，多多益善。

医院的医学图书馆设在 H-2 楼。苏珊走了很多冤枉路，最后在别人的指点下才找到通往人事办公室的一层楼梯，随后经过该室，来到了图书馆。

图书馆的名称是“南希·达林纪念图书馆”。刚一进门，苏珊就看见了一幅不大不小的银版照片，照片上是一个穿着黑衣的老妇人。镜框的铜匾上还镂刻着一行字：“深切缅怀南希·达林。”苏珊心想，南希·达林这个名字中含有的多情意味和这个一本正经、愁眉苦脸地瞪视着的照片形象太不相称了！完全让人无法将两者对应起来。不过，这毫无疑问是新英格兰人的名字。

在图书馆大量医学藏书的包围之下，苏珊立刻有一种安全舒心、无拘无束的感觉，相较于身在重症监护室乃至于整个医院，这里真是天壤之别。她把笔记本轻轻地放下，不住地打量着四周环境，把自己所在的方位搞清楚了。房间正中足足有两层楼的高度，摆放了几张又长又宽的橡木桌和若干把殖民地时期学院里常见的黑椅子。在房间一端有一个高至天花板的落地窗，朝外面望去就是医院里的一个小院子。院子里有一块几乎了无生气的草地、一棵光秃秃的树，还有一个网球场。现在是寒冬季节，球场上一个人也没有，就连球网也往下耷拉着，一副忧郁而无力的样子。

一排排书架陈列在桌子两侧，它们笔直、整齐的排列方式与房间的纵向形成一个个直角。连通着阳台的是一个圆形铸铁楼梯。所有书籍都陈列在右边书架，而杂志合订本则堆放在左边的书架。一只黑色红木目录柜靠放在对着窗户的墙边。

苏珊根据卡片目录找到了麻醉学方面的书，然后一本一本地仔细翻阅着相关书架上的书籍。由于苏珊对麻醉学几乎一无所知，于是她选了一本入门级的介绍性图书。随后，她根据自己感兴趣的程度，找出五本麻醉并发症方面的书，最让她感到希望为自己解开迷惑的一本书是《麻醉并发症：鉴别和处理》。

当她手捧着书回到自己的书桌旁时，从传呼系统里传来她的名字。虽然是轻轻地呼叫，但是明确让她回话给四八二号电话分机。

一本本书从苏珊的手中滑落到桌面上，她转过身看了一眼电话机，又回头望着桌上的书和笔记本。她把双手放在椅背，心里犹豫不决：是按照别人的命令做事情呢，还是继续挑战对麻醉后长期昏迷的新发现呢？这不是一个容易的选择，让她感到进退两难。她过去那种随波逐流的处世原则帮助她如愿拥有现在的地位，这个地位对于身为女性的她来说是十分难能可贵的。医学界的女性还是属于少数的，她们常常会感觉自己在接受某种考验，所以她们基本都会采取保守、稳妥的处事方式。

但身处重症监护室的南希·格林利和恢复室的肖恩·伯曼立马浮现在苏珊脑海中。在对“病号”和“人”二者选择之间，苏珊坚定把他们俩看作是人。对于他们的个人悲剧，她很清楚自己想干什么。她曾经多次在现实中面临医学带给她的压力，让她做出妥协。然而这一次她决定做自己坚信正确的事情，至少全力干上几天也是好的。

“叫个屁，四八二分机。”她喃喃自语道，莫名其妙说到的“屁”和“机”恰巧是押韵，她禁不住呵呵笑了起来。她率性地坐下来，翻开那本麻醉并发症的书。对格林利和伯曼的事情想得越多，苏珊就越坚信自己正在做的事是正确的。

二月二十三日　星期一
下午两点四十五分

贝洛斯一副不耐烦的样子，他对着四八二号电话分机轻轻敲打着，只等铃声一响就立刻接电话。在他的身后，年长的名誉教授艾伦·德鲁里医生正在讲课，此时他正在极力赞美外科专家霍尔斯特德的美德。空旷的外科会议室里，稀稀拉拉坐着的四个学生看上去格外显眼。贝洛斯原本以为他给学生安排的讲座在会议室的气氛烘托下会产生积极效果，现在他对自己的安排是否妥当产生了极大的怀疑。在这又大又冷的房间里仅仅坐了四个学生，而高高地站在讲台上的演讲者看着眼前一排排的空座，难免产生一种啼笑皆非的感觉。

贝洛斯静静地看着前面四个学生的背影。正在手忙脚乱地做笔记的是戈德堡，他慌忙地记录着每一句话，生怕错漏一个字。德鲁里医生的演讲说得上是妙趣横生，但是也没有记录下来的必要。不过，贝洛斯十分清楚和理解这种综合征，甚至亲眼看过上千次，自己也曾深受其害。当会议室的灯光随着演讲的开始而转暗时，许多医科学生就像条件反射一般，埋头专心做笔记，从不管内容是什么，只是疯狂地记录下每一个字。这种近乎愚蠢的条件反射，多半是因为对医科学生填鸭式的教学方式——左耳进，右耳出。填进多少最后都如数奉还。

贝洛斯很后悔没有和苏珊说清楚，如果她缺席了讲座，会使他心情变得糟糕、不安。抛开她出众的外表不谈，本来只有四五个人的小团体，突然缺少一个人，自然看上去就很明显了。另一方面，贝洛斯很担心斯塔克会来对这批学生表示欢迎，如果他问起第五个学生在哪儿，贝洛斯该如何应答呢？难道说她在洗手消毒，准备给病人做手术吗？但他们的实习刚开始，这个理由显然是不可能的。

贝洛斯出于对斯塔克的随时可能到访的担心，最终下定决心去呼叫苏珊，他要收回他之前批准苏珊缺课的许可，因为他开了一个糟糕的先例。他想告诉苏珊，大家都在衷心地想念她，她应该像急行军一般狂奔到十楼会议室。贝洛斯特意用“衷心”一词，因为它在被使用时可包含好几层的含义。

贝洛斯决定对苏珊发出约会的邀请。不过在行动开始之前，他需要先澄清几个问题。当然，如果他能得偿所愿的话，为此付出一点代价也是值得的。苏珊是个活泼开朗、天资聪颖的女孩，而且，贝洛斯几乎可以确信她的身材也很棒。至于苏珊是不是具备女性的温柔，对贝洛斯来说还有待进一步观察。但是更大的麻烦是贝洛斯对女性的温柔气质有一些不合时宜的看法：对他来说，外科工作及对工作时间的安排是排在第一位的，所以他对温柔女性的第一个要求是不影响他的工作效率。他希望他的女性朋友们能尊重他的时间表，并重新安排她们的时间表来适应他。贝洛斯突然欣喜地意识到，他和苏珊接下来一个月左右的工作日程安排几乎完全吻合，这让他感到备受鼓舞。

不过就算他们之间的约会不顺利，苏珊依然是一个让人十分心动的女孩。

但是贝洛斯所期待的电话并没有在手中响起。他有点急躁地让传呼系统的接线员又重拨了一次，让她再次传呼苏珊·惠勒医生回电话到四八二分机。贝洛斯把话筒放下，等待着苏珊回电话过来，时间一分一秒地过去，却依然没有等到她的回电。贝洛斯开始觉得自己和苏珊的关系也许不会那么顺利，甚至认为苏珊不会接受与他外出的约会邀请，又或者她早就有男朋友了。他一边不禁低声暗骂所有的女性，一边又不断地告诫自己应该理智一点，别想太多。同时，在他脑海中又有着一种强烈的想要与别人竞争苏珊的欲望。贝洛斯决定再传呼一次苏珊。

杰拉尔德·凯利是个百分之百的爱尔兰人，只不过他现在居住在波士顿，而不是都柏林。虽然他已经五十四岁了，却还有着一头浓密的金红色鬈发。他的面色犹如涂了一层油彩一样红润，颧骨上有两块十分明显的红晕。

凯利有一个十分明显的特征，或者说从他的侧面看过去最引人注目的就是他凸出的大肚子。每天晚上他都会灌三瓶烈性黑啤酒到他的大肚子里。这使得他的肚子在最近几年越发凸出了。当凯利站立的时候，他裤带上的装饰扣都快肚子被压成水平状态了。

杰拉尔德·凯利在十五岁时就在纪念医院工作了。最初是在维修部，准确一点说是在锅炉房工作，现在他已成为负责人了。由于他长期以来丰富的工作经验和机械方面的才能，他对医院动力房上上下下的事情都了如指掌。实际上，他十分清楚大楼内所有的机械设备。这也是他被提拔为负责人的主要原因，而且获得一万三千七百美元的高额年薪。医院的行政管理部门十分清楚他的重要性，假如杰拉尔德·凯利对此感到不满意的话，他们愿意提高他的薪资标准。还好双方都对现状感到满意。

机器房在地下室，杰拉尔德·凯利坐在办公桌前仔细地翻阅着工作单。他的手下有八个人负责日班工作，他尽量按照他们的才能和实际需要合理地安排工作，但他自己包揽了动力房的所有工作。他面前的工作单上记录了一些日常的例行公事，比如疏通十四楼护士站的排水管，每星期总要去一次。他按轻重缓急的原则先排好工作单，然后思考人员如何分配的问题。

机器房里传出震耳欲聋的噪声，对不习惯这里的人来说是无法忍受的，而凯利的耳朵却可以从中清晰地辨别出任何杂音。所以，当他的耳畔听见主配电盘里金属与金属发出叮当的碰撞声时，他下意识地转头听了一会儿。对于多数人而言，他们是无法分辨混杂在嘈杂的机器声中的叮当声的。不过这个声音没有再出现，他又接着去忙手边的工作。相较于他职责范围内附带的文书工作，他宁愿自己去十四楼疏通排水管。但是他很清楚组织工作的必要性，它能保证部门工作的正常运行，毕竟他也不可能仅靠自己来完成每项维修工作。

又传来一声金属的撞击声，这次比上次的声音更响了。凯利又转过身，朝着主锅炉后面的主配电盘区域望去。当他把头转过来的时候，情不自禁地望着前方，同时努力思考着是什么引起了他刚才听到的那种声音。这种尖锐、短促的金属声不同于机器房里常有的声音。最后，他在好奇心的驱使下往主锅炉方向走去。总管槽旁边就是主配电盘。总管槽内竖立着许多管子，它们与大楼各部相连。走向主配电盘的时候，他决定右转，检查一下锅炉上的仪表。事实上，这纯属是多此一举。完全自动化的锅炉系统装设了备用安全装置和自动关闭阀。但对凯利来说，这已是一种本能行为，因为在那个锅炉必须每时每刻都受到严格监控的时代，他就开始从事这份工作了。所以当他在锅炉前绕行时，他的双眼一直盯着设备系统。相比他刚来纪念医院工作时的那些设备，现在的系统设备显得十分娇小，精妙无比，这让他在内心无比感叹。当他望着主配电盘时，立刻呆呆地怔住了，他的右臂不由自主地举起，摆出了一个自卫的姿势。

“天哪，你吓了我一跳。”凯利说完喘了口气，把右臂放下来。

“我也一样。”一个穿着卡其制服、骨瘦如柴的人说。他敞开着衬衫领子，里面穿着一件短袖的白色圆领水手T恤，这让凯利想起服役时海军首长的形象。这个人的左胸口袋里插满了各种笔、小螺丝刀和一把尺，口袋上面还印着“液氧股份有限公司”的字样。

“我没想到这里会有人。”凯利说。

“我也没想到。”穿卡其服的人说。

两个人互相打量了一番。穿卡其服的人手里拎着一只小型绿色压缩气筒，一个流量计安装在筒口，筒身上清楚地印着“氧气”两字。

“我叫达雷尔，”穿卡其服的人说，“约翰·达雷尔。非常抱歉，吓了你一跳。我刚刚在对连通中心贮氧罐的氧气管进行检查，一切正常。其实，我正准备离开这里，你能不能告诉我最近的路线？”

“没问题，从那扇弹簧门穿过，沿着楼梯向上走就可以到达大厅。随后看你的心意，纳舒街在右边，铜锣街在左边。”

“非常感谢。”达雷尔说着朝门口走去。

凯利看着他渐渐离去，然后难以置信地扫视了一下四周。他搞不清楚达雷尔是如何做到在不被发现的情况下来到这里的。凯利简直无法相信自己竟然会全神贯注于这些该死的文书工作。

回到办公桌的凯利继续工作。他在几分钟后突然想到了什么，他感到有点不安。锅炉房里没有氧气管！他把向助理管理员彼得·巴克问一问关于检查氧气管的事情默默地记在心里。可问题是凯利常常会忘记除了机械工作以外的其他事情。

二月二十三日　星期一
下午三点三十六分

今天的波士顿一直是乌云密布，几乎没有什么阳光，下午三点半时黄昏就降临到城市上空，没有一定想象力的人是无法想象还有一个摄氏六千度的火球依然闪耀在乌云压顶的天空上。在炎热的夏天，博伊尔斯顿街上的铺路碎石似乎要被它熔化了。层层的乌云遮挡着太阳，气温也随之降到零下七摄氏度。这时，一阵细小的白色晶体从天空中洋洋洒洒地飘落下来。医院外面人行道上的路灯提前半个小时就点亮了。

从灯火通明的图书馆里向着外面望去，室外早已是一片漆黑。气温的骤降导致图书馆的落地窗上形成一股对流，比重大的冷空气沉到了下方，它们由窗底吹进室内，又从桌子底下穿过，一直冲向咝咝作响的暖气片。正是这股冷气把苏珊从专心致志的状态中唤醒了。

和许多别的学术课题一样，苏珊开始意识到，关于昏迷的书读得越多，就觉得自己知道得越少。她惊讶地发现“昏迷”的题目竟然涉及医学专业的许多领域。目前人们已经普遍认识到人是有意识的，但对于由什么来主宰意识却不得而知，这一点让苏珊感到有些沮丧。这是一个定义与另一个定义之间的完全对立。叙述上的兜兜转转彻底歪曲了逻辑，最终苏珊只能无奈地接受现实：当下的医学界还没有达到可以精确定义“意识”这个词的地步。其实，完全的意识和完全的无意识（昏迷）就像是一段光谱的两个极端，其中还包括意识混乱和意识麻木等中间状态。与其说不确定、不科学的术语是表达上有欠妥当，还不如说是承认了对这一领域的无知。

虽然语义不同，但苏珊很清楚意识正常和昏迷之间截然不同的差别。她在同一天目睹了这两种状态出现在病人伯曼的身上。虽然无法精确定义“昏迷”这个词，但是时不时能看到相关的信息资料。她用自己独有的蝇头小字在《急性昏迷》的标题下一页页做着笔记。

她把探索产生昏迷的原因作为自己主要的关注点。鉴于现有科学无法解释突发性昏迷是由于大脑哪些特殊功能受到损伤所造成的，所以她只能从导致昏迷的诱发因素中寻找答案。集中关注点有利于缩小对急性昏迷或突发性昏迷的研究范围，不过这个研究范围仍然比较大。苏珊重新把她做的一系列关于引起昏迷原因的笔记翻看了一遍：

外伤——脑震荡、挫伤，或任何类型的中风

供氧不足：

（1）机械方面

窒息

气管阻塞

通风不足

（2）肺部异常

肺泡块

（3）血管阻塞

血液无法到达大脑

（4）细胞块氧使用高二氧化碳

高（低）血糖＝高（低）血糖

酸中毒＝血液中酸性过高

尿毒症＝血液中高尿酸的肾衰竭

高（低）钾血症＝高（低）钾

高（低）钠血症＝高（低）钠

肝衰竭＝毒素增加，通常是由肝脏排毒

阿狄森氏病＝严重的内分泌或腺体异常

化学品或药物……

苏珊还在笔记上专门列出了一份与急性昏迷有关的化学物质和药物的清单，并按字母顺序排列，每一项下面都留出几行空白，以便随时添加相关信息。

苏珊对于这张单子的不足之处有清晰的认识，这只是她继续研究的基础，所以在接下来的调查过程中，她要把那些能引起昏迷的药品牢牢地记录下来，不断地完善、扩充这张单子。

然后苏珊开始研读普通内科教科书，她先翻开厚厚的《内科学原理》，阅读里面的关于昏迷的章节。塞西尔和洛布的书大同小异，基本上没有什么新鲜内容，不过他们提出的概括性观点有一定的参考价值。两本书中提到了一些参考文献，苏珊把它们一一抄录在越来越长的阅读书目中。

苏珊必须站起来舒缓一下四肢了。她惬意地打了个哈欠，并活动一下脚趾，这样可以促进血液循环。原本她想多坐一会儿，但从地板吹来的冷风使她不得不站起身子。于是她转而查阅《医学索引》，那上面详细记录了所有医学杂志里发表的文章。

苏珊从最新的卷册开始倒着往回浏览，查找出所有关于昏迷和《麻醉并发症：知觉恢复延缓》这类标题的文章，一一摘录下来。当查阅到一九七二年的索引时，她已经有一份记着三十七篇具有阅读价值的论文清单。其中一个标题特别引起了苏珊的注意：《波士顿市医院的急性昏迷：病因的回顾和统计》，她立刻就把文章所在的合订本找了出来读，很快就沉浸其中，她一边读一边对重要内容做相关笔记。

贝洛斯只能通过直呼苏珊的名字来引起她的注意。他在图书馆里找到了苏珊，来到她的对面位置，坐了下来，她却始终在低头读书。贝洛斯轻轻地咳了一声，却丝毫没有引起她的注意，苏珊就像出神了一般专注于眼前的杂志。

“请问你是苏珊·惠勒医生吗?”贝洛斯说着从桌上探过身去，影子落在她面前的笔记本上。

苏珊终于抬起了头。“啊，贝洛斯医生。”她向着他嫣然一笑。

“是贝洛斯医生。天哪，总算是让我松了一口气，我真害怕你也昏迷了呢。”贝洛斯点头说道，仿佛是在对自己的高论赞叹不已。

有那么一会儿，两个人都没有说话。贝洛斯原先想好了一番说辞，他想把他同意苏珊随意缺课的默许纠正过来。他决定简洁明了地告诉她，她必须开始做正经事了。但是当他面对苏珊的时候，他把自己找她的目的瞬间忘得一干二净，就好像一艘迷失方向的小帆船，不知道会驶向哪里。苏珊一声不吭，因为直觉告诉她贝洛斯有话要对她说。一时的冷场让他们俩都有点尴尬。

最终，苏珊打破了这场尴尬。

“马克，刚才我正在阅读一篇很有意思的文章，上面有一些数字值得我们认真推敲。”她站起来斜靠在桌子上，托着杂志正打开的那一页，递到贝洛斯的眼前，“这是一张波士顿市医院出现在急诊室内的各种致命急性昏迷的发病率图表，”苏珊一边说，一边把其中几行文字指给他，“让人不可思议的是，从对昏迷病例进行病因诊断的结果来看，只有百分之五十的病例被确诊。真是让人难以置信。难道你不同意吗?反过来说，另外的百分之五十的昏迷病人只得到四个字，‘原因未明’。他们刚被送进急诊室就陷入了昏迷，然后不明不白地死了，就这样。”

“是的，真是太奇怪了。”贝洛斯说着，把手按在太阳穴上。

“看这里，马克，看看确诊病例急性昏迷的原因：百分之六十是酒精，百分之十三是外伤，百分之十是由于中风，百分之三是由于药物中毒，其余的分别是癫痫、糖尿病、脑膜炎和肺炎。显然……”苏珊一边说，一边坐了下来，“我们可以排除酒精和外伤造成的急性昏迷，所以……还剩下只要对中风和药物中毒进行分析调查，至于其他病因的可能性，只是微乎其微。”

“先停一下，苏珊。”贝洛斯稍稍振作了一下。他把双肘撑在桌上，前臂向上，两手下垂，手指交叉，抬起头细细地端详着苏珊，“刚才你说的这些都很有意思，虽不免有些牵强附会，但确实很有意思。”

“牵强附会？”

“是的。你必须清楚一点，急诊室的资料不能涵盖手术室里所有的情况。不过，我来找你不是为了和你讨论这个问题的，而是因为你一直不回复传呼。我想知道是不是因为你知道传呼你的人是我，所以你才会肆无忌惮地不予理会？听着，假如你不来会议室参加讲座，我就会有麻烦。而且对你自己来说也是自找麻烦。事实上，你在我手下的时候，你的麻烦就是我的麻烦，出了什么问题，你我都逃脱不了。我也无法为你找不同的借口。我总不可能一直拿你正在抽血或者消毒之类的来当挡箭牌吧。斯塔克会趁你不留意时突然提问题，他可是个厉害的家伙，他对周围发生一切洞若观火。而且你会在其他同学心里留下一个有名无实的印象。苏珊，我想你最好还是在下班以后再搞你所谓的研究。”

“你的话说完了吗？”苏珊问道，她站起来为自己辩护。

“说完了。”

“好吧，我想问你一个问题：伯曼或者格林利醒过来了吗？”

“当然没有……”

“那么请恕我直言，相较于让我参加那些枯燥的外科会议，我认为我正在做的事情要重要得多。”

“啊，天哪！你能不能讲点道理，苏珊！你来外科还不到一周吧？难道只有你才能拯救世界吗？如果你一直像现在这样的话，我会因你而倒大霉的！”

“我很感谢你对我的帮助，马克，真真切切地向你表达谢意。不过请你先听我说，我在图书馆的短短几小时内已经找到了一些很有价值的资料。这种由麻醉后引起长期昏迷的并发症发病率，仅仅在去年一年，纪念医院就比国内其他医院高出将近一百倍。马克，我认为自己已经发现了大问题。刚开始研究的时候，我是被情感所驱动，以为在图书馆待几天就能做好自我调节。可现在呢？那是一百倍啊，天哪！我想我应该是挖掘出了某个大问题，比如发现了一种新疾病，又或者是通常安全的药物在混用后产生了致命性，诸如此类。如果这是因为病人曾经患过病毒性脑炎或者某种感染，所以他们的大脑对某种药物或者缺氧有着更加强烈的反应呢？”

虽然苏珊只有两年的医学资历，但她已经很清楚，每当一种新疾病或者新的综合性病症在世人面前公布时，发现者能够获得巨大的潜在好处。她的发现将被冠以“惠勒氏综合征”，从此苏珊将闻名于世，她在医学界的成功指日可待。而且在通常的情况下，新疾病的发现者远比发明治愈新疾病药物的后来者要出名得多。医学上有很多类似的例子，比如法洛四联症、科凯恩氏综合征等。

“我们可以把它称作‘惠勒氏游离综合征’。”苏珊说，还尽情地嘲笑着自己的热情。

“天哪！”贝洛斯双手抱住头说，“你的想象力真是太丰富了！没关系，一时的天真烂漫是允许的。但是，苏珊，你在现实世界中是有特定责任的。而且你还是个医科学生，虽然等级上仅算是个低年级生，准确一点说，是低年级女生。你最好能安下心来好好做你的实习工作。不然的话，我觉得你会倒大霉的。我再给你一天时间做你的研究，但是明天早上的查房工作你必须参加，以后你只有在业余时间才可以继续做你的研究。另外，我要是找你的话，在传呼系统里我会把你的称呼由‘惠勒医生’改为‘惠尔斯医生’，你听到传呼就得回复，明白了吗？”

“明白了。”苏珊直直地看着贝洛斯，“假如你能帮我做一件事，我就答应你的要求。”

“什么事？”

“帮我复印一下这些文章，我下次把钱给你。”苏珊把那张参考书单扔给贝洛斯，在他还没来得及回答就从桌旁跳了起来，像一阵风一样跑出去了。贝洛斯低头看了看这份由三十七篇文章组成的清单。贝洛斯非常熟悉图书馆里各种书籍的陈列位置，他几乎没花多大力气就把这些期刊找到了，还用一张张纸条给每篇文章都做了标记。当第一批期刊被他捧到桌旁时，他立即叫管理图书的女孩复印他已做标记的文章，并把复印费记到他的借书费用上。贝洛斯知道自己又被苏珊摆布了，不过他并不在意。他只用了十分钟就搞定了一切，以后他一定要连本带利赚回来。

贝洛斯没有看走眼，苏珊的确是一个朝气蓬勃、充满活力的女孩。

二月二十三日　星期一

下午五点零五分

苏珊把关于昏迷的调查结果告诉了贝洛斯，纪念医院麻醉后的昏迷发病率是全国的一百倍。而这个数据是她根据哈里斯生气时提到的六个病例计算出来的。她必须对这个数字的准确性进行核实。假如人数更高的话，她就更有理由继续这项研究，她要寻找更加丰富、更加充分的资料。另一方面，她必须搞清楚每一个昏迷病人的名字，这样才有可能把他们的病历卡搞到手。她意识到自己最需要的就是实实在在的资料和数据。

苏珊明白自己必须获得使用中央计算机的权利。哈里斯毫无疑问是不会把病人的名字提供给她的。假如苏珊可以充分调动贝洛斯的积极性，那么也许他可以有办法弄到名单。但是想实现“假如”真的太难了！苏珊觉得最好的办法是她自己去搜集这些信息。所以她非常庆幸自己曾在大学里选修了计算机编程的入门课程。她在这门课的学习中收获颇丰，现在她想在医院中央计算机上搜集信息，再一次验证了这门课程极佳的实用性。

医院的计算机中心设在 H 楼的侧翼，占据了整个顶楼。很多人开玩笑说，在医院里，电脑设备的象征意义高于一切，所以大家也喜欢就居高临下的计算机中心说一些无伤大雅的笑话，比如它给“叫上面帮个忙”这句话增加了新的含义。

十八层楼的电梯门缓缓打开。苏珊走进计算机中心的门厅，她心里清楚，自己必须见机行事才能取得成功。穿过门厅，她看见玻璃隔板后面的接待处，它看起来就像银行一样，二者之间的区别仅仅在于接待处交换的媒介物是信息，而银行交换的则是货币。

苏珊直接朝接待室里靠右墙的长柜台走过去。一共有八个人在房间里，他们当中多数都坐在舒适的蓝色灯芯绒靠椅上，另外几人正倚靠在柜台上，低着头在计算机申请单上填写内容。当苏珊走进房间的那一刻，大家都抬起了头，随后又继续回到自己的事情上。苏珊从容地取出一张申请单，做出一副专心研究单子的样子，而实际上她的注意力全集中在观察房间。

房间的后面离苏珊大约十二英尺的地方，有一张巨大的白色富美家书桌。有一块写着“信息台”的牌子挂在桌子上方。“信息”二字和这里的场景恰到好处，苏珊想到这里禁不住微微一笑。有个人在桌旁的椅子上稳如泰山地坐着，脸上还挂着一丝骄矜的微笑。他大概有六十岁左右，矮胖的身躯，穿着十分整洁。苏珊可以一眼看到他身后的玻璃隔板后面正闪闪发光的计算机显示器。苏珊装出一副专心填写单子的样子。她看到有人把几份申请单递给了坐在桌旁的那个人。每一次，他都会先审阅一遍单子，然后他会在单子下方的表格内写下已转换成计算机语言的申请内容。除非他认识申请人，否则他还会打电话和有关部门联系，查核是否批准或授权过这次申请。最后，他把一份或者几份订在一起的单子，放到桌角的收纳盒内。然后他会根据轻重缓急按顺序一一告知申请者来拿资料信息的时间。

苏珊搞清楚整个申请流程之后，才开始在申请单上专心填写信息。表格制作得简单明了，她在指定的格子内填写了日期。“批准部门”一栏暂时先空着，“申请部门”或“申请人”也没有填写，“使用计算机时间的付款方式”一栏也空着吧。她还是该集中精力想想怎样填写所需查找的资料。出于某些原因，苏珊不确定该如何表达这个申请：首先，她担心医院为了防止麻醉引起昏迷的病例数据外泄，可能会在计算机上设置子程序，当有人申请相关资料时，它会自动撤销申请，或者至少会通过计算机发出警告，告知管理人员机密资料已被查看。另外，苏珊发现阐述一种疾病或疾病发生的过程可能有几种表达方式或不同的说法。麻醉后长期昏迷可能只是表达方式之一，可能是最严重的说法。苏珊希望检索到更多的资料，这样她可以从中筛选出对自己有价值的内容。

但是，如果申请把过去一年来所有的昏迷病例都打印出来的话，那很有可能会得到数量过于庞大的一堆文件。因为“昏迷”本身不是一种疾病，它是一种症状，是由多种病因导致的结果。苏珊拿到的昏迷病人名单就有可能会包括因患心脏病、中风和癌症等引起昏迷的病例。她决定调取把患慢性病或衰竭性疾病的病例排除后的其他病因引起的昏迷病例。现在有一种新的设想正在她的脑海里形成。假设她正在研究的是一种新疾病，那她也不能完全排除它不会传染给患其他病的患者。其实，如果这种疾病是有传染性的话，由于其他病患者的抵抗力降低，那更容易导致他们被感染而陷入昏迷状态。

苏珊决定把所有与病人自身已知疾病无关的昏迷病例作为她的申请调取的内容。接下来，苏珊想搞清楚这些病例在昏迷前等待外科手术时的相互联系，另外，她还要理清楚病例手术与发生突然昏迷的时间之间的关系。她费了很大的功夫才把申请内容用计算机语言表达出来。她差不多有一年的时间没有用过计算机语言了，她花了很久才把申请内容填写完。这一栏的填写规定是“不得超出红线”，而苏珊填写的申请内容却多写了两行。

随后，苏珊等待着下一个过来提交申请单的人。她所期待的人很快就来了。大约在她填写完申请内容之后四分钟左右，从电梯里就挤出了一个人，苏珊透过玻璃窗看着他急匆匆地跑向接待桌。他大概有四十岁，瘦削的身材，亚麻色的头发被深嵌的头路分开了，他紧张地挥舞着一叠计算机申请单。

“乔治，”他停在接待桌前，“你必须先帮帮我。”

“啊，亨利·施瓦茨，你可是老朋友了，”桌后的人说，“我们可是对你们有求必应，毕竟会计室管理着我们的工资发放呢。你有什么事？”

苏珊于是把“亨利·施瓦茨”的名字填到自己单子上的“申请人”一栏，“会计室”填在批准部门一栏了。

“我需要你帮我搞几份资料。首先要一份去年曾做过手术的保险用户名单，一个人也不能落下，而且他们必须是参加了蓝十字会和蓝盾徽医疗保险，”施瓦茨快速地说道，“至于我要这份资料的原因，你要是知道的话，你肯定会取笑我的。不过，我急需这份材料，非常紧急。本来应该是让上日班的人给我准备好的。”

“这个差不多要一个小时，我会在七点左右帮你搞定一切。”乔治说。施瓦茨的一叠申请单被他钉在一起，直接放到收纳盒内。

“乔治，你可真是我的救星啊！”施瓦茨一边说，一边还不断地用手指梳理头发。然后，他走向了电梯：“七点钟我准时来取。”

苏珊望着施瓦茨在“下楼”按钮上狂按了几下，他一边不断地在电梯门口走来走去，一边还不停地自言自语。接着他又把“下楼”按钮连续按了几次。当他进入电梯后，苏珊一直盯着电梯的楼层指示灯。电梯仅在六楼稍作停留，接着一直往下走，最终停在了一楼。苏珊得查一下会计室在几楼。

苏珊又拿了一份空白申请单，把它完全覆盖在之前填好的那份单子上面，走到接待桌前。

“打扰一下。”苏珊笑着说，努力装出一副煞有其事的样子。乔治抬起头，他的黑边眼镜滑落在鼻梁下方，镜片后面的眼睛细细地打量着苏珊。“我是医科学生，”苏珊尽量让自己的声音显得甜美，“我对医院的计算机抱有浓厚的兴趣。”她说着拿起之前准备好的两张申请单，只能看见上面那张空白的申请单。

“哦？真的吗？”乔治往后靠着身子，笑容满面地问道。

“是的，”苏珊又说了一次，还肯定地点了点头，“我认为在医学上使用计算机有着十分深远的意义。虽然我们的实习范围没有这方面的内容，但是我认为自己最好还是可以上来了解一下。”

乔治看了看苏珊，接着他回头看向玻璃窗后面崭新的国际商业机器公司（IBM）生产的电子计算机。当他再次转头望着苏珊时，脸上洋溢着一副兴高采烈的骄傲之情。

“里面的机器可算得上无所不能，小姐……”

“我的名字是苏珊·惠勒。”

“这台机器非常的神奇，惠勒小姐。”乔治说，他把靠在椅子上的身子朝前微微欠了欠，一字一顿地低声说着，仿佛在向苏珊透露一个天大的秘密，“医院可离不开它。”

“为了大致了解一下它是如何使用的，我一直在研究申请单。”苏珊用手托着申请表格，乔治只能看见放在上面的那张空白单子。他又回头往里面的终端设备室看去。

“我很想知道应该怎样填写这份单子，”苏珊继续说，同时把收纳盒内最上面订在一起的一叠单子拿了出来，“我想知道计算机是怎样把申请单的内容输入进去。我想参照一下这份申请单，可以吗？”她说着把自己的单子放到施瓦茨填写的那叠单子下面。

“当然可以。”乔治回头说道。他站起来，朝苏珊探过身去，左手撑着桌子，右手指向那些规定使用书面英语填写的格子。

“这里是由申请单位把所需信息填写进去，下面一栏，”乔治的手指指向红线下面，“这一栏由我们将申请内容翻译成计算机语言。”

苏珊趁他不注意的时候，悄悄地从施瓦茨的一叠申请单抽出了空白单子，并把它摆在边上像是在做比较，而把她自己填写的那份申请单放在施瓦茨的单子下面。

“如果有人想要同时对几种不同的资料提出申请，就得分别填写几份不同的申请单？”苏珊问。

“你说得没错，如果……”

苏珊快速地把施瓦茨的第一张申请单翻开，一副不小心把订书针拉了下来的样子。

“啊，真是抱歉，”苏珊说着把第一张单子放了回去，“我都做了什么呀！让我来帮你把它们订好。”

“没关系，”乔治一边说，一边拿订书机，“只要订一下就行了。”苏珊把整叠单子拿起来，包括自己放在最下面的那一份。乔治用订书机在整叠单子上揿了一下。

“让我来把它们放好吧，免得我再把它们搞乱了。”苏珊略带歉意地说，同时把整叠申请单放回收纳盒内。

“没关系。”乔治安慰道。

“你在这里接收完申请单，接着下一步该做什么呢？”苏珊看着终端设备室问，假借话题引开乔治投放在收纳盒上的注意力。

“哦，我把单子拿到里面的打孔机那边，接着给读卡器准备好卡片，随后……”

苏珊没有心思再听他说了什么，心里一直在琢磨应该如何结束这次来访。大概过了五分钟，她在楼下的医院科室示意图中找到了会计室的位置。

苏珊抽了一个半小时的空余时间从纪念医院回了一趟自己的宿舍。苏珊忙得连饭都没顾上，现在她的肚子已经饿得咕咕叫了。虽然中午的金枪鱼三明治是那么寡淡无味，但早就被消化了。苏珊期望着可以尽快吃晚饭。

二月二十三日　星期一

晚上六点五十五分

再过几分钟就是七点了，苏珊在地铁北站下了车。当她穿过横跨街道的天桥时，从半冰冻的港口海域迎面吹来的阵阵狂风使她每走一步都备感艰难。苏珊逆风而行，她用左手紧紧地抓住羊皮滑雪帽，右手拉着粗呢上装的翻领。她尽可能地让下巴藏进衣领，这样她的脖颈就可以避免暴露在冷风中。

当她绕过一幢大楼后，风势变得更大了。从她身旁滚过了一只空啤酒罐，一直滚到街上。现在是下班高峰期，街道上车水马龙，连绵不断的车尾红灯不停地闪烁着，它们车后排放的一缕一缕废气就像那无边无际的烟雾在缭绕。汽车玻璃窗上挂着一层白霜，车窗上映照着周围的景象，闪着银光，就像盲人那带有白内障的瞳孔一般。

苏珊慢慢地小跑起来，她的手臂紧贴着身体，她的身体前后摆动得很夸张。当她看见医院的大门敞开着时，松了一口气，随后她把旋转门推开，匆忙地跑了进去。

苏珊把滑雪帽塞在大衣的右袖口里，接着把她的大衣放到问讯处后面的衣帽间。随后她又从医院电话簿里找到计算机中心的电话号码，打了过去。

“你好，我这边是会计室，”苏珊凝气静神地说，努力让自己的声音显得自然、镇定，“施瓦茨先生是否取走了材料？”

对方给予了肯定的答复，他大约五分钟前就收到了材料。对苏珊来说，时机正合适。于是她乘坐 H 楼的电梯来到三楼会计室。

夜班与日班完全不一样，此时会计室里只有几个人了。苏珊看见房间里面坐着三个人，两男一女。当苏珊走进房间时，他们同时抬头望着她。

“打扰一下，”苏珊边走边向他们大声问道，“请问施瓦茨先生在这里吗？”

“施瓦茨？哦，那个角落的房间就是他的办公室。”一个男人指指对面的房间。

苏珊看着他手指的方向。“谢谢。”她说完转身往那边走去。

亨利·施瓦茨正认真阅读着他申请的计算机打印资料。他的办公室虽然很小，却整理得非常整洁。按高低排列的书籍整齐地放在书架上，书脊和书架外沿的距离像被尺子量过一样，彼此之间都整齐地留着一英寸的空间。

“请问您是施瓦茨先生吗?”苏珊满面笑容地走到他的办公桌旁。

“是的，你找我有什么事吗?”施瓦茨问道，食指仍然按在打印的资料上。

“在您的打印件里好像夹着我的打印件了，这也是楼上统一给我的回复。不知道您是否在您的资料里发现您没有申请打印的文件呢?”

“没有，不过我还没看完这些资料。你在找什么资料?”

“有一些关于昏迷的资料，是我们用于介绍的。能不能让我看看您这儿是否夹了那份资料？您不会介意吧?”

“当然不会。”施瓦茨说着把一部分打印件拿起来翻，看看是否有断开的地方。

“我想可能是夹在这些打印件的最后了，”苏珊说，“因为他们说我的申请单就排在您的后面。”

施瓦茨拿起桌上的一叠资料，苏珊申请的资料果然在最后一份，资料上面还夹着由她填写的申请单。

“就是这一份。”苏珊说。

“可单子上的申请人一栏为什么写着我的名字?”施瓦茨在申请单上瞄了一眼，随即问道。

“这也许就是他们把它和您的资料弄混的原因吧，”苏珊说，伸手把那份打印件取过来，“但我相信您不会对这些东西感兴趣的。当然，这肯定不是您的错。”

“我觉得有必要跟乔治沟通一下。”施瓦茨一边说，一边放下手里的打印件。

“不用这么麻烦了，”苏珊说着转身离开，“我已经和他探讨了好一会儿了，万分感谢。”

“不用谢。”施瓦茨说，可是苏珊已经离开了。

“苏珊，你越来越过分了，真的太过分了，”贝洛斯边说边用汤匙喝牛奶蛋糊，这原本是给一个因犯恶心而厌食的病人的食物，“你没有去听课，下午查房你也不在，对你的病人也是不管不顾。现在晚上八点了，你还在到处溜达。不过你的表现里有一点始终如一，那就是你不断搞出各种层出不穷的花样。”他一边不停地刮着牛奶蛋糊的杯底，一边情不自禁地微微笑道。

苏珊和贝洛斯在B-5楼的休息室里坐着，这也是苏珊白天在医院开始实习的地方。苏珊坐在了她在早晨坐过的位置上，长长的计算机打印件从桌子一直拖到地板上。她正在认真地查阅一连串名单，还用黄色的毡尖笔在适当的地方做着标记。

贝洛斯喝了一口咖啡。

“好极了，这些材料可以证明这一切了。”苏珊说着套上笔帽。

“证明了什么？”贝洛斯问道。

“证明了在过去一年里，除了伯曼之外，纪念医院出现的原因不明的昏迷病例不是六个人。”

“太好了！”贝洛斯欢呼道，他举起手中的咖啡杯以示庆贺，“现在我不用再为麻醉问题而担心了，我可以放心给病人做痔疮手术了。”

“我建议你暂时别给病人开刀，还是先用肛门栓剂吧，”苏珊说着把做过记号的名字数了一遍，“不是六个人，准确地说是十一个人。假如伯曼没有出现明显好转的话，那数字可就变成十二了。”

“你确定吗？”贝洛斯的语气突然变了，他第一次对计算机打印的资料表示出了兴趣。

“在这份打印资料上是这个数字，”苏珊说，“如果我可以从计算机中心调出更多资料的话，也许这个数字还会增加。如果真是那样，我也不会感到多么惊讶。”

“这是你的真实想法吗？天哪，十一个！”贝洛斯把身子探向苏珊，舌头不停地舔着调羹，“你是怎么把这份资料搞到手的？”

“亨利·施瓦茨是个好人，他无私地帮助了我。”苏珊若无其事地说。

“亨利·施瓦茨是什么人？”贝洛斯问道。

“好吧，其实我也不知道。”

“你就饶了我吧，”贝洛斯说，他用一只手捂住眼睛，“我太累了，请别让我做这种智力游戏。”

“那你是急性子还是慢性子？”

“少废话，你怎么搞到这份材料的？这种资料必须经过有关部门的批准才可能获得。”

“今天下午，我到楼上填写了一份M804申请单，然后把它交给了坐在办公桌旁的好心人，晚上回来我就拿到了资料。”

“真是抱歉，问了你一个很傻的问题。”贝洛斯说着站起身，挥舞着调羹，表示他不想再纠结于这个问题了，“难道这十一个病例的昏迷都是手术过程中发生的吗？”

“不，”苏珊说着又看向打印件，“哈里斯曾经说过是六个，这一点他倒没有说错。另外五个是内科住院病人，医生对他们的诊断是患了特异质反应。你难道不觉得这很奇怪吗？”

“不觉得。”

“啊，你先听我说，”苏珊迫不及待地说，“‘特异质’这个词看上去很唬人，但实际上意味着他们不知道诊断的结果是什么。”

“也许你说的是事实。可是，亲爱的苏珊，你应该知道纪念医院可是一家著名的大医院，它并不是乡间俱乐部，它是整个新英格兰地区的转诊基地，拥有崇高的地位。你了解过这里每天平均死亡多少人吗？”

“可是死亡应该是有原因的……而这些昏迷病人却没有……至少目前来说还没有。”

“可是，并不是每一个死亡的病例都有明显死因，这就需要进一步地进行尸检。”

“好了，这下你算是说到点子上了，”苏珊说，“如果一个人已经死了，那么你可以对他的尸体进行解剖，找出死因，你可以增进自己的知识储备。但是你无法对昏迷病人进行解剖，因为他们还在生死之间徘徊。那么只能选择另一种重要方式——‘活体解剖’，假如你愿意的话。你不能只想着对病人的尸体进行肢解，你必须研究一切，以此获得更多的线索。诊断同样重要，也许比尸检更重要。如果我们能查清楚这些人的病因，也许能找到让他们从昏迷中苏醒的方法。甚至以后能在第一时间就规避昏迷的风险。”

“尸体解剖也不是终极手段，”贝洛斯说，“它也不可能每次找出答案。有些病例无论是否进行尸体解剖，都无法查明确切的死亡原因。我今天碰巧知道有两个病人死了，但我很怀疑是否能诊断出他们的死因。”

“哦，你认为诊断不出死因的理由是什么呢？”苏珊问道。

“两个病人都是因为突然中止呼吸而导致的死亡。很明显，事前毫无征兆地就呼吸停止了，两个人都死得那么平静，当他们被发现时，一切都来不及了。像这种突然中止呼吸的死亡病例，你未必总能找到死亡原因而去对医生进行问责吧？”

苏珊对贝洛斯的话产生了兴趣，她直愣愣地看着他，眼睛也不眨一下。

“你没事吧？”贝洛斯问，同时在她眼前挥了挥手。苏珊依旧一动不动地发呆，过了一会儿才低头看向计算机打印资料。

“你到底是怎么啦？难道你患上了精神运动性癫痫？还是其他什

么？”贝洛斯问。

苏珊抬头望着他。“癫痫？没有，绝对没有的事。你说今天有两个病人因呼吸中止而死亡？”

“从外表症状来说，死因确实如此。我是说他们的呼吸停止了，人就这么没了。”

“他们为什么会住院？”

“我也不太清楚。听说其中一个病人的腿有点毛病，有可能是静脉炎，也许还发现了肺栓塞什么的吧。另一个病人则是面部神经麻痹。”

“他俩都做过静脉滴注吗？”

“记不清楚了。即使他们做过静脉滴注，也没什么奇怪的吧？对了，你为什么会这么问？”

苏珊轻轻咬了咬下嘴唇，心中默默想着贝洛斯刚说的话。

“马克，你知道吗？也许你提到的死亡病例和那些昏迷的病人有着某种关系呢。”苏珊拿手背轻轻地拍了拍打印出来的资料，“可能你刚才说的恰巧切中正题了。你还记得病人的名字叫什么吗？”

“天哪，苏珊，你的脑子里现在只有这一件事情了吗？你这样没日没夜地工作，这可别患上妄想症了。”贝洛斯转而以一种关心的口吻说道，“不过这并不打紧，即便是医生中最优秀的人，如果连续两三个晚上都通宵工作，也免不了会发生这种情况。”

“马克，我没有和你开玩笑。”

“我知道你没有和我开玩笑，这正是我担心的地方。你可不可以暂时忘掉这件事情，好好地休息一两天呢？也许在那之后你可以更加客观地重新看待这件事情。我有一个好主意，明天晚上我不需要值班，如果运气好的话，我可以在七点钟以前离开医院。我们一起吃晚饭，如何？虽然这是你第一天来医院，但要像我一样，要早早地从医院离开。”

贝洛斯原本没想以这种方式约苏珊出去。但是他并未对此感到懊恼，他觉得这次的邀请显得那么自然，即便被苏珊拒绝了，他也不至于难以下台。这看起来更像是同事之间一次友好的饭局，而不是男女之间的真正约会。

“这个吃饭的建议真是太棒了，我想我不会拒绝邀请，哪怕和我共进晚餐的人是个懦夫。但是先回到我说的正经事，马克，今天死去的两个病人分别叫什么名字？”

“克劳福德和费勒，他们是 B-6 楼的病人。”

苏珊噘着嘴唇，在本子上记下了两人的名字。“明天上午我就开始对这两个人的情况进行调查，其实……”苏珊看了一下手表，“也许今晚就必须开始调查。如果要对这两个病例进行尸检，一般会在什么时候？”

“有可能是今天晚上，要不就是明天上午刚上班的时候吧。”贝洛斯耸了耸肩。

“那么，我最好今晚就要过去看看。”

苏珊把打印件重新归拢在一起。

“谢谢，马克，老伙计。你又一次帮助了我。”

“又一次？”

“是呀，我要先谢谢你帮我把那几篇文章复印好了。我觉得你有成为一个好秘书的潜质。”

“去你的。”

“啧，啧，明晚不见不散啊。你觉得里茨饭店怎么样？我已经有好几个星期没去那里吃饭了。”苏珊一边开玩笑地问道，一边走向门口。

“不用走得这么急吧，苏珊。你记得明天早晨六点三十分要过来查房。还有你别忘记我们之间的约定。如果你能来查房，我可以再给你掩护一天的时间。”

“马克，你可真是一个天使。别破坏那么好的气氛。”苏珊含笑说道，假装娇羞地把她的头发撩到脸上，“我要读完你给我的全部材料以后再睡觉。另外我还需再忙上一整天呢，明天晚上我们再商议接下来的事情吧。”

她说完就走了。贝洛斯喝着咖啡，又一次被苏珊弄得魂不守舍了。随后，他也站起来了，毕竟他还有许多工作要做。

二月二十三日　星期一

晚上八点三十二分

病理实验室设置在主大楼的地下室里。苏珊沿着楼梯来到了地下室走廊。走廊右边漆黑一片，左边也让人无法一眼看见远处的事物，天花板上每隔二三十英尺就挂着一盏无罩灯泡。在灯与灯之间交叉照射下，地面上形成让人恐惧的半影，天花板上纵横交错的各种管子在灯光的投射下也显出了奇形怪状的影子。也许为了给昏暗的地下世界增添色彩，墙面被画上了鲜亮的橙色斜条纹，但这完全是徒劳的。

苏珊隐隐约约地看见正对面有一个指向左边的箭头，箭头上方还印着“病理学”三个字。苏珊按照指示左转，她的鞋子踩在混凝土地板上，发出空洞的声音，与蒸汽管里发出的咝咝声互相融合，在走廊里不断地回响。地下室的气氛让人感到十分压抑，病理实验室被设置在医院地下室中心是那么恰到好处，又让人胆战心惊。苏珊径直走向这个令她厌恶的病理学实验室。在她看来，病理学实际上代表着医学的阴暗面，这种学科的设立只是为了从医疗失败和死亡中汲取营养。而对于病理学家分析活检可以让人们获益，或者病理学家对尸体解剖可以对活人的治疗提供帮助之类的言论，苏珊早就抛到九霄云外了。她曾经在病理学课上见识过尸体解剖，仅仅一次经历就够她受了。当苏珊看到那两个病理学家剖开一个刚去世的病人的内脏时，生命从未显得如此脆弱，死亡也从未显得如此真切。

一想起那次观看尸体解剖的经历，苏珊不由得放慢了脚步，但她并没有因胆怯而停下脚步。现在她已下定决心要到解剖室进行调查。苏珊走了大约一百码[①]左右，连续在走廊转了两个弯。她感到有些紧张，回头往身后望了望，她也不清楚自己是不是走过了实验室的门，越往前走心中就越不安。天花板上有几盏电灯坏了，在她前面拉伸出越来越长的影子。当她走近另一盏亮着的电灯底下时，影子会随着她的走动而慢慢变淡，直至消失不见。

终于，她在两扇上半部镶有磨砂玻璃窗的弹簧门前停下了脚步。

每扇门的破裂的磨砂玻璃上都醒目地写着“未经许可，严禁入内”。右门玻璃下方印着“病理实验室”，字体外层的金色油漆已经有些剥落了。苏珊在门口犹豫了一会儿，一边不断地给自己打气，一边还在胡思乱想着将要出现在她眼前的恐怖场面。她轻轻地推开一条门缝，偷偷地往里面看了一眼，室内摆放了一张长长的黑色石桌，几乎占据了整个房间。石桌上凌乱地摆放着显微镜、玻璃片、玻璃片盒、化学药品、书籍和一大堆仪器设备。苏珊推开门走进实验室，房间里弥漫刺鼻的甲醛气味。

一格一格的架子占了一整面的右墙，每个格子里都摆满了各种大小不一的瓶子和罐子，几乎没留下一点空隙。仔细一看，苏珊发现离她最近的大罐子里是一个人头的标本，被整齐地切成两半。玻璃瓶的标签上只是简单地写着“咽喉癌”。苏珊禁不住打了个寒战，尽量不

---

① 1码约0.9米。

去看其他标本。

房间另一头还有一扇和走廊门一样的弹簧门。苏珊隐隐约约地听见从里面传出的说话声和金属的撞击声。她悄悄地朝对面的弹簧门走去，觉得自己像一个特工，闯进了陌生的敌对世界。

苏珊试着透过门缝往里面看。虽然她只能看见一点点，但她已确认解剖室就在里面。她慢慢地推开左门。

突然，房间里响起了一阵铃声。苏珊匆忙转身，解剖室的门在她身后砰的一声关上了。一开始她还以为自己触发了警报系统，被吓得产生了一种夺门而逃的冲动。她还没来得及迈出脚步，在另一扇门口走出了一位病理科的住院医生。

“喂，你好啊。”住院医生拿起水池旁的蒸馏水冲洗器，跟苏珊打了个招呼。他一边微笑地看着苏珊，一边对着一盘染色玻璃片上喷水，玻璃片的颜色马上由深紫转成了透明。“欢迎你来到病理实验室。你是医科学生吗？”

“是的。”苏珊勉强笑道。

“这种时候，或者说我们这里很难在晚上碰见医科学生，你来这里是不是有特别事情？”

“没有，一点也没有。我刚来医院不久，现在只是随便转一转。”苏珊说着把双手藏到白大褂口袋里面，感觉自己的心脏都快要跳出来了。

“放轻松一点。你喝咖啡吗？刚好办公室有咖啡。”

“不啦，谢谢。”苏珊说着走回桌旁，漫无经心地在装玻璃片的盒子上碰了碰。

住院医生在那盘玻璃片上又加了另一种琥珀染色剂，然后重新校准了定时器。

“其实，我可能需要你提供一点帮助，”苏珊说，手指还在桌上的几块玻璃片上拨弄着，“B-6 楼今天有两个病人去世了，我想知道他们有没有被……嗯……”苏珊想要找个合适的词表达自己的来意。

“他们叫什么名字？”住院医生一边擦手一边问道。

“费勒和克劳福德。”

住院医生走到墙边抬头看挂在上面的写字板。

“嗯，克劳福德。我记起来了，那个病例刚被验尸员送过来了。噢，费勒也是。”

“你这里有他们俩的病历卡吗？”苏珊问。

“有，它们就放在标记着‘解剖’的架子上。你看完后，请把它们放到标记了‘内科病历卡’的架子上，我们已经完成了对他的解剖。”

苏珊走到后面的墙壁旁，那里摆放着一列架子。她从标着“解剖”的架上找到了费勒和克劳福德的病历卡。苏珊清理了一张桌子的桌面，随后她拿取出笔记本并坐在桌旁，她把这两个人的病历按之前的摘录方式在笔记本上逐一记录下来。

二月二十四日　星期二

上午八点零五分

第二天早晨，定时收音机准时把苏珊从睡梦中唤醒，她仍不想爬出温暖舒适的被窝。收音机里传出琳达·朗斯塔特的歌声，它在苏珊的脑海中产生了一些美妙的联想。她没有关掉收音机，而是躺在那里，任凭歌声和旋律在她的脑海中流淌。当歌声停止时，苏珊已经完全清醒了，她在脑子里快速地梳理了一遍昨晚的事情。从昨天晚上开始，一直到今天凌晨三点，她集中全部的精力，认真地阅读了一大堆期刊文章和麻醉学书籍，还重新翻了一遍自己的内科学教科书和临床神经科教科书。她已经做了大量的笔记，必须阅读的参考文献增加到了一百多篇。她打算到图书馆去把这些文章都找出来，然后自己再慢慢地阅读、研究。她发现这个关于昏迷的研究已经变得更加复杂，也给她带来更为紧迫的压力。但反过来说，这也让苏珊必须倾注更多的精力来应对挑战，她被深深吸引了。苏珊更加坚定了自己的信念，她意识到今天还有大量的工作要做。

淋浴、穿戴、吃早餐，她以令人称道的速度做完了这一切。吃早餐的时候，她还重温了一下笔记，并且意识到她还需要重读前一晚读过的最后几篇文章。

苏珊直接走路去亨廷顿大街的地铁站。天空还是那么阴沉，一点转晴的迹象也没有。她心里忍不住抱怨着波士顿的地理位置。不过，她幸运地在老旧的车厢内找到了一个空座，她就可以坐在位置上仔细翻阅材料。她想再确认一下打印资料上的病例数。

“很高兴遇见你，苏珊。难道你今天要去上课吗？”

苏珊抬头就看见了一张笑呵呵的脸，乔治·奈尔斯站在她身前，双手拉着上面的扶杆。

“我可从来不逃课，乔治，你应该很清楚。”

“可是你错过了查房时间。现在已经九点多了。”

“你也一样吧。”苏珊的语气不失友好，却又带点火药味。

“他们一本正经地要求我到学生保健室做一次检查，似乎生怕昨天我的头颅在手术室的滑稽表现中出现粉碎性骨折。”

“你还好吧？”苏珊真诚而关切地问道。

“嗯，我很好。不过我的自尊心大大地受到了伤害，这唯一的损伤却很难愈合。但医务室的医生告诉我，受伤的自尊心会自动愈合的。”

苏珊禁不住笑了，奈尔斯也跟着哈哈大笑起来。电车停在东北大学门口。

“你在纪念医院第一天的外科实习就缺席了半天，第二天早晨又不去查房，这可是双喜临门啊，惠勒小姐。”乔治装出一副严肃的表情，“过不了多久，你就直接成为挂名医科学生的年度冠军了。如果你能保持这样的状态，那么，你一定可以打破菲尔·格里尔在二年级上病理学课时创造的缺课记录。”

苏珊没有搭理他，她的注意力重新回到了她的计算机打印资料上。

“你究竟在忙些什么呢?”奈尔斯问道，他侧过身子想看清楚打印资料的正面。

苏珊抬头望着奈尔斯，说：“我正在准备诺贝尔奖颁奖礼上的获奖感言。虽然我并不介意告诉你，但是你有可能又要缺课了。”

突然，电车冲进了地道，开始在市区的地下行驶，地道里发出的隆隆声彻底打断了他们之间的谈话。苏珊重新把计算机打印资料上的名字认真核查了一遍。她必须百分之百地确定昏迷的人数。

B-8 楼和 B-10 楼一样，有大量的私人办公室。苏珊沿着走廊找，最后停在八一〇室门口。一行令人赏心悦目的黑体字横着写在陈旧发亮的红木门表面：“内科部，杰里·P. 纳尔逊教授，医学博士和哲学博士。”

纳尔逊的职位是内科主任，他和斯塔克是平级，不过主要负责内科和相关子学科。纳尔逊在医学中心也是一个很有实力的人物，不过他没有斯塔克那么有影响力，也不如斯塔克那么精明强干。而作为基金募集人的斯塔克，对纳尔逊来说更是望尘莫及。尽管如此，苏珊还是需要鼓起勇气才敢接近这样一位充满威严的人物。她犹豫了半天，推开那扇红木门，第一眼看见的是一个戴着金属丝框眼镜的女秘书，她和蔼地向苏珊微微一笑。

“我叫苏珊·惠勒，刚才我打来过电话，我想见纳尔逊医生。”

“当然可以。你是我们的医科学生?”

“是的。”苏珊说，虽然她不清楚这里的“我们”是什么意思。

“你真幸运，惠勒小姐，纳尔逊医生刚好在办公室里。我相信他可能还记得课堂里的你。总之，他一会儿就会来见你。”

苏珊对她表达了谢意，随后她就退坐到接待室的一把黑色椅子上。她掏出笔记本，本想重新温习一遍内容，却忍不住打量起了房间、女秘书，以及纳尔逊医生的生活风格。按照医学院的价值观来评判，纳尔逊现在的地位代表了他多年来的努力和运气最终帮他获得的胜利。苏珊现在追求和研究的问题背后可能就隐含着某种运气。所以只要有一次好运降临在某个人身上，那么幸运之门就将为之敞开。

里间办公室的门开了，打断了苏珊的胡思乱想。两个穿白大褂的医生从里面走出来，走到门口时他们俩还在不停地交谈。苏珊只听到一些零零星星的对话，他们谈论的内容似乎是关于在外科休息室的衣帽柜里发现的大量药物。较为年轻的那个医生情绪显得异常激烈，尽管他特意降低了说话的声调，可是他的音量仍然和正常说话没什么差别；另一位内科医生则明显要练达和老成许多，他的言谈举止十分庄重，有一双温柔而博学的眼睛，以及一头灰白的浓密头发，脸上还挂着宽慰的微笑。苏珊断定他就是纳尔逊医生。纳尔逊医生不停地安慰着对方，还不时地拍拍对方的肩膀。当那位医生离开后，纳尔逊医生便转向苏珊，示意她跟他一起到办公室去。

纳尔逊的办公室里十分凌乱，到处堆满了复印的杂志文章、散乱的书籍和一沓沓的信件。办公室似乎曾在多年前被台风蹂躏了一番，之后再也没有重新整理过。办公室里只有一张大写字台和几把破旧开裂的皮椅。当纳尔逊坐到皮椅上时，椅子马上发出吱吱嘎嘎的声音。

桌子前面还摆放了两把小皮椅。他示意苏珊坐到其中一张椅子上。纳尔逊拿起桌上的烟斗，随后打开了烟丝罐。装烟丝前，他在左掌上拍了拍烟斗，烟灰零零星星地飘落到地板。

“啊，对了，你是惠勒小姐，”纳尔逊医生看着桌上的提示卡说，“你们曾听过我讲的物理诊断课，我对你还有一些印象，你是韦尔斯利学院的，对吗？”

“拉德克利夫学院。”

“拉德克利夫，当然。”纳尔逊医生更改了卡片上的信息，“你找我有什么事吗？”

“我不知道该怎么说才好。我对长期昏迷的问题产生了兴趣，正在调查和研究这方面的情况。”

纳尔逊医生把身体往后靠，椅子痛苦地发出吱吱嘎嘎的声音。他把双手的指尖相对地合拢在一起。

“很不错，但昏迷涉及的范围非常广。最重要的一点，昏迷不是一种疾病，它只是一种症状。关键的问题是搞清楚导致昏迷的原因。哪一类昏迷是你现在关心的？”

“我不知道。或者说，这正是我为什么会对它产生兴趣的原因，我对这种病因不明的突然昏迷产生了兴趣。”

“那你关心的是急诊病人还是住院病人呢？”纳尔逊医生问道，他的声音发生了一些变化。

“住院病人。”

“你是指在手术中发生的那少数几例？”

“如果你觉得七例病人还算少的话。”

“七例？”纳尔逊问道，同时对着烟斗猛抽了几口，“我觉得你对这个数字的估计有些过高了。”

“这不是我估计出来的。过去一年的手术中已经发生了六例，昨天楼上做手术时又出现了一例，它们似乎属于同一种类型的昏迷。另外，至少还有五个内科病人的昏迷与他们住院时所患疾病毫无关系，可是最后他们也陷入了长期昏迷。”

“这些你是怎么知道的，惠勒小姐？”纳尔逊怒气冲冲地问，一改先前的温和态度。纳尔逊目不转睛地盯着苏珊，而她却没有意识到对方身上明显的情绪变化。

“这份计算机打印资料里介绍得很清楚。”苏珊把身子凑过去，纳尔逊隔着桌子接过她递来的文件，“我在提到的病例名字上用黄笔做了记号，而且我也多次确认病例人数了。而且，这些还仅仅是过去一年中昏迷病例，如果时间再往前推的话，我不知道还有多少。我觉得有必要把每一年的昏迷病例名单都打印出来，这样我们就可以直观地了解到发病率是静态的，还是有逐年上升的变化趋势。我认为应该把纪念医院内某些突发性死亡的病例也归纳进这一个未知的昏迷，这个设想也许更重要，或至少应该处于同样重要的位置。我坚信在这个问题上，计算机将会起到很大的作用。这就是我来找您谈的原因，我希望您能支持我的这种努力。我想获得使用计算机的最高权限，这样的话，我就可以把这些病人的病历卡调取出来。直觉告诉我，这类昏迷仍属于某种未知的医学问题，所以我来找您了。”

苏珊把自己的来意和想法从头到尾都交代了一遍后，坐回了椅子上。她觉得自己已经把事情的原委说得十分清楚，如果可以打动纳尔逊医生的话，那么她所提供的这些情况已经足够让他下定决心了。

纳尔逊医生并未马上回答，他的双眼仍旧直直地望着苏珊。随后，他认真地研究着打印资料，迅速地吸了几口烟斗。

“你拿来的资料的确非常有趣，小姐。你说的这个问题我也已经意识到了。但是，这些统计数据还隐含了其他的含义。而且，我可以明确地告诉你，这种明显的高发病率是因为……嗯，坦率地讲……我们很幸运，在过去的五六年中没有发现这种病例。不过，统计数字总是很容易就会超越你。目前看来，这种病的确是一个大问题。至于你的要求，我恐怕不能答应。你应该明白，建立计算机情报中心库的首要一点就是必须对它提供足够安全的保障，而且大多数的储存资料都有着十分严格的保密制度。我并没有任意批准他人使用计算机的权限。事实上，你付出的努力……我该怎么说呢……嗯，像你这样的医学生所掌握的知识及水平是远远不足以处理好这个问题的。我想，如果你可以把你的研究兴趣更多地投入到其他科研项目上，那么，这对我们大家都有好处，包括对你自己。比如说，你可以把研究兴趣投入到肝脏方面，那么，我肯定可以在我们的肝脏实验室给你找一个工作机会。”

苏珊在学术上的研究向来受到老师们的鼓励，她万万没想到自己的调查竟然被纳尔逊医生给否定了。纳尔逊医生非但不感兴趣，反而还试图说服苏珊放弃这项科研。

苏珊迟疑了一会儿，然后站了起来。

“对于您的建议，我表示非常感谢，但是我在这项研究上已经耗费了不少精力，我想继续研究一段时间。”

“随便你吧，惠勒小姐。我很抱歉，无法帮到你。”

“谢谢，占用了您宝贵的时间。”苏珊说道，伸手想要去拿那份计算机打印资料。

“你恐怕不能再使用这份资料了。”纳尔逊医生说，他把苏珊伸过来的手给挡住了。

苏珊迟疑了一下儿，把手缩回去了。她没有料到纳尔逊医生竟然会做出这样的举动。他居然胆敢没收她的资料，真是太荒唐了！

苏珊一声不吭。她克制着不让自己看纳尔逊医生，她收拾好自己的东西，离开了。纳尔逊医生马上拿起电话，拨了出去。

二月二十四日　星期二
上午十点四十八分

哈里斯医生办公室的书架上摆满了最新出版的麻醉学书籍，还有一些尚未出版的书稿，是别人送来请他审阅的。这让苏珊有一种如获至宝的感觉。她浏览着每本书的书名，特别留意的是关于并发症的书。每发现一本新书，她就把书名和出版社抄录下来。然后，她开始从书架上寻找图书馆尚未收录的普通教科书。很快，她就找到了一本《昏迷：临床状况的病理生理学基础》，她激动地抽出那本书，认真地看了看每一章的标题。她有点懊恼自己没有在一开始就拜读这本书。

办公室的门打开了，苏珊抬头看着走进来的罗伯特·哈里斯医生。这是他们俩第二次见面了。哈里斯医生看了她一眼，丝毫没有认出她或表示友好的意思。他那盛气凌人的威严和略显轻蔑的态度向苏珊迎面扑来。苏珊原本不想在他的办公室里等他的，是他的秘书安排她进来等候的。此刻，苏珊心里感到有些不安，自己像是闯入了哈里斯医生的私人领地。而她的手里还拿着一本他的书，这让场面显得更加尴尬了。

“你拿的书，一定要放回原来的地方。”哈里斯说完，转身把门关上。他故意慢悠悠地说话，好像把苏珊当作小孩子。他脱下身上的白大褂，把它挂到门后的钩子上，他不发一言，坐到桌子后面，旁若无人地在一本大分类册上做着记录，仿佛苏珊根本不存在。

苏珊把教科书合上，放回原处，然后坐到她刚才坐过的椅子上，之前的半个小时她就是坐在那里等待哈里斯医生的。

房间里唯一的一扇窗开在哈里斯的身后。窗外照进的自然光与头顶灯光的交会在一起，给哈里斯的外表增添了一种奇怪的、闪闪发光的特质。耀眼的光线直射着苏珊，她只能眯缝着眼睛看哈里斯。

哈里斯的左手腕上戴了一块数字金表，金表与手臂上光洁的褐色皮肤相互映衬。他的前臂十分粗壮，逐渐向手腕处变得越来越细。虽然现在正是隆冬季节，天气已经十分寒冷，哈里斯医生居然只穿着一件短袖的蓝衬衫。他花了几分钟才在分类册上写完，他将它合上并按响了蜂鸣器，让秘书进来取走了它。随后他才转过身，面朝苏珊的位置。

“惠勒小姐，我很惊讶，居然会在我的办公室里见到你。”哈里斯医生说完，就把身子缓缓地靠到椅背上。他好像不愿意和苏珊对视。苏珊在光线的照射下完全看不清他的面部表情。他那种冰冷的语气让两个人都陷入了沉默。

“我应该向您道歉，”苏珊开口说道，“昨天，我冲动地冒犯了您。您可能知道，那是我的第一次临床实习，我对医院的环境还不太熟悉，特别是恢复室。另一方面，凑巧得很，大约在我们见面的两个小时之前，我刚给你们会诊的病人做过术前静脉滴注，并且陪他聊了一会儿。”

苏珊稍微停顿了一下，她希望能从哈里斯毫无表情的脸上看到一丝原谅她的迹象。可是一无所获，他甚至没有发出任何动静。苏珊只能继续接着往下说。

“其实，当时我们不仅聊了手术方面的事情，而且我们还约定找个时间重新见面。”

苏珊又停了下来，哈里斯医生还是一言不发。

“我跟你说这些是为了解释我在康复室的反应，而不是借口。毫无疑问，当我面对病人的现实情况时，我变得非常沮丧。”

“所以是你又回到你的性别枷锁里了。”哈里斯居高临下地说。

“什么？”苏珊听到了他的话，但她本能地怀疑自己是否听错了。

“我说了，因为你的女性身份。”

苏珊感到脸颊泛起红晕：“我不知道你这话是什么意思。”

“就是字面意思。”

一阵尴尬的沉默。

苏珊坐立不安，然后开口说道：“如果这就是你对女性的看法，那么我无话可说。在这种情况下，情感驱动是任何人都可以理解的。我承认，在第一次与病人见面时，我并不是很专业，但我认为，如果角色互换，我是病人，病人是医生，结果可能是一样的。我不认为敏感是女医科学生的弱点，尤其是当我看到男医生对女护士的居高临下的态度时更是如此。但我来这里不是为了讨论这些问题。我是来为我的无礼向你道歉的，仅此而已。我不会因为身为女人而道歉。”

苏珊又停顿了一下，期待着对方的回答，然而没有反应。苏珊心里感到非常恼怒。

“如果我的女人身份让你感到烦恼，那就是你的问题了。”苏珊又强调说。

“亲爱的，你太无礼了。”哈里斯说。

苏珊站了起来，低头俯视着哈里斯的脸庞。眯缝的双眼、圆圆的脸颊、宽大的下巴。光线透过他的头发，使它们看上去像银丝。

“对这次拜访，我感到很遗憾。再见，哈里斯先生。”苏珊转过身，打开了通往走廊的房门。

“你为什么要来这里？”哈里斯在后面追问了一句。

苏珊的手搭在门上，眼睛看着外面的走廊，思考着该如何回答哈里斯的问题。此时，她显然在艰难地考虑是该离开还是留下。最终，她决定继续面对这位麻醉科主任，完成自己此次拜访的未竟之事。

“我原本想跟您道歉，希望对我们之间发生过的事情既往不咎。其次，我还怀着一个不切实际的想法，我希望可以得到你的帮助。”

“哦，是关于哪方面的？”哈里斯问，他的口气稍稍缓和了一些。

苏珊又犹豫了一下，想了想，随后她把门关上，走到原先的椅子旁，不过没有坐下。她看着哈里斯，觉得自己已经没什么可失去的了。尽管他很冷漠，她还是应该说出她本来想说的话。“因为听您说过，去年有六个病例在麻醉后陷入了长期昏迷，所以我决定把这个问题作为我三年级的论文题目，并且对这个问题展开调查。据我调查发现，你告诉我们的病例数完全正确，过去一年中确实出现了六个外科麻醉后昏迷的病人。另外，内科病房也有五例原因不明的突发性昏迷病例，昨天甚至有两个病人因为突然中止呼吸而死亡。他们的病史中没有任何迹象表明会发生这种情况，毕竟他们住院仅仅是因为一些小毛病罢了。其中一个病人的小腿因为患静脉炎而做手术，另一个病人则是因为面部神经麻痹。除了其中有一个人患有青光眼，他们的身体在其他方面都很健康。因此，我们无法解释他俩为什么会出现呼吸突然中止的情况，而且我觉得他们和其他昏迷病人有着极其相似的症状。换句话说，我觉得这十二个昏迷的病例也许反映的是同一个问题。假如最后确定伯曼也与他们的情况相似的话，那么，患上了原因不明的昏迷病症就有十三个人了。更糟糕的是，昏迷的发病率好像出现了明显上升的趋势，在手术麻醉后的昏迷显得尤为突出，而且病例出现的间隔时间越来越短了。不管怎样，我已经决定对这个问题做一些调查。为了能够继续我的调查，我需要您同意我使用资料库。如果能获得直接使用计算机的权限，我就可以从数据库里找出更准确的昏迷病例数据。另外，我还需要拿到这些病例的病历卡。”

哈里斯身子前倾，慢慢地把手臂放到桌上。

“照你这样说，内科部门也遇到我们这样的麻烦了，”他喃喃自语地说，“可我从未听杰里·纳尔逊谈过这件事啊。”

他抬头看着苏珊，大声地说：“惠勒小姐，你这是在浑水摸鱼呀！一个刚学完医学基础课的实习生竟然对临床研究感兴趣，这可真让我感到耳目一新。我认为你并不具备研究这个题目的能力，我这么说是有原因的。首先，我认为你并未真正认识到昏迷问题的复杂性。它仅仅是一种描述病例症状的笼统术语。你单凭病因机制不明就判定所有的昏迷病例之间的互相关联，这本身就是一个荒谬的观点。惠勒小姐，我建议你在撰写所谓的三年级论文时最好能多一点的事例、数据，少搞一些想当然的莫名猜想。我可没那么多闲工夫给你提供什么帮助。另外，我还可以承认一个很明显的事实——你可能知道，——当然我也并没打算隐瞒——我对从事医学的女性并没有什么好感。”

哈里斯用食指朝她点了点，像是在用手枪向她示意。

“医学在她们的眼里是什么？是一种幼稚的游戏，或者是一时的兴趣，甚至只是个别致的称呼罢了，以后会怎样，只有老天才知道！这已经是一种时尚了。最重要的是，她们总是免不了会情绪化，而且……”哈里斯接着说。

“哈里斯医生，你别再胡说八道肆意攻击了！”苏珊毫不客气地打断了他的话，把椅子拎起来往地上狠狠地一砸。她被哈里斯的一番话彻底激怒了。“我不想听你的这种无稽之谈。事实上，正是有你这样的人存在，才会让医学界变成一潭死水，对于日新月异的变化和新病症的挑战视而不见。”

哈里斯用力拍了一下桌面，砰的一声把文件和铅笔都震得弹起来了。他几乎一步就跳到了桌子前面，苏珊被他的速度吓了一跳。他这一举动使他的脸离苏珊的脸只有几英寸远，苏珊被哈里斯的怒火吓傻了，呆呆地愣在那里。

“惠勒小姐，你知不知道这是什么地方？”哈里斯低声地说，尽量克制心中的怒火，“你以为自己是救世主？难道只有你才能奇迹般地把我们从这个问题中解救出来？我们早就集中了医院里的所有智囊来研究昏迷的问题。你就是个成事不足败事有余的人。不过，我能跟你保证一点：一天之内，你将滚出医院。现在，你马上给我滚出去！”

苏珊吓得只能倒着走，她生怕他会袭击她毫不设防的后背。哈里斯好像到爆发的临界点了。苏珊打开门，快速地逃到走廊里，她又怕又气，忍不住流下了眼泪。

哈里斯在她身后用力地踢了一下门，他抓起电话，让秘书给他接通院长办公室。

二月二十四日　星期二
中午十一点

苏珊故意放慢脚步，小心翼翼地走着，生怕走廊上的人会用满腹疑虑的表情看着她。她担心被人一眼看清她的情绪，以往她在哭泣的时候，或者她想要哭泣之前，她的脸颊和眼圈总是一片绯红。尽管她此时已尽力忍着不哭，可是她无法控制自己的神经连接，如果现在被某个熟人随意地问一句“你怎么啦，苏珊？”之类的话，她肯定会哭出来的。所以，苏珊想要单独待一会儿。事实上，随着她慢慢地打消和哈里斯发生冲突所产生的恐惧时，她比任何时候都感到更加生气和灰心。她竟然在与业界长者的约见中产生如此巨大的恐惧心理，她不得不怀疑自己是不是得了什么妄想症。难道她真的把哈里斯触怒到差点让他对自己动手的地步了吗？难道他真的会像她担心的那样从桌子后面跳出来打她吗？她不禁觉得自己的这种想法十分可笑，她不相信这件事情会这么严重。她知道自己当时的感受任谁也无法相信。当她回想起这种情景，她立马就联想到《凯恩舰哗变》中的奎格船长的处境。

她想到楼梯井将是她唯一的避难所。她推开金属门，随后，门就自动关上了，她把自己隔绝在灯光冰冷、人声嘈杂的走廊之外。只有一盏白炽灯从她头顶洒下温暖的光辉，她在这里得到了一丝欣慰的寂静。

苏珊手上还拿着笔记本和圆珠笔。她咬紧牙关，大声地咒骂着，楼梯井里不断地回响着她的声音。她把笔记本和圆珠笔顺着楼梯扔向了下面的平台。笔记本在台阶上跳了一下，然后封面朝下坠落，接着又从楼梯平台撞到墙上，竟然安然无恙地停下，摊在了地面上；而圆珠笔则在台阶上蹦了几下后就掉到了楼底。

一切都是那么糟糕！苏珊一脸颓然地在顶层楼梯上坐下来，把双脚搁在下一个台阶上，膝盖呈锐角弯曲着，两肘在膝上撑着，紧闭双眼。在短短的一天半的时间里，她竟然在医院里一而再，再而三地遭受到医学和人际关系的双重挫折。不管是指导医生还是医学教授，这些业界长者对她的态度，从热情的接受变为公开的敌意，这种态度的转变让她有点始料不及。哈里斯的态度尽管带有敌视性的挑衅，但这毕竟是被苏珊挑动激发出来的。而纳尔逊的反应就显得十分典型，一开始他对苏珊还是彬彬有礼的，随后他就对她摆出阻拦的姿态了。苏珊对此有一种似曾相识的感觉。当她把自己的终身职业定在医学方面时，她就有了一种感觉：身处喧嚣，心却孤独。虽然围在她身边的人不少，时不时地与她谈笑风生，可是她终始有一种茕茕孑立的孤立之感。在纪念医院这一天半时间内发生的种种似乎预示着她那未来的医生岁月必将历经种种坎坷，现在局面的恶劣程度甚至超过她刚进医学院的最初几天，她像个局外人一般闯入了这个“男性俱乐部”，被现实逼着做出适应和妥协。

苏珊把眼睛睁开，看着被她扔在平台上的笔记本。扔书让她发泄了一些内心的挫折感，她感到轻松了一点，慢慢地恢复了自制力。同时，她没想到自己竟然会做出这种有点孩子气的行为，这完全不像她以往的作风。她思来想去，也许纳尔逊和哈里斯的看法是对的。她只是一个刚刚开始接受训练的医科学生，恐怕的确没有资格调查这么严重的临床问题。她是如此的感情用事，这个明显的缺陷又是如此的根深蒂固。如果换作一个男性，他对哈里斯会做出一样的反应吗？难道她真的比男同事更加情绪化吗？苏珊的眼前立刻闪过贝洛斯冷静、超然的形象。同样在面对悲惨的南希·格林利时，他依然能冷静地分析她体内的钠离子含量。昨天，她还像鸡蛋里挑骨头似的指责贝洛斯的态度，而她此时此刻却只能在楼梯井里胡乱猜想，她对自己的自信产生了一丝怀疑。她很想知道，在万不得已的情况下，自己也能超然于事情之外吗？

苏珊听到楼上有开门声，她不自觉地站起来。一阵轻微又急促的脚步声在金属楼梯上响起，随后她又听到有人打开另一扇门的声音，最后，楼梯井内又回到之前的寂静。楼梯井的井壁由粗糙的混凝土构成，上面还被人胡乱画了一条条斑斑污迹，这让苏珊更加感到孤独了。她一步步慢慢地走下楼梯，来到笔记本躺着的地方。笔记碰巧翻到了从南希·格林利的病历上摘录下来的一页。苏珊捡起笔记本，念着上面的字迹："年龄二十三岁，白种人，十八岁时曾患过单核白细胞增多，除此之外无既往病史。"苏珊立刻想起南希躺在监护室的情景，她的脸色苍白，就像一个幽灵。"二十三岁。"苏珊大声说道。一瞬间，她的内心再次感受到强烈的移情，她想调查昏迷问题的热情之火又熊熊燃烧起来。不管哈里斯和纳尔逊是什么态度，她都要把这个问题一查到底。突然，她有种说不出来的感觉，这种强烈的感觉在促使她去寻找贝洛斯。仅仅过了一天，她对贝洛斯的态度有了翻天覆地的转变。

"苏珊，看在老天的分上，难道你还没有受够吗？"贝洛斯的双肘撑在桌面上，两个手掌托着脸颊，用手指轻轻地按摩着双眼。他转动手腕，手指就移到了耳根，他用手掌盖着面颊，看着坐在他对面的苏珊。此时，他们俩在医院的咖啡馆，店里还算干净，不过里面的陈设有一点点陈旧。咖啡馆主要是给来院就诊的病人提供服务的，当然，有些医务人员也会偶尔光顾一下，里面的东西虽然比自助餐厅要贵一些，但是质量更好。十一点半，正是午餐的高峰期，苏珊先在角落里找了一张桌子，然后才打电话传呼贝洛斯，她很高兴，贝洛斯说他一会儿就到。

“苏珊，”贝洛斯停顿了一下，接着说，“你要马上停止这种自我毁灭式的行动。我想说的是，这完全是一种自杀行为。苏珊，如果你想在医学上有所成就，你要牢记一点，随波逐流。否则的话，你必定要吃苦头。在这方面，我是亲身经历过的，那真是切肤之痛啊。天哪，你怎么会想到去找哈里斯的呢？难道你忘记昨天那场特别的插曲了吗？”

苏珊默默地喝着咖啡，眼睛望着贝洛斯。她只想静静地听他说话，她的心情随着他的声音变得更好了一些。贝洛斯似乎很关心她。同时，她在思考贝洛斯也参与进来的可能性。贝洛斯喝了一口咖啡，随后摇了摇头。

“虽然哈里斯在医院里很有影响力，但是他也并不是无所不能。”贝洛斯接着说，“如果你能说服斯塔克，那么，他可以把哈里斯的决定完全推翻。斯塔克筹集了数百万美元的资金来建造这里的大部分建筑。所以，大家对他的话基本上都会认同的。难道你没想过向他说明一下你做这一切的理由？难道让你当几天普通的医科学生，很难吗？天哪，我也拼命地找了一些借口。你知道今天上午来查房的是哪些人吗？又是谁来对你们这些学生表示欢迎呢？是斯塔克！他的第一句话就是：还有两个学生去哪儿了？我被他问蒙了，我只能厚着脸皮告诉他，我在第一天就带你们看了一场手术，结果，有一个学生当场晕倒，把脑袋重重地撞在地板上。好了，我总算是解释清楚其中一个学生缺席的原因了。然后我就不知道该怎么为你解释了，最后，我不得不把你正在收集麻醉后引起昏迷的文献的情况说了出来。我想与其说一些一戳就破的谎话，还不如老实交代。当时，他就认定是我指使你去研究这个题目。我都不好意思把他的原话复述一遍给你听。我只希望你稍微有点医科学生的样子，我已经帮你做了很多掩护，有点过头了。”

苏珊突然有一种想要摸摸贝洛斯的冲动，想要拥抱他一下，以表示对他的信任。不过她并没这么做，相反，她仍旧低着头拨弄咖啡匙。然后她抬头看了看贝洛斯。

“我从未想过会给你带来这么多的麻烦，我很抱歉。马克，我说的是真心话。这并非我的本意。但是，我知道我把事情搞得一团乱，甚至可以说是糟糕透顶，我自己都不敢相信眼前的状况。本来我是出于情感上的同理心才想调查这件事的。南希·格林利和我一般年纪，我偶尔也会月经不调，就像南希·格林利一样。这让我不禁生出一种同病相怜的感觉。接下来就遇见了伯曼，真是太巧了！我顺便问一句，给伯曼做过脑电图了吗？”

“做过了，脑电图显示一片空白。他的大脑已经完了。”

苏珊望着贝洛斯，想看看他的脸上会出现什么反应，情感上是否有什么波动。贝洛斯把咖啡杯送到嘴边，抿了一小口。

“大脑完了？”

“完了。”

苏珊轻轻地咬着下唇，双眼直直地看着面前的咖啡杯。有一滴奶油浮在表面，不断地转动出一个色彩斑斓的旋涡。虽然苏珊早有心理准备，但是，当她从贝洛斯口中得知这个确切消息时，仍然心如刀割般难以置信。她尽可能地控制住自己受伤的情绪。

“你还好吧？”贝洛斯问道，从桌子上伸过双手，轻轻托起她的下巴。

“让我安静一下。”苏珊说，她不想让他看到自己的正脸。现在她不愿意让贝洛斯看到她痛哭流涕的样子。如果贝洛斯继续追问，她肯定就要哭了。幸亏他并没有这么做，他配合地喝着咖啡，但他的目光依然停留在她的身上。

稍过片刻，苏珊抬起了头，她的眼圈微微有点发红。

“说不清为什么会这样，”苏珊继续说，刻意避开贝洛斯的目光，“起初，我完全是出于感情因素，但是，很快我就把它与学术兴趣交融在了一起。我真的以为自己无意中发现了什么……也许是一种新的疾病，又或者是一种新的麻醉并发症，也可能是一种新的综合征。总之，我对它一无所知。后来，事情出现了比较大的变化。我发现这个问题的严重性远远超过我最初的猜测。外科病房和手术室都出现了昏迷的病例。另外，我从你这里得知了两个死亡的病例。我知道，你可能会认为我的想法很疯狂，但是我坚信这些病例之间存在着某种联系，而且病理学医生曾经对我说过，他见过不少这样的病例。我的直觉告诉我，这里面肯定存在某种我们还不知道的秘密，我不清楚怎么才能准确表达，它们是‘超自然’的杰作呢，还是‘罪恶’的秘密……”

“啊，你又开始疑神疑鬼了。”贝洛斯说，貌似理解地点了点头。

“我很难控制自己不去做出这样的猜想，马克。可是纳尔逊和哈里斯的反应真的有些奇怪。难道你不觉得哈里斯太过分了吗？”

贝洛斯用手掌轻轻地拍了拍自己的前额：“苏珊，难道你是通宵看恐怖电影了吗？承认吧，苏珊，承认吧。不然的话，我很难相信你没有患上精神分裂症。这太荒谬了。你到底在怀疑什么？难道你在怀疑有邪恶势力在制造罪恶？还是认为有一个疯狂的杀人犯正在屠杀那些患有小毛小病的病人？苏珊，你的想象力实在是太丰富了。那你倒是说说，他们的犯罪动机是什么？我曾经看过好莱坞拍的乔治·C. 司各特主演的《医生故事》，他们为了剧情需要去制造神秘的气氛，虚构出一个疯狂的杀人犯。但是我们毕竟生活在现实中，这种想法实在太牵强了。我也认同你的看法，哈里斯的行为确实有点让人摸不着头脑。不过，我觉得我可以为他的这种不理智的行为做出合理的解释。”

“你说说看。”

“好吧，首先，有一点我可以肯定，哈里斯本来就被昏迷问题搞得十分紧张，毕竟这个主要责任是由他领导的部门来承担的。现在，竟然冒出一个医科学生，在他的伤口上撒盐。我完全理解他在这种紧张的状况下做出的过激反应。”

“哈里斯可不仅仅是反应过度，这家伙居然跳到桌子前面想打我呢。”

“也许你让他兴奋了。”

“什么？”

“他可能对你产生了生理反应。”

“得了吧，马克。”

“我是认真的。”

“马克，这家伙是医生，是教授和科室主任。”

“这并不影响他的性取向。”

“我现在觉得你才是那个荒谬的人。”

“很多医生把太多的时间花在了他们的专业研究上，以致无法真正处理好生活中危机。在结交异性方面，医生们并不在行。”

“你是在说你自己吗？”

“也许吧。苏珊，你要知道，你是一个非常性感的女孩。”

“去你的。”

贝洛斯愣愣地看着苏珊。然后他环顾四周，看看是否有人在听他们说话，他没有忘记他们是在咖啡店里。他喝了一口咖啡，又盯着苏珊看了一会儿。她也回瞪着他。

“你为什么这么说？”贝洛斯压低声音问道。

“因为你活该。我对这种刻板印象已经厌倦透了。当你说我性感的时候，你是在暗示我在试图勾引别人。但我没有。如果要说医学对我产生了什么影响，那肯定就是改变了我作为传统女性的形象。”

“好吧，也许是我用词不当。我并不是说你该为哈里斯的冲动行为负责。而是想说，你是个很有吸引力的女孩……”

“说一个人性感和说一个人有吸引力有很大的区别。”

“好吧，我是想说你有吸引力，性吸引力。有些人会觉得这两者很难做到泾渭分明。不管怎么说，我不是有意要惹你不开心。而且我现在得走了，我十五分钟后还有一台手术要做。我们可以在吃晚饭的时候接着谈这件事情，当然，前提是你还愿意和我共进晚餐。”贝洛斯站起来，端起托盘。

“当然可以，这个主意很不错。”

“还有，你可不可以消停一段时间？”

“对了，我还可以选择另外一条路。”

“什么意思？”

“我想去见一下斯塔克。要是他也不愿意帮我的话，那我只能结束这个调查了。没人支持是不可能成功的，除非你愿意帮我搞到那些计算机资料。”

贝洛斯又放下了托盘：“苏珊，你就别让我感到为难了，我是不可能这么做的。至于找斯塔克，苏珊，你真是疯了，他非把你生吞活剥了不可。和斯塔克相比，哈里斯简直就是天使。”

“但是我必须冒这个风险，这可比在纪念医院里做个小手术要安全得多。”

“你这么说就太不公平了。”

“公平？好一个公平！你去问问伯曼，让他来回答你什么是公平？”

“我不能问他了。”

“你不能？什么意思？”苏珊停了下来，等着贝洛斯做进一步解释。她不敢往最坏的方面去想，但是她的脑海里还是莫名地浮现出了最坏的情况。贝洛斯没再说什么，他直接拿起托盘往托盘架走去。

“他还活着吗？”苏珊绝望地问道，她站起身，跟在贝洛斯的后面。

“如果你觉得一个人还有心跳就代表他还活着的话，那么他确实还活着。”

“他还在恢复室吗？”

“不在了。”

“重症监护室？”

“也不是。”

“好吧，我不再猜下去了。请问他到底在什么地方？”

他们俩把托盘放到架子上，一起走出了咖啡馆。他们立刻就被外面来往的人群所包围，只能跟着加快自己的脚步。

“他现在应该在南波士顿的杰斐逊研究所里。”

“杰斐逊研究所是干什么的？”

“它是一个重症监护设施，是本地区医疗保健组织的一部分。据说，它是通过应用经济学和重症监护相结合来削减开支的机构。它是政府资助的私营机构，是根据哈佛和麻省理工的医学调查小组的健康实施报告来制定及实施项目的。”

“我从来没听说过这个研究所，你去过那里吗？”

“没有，但是我很想到那儿看看。我有一次路过那个地方。那是一个非常现代化的研究所，是一个超大规模的哥特式建筑。最让我难忘的是研究所的一楼竟然没有窗户，天知道我为什么会对这一点印象深刻。”贝洛斯摇了摇头说道。

苏珊忍不住笑了。

“每个月的第二个星期二，医学界会组织一次参观，”贝洛斯继续说，“所有去过的人都对那里留下了深刻印象。这个项目确实取得了辉煌的成就。所有处于昏迷状态或接近昏迷状态的慢性重症监护病人都可以送到那里去。这大大地缓解了监护室床位紧张的问题，让我们可以更好地满足急症病人的需要。我不得不承认这是一个好主意。”

“可是伯曼不是才昏迷不久吗？他为什么这么快就被送过去了？”

“也许时间因素不如病情稳定性重要吧。而且，他显然需要进行长期护理。我推测他的病情应该是稳定的，不像我们的朋友格林利。天哪，她的问题真是太让人头疼了，几乎所有已知的并发症都可以在她身上看到。”

苏珊想到了他那种超然的态度。她无法理解贝洛斯怎么能对那些和南希·格林利类似的昏迷病人始终保持近乎“冷血”的态度。

“如果她的病情能稳定下来，”贝洛斯继续说，“哪怕只是出现短时间内的稳定，我都会立马把她转送到杰斐逊研究所去。我已经在她身上花了太多的时间，但是收效甚微。事实上，我并没有在她身上获得什么。我只想在我负责期间可以维持她活着的状态，等到大轮班的时候，让别人来接替我现在的工作，这样的话，我的医生名誉就不会受到损害。就像那几位总统一样，让越南的事态不死不活地维持下去。他们明知无法取得胜利，却又死撑着不肯认输。最后，他们什么都没捞着，却让他们的声誉大跌。”

当他们来到主电梯门口时，一群沉默的乘客早已等待在那里了。贝洛斯询问了一句，得知已经有人按过了“上楼”的按钮。

“我刚才说到哪儿了？”贝洛斯挠了挠头，他一门心思地想着电梯，把自己正说着的话题忘在了一边。

“你刚才说到伯曼和重症监护室。”

“哦，我想起来了，我觉得他的病情已经稳定下来了。”贝洛斯看了看手腕上的表，又带着一丝恼怒地看了一眼仍紧闭着的电梯门，“该死的电梯。”

“苏珊，我并不想妄自尊大地教训你什么，可是我不得不劝你几句。假如你一定要去见斯塔克的话，那也可以，但是你要记住，照我说的话去做，否则，我的处境将因为你而变得不可收拾。等你见过了斯塔克之后，你就停止那个自我毁灭式的调查吧。要不然，你将毁掉自己刚刚才开始的事业。”

“你是在担心我的事业呢，还是你自己的？”

“两者都有吧。”贝洛斯说。他躲到一边，让出路来给拥出电梯的乘客。

“你还是挺诚实的嘛。”

贝洛斯挤到电梯里，朝苏珊挥手告别。同时，苏珊还听到他说了什么七点三十分。他可能想对苏珊说的是他们的晚餐时间。此时苏珊的手表是十一点四十五分。

二月二十四日　星期二

中午十一点四十五分

贝洛斯抬头看了看楼层指示灯，站在灯下的他只能把头后仰才能看清楚。他清楚自己必须快点赶到手术室，这样他才不会耽误那位六十二岁病人的痔疮手术。这不是贝洛斯感兴趣的手术，但是他喜欢开刀。当他的手握着手术刀时，总会不由自主地产生一种莫名的责任感。他不太在乎自己在病人的哪个部位开刀，不管是胃部还是手臂，口腔还是肛门，都无所谓。

贝洛斯不断地在脑海中幻想着今天晚上和苏珊约会的情景。他预感这将是一次愉快的约会，他感觉自己的身心将会焕然一新，一切都是新鲜的。他可以和苏珊一起聊许多方面的事情，天马行空，无话不谈。贝洛斯不知道会发生什么。其实，他希望能在他们俩已经建立的同事关系基础之上，再往前走一步。这个想法一直在困扰着他。

电梯门在到达手术室那一层后打开，贝洛斯迅速沿着走廊来到手术中心台，一个职员正在安排明天的手术计划时间表。

“我的手术在几号手术室？是给一个叫巴伦的病人做痔疮手术。”

职员抬头看了看他，随后低头看着当天的安排表。

“你是贝洛斯医生？”

“是的，我是。”

“啊，你不用做那个手术了。”

“我不用做了？谁安排的？”贝洛斯感到很迷惑。

“是钱德勒医生。他还让我转告你一声，请你来了之后去一趟他的办公室。”

贝洛斯惊讶极了，没想到他的手术有一天也会被人顶替了。钱德勒作为总住院医生，当然有权对贝洛斯的工作进行临时调换，但是这种情况是非常罕见的。贝洛斯以前有几次在消毒时被撤换下来，通常都是因为有其他的手术需要他去做，这纯粹是一种后勤上的调动。但是，B-5 楼的病人一直是他负责治疗的，现在竟然让其他医生代替自己去给病人做手术，这样的事情从未发生过。

贝洛斯对手术区工作人员表达了谢意，但他丝毫没有掩饰自己的诧异和愤怒。他转身径直走向乔治·钱德勒的办公室。

钱德勒的办公室在二楼，它是一个没有窗户的小房间，就是从这个小房间里制定及发布着外科室的日常工作计划。所有的外科住院医生的工作时间都由钱德勒负责安排，其中还包括周末的值班工作。

钱德勒还负责各个手术室的时间安排，调配所有的医务人员和临床病人，并为主治医生提供必要的后勤帮助。

贝洛斯敲了敲办公室的房门，从里面含含糊糊地传来一声“请进”，他随即推门进去。乔治·钱德勒坐在他那张占据了大部分室内空间的桌子旁边。桌子正对着房门，钱德勒每一次都要用力挤着才能绕过桌子坐到椅子上。在他的身后摆着一个档案柜，有一把访客专用的木椅放在桌子前面。除此之外，房间里没有什么其他摆设了，墙壁上只有一块布告栏。钱德勒的办公室和他本人一样的干净、朴素。

纪念医院的权力结构呈金字塔式，这里的竞争十分地激烈，医科学生和住院医生属于这个结构中较低层的人员，而总住院医生则是其中的佼佼者。现在，他成为由专业认证及经验丰富的外科医生代表的上层结构与下层人员之间的联络官。就其本身而言，他不属于任何一个阶层。他的这种地位为他带来重要权力，同时，也形成了他性格上软弱孤独的枷锁。那些人的精力在无情的竞争中被岁月消磨一空了。不过以通常的标准衡量，钱德勒仍属于年轻的一代，他才三十三岁。他个子不高，大约五英尺八英寸[①]，他的头发漫不经心地梳成某种现代恺撒式的样子，圆滚滚的脸庞给人一种温和的假象，掩盖了他容易激动的脾气。从不同方面来看，钱德勒都像一个风箱里的老鼠那样两头受气。

① 大约 1.72 米。

贝洛斯坐在钱德勒对面的椅子上。开始时，他们俩都不约而同地保持着沉默。钱德勒看着铅笔在指缝中轻轻摇动，他的双肘搁在椅子的扶手上。贝洛斯刚刚敲响他办公室门的时候，他刚把手中的一大堆工作停下来，身子随着椅子一起微微地向后仰。

“我很抱歉，马克，你的手术被我安排给其他医生了。”钱德勒说道，依然低着头。

“就算被你把另一例痔疮手术也取消了，我也无所谓。”贝洛斯不温不火地说道。

两个人又陷入了沉默之中。钱德勒向前倾着身子，他把椅子恢复到原位，他的眼睛直直地盯着贝洛斯。贝洛斯心中想：如果他去当演员的话，肯定是扮演拿破仑的最佳人选。

“马克，我对你在外科的工作评价——准确地说是在纪念医院的外科——我认为你一直都是认真负责的。”

“我想，我很感谢你为我说了句公道话。”

“你的工作业绩始终是优良的。其实，我曾经多次在不同场合听见别人提及你的名字，你很有可能将被提升为总住院医生。这也是我想找你谈谈的原因之一。另外，哈里斯刚给我打了一个电话，电话里他显得非常激动，甚至过了很久我才搞清楚他到底在说什么。原来你有一个爱多管闲事的学生竟然想对昏迷病人的事情进行调查，哈里斯为此大动肝火。现在，我对这件事情还是一头雾水，但问题是哈里斯认为这件事情是出于你的指示，而且你在这件事上为他提供了帮助。”

“是‘她’。”

“不管是他还是她，我不关心这一点点的区别。”

“不，这一点恰恰是很重要的。她恰巧就是一个具有多重面向的样本。至于我在这件事情中充当了什么角色呢？实际上，我完全没有介入。假如一定要说的话，我唯一做的一件事情，就是一直试图说服她打消研究昏迷问题的念头。”

“你我之间的争论毫无意义，马克。我只是想明确地提醒你一个事实，我不想看到你即将晋升为总住院医生的机会被某个学生的冲动行为所打断。”

贝洛斯看着钱德勒，心想钱德勒要是知道他和苏珊今天晚上还要约会的事情，不知道会为此发表什么高见呢？

“马克，我不清楚哈里斯有没有把这件事情的来龙去脉告诉斯塔克。但是，你可以完全相信我，只要没有出现无法回避的情况，我不会去跟斯塔克说这件事。可是，我还是要跟你着重强调一下，哈里斯为此已经暴跳如雷了，所以，你要做的就是让你的学生老实一点，告诉他……”

“她！”

“好吧，希望你能告诉她，最好改换另一个研究题目，毕竟现在已经有十几个人在研究这个问题了。事实上，自从这一连串的麻醉昏迷事件发生以来，哈里斯领导的部门已经集中大多数人对这个问题展开研究。”

“好吧，我会和她再谈一次。但我不敢保证最后能改变她。这个姑娘对她自己的见解有着坚定的信念，而且她充满了丰富的想象力。”贝洛斯对自己如此强调苏珊的想象力也感到不明所以，“她之所以会研究这个问题，是因为她在医院里最初接触的两个病人都是这个问题的受害者。”

“不管怎样，反正我已经警告过你了。但是，她的所作所为肯定会影响到你，特别是她如果还得到了你的帮助。不过这只是我找你谈话的原因之一，还有另一个更严重的问题。请你告诉我，马克，你在手术区里用几号衣帽柜？”

“八号。”

“那么三三八号呢？”

“我以前使用过，不过那是临时性的，我在使用八号柜之前曾经使用过一周。”

“你为什么不再继续使用三三八号呢？”

“我猜测三三八号柜子肯定有它自己的主人吧。况且，我已经分配到一只柜子了，那自然就不会再继续使用了。”

“你还记得三三八号柜子的密码吗？”

“那我要好好想一想，也许能想起来。你为什么这么问？”

“因为考利医生发现了一件奇怪的事情。据他说，有一次他在换衣服的时候，不知怎么回事，三三八号柜门自动打开了，柜子里堆满了各种各样的药品。我们仔细地检查过了，情况和他所说的完全一致。你所知道的各种药品都能从那里面找出来，甚至还包括麻醉剂。在我的记录中，三三八号衣帽柜的使用者正是你，而不是你说的八号柜。”

“那记录中是谁在使用八号？”

“伊斯特曼医生。”

“可是他已经有好几年不做手术了。”

“是的。那么请你告诉我，马克，到底是谁把八号柜调配给你的？是沃尔特斯吗？”

“是的。沃尔特斯先把三三八号柜分给我使用，后来，他又把八号柜也给我了。”

“好吧，不要对任何人说起这件事，特别是不能让沃尔特斯知道。意外发现这么一大堆药品，绝对是一个极其严重的事故。你应该也知道，如果想把这么多药搞到手，这方面的手续可不少啊！不过，因为我的登记单上的记录情况，所以你可能会被医院行政部门找去做一些解释。但是很明显，他们不可能大肆宣扬这件事情，毕竟医院临近即将重领执照的特殊时期。所以这件事情一定要严格保密。另外，看在老天分上，请你的学生别再对麻醉并发症感兴趣了，还是让她搞点其他方面的研究吧！”

走出钱德勒的办公室时，贝洛斯仍然有一点迷惑。他并不会惊讶自己会和苏珊的活动联系在一起，他对这件事早有心理准备。但是，他曾经使用过的衣帽柜里竟然出现了大量药品，他却完全没有想到。他的脑海中浮现出沃尔特斯在手术区里不停转悠的情景。他搞不懂，为什么会有人那样去囤积药品呢？他突然想到苏珊曾经说过的“超自然”和“罪恶”这两个词。贝洛斯想知道到底有哪些药品被私藏在三三八号衣帽柜？要不要把这件事告诉苏珊呢？

二月二十四日　星期二

下午两点三十六分

苏珊四下里观察着外科主任的办公室。斯塔克的房间既宽敞又豪华，两面墙壁被改装为落地大玻璃窗。从窗子的一边直接可以看到查尔斯顿的美景，而另一边则可以将波士顿的一角和北区尽收眼底。神秘河大桥在灰蒙蒙的彤云下若隐若现，从海上吹来的阵阵海风与北极冷空气相遇后很快就变成了西北狂风。

办公室西北角上摆放着一张柚木写字台，一块白色大理石镶在写字台的台面上。写字台的后面及右边的墙壁都安装了硕大无比的镜子，通往接待室的门就开设在第四面墙壁上，制作精良的书柜镶嵌在余下的墙体中，其中有些书柜上面装了铰链，透过半掩的柜门可以看见里面摆放着干净闪光的玻璃杯、酒瓶，还有一台小型的电冰箱。

房间东南角的两侧分别是大玻璃窗与书柜，那里摆放了一张玻璃桌面的矮桌，一些镶了玻璃纤维滚条的椅子摆放在矮桌周围，椅子上放着色彩艳丽的皮革坐垫，从橙色到绿色不等。

斯塔克在那张巨大的写字台后面坐着。自然光在他左边彩色窗玻璃上反射着，他的身体在右边的镜子里被映射成无数个重叠的人影。外科主任把双脚高高地搁在桌角上，光线从他身后投射到他拿在手里的一张纸上。

他穿着一套米色西装，衣服合身地贴着他瘦削的身体，左胸的口袋里还放着一条橙色的丝巾，整体看起来干净利落。一头长短适中的灰白头发从额角往后梳向后脑，正好盖住了耳朵的上部。他的脸上流露着贵族的气质，五官分明，鼻梁挺拔，戴着一副精致的红色玳瑁框眼镜，他那双绿色的眼睛正对着手中的那张纸快速地来回扫视。

幸亏斯塔克先对她报以微笑，再加上他那随意的坐姿，苏珊才没有被房间里的豪华陈设以及斯塔克那令人敬畏的声望吓得不知所措。他把脚随意地搁在桌子的一角，斯塔克似乎真的没有把他在医院里的权力和地位当回事，这让苏珊觉得更放松了。苏珊在这方面倒是看得很准，斯塔克身上拥有的高超技术、行政职位及资金筹划人的三层光环，使得他没有必要特意去摆出那种所谓的行政长官的威严。斯塔克读完手中的那张纸，抬头看向坐在他面前的苏珊。

“小姐，你写的东西很有意思。我十分清楚所有外科病例的情况，但是，我没想到在医疗楼层竟然也有类似的问题发生。可是，谁也不能确定它们之间有着一定的联系。不过，我对你能把它们联系在一起的想法表示赞赏。最近有两个病人因为呼吸中止的原因而导致死亡，你把他们的事件联系在一起……唔，你的想法果然与众不同，很有见地。这的确发人深省。你是因为发现这些病例都出现了呼吸机能衰竭的症状才把他们联系起来的。我对这种看法的初步判断是——注意，只是初步判断——这很难解释清楚麻醉昏迷病例的情况，因为我们是采用人工维持的方式来保证病人在麻醉状态下的呼吸活动。你这里倒是提到一点，如果病人曾经患过脑炎或大脑受过感染后，他们在接受麻醉时容易出现并发症，让我想想……”

斯塔克把他搁在桌上的双脚收了回来，随后把视线转向窗外。他习惯性地把眼镜从鼻梁上拿下来，轻轻地咬着其中一条镜腿，沉思中的他不禁把眼睛眯成了一条缝。

“你能从帕金森氏神经机能障碍联想到从未被怀疑过的病毒侵害，我觉得你的理论设想是有一定道理的。但是，你怎么才能证实这一点呢？”

斯塔克把身子转回来，直接面对苏珊。

“你应该清楚一点，我们已经对这些令人厌恶的麻醉并发症病例进行了详细的调查。所有的方面——我想强调的是所有的方面——都像用细齿梳子那样仔细地梳理了一遍。在调查过程中，许多人都参与进来了，其中包括麻醉师、流行病学专家、内科医生、外科医生，凡是我们觉得有需要的各科室成员均在其中。当然，我们没有邀请过医科学生。”

斯塔克热情地对苏珊笑了笑。斯塔克的杰出的魅力深深地感染着苏珊，她也很自然地回之以微笑。

“我认为，”苏珊说，她又恢复到了自信满满的状态，“我们应该先从计算机中心资料库开始研究。我现在只拿到过去一年的计算机资料，而且我是采用通过他人的方式间接获取的。如果我可以直接搜索计算机的话，不知道我能得到什么样的数据。比如我们可以把过去五年出现过呼吸阻抑、昏迷以及原因不明的死亡病例一一列举出来。

“然后，我们根据这份完整而又互有联系的病例名单对他们的病历进行仔细地研究，尽力找出他们的共同之处。我们还要和相关病人的家属进行面谈，从而尽可能地获取这些病例曾经受过病毒感染或患过其他疾病的经历，写进我们的病史记录中。另外，我们还要从现有的病例身上提取血清，进行抗体测定。”

苏珊一直注视着斯塔克的脸，做好了他表现出类似纳尔逊甚至哈里斯那样的不愉快反应的心理准备。但是，苏珊显然是多虑了，斯塔克的表情平和，显然在认真考虑苏珊的建议。他看上去是那么开放包容，又有创新精神。最终，他开始说话了。

“漫无目的的抗体测定很难取得有效的结果，这种工作既耗费时间，代价也很昂贵。”

“也许我们可以采用反向免疫电泳技术。”苏珊建议道，斯塔克的态度大大地鼓舞了她。

“也许可以，但是这仍然需要大量资金的投入，而我们取得实际成果的可能性非常低。你只有提供具体证据给我，我才可能会批准投入这笔资金。不过，我建议你最好和内科部的纳尔逊医生协商一下，毕竟他的专长就是免疫学。”

“我认为纳尔逊医生对这个事情不会产生兴趣。”苏珊说。

“你为什么会这么想？”

“我根本就没动过这种念头。事实上，我已经和纳尔逊医生沟通过一次了，所以我知道他对这件事情的态度。在这件事上也不仅仅他一个人是这样，我曾经向另一个部门的领导汇报了我的想法，我觉得他差一点就把我当成了欠揍的淘气包，恨不得揍我一顿。当我把这些插曲和整个事件联系在一起时，让我禁不住产生了这其中还有其他猫腻的想法。”

“你想说什么呢？”斯塔克问道，还看了一眼苏珊提供的数字。

“我找不到一个准确的词语来表达。‘谋杀’或者某种邪恶的‘罪行’？”

苏珊突然停止了说话，她估计斯塔克会为此哈哈大笑或是火冒三丈。不过斯塔克只是转了一下椅子，再次把自己的视线移向窗外的风景。

“谋杀？你的想象力实在是太丰富了，惠勒医生，真是出人意料啊！”

斯塔克回过头，站了起来，绕着桌子走了一圈。

“谋杀，”他重复说道，“我不得不承认，我从没有这么想过。”斯塔克那天早上听说了考利医生发现三三八号衣帽柜藏有药品一事，这个消息弄得他整个上午都心烦意乱。他靠在桌子上，俯视着苏珊。

“如果你猜测这是谋杀，那么，我们首先要确定这些人的动机是什么。然而，我们并没有在这一系列令人痛心的病例中找到任何可作解释的动机，这些病例各自的情况又完全不同。难道是他们共有的昏迷症状吗？或者你认为有一个十分聪明的变态者在非理性的前提下干了这些罪恶的勾当？不过这个‘谋杀’的想法有一个最大的问题，就是它不可能在手术室里完成。手术室里有那么多人，而且他们都密切注视着病人，所以这怎么可能做到呢？

“当然，我们不应该对调查活动做太多的限制。但是，我认为这件事中不可能存在什么‘谋杀’。不过我还是得承认，我从没想到过这一点。”

“其实，”苏珊说，“我也不想说这是‘谋杀’，不过我很高兴把自己的想法都说出来了，现在我可以忘掉它了。让我们再回到这件事本身，你刚才说对病人进行抗体测定的费用太高，那么，重新查阅病人的病史记录以及和病人家属进行面谈的代价要相对少一些。我可以自己来承担这项工作，不过，我需要你的帮助。”

“哪方面的帮助？”

“首先，我希望获得使用计算机的权限；其次，我想拿到所有病人完整的病历卡；第三，我在楼下可能惹了一些麻烦。”

“什么麻烦?”

“我惹怒了哈里斯医生。他对我的调查行为极其愤怒。我估计他还打算取消我在纪念医院外科实习的资格，他好像对学医的女性没有任何好感。而我的出现恰好加深了他的这种偏见。”

“哈里斯医生是一个不太好相处的人，他的情绪过于冲动，但与此同时，他可能是国内最优秀的麻醉专家。所以，别太苛责他，你要看到他闪光的那一面。至于他对医学界女性的偏见，我想这其中有他个人的特殊因素。虽然我对此也不太赞同，但也不是完全不可理解。不管怎样，我都会尽力地帮助你。同时我也不得不提醒你，你选择了一个非常敏感的话题。我想你应该知道医疗事故意味着什么，这种事情一旦公布出去的话，这将对纪念医院甚至整个波士顿医学界带来极其恶劣的负面影响。小姐，如果你仍然坚持要触碰这根红线的话，请你务必小心自己的人身安全。你要知道你的行为将会为你带来数不清的敌人。我个人建议你把整个计划完全放弃。如果你坚持到底的话，我会竭尽全力为你提供帮助，尽管我无法给你什么保证。如果你有什么新发现，请你在第一时间通知我，我可以向你谈谈我个人的一些观点，如果你获得的材料信息越多，那么我就越容易帮助到你。”

随后，斯塔克打开了办公室的门。

“今天下午的晚些时候你打个电话给我，我把你对我提的三点请求的处理结果告诉你。”

“谢谢，让你花费了不少时间，斯塔克医生。”苏珊在门口犹豫了一会儿，她看着斯塔克说，“我深信关于你是食人兽——或者说你是食女人兽——的传说完全是谣言。”

“也许等你来参加教学会诊的时候，我估计你就会相信这种传说了。”斯塔克说着哈哈大笑起来。

苏珊说声道别的话就直接走了。斯塔克回到写字台旁，用内部通讯系统联系了他的秘书。

“你给钱德勒医生打个电话，询问一下他与贝洛斯医生的谈话情况。同时，你告诉他，我希望他在最短的时间内把衣帽柜私藏药品的事情调查清楚。”

斯塔克转过身，静静地看着窗外纪念医院的建筑群。他几乎把他的一生奉献给了纪念医院，他的生命与医院的联系如此紧密，以至于在某些方面称得上血脉相连了。正如贝洛斯曾经和苏珊说过的那样，斯塔克以个人名义募集到一大笔资金，为纪念医院新建了七幢大楼，使它重新焕发出新的生机。他之所以能在纪念医院高居外科主任的要职，有一部分原因要归功于他强大的资金筹措能力。

他一想到衣帽柜藏药的事件，以及这件事可能带来的一系列问题，他的心中就忍不住怒火中烧。这件事情再一次证明：从长远影响的角度看，他不能再随随便便地去相信别人了。

“天哪！”他忍不住大叫一声，他的视线停留在翻滚的带雪云层上，心中若有所思。他千方百计地要把纪念医院打造成全国顶尖的医院，可是，总有些傻瓜会破坏他呕心沥血的辛勤付出，他经年累月的努力成果很可能会灰飞烟灭。当他想到这里，他的信念变得更加坚定：他若是想要事事如意，那么他就必须事事亲力亲为。

二月二十四日　星期二

晚上七点二十分

当苏珊乘坐哈佛线地铁到查尔斯街站时，天色一片阴暗，波士顿的冬夜已经降临了。来自北极的寒风不停地在怒号，它呼啸着穿过河口旁边的车站上空，车站月台上也有阵阵狂风不停地横扫而过。苏珊弯下身子，缓缓地前进，向楼梯处走去。列车突然向前猛地一冲，借着惯性滑出车站，从她的右侧驶过，车轮在地道口发出尖锐刺耳的声音。

苏珊走在查尔斯街和坎布里奇街十字交叉口的人行过街天桥上，桥下的车流已不再繁忙，只有少量的汽车疾驰而过，从它们尾部排出的废气弥漫在空气中。苏珊走下天桥，来到查尔斯街。像往常一样，总有一些失意的人聚集在通宵营业的药房门口，他们要么烂醉如泥，要么就是刚吸食过毒品。还有几个人向苏珊伸手乞讨，苏珊在惊慌之余加快了脚步。突然，她撞到了一个不修边幅、胡子拉碴的家伙，他故意挡住了苏珊的去路。

“《真报》和《菲尼克斯报》，哪份报纸更好看一些？”瞪着鱼泡眼、满脸胡子的家伙问她。他右手拿着几份报纸。

苏珊后退了几步，避开后就继续向前走。她才不理会这些夜游神对她污秽下流的嘲弄和讥笑。当她走过查尔斯街后，她立马感到四周的环境焕然一新。街边古董店的陈列橱窗似乎在招呼她驻足停留，而呼啸的寒风却在逼迫她继续向前走。她从弗农山街左转到灯塔山坡。她看了看路边的门牌号码，知道自己还要走一段路。当她从路易斯堡广场穿过时，橘黄色的灯光从直式窗中照射出来，它的光辉温暖着这个寒夜，坚固的砖墙瓦房让人感觉到安全、静谧。

贝洛斯的公寓位于广场左边的一栋大楼内，从路易斯堡广场再走一百码左右就到了。附近的房子前面都自带小草坪和高大的榆树。苏珊推开一扇吱嘎作响的金属大门，沿着石阶而上，最后她在一扇厚重的镶板门前停下来。她站在门口，一边不停地朝冻僵的手指呵着热气，一边不停地在原地跺脚，以此促进她体内的血液循环。每年的十一月到三月，她的手和脚都是冰凉的。她一边呵气一边跺脚，在蜂音器旁边的名单里寻找贝洛斯的名字，他住在五楼。她用力地按下按按，立刻就听到了刺耳的嗡嗡声。

她慌忙用手转动门把，开门时不小心被金属门框擦伤了指关节，手指渗出了一点血，她赶紧把手指含到嘴里。她看到前面有一道左转而上的楼梯，一盏闪闪发光的铜制吊灯挂在上面，走廊上陈设了一面镜框镀金的镜子，四周的环境似乎变得更加明亮和宽敞。她习惯性地在镜前整理了一下头发，把两侧的发梢向下压了压。她在上楼的时候，注意到这里每一个楼梯平台上都挂着画框精美的勃鲁盖尔版画。

她扶着楼梯最高一层的栏杆，故意露出一副疲惫不堪的样子。从楼梯井往下看去，直接就看见楼底门厅中铺设的花砖。苏珊还没来得及敲门，门就被贝洛斯从里面打开了。

“需要我给你准备一个氧气瓶吗，老奶奶？”他满面笑容地说。

“天哪，这儿的空气实在是太稀薄了，我想我应该坐在楼梯上好好地缓上一口气。”

“哈哈，你只要喝一杯波尔多葡萄酒就可以恢复了。请把你的手递给我。”

贝洛斯把苏珊搀扶进房内。随后苏珊脱下了外套，眼睛不断地打量着房间。马克从厨房里端来了两杯红葡萄酒。

苏珊随手将外套扔在门口的直背椅上，接着又脱去长筒靴。随后她满不在乎地喝了一口手中的葡萄酒，注意力完全集中在房间的陈设上。

“你一个外科医生竟然把房间布置得如此雅致，真是难得啊。”苏珊说着走到房间中央。

房间的长度大约是四十英尺，宽度则是二十英尺。两个老式大壁炉分别位于房间的两端，壁炉里炉火欢愉地闪烁着。房间内高高的梁顶则是教堂那种款式，最高处也许有二十英尺左右吧，然后朝着壁炉方向倾斜到两端。各种几何图形的合成物铺展在较远的那一面墙上，里面镶嵌着几只书架，摆着几件艺术品，还放着一套立体声、一台电视机和一台录音机。较近的那面墙设计成裸露的砖墙，墙上挂着几幅镶嵌在漂亮框架里的水彩画、石版画和中世纪乐谱，右壁炉上方不显眼的位置挂着一只古老的霍华德钟，嘀嗒嘀嗒地走着。左壁炉台上摆放着一个船模。两个壁炉旁边的窗户都打开着，透过窗户，依稀看见矗立在夜空中的一根根烟囱。

房间里只摆了很少的几件家具，地板上铺着几块厚厚的小地毯。最大的一块地毯铺在房间中央，它是一块白蓝相间的布哈拉条纹地毯，地毯上面还有一张矮矮的缟玛瑙咖啡桌，各种大小的坐垫在桌子旁围成一圈，坐垫外面还套着深浅不一的灯芯绒套。

“你的房间布置得真漂亮。”苏珊说着就在房间中央转了个圈，然后瘫倒在一大堆坐垫上，“你房间的样子真是出乎我意料啊。”

“哦？你之前对我房间的想象是什么样子的？”贝洛斯坐在矮桌的另一端。

“男性单身公寓。你应该懂的，无非就是一些桌子、椅子、沙发，通常都是千篇一律的摆设。”

他们俩相视一笑，意识到彼此之间还谈不上太了解。他们一边喝着酒，一边谈笑风生。苏珊在炉边给双脚取暖。

“再来一点葡萄酒吧，苏珊？”

“行，这酒挺不错的。”

马克拿出厨房里的酒瓶，分别给他们俩各倒了一杯。

“你猜我今天都经历了什么？我估计没有人能想到，简直让人难以置信。”苏珊说。她对着壁炉举起酒杯，兴致勃勃地欣赏着酒杯后面熊熊燃烧的火焰。

“只要你还没结束你那种自我毁灭式的行动，你说什么我都信。你真的去和斯塔克见面了吗？”

“你说对了，和你的担忧恰恰相反，他是个十分通情达理的人。

他在这件事情上的态度比哈里斯和纳尔逊要好太多了。”

“你还是要小心，我就是想跟你强调这一点。斯塔克像一条变色龙一样喜怒无常。平时我和他相处得还算不错，可是今天出乎意料的是，他对我大发雷霆，因为不知道是哪个疯子，竟然在我曾经使用过一段时间的衣帽柜里藏了大量的药品。一般来说，别人都会亲自找我了解情况，而他却让那个可怜的钱德勒医生扮作红脸，叫他来和我沟通。钱德勒为了查清此事，居然把我的一例手术取消了。后来钱德勒又打电话给我，说斯塔克要求我把柜子藏药的事情查个水落石出。你说说，我是不是看上去闲得没事可干似的？”

“你曾经使用过的衣帽柜内怎么会有药品呢？”苏珊想起了她在纳尔逊办公室遇见的那个医生。

“这件事的具体细节我也不太清楚，据说是一个外科医生在无意中发现有大量药品藏匿在一只衣帽柜内。那个衣帽柜就是该死的沃尔特斯分配给我的，我曾经使用过一个星期。各式各样的药品堆满了柜子，麻醉剂、箭毒、抗生素，等等——简直就是一个完整的药房。”

“难道他们也不清楚是什么人把药品放在那儿的吗？这些人藏匿药品的动机又是什么呢？”

“他们可能也不知道吧。我估计有人私藏药品是为了走私给比夫拉或者孟加拉国。难免有一些人会利用医院的便利条件去干这类走私勾当。至于他们为什么要把药品藏匿在衣帽柜里，那我就不得而知了。”

“箭毒是一种神经阻断剂，对吧，马克？”

“是的。它是一种竞争性很强的神经阻断剂，这种麻醉剂有着广泛的用途。噢，你估计没想到我会请你在家里吃晚餐吧。我已经买了几块牛排，我的炭炉架放在厨房窗户外面的太平梯上。”

“太好了！马克，我现在可是又累又饿。”

“我先去炭炉架上放一下牛排。”马克举着酒杯走进了厨房。

“箭毒会对呼吸系统产生抑制作用吗？”苏珊问。

“不，它只会麻痹病人全身的肌肉，但这会导致病人无法自主呼吸，最终窒息而亡。”

苏珊死死地盯着壁炉，她把酒杯举在下唇，一动不动。壁炉里散发出来的温暖让她昏昏欲睡，她的脑海里不停地闪过箭毒、格林利、伯曼。炉火突然噼里啪啦地响了起来，一块烧得通红的木炭突然跳起来，一下子就蹦到炉屏上，随后弹落在炉壁边的地毯上。苏珊慌忙把落在地毯上的炭火弹出去，然后不慌不忙地把它推进石壁炉内。随后，她走到厨房门口，看马克在牛排上刷调料。

“我的发现引起了斯塔克浓厚的兴趣，并且为我提供必要的帮助。我让他帮我把记录在名单上的昏迷病人的病历卡搞到手，可是当我在下午打电话给他的时候，他说已经被别人捷足先登了，据说那些昏迷病人的病历卡是被神经病学教授唐纳德·麦克利里拿走了，而且他还在登记本上签字了。你认识他吗？”

“不认识，不过这并不能代表什么。非外科的医生我不是太了解。”

“在我看来，麦克利里是个可疑人物。”

“啊，啊，你又开始胡乱猜疑了：麦克利里医生神不知鬼不觉地把六个病人的大脑完全摧毁了……”

“是十二个。”

“好吧，十二个。接下来呢，现在他已经拿到这些病人的病历卡了，随后他找出那些容易引起别人怀疑的内容，把它们统统抹掉。我已经能想象到这一切会作为头版新闻登载在《波士顿环球报》上了。”

马克呵呵地笑着，随手往窗外的炭炉上搁上牛排，接着关好窗户。

“你想笑就笑吧，那么，你怎么解释麦克利里这么凑巧地把病历卡全拿走了呢？到目前为止，几乎所有人对于我认为这些病例之间有着潜在联系的想法都表示怀疑，看来只有麦克利里医生是唯一的例外，所以，他才会把这些昏迷病人的病历卡全部都拿走了。我只是感觉这个昏迷的问题值得调查一下。也许他调查这件事已经有一段时间了，把我远远地抛在了身后。如果事情是这样的话，也许我能帮助他。”

马克没有说话。他努力思考着应该如何说服苏珊放弃整个调查计划。他还想把他拿手的沙拉尽心尽力地做好。当他重新打开厨房的窗户时，窗外传来烤牛排嗞嗞作响的声音，香味随着寒风飘了进来。苏珊靠着门框，望着他那忙碌的身影。她心想，要是有个妻子该有多好啊。要是每天回到家，有个妻子把一切打理得井井有条、把饭菜摆上餐桌该有多好啊。然而，她永远不可能有一个妻子，这真是一种荒谬的不公平。这是苏珊和自己玩的一种心理游戏，总是会陷入同样的僵局。就像她有时会干脆否认整个问题，或者至少把它推迟到将来某个不确定的日期。

“今天，我给杰斐逊研究所打了一个电话。”

“他们说什么了吗？”马克把一些盘子、银餐具以及餐巾递给苏珊，示意苏珊把它们摆放到矮桌上。

“你说得没错，那里确实很难进去访问，”苏珊说着把餐具摆到桌上，“我编造了一个探望病人的借口，询问他们是否可以顺便让我到研究所里参观一下。他们笑着拒绝了我，跟我说那里规定只允许病人的直系亲属探望，而且需要提前向他们预约，探望时间也很短。他们对此的解释是，对病人的家属来说，这种集体护理的方式在情感上通常是很难被接受的，所以他们必须为病人的探访做好特别的安排。他们也告诉了我一件事，那就是你之前说过的每个月都有一次的访问。

我只是一个医科学生，所以他们不会为我去改变自己正常的工作日程。这个地方听起来的确挺新奇的，特别是像你之前介绍的，他们确实成功地解决了慢性病患者大大地占据急性护理病床的问题。”

苏珊把餐具在桌子上摆好，转身回望面前的炉火。“不过，我还是很想去看看这个研究所，再去看看伯曼。我有一种感觉，如果我能再次看到他，也许我就会主动结束你口中的……自我毁灭行为。我想我的确应该像以前一样安分守己了。”

苏珊的最后一句话引起了马克的注意，他把手里的活儿停了下来，慢慢挺直了腰，心里有了一线希望。他给所有牛排都翻了个面，随后迅速把窗户关上。

“你有没有想过直接去研究所走一趟？我估计它应该和其他医院大同小异吧，也许和纪念医院一样混乱。你完全可以装作一个工作人员混进去，也许根本不会有人来询问你。你甚至可以扮成一个护士。如果有谁穿着医生或护士的衣服进入纪念医院，那么他们就可以随意地乱逛。”

苏珊转头望着马克，此时他正站在厨房门口。

“这倒是个好主意，相当不错，可是，还是有一个问题。”

“什么问题？”

“即使我可以顺利进入研究所，可是我并不清楚那里的布局。如果我在里面迷路了，那么我就很容易穿帮。”

“这个问题不难解决。你要做的只是去市政厅的建筑部门拿一份建筑平面图或楼层平面图的复印件。市政厅的建筑部门保存着所有公共建筑的档案，你可以用它画一张地图。”

马克把牛排和色拉从厨房里端了出来。

“马克，你真是个聪明的家伙。”

“我只是比你更了解一些实际情况，算不上什么巧妙的想法。”他把食物都端进房间，桌面上摆着牛排、一大盘色彩丰富的沙拉、一盘拌了荷兰调味酱的芦笋，还有一瓶波尔多红葡萄酒。

他们俩都十分满意今天的晚餐，红酒的味道完全适合他俩的口味。他们俩开始海阔天空地闲聊，零零碎碎地介绍了各自的家庭情况，对彼此的个性想象在交谈中不断得到完善。苏珊的祖籍是马里兰州，而马克则来自加利福尼亚。他们在教育方面没有什么相似之处：马克被笛卡儿和牛顿深深地影响着，而苏珊更倾向于伏尔泰和乔叟。不过他们也有很多共同的爱好，比如滑雪、海滩、各种户外活动，而且他们都喜欢看海明威的小说。当苏珊聊到乔伊斯的时候，贝洛斯感到一丝难为情，因为他没怎么读过乔伊斯的作品。

收拾完碗碟后，他们在房间另一端的壁炉前的坐垫上坐下。贝洛斯往壁炉里添了几块橡木柴火，快要熄灭的余烬转眼变成了熊熊燃烧的火焰，时不时听到噼啪的声响。他们静静地品尝着柑曼怡甜酒和弗雷德香草冰激凌，一种恬静舒适的氛围萦绕在他们身旁。

“苏珊，随着我对你的了解不断加深，我就愈发迷恋与你一起相处的美好时光，这也让我更加坚定地要劝你放弃调查昏迷问题，”马克稍顿了一会儿，接着说，“你们要学习的东西还有很多，相信我，没有比纪念医院更好的地方了。这个昏迷问题也许会持续相当长的时间，你可以在积累了丰富的临床实习经验后再去进行研究。我并没有否定你能做出贡献的能力，也许你确实可以取得一定的成果。但是你必须清楚，无论是什么样的科研项目，希望越大，也许失望就越大。况且，你的行为无疑会对你的上司产生影响——事实上已经产生了不好的影响。这是一场毫无胜算的赌博，苏珊，现在的情况对你非常不利。”

苏珊啜饮着柑曼怡甜酒，黏稠而光滑的液体顺着她的喉咙滑过，使她的双腿有一种温暖的感觉。她情不自禁地深吸了一口气，有种心神荡漾的感觉。

“你也知道医科女生在行业内的艰难处境，”贝洛斯继续说，“哪怕没有其他的麻烦。”

苏珊抬头望着贝洛斯，他正盯着火苗。“你这话是什么意思？”苏珊的口吻突然变得有些尖刻。贝洛斯不小心触碰到了她的敏感问题。

“就是这句话的字面意思，”贝洛斯的注意力仍然停留在舞动的火苗上，“我只是觉得作为一个医科女生，肯定会遇到很多的困难。我以前从没意识到这一点，直到你让我就哈里斯的行为给出一种解释。现在，我越想越觉得我的解释是对的。因为……老实地说，我一开始并没有把你看作一个医科学生，最初见到你的时候，我就把你当作一个女人看待，这种想法也许很幼稚。但我第一眼就认为你非常的迷人——不是性感。”贝洛斯很快地补充了最后一句。

苏珊笑了，对贝洛斯前面的话算是表示释然了。

“你还记得你昨天闯进更衣室的情景吗？我穿着短裤的窘态被你发现了，然后做出了那么愚蠢可笑的反应。如果你在我的眼中只是一个无性别的人，那么我根本用不着东躲西藏。显然，事实并非如此。不管怎么说，我相信你在大多数教授和讲师的眼里首先是一个女人，然后才是一个医科学生。”

贝洛斯转头看着炉火，他的态度看上去就像一个悔过的罪人。苏珊的心中突然感到暖洋洋的，她又一次产生了想要给他一个信任的拥抱的冲动。苏珊也是一个拥有七情六欲的普通人，只是她一直不愿轻易表露出来，尤其是进入了医学院之后，更是如此。甚至在申请进入医学院之前，她就已经决定，必须把自己的种种欲望克制住，这样才可以在医学方面取得辉煌成就。她克制不向马克伸手，而是喝了一口手中的柑曼怡甜酒。

“苏珊，你在任何地方都会吸引大部分人对你投来关注的目光。

如果你不来参加我给你们安排的讲座课程，我就不得不为你找一个适当的借口。”

“还是做一个默默无闻的人比较快乐吧，”苏珊说，“这种快乐在我进入医学院后就消失得无影无踪了。我明白你的意思，马克。但是，我希望你再多给我一天的时间，只要一天。”苏珊伸出一根手指比画了一下，略带点卖弄风情地歪着头，然后，她自己也忍不住笑了。

“马克，刚刚听你提到医科女生的艰难处境，我感到很欣慰，因为现实就是如此。我同班的几个女生不同意这个观点，这不过是她们一厢情愿地自我催眠罢了。她们采用了众所周知的鸵鸟政策——通过否认问题存在来回避问题。可是现实的问题并不会随她们的意志而转移。我记得曾经读到过威廉·奥斯勒爵士的一段话，他把人分为三类：男人、女人和女医生。我第一次读到这段话的时候，禁不住哈哈大笑，但是现在我再也笑不出来了。

“尽管女权主义运动已经兴起了一段时间，但是在现实生活中，还有大量的人依然习惯性地把女性想象成眨着大眼睛的、天真无邪的幼稚形象。而当你鼓足勇气闯入竞争激烈、大刀阔斧的领域时，他们会毫不留情给你贴上一个不男不女的女强人标签。如果你袖手旁观，凡事都采取被动的、顺从的态度，他们又会告诉你，你不适合这个竞争激烈的环境。所以，你不得不找到某个中间地带，向现实低头妥协。可是妥协也很困难，因为你不仅仅是代表你自己，而是作为全体女性的代表在经受各种各样的考验。”

两个人沉默了一会儿，各自消化着彼此之间的谈话。

“我最大的烦恼是，”苏珊接着说，“随着我在医学工作的道路上走得越远，情况就越糟，而不是越好。我甚至都不敢去想象，如果一个女性医务人员有了家庭之后，那么她应该怎么办呢？也许她们将无时无刻不为自己早出晚归的工作状态而感到抱歉。如果一个男人因为工作而晚回家，那么人们完全不会觉得这有什么问题，只会赞叹他在工作上的敬业精神。可是，女医生该如何面对这种情况呢？她必须同时担负起不同角色的各种事务，况且，她们仅仅是处理社会义务及传统的女性习俗，就已经备感艰辛了。”

“我怎么会被你引到这个问题上长篇大论的啊？”苏珊突然问道，她突然意识到自己说话时的激烈情绪。

“哦，我想你只是同意我刚才的说法，医科女生的艰难处境。那么，你同意我之前说的别再自找麻烦吗？”贝洛斯问道。

“你好烦啊，马克，你分明是在给我施压。你应该清楚我的个性，一旦我开始调查这个问题，我绝不会半途而废的。或许，我也想看看自己可不可以代表全体女性通过这个考验。天哪，我都不敢想象哈里斯如果看到我完美地解决这件事情，会是什么表情。或许当我再见到伯曼的时候，就能找一个合适的台阶，在无损我形象的前提下，或者说，在不影响我自信心的前提下，我会放弃这个研究。我们聊点其他事情吧。我想抱一下你，你不会有什么反对意见吧？”

“我？反对？”贝洛斯立马把身子挺直，有一点点紧张，“完全不会。”

苏珊俯过身去，紧紧地抱着贝洛斯，他有点意外苏珊竟然如此用力。他本能地搂住她，他的双手在她纤小的脊背上轻轻地抚摸，并且很自然地轻轻拍了几下，好像是在缓解她的紧张情绪。

二月二十五日　星期三

早晨五点四十五分

闹钟突然响起了尖锐的铃声，铃声不停地在黑暗的房间里震荡。

熟睡中的苏珊猛地从床上坐起来，一开始她还在纳闷，自己为什么睁不开眼睛？稍过片刻后，她才意识到自己早已睁开眼睛了，只是房间内漆黑一片，一点光也没有。有那么一会儿，她弄不清自己在什么地方，只想着快点关掉震耳欲聋的闹铃。

咔嗒一声，闹铃声停了。这铃声的出现和消失都是那么突然。此刻，苏珊才意识到房间里还有其他人，她努力回想昨晚的情景，终于想起自己昨晚留在了马克的公寓。

“天哪，这声音是怎么回事？”苏珊在黑暗中问道。

“闹钟啊，你以前没听过闹钟铃响？”有个声音在她身旁说道。

“闹钟！马克，现在是半夜。”“已经五点半了，该起床了。”

马克掀开身上的毯子，把双脚伸到地板上。他打开床头灯，接着又揉了揉自己的双眼。

“马克，你真是太疯狂了。五点半，天哪！”苏珊的声音有点含糊，她用枕头盖住了自己的脑袋。

“我得去病房查看我的病人。我先去吃点东西，必须赶在六点三十分准时去查房，手术安排在七点三十分。”马克站起来，他一边伸着懒腰，一边走向卫生间。

“你们这些外科受虐狂真是不可理喻。为什么不等到九点或其他合适的时间去上班呢？为什么七点半就去了？”

“一直是七点半。”贝洛斯在门口停了下来，说道。

“这真是一个好理由啊。七点半，因为一直都是七点半。天哪，典型的理科直男逻辑。现在刚五点半啊。该死，马克，你昨晚邀请我来的时候怎么不告诉我这些？否则我肯定回宿舍去了。”

贝洛斯走回床边，低头看着在毯子里蜷成一团的苏珊，枕头还盖在她脑袋上。

“如果你能更认真地对待你的实习工作，我不用告诉你这些你也该知道几点去上班。该起床了，皇后。”

贝洛斯抓住毯子的边缘，用力一拽，把所有的毯子都扯了下来，苏珊裸露在外面，只有脑袋还藏在枕头下。

“我真是谢谢你了！”苏珊跳起来说。她抓起一条毯子，重新把自己裹成一团，然后又倒在了床上。

“啊，但是你说过你会安分守己的，重新当一个普通的医科学生。”

两个人围绕着苏珊身上的毯子展开了一场拉锯战。

“我还需要一整天，就一天！拜托，马克，再给我一天时间。你知道这对我很重要。如果我今天拿不到病人的病历卡，那一切就都结束了。而且，如果我能够见到伯曼，也许我会主动选择放弃调查了。然后你就会有一个正常的医科学生了。但我还需要一天。”

贝洛斯松开了毯子。

“好吧，再给你一天时间。不过要是斯塔克今天带实习生查房，他就会知道你又缺席了。我已经编不出任何借口了，我希望你能意识到这一点。”

“那就让我们见机行事吧，万能的外科医生。我相信你会想出办法的。”

“苏珊，我已经尽力了，该说的我都已经跟你说了。”

“好吧，随你的便。但我在这件事上已经投注了大量的精力，我还需要一天时间。”苏珊又钻回了温暖的毯子里，几乎听不见贝洛斯在卫生间里淋浴的声音。她决定还是等贝洛斯离开以后再起床。

当苏珊再次从睡梦中醒来时，天色已经大亮了。雨水敲打着玻璃窗，发出一阵阵风吹麦浪般的声响。一看闹钟，苏珊几乎不敢相信，已经快九点了。贝洛斯洗完澡，穿上衣服，没有叫醒她就出去了。

她在卫生间里找了条干净的毛巾，冲了个淋浴，脑中回想着前一晚的事情。贝洛斯比她想象得更敏感，她为此由衷地感到高兴，尽管她完全不确定他们俩的关系会发展成什么样子。贝洛斯对工作太过投入，其他一切似乎都被他降到了一个次要的位置，日常生活反而像是某种业余爱好。

苏珊从冰箱里找到一些奶酪和一只橘子。她一边翻阅黄页，一边吃着早餐麦片和吐司。她仔细地检查了一遍，确定自己带上了所有的东西，然后锁上门，离开了贝洛斯的公寓。她又要开始忙碌一整天了。

苏珊走到街上时，雨刚好停了。虽然没有放晴，但是走在雨后的街道上，她感到心情十分愉快。她往左拐到弗农山街上，她朝着市府大楼的方向走去。接着，她穿过波士顿公园的北端，来到市区的购物中心。

在波士顿制服公司的零售店里，售货员发现苏珊与其他年轻姑娘完全不同，苏珊是她接待过的顾客中是最爽快、最干脆的。苏珊没有对她要买的白色护士服挑挑拣拣，只对售货员提了一个“十号尺码”的简单要求，至于是什么款式的护士服，苏珊并不介意。

“你也许会喜欢这个款式。”售货员说着递了一件过去。

苏珊拿着衣服贴在身上，还对着镜子看了看效果。

“你可以试穿一下，后面就是试衣室。”

“就买这一件吧。”

售货员对她闪电般的购物速度非常满意，准确地说，简直都要惊呆了。

苏珊沿着华盛顿街走向市府中心，天空中又开始稀稀拉拉地飘起了雨点。当她刚走到市府大楼前的林荫小路时，一块灰蒙蒙的乌云被寒风吹到城市上空。天空中飘落的雨点越来越密了，苏珊不得不加快步伐。

苏珊先到了问讯台，那里的姑娘告诉她建筑部设在八楼，而且她还说很容易就能找到。可是当苏珊来到八楼的时候，情况完全不一样。她在中心台等了足足二十五分钟，然后，那里的人却跟她说找错地方了。随后她又走错了两次，最终在别人的引导下来到一个大房间后面。尽管她当时是那里唯一的访客，但她又等了一刻钟。柜台后面摆着五张办公桌，有两个男人和一个女人正坐在其中的三张桌子后面。这两个男人的外表都差不多，红通通的大鼻子，戴着一副黑边塑料的眼镜，系着一条毫无品位的领带，他俩正在激烈地讨论《爱国者》这部电影。那个女人戴着一顶蓬松的假发，让人想起二十世纪六十年代早期的老古董发型，嘴唇上涂着鲜艳的口红，她正在专心致志地照着手中的小镜子，只见她不停地从各个不同的角度审视镜子里的脸。

两个男人中较矮的那个终于发现了苏珊，他发现苏珊尽管遭受了冷落，却依然没有离开的意思。于是，他毫无表情地走到柜台旁，把嘴角上叼着的香烟取了下来，几片烟灰不小心掉在了他的领带上。他把手中的烟蒂捻灭在满是烟灰的金属烟缸里。

“你有什么事情吗？”这个男人看了一眼苏珊后问道。苏珊还没来得及应答，他就回过身子。

“喂，哈里，我突然想起来了，你想怎么样处理那份 GRI5 申请单呢？还有印象吧？那可是一份急件，它已经在你盒子里面躺了两个月了。”他回头看着苏珊，“你有什么事，亲爱的？我来猜猜看。你是不是想投诉你的房东？啊，那你来错了地方。”

他又回头看着他的同事：“哈里，如果你要去喝咖啡的话，麻烦你帮我带一杯真正的丹麦咖啡，钱我回头再给你。”说完，他又看向苏珊，“那么……”

“我想找一些平面图看看，杰斐逊研究所的楼层平面图，它是一所新医院，在南波士顿。”

“平面图？你为什么要平面图？你多大了？有十五岁吗？”

“我是医学院的学生，我对医院的设计和建筑很感兴趣。”

“你在说笑吧！你这么漂亮，难道也对这些东西感兴趣？”他发出了令人恶心的笑声。

苏珊紧闭着双眼，强行压住心中的怒火，努力克制自己不去反驳他几句。

那位雇员走向放着一堆大开本资料的柜台旁：“你要的几号地区的图纸？”他的口气明显带着一丝厌倦。

“我也不知道那里属于什么地区。”

“好吧，”那个人做了个鬼脸，“我们先把它的所属地区找出来。”

柜台上放了一本专供查阅使用的小本子。

“十七号地区。”

他又慢悠悠地回到那堆资料旁边，从口袋里掏出一包皱巴巴的香烟，叼了一支在嘴里，但是并不点燃。他把记录着十七号地区的那一本找了出来，把其他资料推到了一旁。他打开封面，把食指伸到舌尖蘸了一点唾沫，然后啪啪地使劲翻动书页，他每翻完四五页就蘸一下唾沫。最终，他在一张纸上记录下他找到的页码，然后示意苏珊跟在他后面，两个人一起走向一大堆文件柜。

“哈里！”那个男的又喊了一声，一路上他仍然和他的同事聊着，那支未点燃的香烟忽上忽下地随着嘴角不停摆动，“下楼之前，你先给格罗泽打个电话，你问问他，今天莱斯特会来上班吗？如果他不来，那就必须找个人给他桌上那份材料进行归档，那份材料放了很久了，比那份 GRI5 的申请单还要早。”

他一下子就找到了想找的那个抽屉，把一大袋平面图从抽屉里抽出来："就是这些了，金发姑娘。如果你想复印这份材料，你可以去柜台对面的房间，只要投入硬币就可以使用那里的复印机。"他举着香烟指了指方向。

"你能不能帮我看看哪些是楼层的平面图？"苏珊把文件从袋子里抽出来。

"你说你对医院的建筑感兴趣，却连平面图是什么样的也不知道？这可真是匪夷所思！喏，这些都是楼层平面图，地下室、一楼、二楼。"他用袖珍打火机点燃了香烟。

"这些缩写字母代表什么意思？"

"天哪！下方的角落里写着呢。'OR'代表手术室，'W（main）'代表主病房，'Comp.R.'代表计算机室，诸如此类。"他开始有点不耐烦了。

"复印机在哪里？"

"在那边！墙上挂着一台零钱兑换机。你使用完平面图后，只要把它放到柜台上的金属盒里。"

苏珊仔细地复印了一份平面图，还用毡尖笔在复印件上把所有的房间都标记清楚。然后，苏珊朝纪念医院方向走去。

苏珊走进纪念医院的大门。此时是上午十点左右，和平常一样，那里早已等候着一群人，他们占用了每一个座位。这里等候的人群分着不同的年龄段，已经等了很长时间了。他们要么是来医院就诊的病人，要么是来医院陪伴病人的家属，又或者是接病人出院回家的家属。在他们的脸上看不见一丝笑容，他们也基本上不和旁人交谈，每个人都像一座孤岛，他们只是对医院所笼罩着的神秘气氛心怀敬畏，才聚集在一起。

苏珊被拥挤的人群挡住了去路，她不得不使劲才挤到“医院科室分布示意图”前。她看到上面拼写着“神经科，B-11楼”的塑料字母。接着，苏珊又挤到B楼的电梯口，和一群人一起等着电梯。旁边的人转过身时，苏珊怀着难以掩饰的恐惧朝后退了一下。这个男人的——也可能是女人的——眼睛周围都是黑色的瘀血。鼻子肿胀变形，几根电线从鼻孔中伸出，贴着胶带。这简直是一张怪物的脸。苏珊盯着电梯的指示灯，尽量不去看这些恐怖的景象。

唐纳德·麦克利里是一位年轻的神经科专职医生。十一楼的房间有点紧张，他在这里并没有分到办公室。苏珊不得不爬楼梯到十二楼，这才找到一扇写着“唐纳德·麦克利里医生”名字的门。她推门进去，挤进外间办公室，地方狭小。因为有一只档案柜放在门后面，所以门无法完全打开。就算放一张普通的桌子，在这里也会显得特别大。一个上了年纪的秘书抬头望着苏珊。这个女秘书打扮得极其艳丽，涂着鲜艳的口红，戴着假睫毛，花白的头发粘成一圈圈又紧又小的发型，身材臃肿的她竟然还穿着紧身的粉红色长裤套装。

“打扰一下，请问麦克利里医生在吗？”

“在，但是他现在很忙。”女秘书对苏珊这种擅自闯入的行为很不高兴，“你有提前预约吗？”

“没有，没有预约。我只不过想找他问一个简短的小问题。我是纪念医院的实习学生。”

“我先请示一下医生。”

女秘书站起来，把苏珊从头到脚打量了一番，苏珊苗条的身材似乎让她更加恼怒。她走进里间的办公室。苏珊在外间办公室里四下打量着，试图寻找到她需要的病历卡。

转瞬间，女秘书就从里面出来了。她重新坐回桌子旁边，用打字机打了几行字，过了会儿才抬起头。

“你进去吧，他说给你一点时间。”

苏珊没来得及回答，女秘书又继续打字了。苏珊低声说了几句客套话，推门走进里间的办公室。

麦克利里的办公室和纳尔逊医生的办公室差不多，房间里到处都是乱糟糟的：杂志、报纸胡乱堆放着，几叠书籍倒在地板上，也没有重新整理。麦克利里医生身材瘦削，一脸严肃的表情，面颊中间各留着一条仿佛被刀刻过的皱纹。他那棱角分明的鼻子和下巴之间隔着一张小小的嘴。浓密的眉毛下面戴着一副眼镜，他的眼睛透过镜片不停地打量着苏珊，嘴角抽动了一下。

“你就是苏珊·惠勒吧？”麦克利里医生说，声调十分冷淡，显然对苏珊没有什么好感。

“是的。”苏珊觉得很惊讶，他是怎么会知道自己的名字呢？她突然有一种不祥的预感，这次会见十有八九是凶多吉少。

“你是为了这十份病历卡来找我的吧？”麦克利里侧转过身，用手指指向书架上的一大堆病历卡。

“十份？怎么可能只有十份呢？”

“十份还算少吗？”麦克利里不无讥讽地问了她一句。

“不少。只不过我以为你这里也许会有更多呢。这些全都是昏迷病人的病历吗？”

“可能吧。如果是，你打算做什么呢？”

“我暂时也没想清楚。斯塔克医生把你取走病历的事情告诉了我，我想过来问问，我能不能看看这些病历，或者看看能不能帮你摘录这些信息。”

“小姐，我的专业是神经病学，在这方面我可是个训练有素的专家，我也能够对这些病例在神经学方面的价值进行专业的评估，所以，我根本用不着别人来帮我。”

“我并没有说你需要帮助的意思，麦克利里医生，尤其是在专业方面。我必须承认我对神经病学一无所知。但是，造成这么多濒临死亡的昏迷病人，把这些事情联系在一起后，我觉得这里面疑点重重。我觉得应该把这些病例之间的内在联系找出来，不能仅仅把它们看作毫无关联的独立事件。”

“所以，你觉得你理所当然可以来做这件事？”

“总得有人去做吧。”

麦克利里突然不说话了，苏珊心里咯噔了一下，她觉得自己已经惹怒了麦克利里医生。

“好吧，我还是直说了吧，”麦克利里接着说，语气显得更加强硬，“以你现有的水平，是根本不可能把这个问题研究清楚的。而且，你的种种行为将为医院带来各种各样的麻烦。你不仅仅帮不上任何忙，反而严重地阻碍了别人的正常工作，完全是在制造麻烦。现在，你给我坐下。”麦克利里指了指他桌前的椅子。

“你说什么？”苏珊听到了他说的话，但她无法理解他为什么用这种语气。麦克利里不是在邀请她坐下，而是强硬地命令她坐下。

“我说，坐下！”他声音中的愤怒显露无遗。

苏珊坐到那把没有堆放杂志的椅子上。

麦克利里直接拿起了电话，他一边拨着号码，一边还目不转睛地盯着苏珊。他的嘴角在等待对方接听的过程中不停地抽搐着。

“请帮我转到院长办公室，我想与菲利普·奥伦通电话。”

过了很长一段时间，麦克利里的表情没有发生任何变化。

“奥伦先生吗？我是麦克利里医生。哦，是的，她现在就在我的办公室里，病历卡？我当然没有给她。你没跟我开玩笑吧……好……好的。”

麦克利里挂断了电话，仍然直视着苏珊。苏珊从麦克利里身上感觉不到一点人情味。她心想，他和他的秘书倒是十分般配。房间里陷入令人尴尬的沉默之中，苏珊忍不住站起来。

“我觉得我不应该……”

“坐下!”麦克利里大喊一声，这次声音更响了。

苏珊立刻坐下，她对他这种突如其来的愤怒感到十分奇怪。

“你到底想干什么?我只是想来问问你是否需要我帮助一起调查昏迷的问题，不是来听你对我大呼小叫的。”

“我对你真的没什么可说的，小姐。你在纪念医院的行为已经越界了。有人告诉我，你想借机从我这里获取这些病历卡；我还被告知你在没有获得批准的情况下骗取计算机资料；更加恶劣的是，你对哈里斯极不礼貌。奥伦先生一会儿就过来，你可以和他当面详谈，他会处理好这件事情，与我无关。”

“奥伦先生是什么人?”

“他是纪念医院的院长。年轻的小姐，他是负责行政的官员，他的职责范围包括人事问题。”

“我可不是医院的工作人员，我只是来医院外科实习的学生。”

“太对啦!你还记得你只是一个医科学生啊，你应该清楚你在这里的级别和权限是很低的。或者说，你在这里的身份是客人，医院的客人。那么，你应该让你的行为对得起你所受到的殷勤款待。可是恰恰相反，你在这里捣乱，完全不把医院的规章制度放在眼里。你们这些医科学生真是胆大妄为，做事情也完全是非不分。医院不是专为你们开设的，医院没欠你们什么，我们不一定要为你们提供教学。”

“纪念医院是一家与医学院挂钩的教学医院，它的主要任务之一就是提供医学方面的教学。”

“教学，当然啦。但是，它不仅仅只对你们医科学生提供教学，它服务的对象是整个医学界。”

“你说得对。那么，按你的逻辑推理，医院的开设是为了照顾到不同人群的利益，不管是学生，还是教授，它都同时为他们开设。反过来说，它不是单独为某个特定人群而开设，不管他们是医科学生，还是教授。事实上，医院主要是为了病人而开设的。”

“哼，我现在完全理解哈里斯对你大发雷霆的原因了，惠勒小姐。他说得一点不错，你对这所医院毫无敬意，也不尊重这里的人。这也是当下年轻一代的普遍现象。他们始终认为他们存在的权利就是享受社会为他们提供的一切奢侈品，这里面也包括教育。”

“不能简单地把教育看作一种奢侈品，它也是社会应尽的责任。”

“当然，社会是该尽到它的责任，但是它不可能对每一个人都面面俱到，也不会因为一个人是个年轻人就要为他们负责。教育的奢侈在于它的费用极其昂贵，很多人都不太了解教育方面的高昂投入。而它的主要费用，特别是在医学方面的投入，最终分摊到广大的公众身上，落到那些劳动者身上，而你们这些学生只需要支付极少的学费就可以享受到优质的教育资源。你在纪念医院里的实习生活，社会实际上为此投入大量的资金，惠勒小姐，如果从经济学的角度来讲，你的实习生活并非是生产性的，这样的话，社会成本等于在无形中加倍了。而且，你是一个女性，这也就是说未来你每小时的生产效率……”

“啊，够了，”苏珊站起身，忍不住讥讽地回应，“对这种胡说八道的高论，我早就听腻了。”

“坐着别动！小姐！”麦克利里怒不可遏地喊道，他也站了起来。

苏珊搞不懂这个气得浑身发抖的男人到底在想什么。她想起贝洛斯曾经给哈里斯的行为冠上“性冲动”的理由，但是，她没有在麦克利里的表情中发现一丝“性冲动”的迹象。只能说，她从麦克利里身上再次见识到那种极其反常的行为反应了。麦克利里的呼吸十分急促，胸部也出现明显的起伏。很显然，苏珊在无意中惹恼了他。可是，自己怎么会激怒他的呢？是不小心说错什么话了吗？苏珊一头雾水。苏珊心里不停地在想自己有没有必要先行离开。但是她出于对麦克利里的尊重，同时也是出于对他那种反常态度的好奇心，她决定还是留下来。她重新坐到椅子上，静静地看着麦克利里。麦克利里此时也感到有点尴尬，接着他也坐了下来，有点神经质地摆弄着他面前的烟灰缸。苏珊泰然自若地坐着。

苏珊听到办公室外面的开门声，说话声随之飘进了里面的办公室。接着，苏珊看见一个精力旺盛的男人直接推门进来。他看上去像一个做生意的人，一身笔挺的蓝色西装，左胸口袋露出一角丝巾，苏珊不禁想起斯塔克的穿衣风格。他的头发梳理得一丝不苟，温顺、整齐地贴在头上，有一条笔直的头路把头发整齐地分开。他给苏珊留下一种大权独揽、从容不迫的威严感。

“非常感谢你及时给我打电话，唐纳德。”奥伦说。

然后，他居高临下地看着苏珊：“我想你就是那位臭名远扬的苏珊·惠勒小姐了！惠勒小姐，你知不知道自己在这所医院引起了一场巨大的骚动？”

“不，我对此毫不知情。”

奥伦在麦克利里的桌边靠着，双臂交叉在胸前，摆出一副公事公办的官员姿态。

“我很好奇，惠勒小姐，我先问你一个简单的问题。你觉得我们医院主要是干什么的？”

“给病人治病。”

“你说对了，至少在这一点上我们的态度大体是一致的。但是，我要在你的答案前面加一个限制词——本地区。我们治疗的对象是本地区的病人。也许你会觉得我这话听起来有点多余，因为我们肯定没有给纽约韦切斯特地区的病人提供治疗服务。但是，是否加上这个限制词是有着重要的意义，因为它强调了我们对波士顿居民的责任感。由此可以做出推论，无论有什么因素干扰或破坏我们在本地区的医疗关系，那么，这些因素实际上都会完全否定我们的基本使命。可能在你听起来有点绕口，我想想该如何准确地表达……嗯，你可能觉得这与你无关，事实恰恰相反。我在短短的几天内就听到很多人对你的种种抱怨，这些抱怨已经从最初的一时恼怒演变成了现在的无法容忍。很明显，你好像决意要破坏我们与本地区精心维系的友好关系。”

苏珊的脸颊一下子变得通红，她被奥伦的官腔完全激怒了。

“如果这件事情被公之于众，大家都知道纪念医院的病人变成植物人或者说出现大脑完全失去知觉的可能性高得出奇，那么这所医院一直以来的良好声誉将会遭到毁灭性的打击。”

“完全正确。”

“但我始终认为，医院的声誉和那些病人所遭受的无法弥补的损失相比，简直微不足道。而且我越来越坚信，如果仍然采用现在这种态度来解决问题的话，那么医院的声誉迟早会被毁掉，完全是咎由自取。”

“唔，惠勒小姐，你过于较真了。如果按你说的，那每天来医院就诊的那些病人该怎么办呢？算了，算了，我希望你别再对那些不幸而又不可避免的问题过分注意……”

“你怎么知道这种情况是不可避免的？”苏珊毫不客气地插了一句。

“我只是更相信各科室的负责人跟我汇报的情况。我承认我既不是医生，也不是科学家，惠勒小姐，我并不想不懂装懂。我很清楚自己是一个行政官员。如果我碰到像你这样的情况，作为一个医科实习生不好好地做本职工作，反而投入大量时间和精力去肆意插手一些自己力所不及的高深问题，就像你现在正对资深的麦克利里医生已经在研究的问题指手画脚，而这个问题一旦被披露，很可能让纪念医院在本地区造成无法挽回的损失，在这种情况下，我不得不迅速果断地做出反应。显然，我们要求你正常做好实习工作的警告和规劝，都被你当成了耳旁风。不过，我也不是过来和你辩论的，这不是一场辩论。恰恰相反，恕我直言，我觉得最好把纪念医院对你在外科实习工作上的处理决定当面向你解释清楚。如果你不介意的话，我现在要和你们的教务长通个电话。”

奥伦拿起电话筒，拨了电话号码。

“麻烦请帮我接通查普曼博士的办公室，请查普曼博士听电话。我是菲尔·奥伦，你的家人还好吧？我的家人都挺好的，我找你是想和你谈谈你的一个三年级学生在我院外科实习的情况，她的名字叫苏珊·惠勒，对，好，我等着。”

奥伦瞄了一眼苏珊：“我没说错吧？惠勒小姐，你是三年级学生吧？”

苏珊点点头。刚才她还是怒容满面，现在却已经一脸沮丧。

奥伦回头朝麦克利里看了一眼，麦克利里突然站起，脸上露出一副不耐烦的表情。“对不起，唐，给你添麻烦了，”奥伦说，“这件事情本来应该去我的办公室谈，不过，我马上就可以处理完……”奥伦继续关注着电话，“是的，是我，吉姆，我也很高兴知道她是一个品学兼优的好学生，但不管怎样，她已经成为纪念医院里不受欢迎的人了。她在外科实习期间从不参与相关的工作，比如查房、会议和手术工作等。相反，她激怒了一批工作人员，尤其是我们的麻醉主任，被她气得够呛，而且她还在未经批准的前提下，采用不正当的手段获取计算机资料。她是在帮倒忙，我们这里的麻烦本来就够多了。当然，我会把你想见她的事情转告给她，今天下午四点半，太好了。我想退伍军人医院会很高兴接收她的，对吧（咯咯笑）。谢谢，吉姆，回头再聊，有时间出来聚聚。”

奥伦挂断电话，他向麦克利里露出外交家般的笑容，随后转向苏珊。

“惠勒小姐，你应该听得很清楚吧？今天下午四点半，你们教务长约你谈话。从现在开始，你在纪念医院的外科实习已经结束了，再见。”

苏珊看了看奥伦，又看了看麦克利里，接着又回头看了一眼奥伦。麦克利里的神情依然不变，奥伦的脸上露出扬扬得意的笑容，仿佛是一个打了胜仗的将军。房间里出现一阵令人难堪的沉默。苏珊十分清楚这场戏已经到散场的时刻，她默默地站起来，拎起装着护士制服的小包离开了。

二月二十五日　星期三

中午十一点十五分

医院里的压抑气氛让苏珊感到十分难受。她从来来往往的人群中挤了出去，匆匆走出了医院。外面正下着绵绵细雨，这是二月份典型的阴冷天气。她毫无目的地走着，先是在新查敦街逛了一会儿，后来又走到坎布里奇街。此时的苏珊思绪万千，心乱如麻。

“该死的官僚。”她恶狠狠地咒骂了一句，气呼呼地把路边一只半扁的罐头盒用力踢了出去。她的头发已经被蒙蒙细雨完全淋湿了，湿漉漉的头发紧紧地贴在她的前额，雨珠顺着她的鼻尖往下滴。她从乔伊街一直走到灯塔山背，脑海里一直回想着这几天发生的种种事情。四周传来喧嚣的人声以及狺狺的狗吠声，她全都置若罔闻；在她视线范围内的垃圾堆和所有的破烂东西，她也视而不见。

这是苏珊有生以来遭受过的最严重的打击，一种从未有过的孤独感笼罩在她的心头。她感到被排斥和孤立，深深地被失败带来的失落、惊恐折磨着。当她回想自己和麦克利里以及奥伦谈话的情景时，沮丧和愤懑的心情在心中不断地交替出现。她渴望能找到一个人和自己谈谈，一个她可以信任和尊敬的人。她在心中闪过斯塔克、贝洛斯、查普曼的身影，但是，这几个人都各有一些不太合适的地方。贝洛斯的客观态度让她无法完全信任，而斯塔克和查普曼又高度忠诚于他们的组织机构。

苏珊心里做了最坏的打算，她很可能会被医学院开除。她觉得这不仅仅是她个人的失败，也是对所有医学界女性的无情嘲讽。她希望找到一位女医生来帮助自己，想了半天却发现一个合适的人也找不到。医学院中寥寥无几的女性都不太合适。

苏珊的心里感到非常郁闷，积压在胸口的痛苦无处发泄。突然，她的右脚滑了一下，幸好她下意识把手撑在旁边的墙壁上，要不然肯定会重重地摔在地上。她知道情况不妙，低头一看，发现自己踩在一堆热乎乎的狗屎上。

“真该千刀万剐的灯塔山！”苏珊咒骂着波士顿，她对当地政府无视一切粪便的态度高声咒骂——不管是什么形态的，有形的还有无形的。她用在路边石头擦掉了大部分狗屎，这股刺鼻的臭气让她几乎无法呼吸。也许她踩狗屎的事情象征着她近几天所遭遇的不幸，她实际上也踩到了一堆无形的狗屎。她可以避开有形的狗屎，可是，如何面对摆在她眼前的现实呢？她也能做到不闻不问吗？她的首要任务是成为一名女医生，这才是最重要的。至于伯曼、格林利这些人的悲惨遭遇，与自己无关。

天空中依然淅淅沥沥地下着雨，落在脸上的雨水如小溪那样顺着她的脸颊流下来。她开始小心翼翼地行走，谨慎地避开满地的狗屎。没想到灯塔山上竟然有这么多的狗屎，几乎和山上的煤气灯或红砖块的数量相当。她时刻注意自己放下脚步的位置，这样走路就变得容易多了。但她无法这么轻易地抛弃自己探寻伯曼和格林利昏迷原因的使命。她想起自己和南希·格林利相似的年纪，都是二十三岁，她也遭遇过月经不调导致大量出血的情况，当时的自己也是那么的惊慌失措、心惊胆战。她完全有可能去做刮宫手术，而且极有可能就是在纪念医院做这项手术。

现在她被纪念医院无情地扫地出门了，甚至可能会被医学院开除。无论她是否想继续调查昏迷病例的事情，现在都已经无能为力了，一切都结束了。回想起她刚开始调查时的豪言壮语，感到无地自容："一种新的疾病！"她知道这是虚荣心在作怪，也为自己的年轻和自负而冷笑不已。

苏珊沿着平克尼街向前走，穿过查尔斯街，走向河边。她像刚才一样，漫无目的地走上通往朗费罗桥的石阶，两边的涂鸦十分醒目，她稍作停留，随口读了其中几个荒诞的短句以及句子下模糊不清的名字。她站在桥顶眺望远处的坎布里奇、哈佛及波大大桥。河面上的浮冰在水面组成了奇妙的图案，像是一幅抽象派大师的杰作。一群海鸥栖息在一块浮冰上，一动不动，只是呆呆地站在那里。

也不知道是什么原因，从苏珊左边刚刚走来的路上，有个男人突然引起了她的注意。他一身黑衣黑帽的打扮。当他发现苏珊注意到自己的时候，他立马停住脚步，转过身朝河面看去。苏珊又沉浸到她漫不经心的思考和眼前的风景中，并没有过多留意那个穿黑大衣的人。但大概过了十分钟后，苏珊注意到那个男人仍旧停在原来的地方。他淡定地抽着烟，视线停留在河面上，让人奇怪的是，他似乎和苏珊一样对雨水毫不在意。即便在天晴的时候，也很少有人会在这座桥上徘徊，何况现在是严寒的二月份，天上下着冰冷的细雨，两个互不认识的人竟然同时站在桥上郁郁寡欢。苏珊觉得这样的巧合实在是难得啊。

苏珊走到桥的另一边，来到坎布里奇，她沿着河岸朝麻省理工学院的船坞方向走去。雨水的湿气慢慢地渗进了她的衣领，现在她才感觉到一点寒意。这种轻微的不适顿时让她把烦心事抛诸脑后，她决定先回宿舍去泡个热水澡。

她转过身，打算重新沿原路返回，乘坐地铁回家。她刚想举步向前，却猛然吃了一惊。那位黑衣男子正站在离她一百码左右的位置，仍然是一副眺望河面的模样。苏珊的心头突然有一种无法言说的恐惧。为了避免走过那个男人身旁，她改变原先的计划，沿着麻省理工学院的校园对角线走，直接到肯德尔站去乘坐地铁。

当她从纪念大道走过时，她看见那个男人正朝她走来。她不知道自己为什么会把一个陌生人的行为与自己牵扯在一块，这种毫无根据的猜想完全是愚蠢的。她自己也很难解释为什么会产生这种妄想症，一定是因为心烦意乱的缘故吧。为了证实自己是否过于敏感了，她拐了个弯，走到街区的另一端，在政治学图书馆的门口停了下来，装出一副给她的小包系带子的样子。

忽然她又看见那个男人了，他没有和苏珊一样拐弯，而是直接穿过了街道，很快就消失不见了。苏珊感到更加疑惑了，自己好像被这个人盯上了。苏珊使用的拖延策略已经被那个男人识破了，而且他对此作出了反应。她沿着台阶走进图书馆，先去了一下洗手间，在里面休息了片刻，从镜子里看着自己那张惶恐不安的脸。她想给别人打个求救电话，但旋即就打消了这个念头。她不知道如何在电话里把她的顾虑说清楚，也许别人会以为她在讲一个荒诞不经的笑话呢。而且休息了一会儿之后，她的感觉已经比刚才好一些了。所以，她宁愿相信这段插曲只不过是自己的错觉，还是忘掉它吧。

从洗手间出来之后，她恢复了平时的镇定，边走边欣赏图书馆的建筑风格。这是一栋非常现代的建筑，给人一种静谧、舒畅的空间感，完全感觉不到老牌大学图书馆里那种严肃、沉闷的气氛。书架和图书目录柜是高度抛光的橡木质地，帆布椅选用了鲜艳的橘红色。

这时，苏珊又看见了刚才那个男人！而这一次，她与这个男人相隔的距离非常近。尽管他似乎在专心致志地看杂志，可是，苏珊依然一眼就认出了他，黑大衣、白衬衫、白领带。他的这身打扮完全与图书馆的气氛格格不入。他那油亮的头发好像被涂上了好几层发蜡，坑坑洼洼的脸上长满了青春痘。

苏珊一边上楼，一边偷偷地观察那个男人。他好像没有感觉到苏珊的窥视，仍旧专注地盯着杂志。在进来之前，苏珊就发现图书馆和隔壁的大楼是互相连通的，她很快地找到了两栋建筑之间的通道，穿了过去。旁边是一栋教学办公楼，这里到处都有人走来走去。苏珊快速地走到楼下，这时她的心情才稍微放松了一些。她离开大楼，快步向肯德尔广场走过去。

由于对周围的环境不太熟悉，苏珊花了好几分钟才来到地铁口。在走进地铁口之前，她犹豫了一下，扫视了一圈四周的情况。令她惊讶的是，那个黑衣男子就在一个街区外的地方，正朝她这边走过来。苏珊立刻心跳加速，惊慌失措。接下来该怎么走呢？一时间，她也不知如何是好。

一阵微风从下面吹上来，苏珊还听到从下面传来的低沉的隆隆声。一列地铁列车刚刚驶入车站，车厢内载满了拥挤的乘客。苏珊立即拿定了主意。

苏珊一边尽力控制住内心的恐惧，一边迅速地冲下阶梯，以极快的速度闯进地铁站内的幽暗世界。她停在闸机门口，想从口袋里掏一枚二角五分的硬币出来。她知道自己的口袋里装了好几枚硬币，但她戴着一副厚厚的连指手套，一时间竟然拿不出来。她一把扯下手套，快速地掏出零钱，不小心把几枚硬币掉到了地上，硬币在地上像陀螺一样不停地跳转着。没有一个乘客在这一站下车，她手忙脚乱的行为引起了几个人的关注，他们茫然地看着眼前发生的一切。苏珊急忙往闸机内投入硬币，用力推栅栏门。栅栏门却纹丝不动，她的胃部刚好撞在栏杆上，痛得她几乎无法呼吸。她深深地吐了一口气，意识到自己推得太早了，她又试了一次，确认硬币已经进入闸机了。栅栏门一推就打开了。苏珊用力过猛，跌跌撞撞地差点摔倒，当她向列车跑过去的时候，车门已经关闭了。

“麻烦请等一下，我还没上去呢！”她大声疾呼。可是，列车已经开动了，它正在驶离站台。苏珊跟着列车跑了几步，转眼间，地铁的最后一列车厢从她的身旁倏忽而过。列车员怔怔地直瞪着车窗外面的苏珊。气喘吁吁的苏珊只能眼睁睁地看着地铁驶进隧道，很快就消失不见了。

车站里只有苏珊一个人了，就连对面的站台也空无一人。地铁列车发出的隆隆声很快就听不见了，取而代之的是有节奏的滴水声。肯德尔站算不上是什么繁忙的大站，车站也很久都没有重新装修过了。曾经风靡一时的镶嵌拼花墙，早就在岁月流逝中变得破破烂烂了。这里让人联想起古代的考古遗址。到处都被厚厚的煤灰污垢所覆盖，废纸随意可见。水珠从天花板上垂落下来的钟乳石似的东西上慢慢地滴落下来，苏珊有一种置身于墨西哥尤卡坦半岛上的石灰岩洞的感觉。

苏珊把身体往铁轨的方向尽量探出去，看着通向坎布里奇的隧道，希望能看到另一列地铁从那边开过来。她竖起耳朵，却只听见水滴落地时发出的滴答声。接着，苏珊就听到地铁楼梯上响起了不紧不慢的脚步声。她马上跑到零钱兑换处寻求帮助，可是那里面根本没有人，旁边的牌子上写着营业时间仅限下午三点至五点。脚步声越来越近了，苏珊只能转身从入口处快速逃离，她沿着站台朝着坎布里奇的方向疯狂地奔跑。当苏珊跑到站台尽头时，她略带恐惧地再次看了一眼黑暗的隧道，她只听见了滴水声和脚步声。

苏珊回头朝入口处看去，她看见那个黑衣男子正从栅栏门外走进来。接着，他停下来，用火柴点燃叼在嘴上的香烟，把熄灭的火柴棍扔到轨道上，悠闲地抽了几口烟，然后朝苏珊走过来。他带着享受的表情看着惊慌失措的苏珊。他的鞋底在路面上踩出金属般的声响，朝着苏珊越走越近。

苏珊想要大声呼叫，又想着赶紧逃跑，可是她都做不到。她突然觉得那可怕的情景可能只是她凭空想象出来的梦境，也许这一连串的相遇仅仅是一种巧合。但是从那个男人向她走来的样子和表情来看，她知道这不是在做梦。

苏珊开始感到恐慌，她被逼得走投无路，除非选择从隧道中逃离。尽管她惊慌失措，可是她最后还是放弃了这个想法。那么，自己能不能跨过铁轨，跑到对面的站台呢？她看着面前的双线铁轨，又看了一眼对面的站台。许多竖立的工字钢梁把铁轨分隔开来，虽然它们之间有足够穿过去的空隙，但是梁柱两边的横轨连着为列车提供电压的电源，上面的高压电可以在一瞬间将人烧成焦炭。

工字钢梁往隧道内延伸了十至二十英尺，两边的横轨也都转到铁轨外面了。如果苏珊可以逃到隧道里面，那么她就可以绕过梁柱，这不算太难。这样的话，她就完全不会碰到那些致命的横轨。

男人和苏珊之间的距离只有五十英尺了。他随手把尚未吸完的香烟扔到铁轨上，接着他似乎在口袋里掏什么东西。一把手枪？不，应该不是手枪。难道是匕首？很有可能。

苏珊没有再犹豫，她用右手拿着装有护士服的小包，接着她把身子蹲下，她的左手在站台边上撑着，她纵身往四英尺深的轨道上跳下去。落地时，她弯曲双腿来减少冲击的震动。她赶紧站起来，朝隧道内拼命跑过去。

她在惊慌之中不小心被一块枕木绊倒了，整个人摔向带电的横轨。她本能地把手中的小包扔掉，抓住一根工字钢梁，身体重心发生偏转，摔在了离带电的横轨只有几英寸的地方。她落在地上的时候，左手碰到一块小木片，木片弹到带电的横轨上面，一瞬间就被一道耀眼的电光化成了灰烬，空气中弥漫着一股电火花的刺激气味。

苏珊强忍着左脚踝传来的剧痛，从地上迅速爬起来，下意识地拿起小包，试图接着向前跑。隧道口的枕木和铁轨排列的错综复杂，看上去犹如复杂的迷宫。苏珊没有时间去仔细分辨它们的排列规则，只是继续跌跌撞撞地往前奔跑。可是还没跑上几步，她左脚的靴子就卡在了两根铁轨之间，她又一次摔在地上。

苏珊以为追她的黑衣男子很快会赶上她，只能挣扎着单膝跪地。她的左脚死死地卡在铁轨中。她先是拼命向前倾着身子，想要利用惯性把脚拔出来，但是她这样做的结果却让脚踝更加疼痛。于是苏珊弯下腰去，她的双手紧紧地抱着左腿用力向上拔。她已经顾不得回头看一下身后的黑衣男子了。

突然，一阵刺耳尖锐的声响从对面传过来，苏珊吓得松开了双手，一个劲地大声喘气。她还以为自己被袭击了呢，后来她发现自己还活着。接着又是一阵刺耳尖锐的声响，震耳欲聋的声音不断回响在隧道里，她下意识捂住耳朵，可是她的耳朵仍然感到剧烈的疼痛。她这才意识到，这是地铁进站前发出的汽笛声。

苏珊看见从漆黑的隧道里传来一道极其刺眼的亮光，她感觉到成吨的钢铁巨物正急速向她迎面扑来，四周发出雷鸣般的震动。随后，她又听见一种更加尖厉的声音，这是列车在紧急刹车时，车轮与铁轨之间剧烈碰撞发出的摩擦声。火车的速度太快了，强大的惯性让列车一时间无法停下。

苏珊既不清楚自己到底卡在了哪条铁轨上，也不知道迎面驰来的列车跑的是哪一条轨道。她被车灯直直地照射着。她发疯似的使劲拉着左腿，终于把她的脚从靴子里拔了出来，接着赶紧往出站轨道那边跑去。

她伸出手臂撑在铁轨上，幸好没有摔倒在地。她赶紧把身体缩成一团，双手紧紧地护住脑袋。车轮与铁轨之间的摩擦声越来越近了，嗖的一声，火车在离她五英尺远的铁轨上急速驶过。

苏珊傻傻地蹲了好一会儿，她看着眼前这不可思议的一幕，真是难以置信！她的心脏还在剧烈地跳动，手心里也是冷汗涔涔。幸运的是她还活着，全身上下大体无恙，只有几处擦伤而已。她的大衣被撕破了，上面的纽扣也被扯掉了几颗。一条长长的油渍染在大衣及里面的白色工作服上，钢笔和笔形手电筒也不知道在什么时候掉落在隧道里，听诊器上的一个助听头也被弯成了直角。

她站了起来，拍了拍身上的脏物，接着想把自己的靴子拔出来，她抬起鞋头往下按了一下，一下就把靴子拔出来了。她无法想象刚才竟然拔得那么辛苦。她刚把靴子穿好，就看见几个打着手电筒的人跑了过来。

人们把她扶上站台。她感觉自己好像做了一场梦，梦中的自己完全无法自主了。她没看见那个黑衣男子。一群人在激烈争吵，互相议论着刚才发生的事情和差点发生的事故。有人把她的小包从轨道上找回来了，递还给了她。

苏珊始终否认自己受伤了。她本来还想和他们谈一谈黑衣男子的事情，可是一时之间她自己也分不清楚事情的真假，而且她还处于神思恍惚和过度紧张之中，还不能正常地思考这件事情。现在她只想赶快回家。

大约花了十五分钟，苏珊才解释清楚这一切，列车员暂且相信她是从站台不慎跌落的说辞，既然她坚持自己并没有受伤，那也就不必叫救护车了。苏珊还告诉列车员她想去帕克街搭亨廷顿线的列车。最后，苏珊和其他乘客一起回到列车里，车门关上，列车驶离车站。

苏珊在灯光下仔细地整理了一下衣服，她发现对面有个男人正盯着她，他身旁的妇女也一直看着她。事实上，当苏珊四下环顾整个车厢时，她发现所有人的目光都停留在她身上，大家好像把她当成了一个什么怪物。他们的目光和表情都让苏珊感到非常不自在，当列车刚从朗费罗桥驶过后，她转头望向窗外。车厢里的人都没说一句话，他们只是目不转睛地看着苏珊。

当列车到达查尔斯街站时，苏珊欣慰地把心中的那口闷气一吐而空。她如释重负地跳下车，快速跑出了站台，在菲利普药房门口叫了一辆出租车。直到这时，她才有一些安全感，心情也随之平缓下来。她看着自己的双手，这才恍然大悟，原来自己一直在不停地发抖。

二月二十五日　星期三
下午一点三十分

下午一点三十分，在普通人的眼里，贝洛斯已经不停工作了一整天了。他身体上并不觉得累，因为他早已习惯了自己的日程安排。但是，贝洛斯的情绪却十分的疲惫，甚至有一种紧张不安的感觉。这一天，贝洛斯有一个美好的开局。早上醒来的时候，苏珊还睡他身边。虽然他不确定自己和苏珊之间的关系能保持多久，但是他们共同度过了一个美妙的夜晚。苏珊和他自己对她的反应，仍然像一个引人入胜的谜。

自己起床，把苏珊留在床上让她继续睡，这给了贝洛斯一种安慰。因为这让他的身份角色显得更加传统。如果苏珊和他同时起床去医院，他的这种牺牲感就会被稀释。牺牲感对贝洛斯来说很重要，这是使他内心感到满足的丰富源泉。

可是，今天上午的工作让他感觉极其糟糕。一大早，斯塔克就不请自来了，这让正在查房的贝洛斯措手不及。斯塔克明显带有敌意，他劈头盖脸地质问贝洛斯，他到底对那个迷人的实习生做了什么事情，为什么查房的时候总是看不到她的人影？贝洛斯内心感到有些不安，尽管他确信斯塔克对苏珊此时的状况一无所知。但是，他那看似猜测的质问却一语中的。因为贝洛斯自己心里清楚，苏珊此时正躺在他的床上。

其他查房人员被斯塔克的问题逗得哈哈大笑，有的人还顺便说了几句略带讥讽的话。贝洛斯的脸顿时涨得通红，准备立刻做出反击。

但是，贝洛斯还没来得及说话，斯塔克就开始长篇大论地对出勤、个人兴趣的合理安排、工作成绩及奖励等方面发表慷慨激昂的演说。贝洛斯很清楚斯塔克是在告诫自己，苏珊以后的表现都会与他直接挂钩。而且，贝洛斯还要保证他带的医科学生的表现都要达到模范的标准。

查房的过程中，斯塔克脸上的表情仍旧那么严肃，特别是对着贝洛斯的时候。每巡查一个病人，他都会问贝洛斯一些刁钻的问题。不管贝洛斯怎样回答，他都是一副鸡蛋里挑骨头的态度。就连几位住院医生都意识到贝洛斯的处境不妙，他们都想方设法帮着他回答问题。

做完查房的工作后，斯塔克把贝洛斯叫到一边，他表示对贝洛斯最近这段时间的表现很不满意，完全没有达到平时应有的工作水准，离科室对他的期待就更远了。接着，他把话题转到贝洛斯真正担心的事情上了。在经过一段长时间的沉默后，这位外科主任问贝洛斯，他在三三八号衣帽柜内藏匿药品的事件中究竟扮演了什么角色。

贝洛斯急忙分辩道，如果不是钱德勒告知他这些情况，他对这件事情根本就毫不知情。他斩钉截铁地告诉斯塔克，三三八号衣帽柜自己只用过一个星期，后来一直使用自己的八号衣帽柜。斯塔克对他给出的解释未予置评，只是说他希望尽快解决这件事。

尽管贝洛斯自知在这件事情上自己是清白的，但是他毕竟与这件事情有了一丝牵连，这让他产生了极大的焦虑。随着早晨的时间一分一秒过去，他那种职业病似的妄想开始不断滋长，焦虑的心情有增无减。

这天上午，贝洛斯给两个病人做手术，他带着那些实习学生进入手术室。只是让他们熟悉一下环境，并不指望他们帮什么忙。贝洛斯对奈尔斯非常照顾，不断鼓励他，果然，奈尔斯没有再晕厥。事实上，奈尔斯在这几个学生中最灵活。在贝洛斯的允许下，他还参与了手术的皮肤缝合工作。

贝洛斯趁着吃午餐的时候找到钱德勒医生，追问他关于衣柜藏药的事情，不过这位总住院医生只是再次重申了一个贝洛斯早已知晓的事实：斯塔克对这件事高度重视，非常紧张。

“这件该死的事情真太荒谬了，”贝洛斯说，“斯塔克跟沃尔特斯谈过了吗？我的嫌疑可以洗脱了吧？”

“我都还没和沃尔特斯谈过呢！”钱德勒说，“我曾去手术区找过他，可是他今天没来上班，也没有其他人见过他。”

“沃尔特斯竟然旷工了？”贝洛斯对此大吃一惊，“这可真稀奇啊，他可是保持了二十五年来从不缺勤的记录啊。”

“我也觉得奇怪，不过他今天真的没来。”

贝洛斯得知这一情况后，立马去了一趟人事处，询问沃尔特斯家里的电话号码，结果发现沃尔特斯家根本没有电话。贝洛斯只好记下他家地址：罗克斯伯里区斯图尔特街一八三三号。

好不容易熬到一点半，此时的贝洛斯忧心如焚。他又给手术室那边打了个电话，沃尔特斯仍然不见人影。贝洛斯决定花点时间，亲自去找到他，这是他能想到的让自己从药品事件中尽快解脱出来的唯一办法。贝洛斯一般不会在中午离开医院，但是，烦躁不安的他很快下定决心。他有一种深深的忧虑：在过去短短的二天时间内，他在医院内舒适而美好的地位正面临危机。在他看来，现在有两个麻烦：首先是药品事件，这个问题还难不倒他，因为他很清楚自己与这件事毫无干系，他要做的只是证明自己的清白。另外一个麻烦就是苏珊和她所谓的研究计划，这就不可同日而语了！

贝洛斯先是请拉里·贝尔德医生帮他带领实习生，接着又找住院医生诺里斯帮他照看一小时。随后，贝洛斯带上通话信号装置，还跟话务员打好招呼。一点三十七分，他偷偷溜出医院，叫了一辆出租车。

贝洛斯把地址告诉了司机，司机露出疑惑和不屑的神情："罗克斯伯里区斯图尔特街？你确定吗？"

"一八三三号。"贝洛斯补充了一句。

"随你，反正是你付车钱！"

路边到处堆满了肮脏的积雪，雪堆上还不停冒着水蒸气，这让整座城市看上去特别荒凉。和贝洛斯早晨上班时一样，天空中依然飘着雨。司机行驶的路线上几乎看不到什么人。这个地区奇特而荒无人烟的景象不禁让人联想起玛雅人的城市遗址。仿佛一切看上去都是那么破败，许多家庭都关门闭户，早早地从这里搬走了。

随着出租车逐渐驶入罗克斯伯里，四周的景象变得越来越糟糕。他们先是经过一个破烂不堪的仓库地带，随后又从贫民窟中穿过。现在的气温只有零上三摄氏度，小镇在冰冷的雨水和正在融化的积雪下显得更加萧条。最后，车子猛地向右转弯，贝洛斯看见前面挂着一块标有“斯图尔特街”的路牌。而这个时候，汽车的右前轮陷落在水洼中，车前的底盘重重地撞击到人行道上，司机怒骂了一声，他急忙朝右猛转方向盘，避免后轮也重蹈覆辙。突然，车子的后半身猛地掉了下去，随后又立即往上一弹。贝洛斯的头部重重地和车顶撞在一起。

“很抱歉，但是，这里就是你要找的斯图尔特街。”

贝洛斯郁闷地摸了摸脑袋，同时还仔细地看着车外的门牌号：一八三一号，接着是一八三三号。他付了车费，走出来，刚一关上车门，车子就飞快地从坑坑洼洼的路上开走了。贝洛斯看着渐行渐远的出租车，心中不禁感到一丝懊悔，刚才应该叫司机等他一会儿的。庆幸的是，此时雨停了。他看了看四周的环境，路边停放着几辆汽车残骸，汽车上的零部件不知何时已被人拆得干干净净。而且，阴郁的街道上静悄悄的，连一个人影也见不到。他先是抬头看面前的这排房屋，大部分窗户都被钉上了木板，显然已经很久没有人居住了。接着他又看了看周围的房屋，情况基本上都差不多。除去那些被木板封着的窗户，其他窗户上的玻璃均已被人砸碎了。

前门上还订了一块破旧的标牌，上面写着：“危房待拆，归波士顿房管局所有。”牌子上标记的时间是一九七一年。显然，这项烂尾工程又是波士顿当局搞出来的“杰作”。

贝洛斯感到有点困惑，沃尔特斯的住处不仅没有电话，而且这个地址让人感觉好像也是假的。不过一想到他那副样子，对于他这种弄虚作假的行为也就不会感到意外。贝洛斯充满好奇地走上台阶，他仔细查看着门上的木牌。他看到旁边还挂着一块标记了“不准擅自入内”的小木牌，并且说警察局负责监管这里。

大门原先装有椭圆形彩色玻璃，曾经也算是一种流行的风格。不过，上面的玻璃早就被人砸碎了，门窗上横七竖八地钉着几根粗糙的木板条。贝洛斯轻轻地推了推门，没想到一下子就推开了。因为门搭链上的螺丝已经脱落了，这使得上面挂着的那把大铁锁也成了一个摆设。

门是朝里开的，它慢慢地从地上的碎玻璃上擦过，发出沙沙的声音。贝洛斯朝身后空无一人的街道扫视了一圈，然后跨过门槛走到屋子里。他身后的门被迅速关上，室内立刻变得昏暗。贝洛斯静静地站了一会儿，好让眼睛适应幽暗的室内环境。

他发现自己所在的大厅已经是一片废墟，通往二楼的楼梯就在他的面前。楼梯的栏杆被推倒在地，摔成了大小不等的碎片，已经可以拿来当柴火用了。墙上的墙纸也脱落下来了，一条条耷拉着。肮脏的积雪被狂风吹进屋子，覆盖在地面的垃圾上，往后屋方向延伸了六七英尺的距离。贝洛斯突然发现地上有几个脚印。经过仔细地观察，他发现这些脚印至少可分为不同的两组，其中一组的脚印比自己的大得多。更有意思的是，这一组脚印似乎是不久之前刚留下的。

屋外传来汽车越驶越近的声音，贝洛斯赶紧站直身子。此时，他终于意识到自己的行为属于“擅自入内”，他迅速躲到一扇用木板堵住的窗后，朝外面看去。汽车在街道上一驶而过。

他直接爬上楼，查看了一下二楼的房间。房间里只有几块破破烂烂的床垫，混浊的空气中弥漫着一股霉臭味。前室的天花板已经坍塌了，地板上全是一块块灰泥。每个房间都装了壁炉，一层层污垢积满整个房间，天花板上还挂着满是灰尘的蜘蛛网。

贝洛斯看了看通往三楼的楼梯，决定不再上去了。他回到一楼，正准备离开的时候，突然听到房后面传来一阵轻轻的撞击声。

贝洛斯迟疑了一下，他感到自己的心跳在加速。他觉得自己最好尽快离开，这幢房子的气氛让他感到有些不安。这时，他又一次听见撞击的声音。于是他沿着通道走向后屋，一直走到大厅的尽头，然后往右拐进餐厅，天花板中央还悬挂着一盏老式煤气灯。他从餐厅走到早已废弃的厨房。厨房里面只有几根管子裸露在地面上，所有东西都被搬走了。屋子的后窗也被钉上了木板。

贝洛斯往里走了几步，忽然听到左边传来什么动静。他被吓了一大跳，整个人都愣住了，一颗心似乎要跳出来了。他确定撞击的声音是从几只大纸板箱里传出来的。

贝洛斯稍微平复了一下情绪，小心翼翼地朝纸箱走了过去，轻轻地用脚踢了几下。忽然，有几只大老鼠从里面跳出来，慌慌张张地跑进餐室，一眨眼就消失不见了。贝洛斯着实被吓了一跳。

贝洛斯很惊讶自己的神经居然如此紧张。他一向为自己的冷静镇定、不易受惊的优点而自豪，却未曾想到自己竟会被几只老鼠吓得心惊胆战，花了好一会儿才让自己镇定下来。他又踢了几脚纸箱，似乎是在宣示一切都在自己的掌握之中。就在他转身准备返回餐厅时，他注意到纸箱附近的灰尘和垃圾上有一只脚印。他反复对照自己的脚印和刚刚发现的脚印，他判断这个奇怪的脚印也是不久之前留下的。离纸箱不远的地方虚掩着一扇门，门缝豁开了几英寸的空隙。那个脚印明显指向了门的方向。

贝洛斯慢慢地走过去，他轻轻地推开门，里面一团漆黑。门后的楼梯应该是通往地窖的，但下面也是漆黑一片，完全看不清。他掏出前胸口袋里的笔形手电筒，拿在手上，微弱的光束只能照亮前方五六英尺地方。

尽管理性始终在提醒他赶快离开这里，可是他却反其道而行之，一步步走向地窖，似乎是为了向自己证明他的勇敢，他完全不害怕，很想看看那里面有什么。事实上，贝洛斯心中十分恐惧，他在脑海不断浮现出恐怖电影里那些让他心惊胆战的场景。他不禁想到电影《惊魂记》中主人公走入地窖的情景。

他用手电筒照着前面的路，一步一步地走下楼梯，直到一扇关着的门出现在他眼前。贝洛斯细细地看了看门，随后他拧动门把手，轻轻松松就打开了门。

贝洛斯没想到地窖墙壁上方竟然没有采光的窗户，里面完全是一团漆黑。他只能通过微弱的手电光观察整个地窖，没想到这个地窖的面积还挺大。手电光只能照射到六英尺左右的范围内。贝洛斯按逆时针方向转了一圈地窖，看见几件勉强还能用的破家具，其中有一张盖着报纸的床和两条被虫蛀了的毯子。在贝洛斯的灯光下，几只蟑螂正慌忙逃窜。

房间的壁炉旁边堆放着一大堆木柴。炉膛内的灰烬显示有人在不久前曾经在这里生过火。贝洛斯弯腰捡起地上的一张报纸，上面的日期是一九七六年二月三日。

贝洛斯把手中的报纸扔回地上，他注意到另一扇门半开着，大约六英寸的空隙，他朝门那边走过去。长时间使用电筒，灯光变得越来越昏暗了。他关闭手电筒，让它稍作休息。贝洛斯立刻置身于一片黑暗之中，什么也看不见了。他静静地站着，耳边听不见任何的声音。

这种类似于感官功能丧失的感觉让他感到十分恐惧，贝洛斯情不自禁地提前打开了手电筒。灯光比刚才更亮了一些，他可以分辨出门前的地板上铺设的是白瓷砖，原来是一个卫生间。

贝洛斯用力推了下门，这门好像被灌铅了一般沉重。在微弱摇曳的灯光下，他看见门对面有一个没有座圈的抽水马桶。刚刚把门推开一半，贝洛斯就往里探头张望，有一个洗手池装在门右边的墙上。灯光照到洗手池的上方，然后又沿着墙面往上移，最终照到一只镶镜的小药柜上。

贝洛斯不由自主地尖叫了一声。这是来自他大脑深处的本能反应。他手里的手电筒随之掉落在地，摔碎了。黑暗重新笼罩着贝洛斯。他慌忙转身，冲向楼梯，却不小心被家具绊了一跤。现在，他彻底惊慌失措了，不但没有找到楼梯，反而一头撞在墙上。他用手沿墙摸索前进，快到墙角时才意识到自己走过头了，于是他转身摸着墙返回。当他重新回到楼梯口，才看到从上面透下来的一丝亮光。

他跌跌撞撞地走上楼梯，一口气冲上去，刺溜一下跑回楼上房间里，一直跑到街道上。这时他才停下脚步，不停地大口喘气。刚才他在黑暗中不慎绊了一跤，右手擦破了皮，伤口流出了不少血。他回头望着刚逃离出来的这幢房子，又想起刚才他在里面看到的情景。

他看到沃尔特斯了。贝洛斯从卫生间的镜子中瞥见了沃尔特斯，他的脖子上紧紧地勒着一条绳子，就在门背后的铁钩上吊着。在血液的凝结作用下，沃尔特斯的脸部已经严重浮肿、变形了，他的双眼瞪得圆圆的，眼珠向外暴突着。虽然贝洛斯曾经在急诊室里见过不少可怕的场景，但是沃尔特斯的尸体是他这一生中见过最为可怕的东西。

二月二十五日　星期三

下午四点三十分

苏珊怀着忐忑的心情走进教务长办公室。詹姆斯·查普曼博士和蔼可亲的态度让她的心情很快平复下来。苏珊原以为会遭到他的一通训斥，没想到他只是对她的遭遇表达了关切和担忧之情。查普曼博士身材比较矮小，一头乌黑的短发打理得整整齐齐，穿着三件套的深色西服，搭配一条金锁链，还随身携带着一把全美大学优等生荣誉协会（Phi Beta Kappa）的金钥匙。他经常面带微笑和人说话，说话时还有一种故意停顿的习惯，这倒不是出于他内心感情的映照，而是为了让学生在与他谈话时显得更加轻松自在。这种良好的习惯使得查普曼博士受到大家的欢迎及喜爱。

医学院的核心是教务长办公室，办公室里的气氛比起纪念医院的办公室要更为融洽宜人，这也体现了大学的本质。写字台上摆放着一盏老式的黄铜台灯。椅子都是黑色的学院派风格，椅背上印着医学院的图案。地板上铺着的那条东方式地毯让办公室显得光彩许多。医学院前几届毕业生的照片挂满了整面后墙。

礼节性寒暄几句后，苏珊与查普曼博士面对面坐了下来。查普曼博士小心地把老花镜摘下，放在记事本上。

"苏珊，为什么你不在事情变得如此糟糕之前找我商量一下呢？毕竟，这也是我在这儿的工作职责。你原本可以让自己和学校完全避免此类麻烦的。我努力让每个学生都过得开开心心，工作能顺顺利利，虽然这个美好的愿望总难以实现，但我还是尽力想让事情能往好的方向发展。如果你们遇到什么特殊的问题，我希望你们可以事先与我通一下气。不管事情发展顺利与否，我都愿意细心倾听你们的诉说。"

苏珊认真地听着查普曼博士的讲话，不断地点头表示赞同。此时她依然穿着出事时的那套衣服，两只膝盖还留着明显的擦伤。她把装着护士服的小包放在大腿上，小包看起来比她本人还要糟糕。

"查普曼博士，这完全是一个偶然事件。就算没遇见这一系列巧合事件，对于刚去医院临床实习的我来说也是困难重重。恰恰是这些巧合的事件让我走进了图书馆，我开始查阅一些与麻醉并发症相关的资料，一方面可以增长我的知识，另一方面也可以让自己冷静下来。我原以为一两天就能完成这项研究，可是，很快我就被这些资料深深震撼了。这些资料让我感到无法置信。我想，如果我讲出来，你也会觉得我得了妄想症。回想这一切，我仍然感到有些难为情呢。"

"讲吧。"

“我想，我可能发现了一种新疾病或综合征，或者说，这是药物反应方面的线索。”

查普曼博士脸上露出了真诚的微笑：“一种新疾病！果真如此的话，对于一个只有几天临床工作经验的学员来说，那可真是一举成名了。好吧，不管怎样，这些都是过去的事了。我想你现在的想法应该有所改变了吧？”

“请你相信我吧，我对自己本能的生存反应还是有信心的；而且，我也被这个事情搞得有点神经错乱了。我今天下午甚至产生了妄想症。我确信自己被人盯梢了，这导致我当时真的感到惊慌失措。你似乎还没有注意到我的膝盖和衣服。简单地说，我竟然愚蠢到想从地铁站的入站口月台穿到对面的出站口月台，真是疯了！”苏珊用食指轻轻地敲打脑袋来强调自己的话。

“后来，我意识到自己必须尽快恢复平常的冷静状态，这是刻不容缓的事情。不过，我仍然坚信纪念医院的昏迷病例事件中隐藏着暂时未知的猫腻。如果可能的话，我希望自己可以继续研究下去。纪念医院里的昏迷病例数量远远超出我最初猜测的数字，我估计自己在无意中冒犯了他们，这大概就是哈里斯医生和麦克利里医生对我的行为感到恼火的原因吧。不管怎么说，我对于自己在纪念医院给你带来了麻烦表示歉意。说实话，我也没有想到事情会变成这样。”

“苏珊，纪念医院可是一家大医院。也许那里已经风平浪静了。你现在唯一要做的就是转到退伍军人医院外科去实习。我已经给你安排好了。你明天上午就找罗伯特·皮尔斯医生报到。”查普曼博士稍作停顿，专注地望着苏珊，“苏珊，你前面还有很长的路要走，如果你想发现新的疾病或者新的综合征，以后还有足够的时间去研究。不过，现在、今天、今年，学习基本医学知识才是你的首要任务。你先别管哈里斯和麦克利里是如何研究他们的昏迷病例的事情。我希望你能专心学习，期待你取得更好的成绩。事实上，你的表现一直都很出色。”

苏珊心情愉悦地从医学院行政大楼走出来。查普曼博士似乎拥有一种特赦权，一直压在苏珊心头的沉重心情一散而空，她现在已经不再担心自己会被医学院开除了。当然，退伍军人医院可能比不上纪念医院。但是，苏珊可以转入退伍军人医院继续进行外科实习，这已经算是不幸中的万幸了。

刚过五点，冬季的夜幕就开始降临。城市上空逐渐减弱的暖锋被另一股冷锋推送到大西洋上空了，此时外面的气温骤然降到零下四摄氏度左右。雨渐渐停了，头顶上面的天空一片晴明，抬头可望见天空中的点点繁星。可是星光被城市上空被污染的大气层挡住了，我们沿着地平线方向却看不到任何一颗星星。路面交通还是那么拥堵，急躁的人们迫切地想早点回到温暖的家中，他们一路飞快地驾着汽车。苏珊灵活地穿过车水马龙的朗伍德大街。

她在宿舍大厅遇到了几个熟人，他们很快就注意到了苏珊膝盖上的伤口和她大衣上的油渍。苏珊看起来就像在酒吧里和人打了一架。有人对她开玩笑地挖苦了一番，嘲笑她在纪念医院的外科实习真是太拼命了。苏珊也觉得自己的形象有些让人哭笑不得，她甚至想停下来回敬几句俏皮话，可是她最终克制住这种冲动。她一路从门厅走到院子。院子中央有个网球场，寒冬季节球场上空无一人的情景让人感到一阵莫名的凄凉。

苏珊从容地爬上陈旧的木制楼梯，她希望在寝室里彻底放松下来。她准备先好好洗个热水澡，然后仔细梳理一下今天发生的事情，特别是让一直紧绷着的神经舒缓下来。

她习惯性地进屋后就直接关门，没有在第一时间打开天花板中央的日光灯。因为苏珊更喜欢白炽灯的光线。苏珊的床头旁边装了一盏白炽灯，书桌边也有一盏新式落地灯。她借助外面照射进来的亮光，走到床边准备打开那盏白炽灯。她刚准备伸手拧开关，耳边突然传来一声轻微的声响。声音很轻，但不会妨碍她辨识清楚。苏珊完全没有听过这种声音，她确定它不是房间里固有的声音。苏珊打开白炽灯，等了一会儿，这个声音并没有再次出现，四周一片寂静。她断定那声音是从隔壁房间传来的。

苏珊把大衣和白上衣挂起来，拿出小包里的护士服，幸好护士服完好如初。随后，她把脱下的衬衫扔到安乐椅上的一堆脏衣服上。胸罩也随手扔了过去。她一边用右手解开裙子纽扣，一边走向卫生间，准备放水洗澡。

她一进卫生间就打开日光灯的开关，准备先照一照镜子。突然，她听到塑料帘圈滑过金属横杆时发出刺耳的声音，浴帘被一把掀开，有一个人影从里面跳了出来。几乎就在同一时刻，日光灯闪烁了一下，卫生间里顿时变得灯火通明。一道刀光飞快地向她头顶砍过来，她慌忙向后一倒，猛地撞在墙上。苏珊下意识地胡乱挥动双手，还好没有摔倒在地。这一切发生得太突然了，她完全没来得及做出反应。她本能地想大声呼救，可是被突如其来的一只手卡住了喉咙。

袭击者的攻击如此之迅速，苏珊被他的左手卡住了脖子，她的身体被逼得直直地靠在墙边。尽管苏珊曾经无数次设想自己遭遇突然袭击的情景，也设想过很多应对的措施：比如抠眼睛、踢下体等，可是，此时她却彻底蒙了。陷入极端恐惧中的她只是大口喘气，眼睛死死地盯着眼前的袭击者。她瞪大双眼，这突如其来的袭击使她极为愤怒，她的脖子被袭击者的手掐得生疼。她认出了这个人，他就是今天下午在地铁站台上遇到的黑衣人。

“你只要敢出声，就死定了，宝贝。”那人粗暴地威胁道，还把握在右手的尖刀移到苏珊的下巴下面。

他突然粗暴地松开了手，随即用反手重重地抽了她一记耳光。猝不及防的苏珊朝前扑倒在地。她的嘴唇被撕开一个口子，左颧骨上顿时出现无数毛细血管破裂的痕迹。

袭击者用一只脚往上钩住苏珊的肩膀，苏珊在他的逼迫下挺直上身，在地上跪着。接着，他又朝苏珊狠狠地踢了一脚，啪的一声，苏珊撞在身后的墙上。她只能背靠着墙，一条胳臂无力地搭在抽水马桶上。鲜血从她的嘴角流出，滴在雪白的胸口。她立刻感到头晕眼花，行凶者似乎在她眼前飞舞旋转。当她重新可以看清楚他的时候，他那坑坑洼洼的麻脸上露出恶魔般狰狞扭曲的笑容。他显然陶醉于眼前的景象。她感到浑身麻木，无法作出任何反应。

"真可惜，我这次拜访只是受命来和你谈谈，或者按行话来讲，这是和你打个招呼。他们让我转达的口信很简单。你近期多管闲事的举动惹怒了很多人。假如你再不消停的话，会让某些人更加恼火，而我就会再来找你。"

为了让苏珊听明白自己的来意，那人稍作停顿后继续说："再次警告你，如果你逼得我不得不去找那个男孩，那么，我就不敢保证是否会发生什么意想不到的、严重甚至致命的意外事故了。"

他把一张照片弹到苏珊的腿上。她慢慢地把它捡起来。

"我想你肯定不希望看到住在马里兰州库珀斯的弟弟詹姆斯因你的兴趣爱好而蒙受无妄之灾吧？不用我说你也知道，这次见面是我们俩之间的秘密，不应该有第三个人知道。如果你去报警的话，后果也是一样的。"

话音刚落，他就溜出卫生间。苏珊听到寝室门一开一关的声音。房间里只有镜子上方的日光灯发出轻微响声。她无法确定袭击者是否真的已经离开了，接下来的几分钟，苏珊的胳膊仍然搁在马桶上，整个人一动也不动。

随着时间的推移，苏珊心中的恐惧逐渐消退，泪水盈眶的她情绪激动，思绪纷乱。她拿起膝盖上的照片，这是弟弟在父母的屋前骑自行车的照片。“天哪！”苏珊痛苦地喊道，摇了摇头，双目紧闭，忍不住泪流满面。毫无疑问，照片里的人确实是她疼爱的弟弟。

苏珊突然听到走廊传来的脚步声，她立马警觉起来，竭力撑起身子。脚步声从她的寝室门前经过，然后慢慢消失。苏珊摇摇晃晃地回到卧室，立刻把门关紧，随后转过身，察看了一下房间里的状况，没有发现什么变化。苏珊混乱的意识慢慢变得清晰，她开始冷静地分析自己这几天的遭遇。沉思让她很快停止了哭泣。在过去的两天里，发生了许多无法解释的事情，但她至少明确了一点，甚至比任何时候都更加坚信，自己被卷进了什么隐秘而离奇的事件。

苏珊照着镜子检查自己的伤痕：左眼皮红肿，有变青的可能；左脸颊上有一块硬币大小的瘀伤；左下唇又肿又痛。她慢慢地用手指翻开嘴唇，看见内唇表皮有一个两三毫米的伤口，正是袭击者那一记耳光留下的。她轻轻地拭去嘴角的鲜血，样子看上去比刚才好一些了。

苏珊决定不对外声张刚才发生的事情。但是，她同时决定不接受查普曼博士的劝告，而要继续研究昏迷的问题。她骨子里有一种争强好胜的精神，尽管被多年以来的女性刻板印象深深地隐藏了，但这种精神丝毫未被磨灭。苏珊以前从未遇到过这样的挑战，潜在的风险从未如此之高。不过她清楚地意识到自己必须做到两点：处事谨慎，行动迅速。

苏珊冲进卫生间，打开淋浴开关，热水从她头上冲下来。淋浴的时候，她慢慢地让自己的情绪稳定下来，同时还在不停地思考。她想打电话联系贝洛斯，不过随即打消这个念头。他们之间的亲密关系还处于萌芽状态，苏珊担心贝洛斯无法客观地看待问题，他可能会提出大男子主义的保护方式，这种愚蠢而过分的反应并不是她想要的。现在，她需要有一个具有洞察力的人对她的判断提出合理的异议。她想到了斯塔克。斯塔克没有轻视她的学生身份，更没有性别上的歧视。另外，在与斯塔克的接触过程中，苏珊非常佩服他对医学和商业事务的理解能力。最重要的是，他是一个非常成熟和理智的人，他完全可以做到苏珊所期望的客观。

苏珊刚洗完澡，她用毛巾把头发包好，穿上毛巾布的浴衣。

她直接拨通了纪念医院的电话，要求接线员转到斯塔克医生的办公室。

“对不起，斯塔克医生在接电话，等他忙完后，我让他回电话给你，好吗？”

“不，我等他一会儿。麻烦你现在转告他一声，就说是苏珊·惠勒打来的电话，有要紧事。”

“我试一下，不过，也许帮不上忙。他正在接听一个长途电话，可能还需要一点时间。”

“好吧，我可以先等着。”苏珊知道很多医生都有不回电话的恶习。

终于，斯塔克接起了苏珊打过去的电话。

“斯塔克医生，你曾经对我说过，如果我的调查出现了什么奇怪的事情，可以随时与你联系。”

“是的，苏珊。”

“谢谢，我现在就遇到一件非比寻常的事情。我觉得整件事情肯定是……”她突然停了下来。

“绝对是什么，苏珊？”

“嗯，我不知道应该如何表达。可是，我现在坚信这里面有犯罪的成分。虽然我还没有完全搞清楚这件事情，但是，我很确定。事实上，我有一种感觉，我觉得有一个庞大的组织牵涉其中，比如黑手党之类的。”

“苏珊，我觉得你的想象有点离谱了。你怎么会冒出这种想法呢？”

“今天下午，我被人弄得十分狼狈不堪。”苏珊看了看膝盖上的伤口。

“发生什么事情？”

“今天晚上，我被人恐吓了。”

“恐吓？”斯塔克的语气从好奇变成了关切。

“对我的人身安全发出威胁！”苏珊看着手中的照片。

“苏珊，如果事情真是这样的话，那么问题就变得严重了。不过，有没有可能是你的同学搞出来的恶作剧呢？医学院可是经常会发生一些精心策划的恶作剧。”

“我倒是没往这方面想过。”苏珊小心翼翼地舔了舔受伤的嘴唇，“但我觉得这不是开玩笑，是认真的。”

“胡乱猜测是不能解决问题的，我会把这件事情上报到医院执行委员会。不过，苏珊，你也是时候该把这件事情放一放了。在此之前，我曾经规劝过你。那时候，我只是担心你的学业会因此受到影响，按目前的情况来看，这件事情已经超出你的能力范围了。我觉得这件事情应该由专业人员来调查。对了，你报警了吗？”

“没有。他们恐吓的目标还包括我弟弟，而且明确警告我不准报警，这也是我在第一时间内联系你的原因。再说，就算我去报警，警察也很可能把这事当作一件普通的强奸未遂案，而不一定会相信我遭受什么特殊的恐吓。”

“这倒也是。”

“是的，我想这是难免的，大多数男人都会下这样的结论。”

“如果你的家庭成员也受到了威胁，我想你做出慎重考虑的选择是十分正确的。不过，我还是建议你把这件事情告诉警方。”

“我再想想吧。还有，不知道你是否听说，我已经被取消在纪念医院实习的资格了。我的实习医院改成了退伍军人医院。”

“没有，完全没听说。这是什么时候的事情？”

“今天下午。当然，我还是更愿意在纪念医院实习，我希望有机会用实际行动来证明自己是个好学生。你是外科主任，我想你也知道我不是一个不务正业的学生，我想你也许可以帮我撤销这个决定？”

“作为外科主任，我竟然对你被取消资格的决定一无所知。我马上联系贝洛斯医生。”

“说实话，贝洛斯医生估计也不知情吧。实际上，我是被奥伦先生取消资格的。”

“奥伦？咦，这可真奇怪呀。苏珊，我无法给你保证什么，不过，我会先了解一下情况。另外，我不得不说，就你现在的麻醉技术和医学知识而言，你肯定不是课堂上最讨人喜欢的学生。”

“我很感激你为我做的一切。我还想拜托你一件事，你能不能安排我到杰斐逊研究所去参观一下呢？我十分想去探望一个叫伯曼的病人。也许，当我见过他之后，就会彻底放弃这整件事。”

“你还真是会给我们出难题啊，小姐。我先打个电话，希望能如你所愿吧。不过，杰斐逊研究所可不在大学的管辖范围之内，虽然是卫生教育福利部利用政府基金建立的机构，但是它已委托给私营医疗管理公司进行运营，所以我没有什么话语权，不过，我先试试看吧。你明天上午九点打电话给我，我把联系的结果告诉你。”

苏珊挂断了电话，下意识地咬住下唇，她又陷入了沉思。内心痛苦的她怔怔地看着墙上的一张海报，脑海中飞快地回想这几天发生的种种事情，努力寻找这些事情之间的内在联系。

她突然站起身，把新买的护士服拿出来，然后吹干了头发。十五分钟后，她穿上这件护士服，对着镜子照了照，非常合身。

她又把弟弟的照片拿在手里。她坚信此时她的家人还处于安全状态。况且，现在正好是公立中学放寒假的时候，她的家人正在阿斯彭滑雪。

二月二十五日　星期三

晚上七点十五分

苏珊很清楚自己正身处危险的境地，所以她接下来的行动必须机智果断、谨小慎微。这些幕后指使者采用恐吓的手段，无疑是希望她改弦易辙，至少他们认为这样可以让她在一段时间内处于惶恐中。她估计自己还有四十八小时的时间可以自由行动，往后就难说了。

最让苏珊感到鼓舞的是，有人竟然如此重视她的研究，以至于要指使歹人来威胁她。这也许恰恰证明了她的判断是正确的。也许苏珊的研究方向没有出错，只是她暂时还没有找到它们之间的因果关系。她也许会像英国女教授罗莎琳德·富兰克林一样，其实已经发现了破解 DNA 秘密所需的所有信息。只是还没有正确地排列好，这需要等到詹姆斯·沃森和弗朗西斯·克里克出现，才能以奇妙的双螺旋结构成功将它们组合到一起。

苏珊重新翻阅了一遍笔记本，她把自己记录下的每页每行都细心地揣摩了一遍。她重读了关于昏迷及其已知的产生原因的笔记；着重注标了计划阅读的文章题目和从哈里斯那里抄录的新麻醉学课本的书名；然后，她把南希·格林利和另外两个窒息死者的详细资料一字不落地重新阅读一遍。虽然苏珊很清楚答案就在里面，可是她无法确定是哪一个。她觉得自己应该去搜集更多的数据，这样，她才可以找出这些事情之间的关联。她必须搞到被麦克利里拿走的病历卡。

七点十五分时，她做好了外出的准备。她模仿从间谍影片中看到的做法，先是躲在窗后查看了一下停车场的情况，确认是否有人正在监视自己。她仔细观察了每一辆汽车，并没有发现任何人。苏珊拉上窗帘，走出去锁上房门，让寝室里的电灯仍旧亮着。她站在走廊里等了一会儿，然后模仿间谍电影里的做法，小心翼翼地在贴近地板的门缝里塞了一团软纸。

宿舍的地下室有一条地道，她可以直接走到病理解剖大楼，只是地道里铺设了蒸汽管和许多电线。天气寒冷的时候，苏珊与同学曾经走过这条地道。她担心自己会被人跟踪，为了确保自身的安全，她只能选择这条稳秘的地道。她从病理解剖大楼的地道一直走到行政大楼，幸好行政大楼那边的通道没有上锁，她顺利地穿过楼内的医学图书馆，走出了大门。在亨廷顿大街坐上了一辆出租汽车。当汽车行驶了约四分之一英里后，她要求司机调头，重新回到上车的地点。她小心翼翼地把自己藏到大衣里面，尽量不让人看见。她四下观察了一会儿，确定自己没有被什么可疑人物跟踪后，这才让司机送她去纪念医院。

像任何职业“杀手”一样，安吉洛·丹布罗西奥正为自己顺利完成任务而感到满足。他轻轻松松地就把口信传给苏珊，然后回到亨廷顿大街，在朗费罗桥转角附近叫了一辆出租汽车。司机很高兴，这里离飞机场很远，他不仅可以收到高额的车费，还可以拿到不少小费呢。在遇到安吉洛之前，他除了送过几个老太太去超级市场，一单生意也没接到。

丹布罗西奥懒洋洋地把身子往后一靠，对自己这一天的工作很满意。他不太清楚自己为什么会被委派到波士顿做这件事情。他对于平时所做的各种任务的原因也是不甚了了，其实他也不想知道太多。有过少数几次工作任务，当他了解了详细的情况后，反而遇到了很多麻烦。这次任务只要求他在二十四日晚飞抵波士顿，然后以乔治·塔伦托的名字入住喜来登饭店，第二天上午他必须到斯图尔特街一八三三号，去找一个叫沃尔特斯的人。首先，他要让沃尔特斯写一张“药品是我的，我不敢承担后果”的纸条，然后在地下室杀了他，还要伪装成自杀的迹象。其次，他还要找到一个名叫苏珊·惠勒的医科女生，“把她吓得屁滚尿流”，然后再警告她，如果她再不老老实实当她的医科学生，那么她将面临死亡的威胁。遵照以往的惯例，他被告诫行动必须谨慎。他拿到了苏珊·惠勒的详细资料，包括苏珊的个人简历、最近的日程时间表以及她弟弟的照片。

丹布罗西奥看了看手表，知道自己可以轻松赶上八点三刻飞往芝加哥的班机。他还知道委托人在环球航空公司行李招领处附近的第十二号衣物柜里存放着一千美元的酬劳。此时的他正志得意满地看着窗外的灯光，他想起沃尔特斯那副令人憎恶的表情，搞不懂这个人与迷人的苏珊会有什么关系。丹布罗西奥的脑海中清楚地保留着苏珊的模样，他记得自己当时竭尽全力才克制住自己的欲望。他多希望接到再回去找苏珊的命令啊！若果真如此，他一定不会轻易放过苏珊了。

一到机场，他就走进了一个公用电话亭。他还要处理一件小小的例行公事：他必须把任务完成的消息告知芝加哥的中间联络人。

按照之前的约定，响了七声后接通电话。

电话那头传来了声音：“桑德勒公馆。”

“请桑德勒先生听电话。”丹布罗西奥不耐烦地说。他觉得这种花招简直是多此一举，不仅会浪费他几分钟的时间，而且每一次他都要记住一个新名字，如果说错名字，他只能挂断电话后再拨另一个号码。丹布罗西奥舔了舔食指，然后用手指在电话间的玻璃上画圆圈。终于，他听到对方的回话了。

“说吧。”

丹布罗西奥简单明了地回答：“波士顿的事已办妥，一切顺利。”

“接到一个新任务，要求你尽快处理掉惠勒小姐。具体的方法由你自己决定，不过，你一定要伪装成强奸的迹象，懂吗？强奸的迹象。”

这简直无法让人相信。丹布罗西奥刚才的幻想竟然变成了现实。

“这事必须加钱。”丹布罗西奥毫不客气地回答，极力掩饰自己的迫切心情。

“另加五百美元。”

“七百五十美元，这可不是简单的事情。”真的很难吗？根本就是举手之劳罢了。丹布罗西奥心想，自己是不是该倒贴钱给对方。

“六百。”

“成交。”丹布罗西奥立即挂断电话。他欣喜若狂，赶紧查看了一下航班的时刻表。最晚一班飞往芝加哥的飞机是晚上十一点四十五分起飞，还是环球航空公司的班机。他觉得自己不仅能小小地玩一把，而且不会耽误自己回去的时间。他又回到行李区，坐上了一辆出租汽车，让司机送他到朗伍德大街和亨廷顿大街的转角处。

七点三十分，苏珊走进正门的时候，熙熙攘攘的纪念医院大厅里已经没有多少人了。身穿护士服的苏珊并没有引起旁人的关注。她先到 B-5 楼病区休息室脱掉大衣，然后再到 B-12 楼病区查看麦克利里办公室的情况。不出所料，麦克利里办公室的门紧锁着，里面的灯也熄灭了。她又检查了附近所有的办公室和化验室，全都空无一人。

苏珊回到楼下，沿着走廊向急诊室走去。急诊室和其他部门不一样，晚上恰恰是这个地方开始忙碌的时候。有几辆躺着病人的轮床停在走廊里。苏珊从急诊室前面左拐，来到医院的保卫处。

保卫处的办公室又小又乱。最里面的墙上陈列着二十至二十五台电视荧光屏，上面显示着医院各处的图像：入口处、走廊、医院内部关键区域，包括急诊区。这些监视荧光屏上的图像均由遥控视频摄影机传输过来。有些摄影机的镜头是固定的，有一些则会不停地来回扫描一个区域。此时，办公室里只有三个人，其中两个警卫穿着制服，还有一个保卫人员则身穿便衣。保卫人员正坐在一张小书桌后面，书桌在他那肥胖臃肿的身躯衬托下显得非常矮小，脖子上松弛的皮肉已然堆叠到了衬衫领子上，他还像得了哮喘一般急促地呼吸着。

他们是医院专门雇来照管电视监视器的。但是他们都没看着监视器，而是盯着一台小型便携式电视机的屏幕，正在全神贯注地观看一场激烈的曲棍球比赛。

“打扰了，我们遇到一个问题，”苏珊对便衣人员说，“麦克利里医生忘了把几份病历卡送到西十区，而且他已经离开医院了，没有病历我们就不能给病人发药，能不能麻烦你们帮忙开一下他的办公室？”

保卫人员的视线快速地在她脸上瞥了一眼，然后又回到了正在紧张进行的比赛上。他头也不抬地说：“好吧。卢，你去楼上为这位护士开一下门。”

“等一下，等一下。”

三个人又专心地看起了比赛，苏珊只能在一旁静静地等着。终于有一个广告插播进来了，警卫这才起身。

“好吧，我先去开门。伙计，你可别忘了把精彩的地方告诉我呀。”

警卫急匆匆地大步前进，苏珊一路小跑才能跟上警卫。他一边走，一边从钥匙串中找寻麦克利里办公室的钥匙。

“棕熊队已经落后两球了。他们如果再输一球的话，我就改换门庭，投到费城队那边去。”

苏珊没有说话。她一心紧跟在警卫身旁，只希望自己不要被人认出来。走到办公区后，苏珊才松了一口气，这里连一个人影也见不到。

“活见鬼，到底是哪把钥匙？”警卫咒骂了一声。他差不多把所有的钥匙都试了一遍，才找到麦克利里办公室的那把钥匙。警卫找钥匙的时候，苏珊非常紧张，她不停地四下观望，做好了随时应对最坏情况的准备。开门后，警卫打开办公室里的电灯。

“你走的时候，把门关上就行了，门锁会自动关闭的。那我先回保卫室了。”只剩苏珊一个人还在麦克利里办公室的外间了，她迅速走进里间，打开里间的电灯，然后将外间的灯关了，把自己关在里间的办公室。

她在早上放病历卡的书架上找了找，却没有看见病历卡，心中不免感到有些沮丧。她开始搜寻整个办公室，先在书桌附近找了找，可是一无所获，刚想把中间的抽屉关上时，桌上的电话突然响起来了。突如其来的铃声打破了夜晚的寂静，苏珊被这震耳欲聋的声音吓了一跳。她看了看手表，难道经常有人在晚上八点一刻还给麦克利里打电话？铃声持续响了三次就停止了。苏珊继续在房间里找寻病历卡。病历卡的体积不小，不太可能发现不了。她刚把最后一个抽屉拉开的时候，听到走廊里传来清晰的脚步声，声音越来越近。苏珊呆住了，一动不动，甚至不敢把拉开的抽屉推回去，她怕弄出声音。

让她感到十分恐惧的是，在她听见脚步声的同时，还清晰地听见外间办公室的门锁插入钥匙的声音。苏珊惊慌地环视了一下房间，看见两扇门：一扇通往外间，一扇可能是壁橱的门。苏珊瞥了一眼室内家具的位置，赶紧关掉了电灯。与此同时，外间办公室的门被打开了，灯也亮了。苏珊一步步慢慢地挪向壁橱门，感到前额沁出了汗珠。外室接连传来两声金属的声响。苏珊轻易打开了壁橱的门，小心翼翼地躲了进去，费了好大劲才关紧橱门。几乎就在同时，那个人推门进了里间，然后打开了灯。苏珊还以为那个人会来查看壁橱。幸好，那个人走向书桌，接着她又听到对方坐在椅子上时发出的吱嘎声。她猜测可能是麦克利里回来了，也不知道他为什么在这个时间还要来办公室。如果被他发现自己藏在这里，会发生什么样的事情呢？一想到这里，她吓得浑身发软。如果他打开壁橱门，苏珊决定立刻飞快地向外逃窜。

这时，苏珊听见那个人拿起话筒的声音，接着又传来熟悉的拨号声。当来人开始说话时，苏珊不禁愣住了，没想到竟然是一个女的，而且说的是西班牙语。苏珊对西班牙语只是略知一二，所以只能听懂一部分的谈话内容。开始的时候，那个人说了一下波士顿的天气，接着又询问了佛罗里达的天气。苏珊这才明白过来，这是一个清洁女工，她趁办公室没人的时候偷偷溜进来打私人长途电话。恐怕这也是医院的管理费用为何如此庞大的原因。

那个清洁女工差不多打了半个小时的电话，然后清理了废纸篓，关灯离去。几分钟后，苏珊才推开壁橱的门，然后小心地朝着电灯开关方向摸索前行，却不小心撞在拉开的文件柜抽屉上，小腿立刻传来一阵剧痛。苏珊低声咒骂了一句，感觉自己的偷盗手段实在是不堪入目。

开灯后，苏珊继续寻找病历卡。出于好奇，她查看了一下刚才藏身的壁橱，发现一盒盒文具用品堆放在架子上，而她想要的病历卡就塞在最底层。她不知道麦克利里为什么要把它们藏在这里，她也无暇去解开这个谜题。现在，她唯一的想法就是尽快离开麦克利里办公室。

苏珊想了一个好办法，她把病历卡藏在刚倒干净的废纸篓里，大大方方地把它们带了出去。她并没有把门锁起来，而是模仿刚才在寝室的做法，拿了一个小纸团塞在门与门框之间。

苏珊带着病历卡来到B-5楼的病区休息室，她取出黑色笔记本，又给自己倒了一杯咖啡。接着，她拿起第一份病历卡，像之前抄写南希·格林利的病历卡一样，认真地做起了摘录。

当丹布罗西奥回到医学院宿舍时，他并没有做什么详细的行动计划。通常情况下，他都会对他的目标人物先进行一段时间的观察，然后再见机行事。他已经对苏珊的情况做了初步的了解，知道她只要回到寝室，基本上就不会再出门了，所以她现在肯定在寝室里。但是，他无法确定苏珊有没有把她遭受威胁的事情告诉警察。不过他认为这个可能性仅占百分之五十；而且就算是她去报警，也只有百分之十的可能性会引起当局的重视。这个推断出自丹布罗西奥多年的经验。即便他们真的重视她的遭遇，苏珊得到警方保护的可能性也仅有百分之一。对丹布罗西奥而言，这点危险完全在他的可控范围之内，他深信自己可以轻易解决这些麻烦。最后，他决定回到苏珊的寝室里。

丹布罗西奥在拐角的药房给苏珊的寝室打了个电话，但无人接听。他知道这说明不了什么。苏珊可能在房间里，只是她故意不接电话。丹布罗西奥不费吹灰之力就能打开门锁，他在下午就牛刀小试了一把。但是，如果苏珊按下了门保险，他就无法悄无声息地进入房间了。丹布罗西奥觉得最好想办法让苏珊自己走出房间。

他从宿舍附近的停车场中看见苏珊房里的灯还亮着。像那天下午一样，他撬开拱廊大门上的挂锁，随后悄悄地潜入院子。没想到挂锁只有三个制栓，偌大一个学府竟然使用这么便宜的挂锁，实在让人无法理解。

丹布罗西奥动作灵活地登上楼梯。他看上去并不强壮，事实却恰恰相反。他以前是一名运动员，也是一个变态狂。他迅速走到苏珊的寝室门前，把耳朵贴在门上，没有听到任何声音。他轻轻地敲了敲门。他估计苏珊开门前肯定会先询问一声，不过他这么做只是想知道苏珊是否在里面。如果苏珊做出应答，他就弄出一些下楼的声音。通常来说，这个办法很管用。

可是房间里没有一点动静。他又试了一下，还是没有任何回应。

他只花了几秒钟就把门锁撬开了。门保险并没有锁上，苏珊也不在房间里。

丹布罗西奥仔细检查了一下衣橱的情况，没有发现衣服被移动过的迹象，他上次过来时看到的两只小提箱还放在原处。丹布罗西奥向来做事小心，这也是他事事成功的原因。他清楚苏珊还没有离开这个城市，这意味着她还会重新回到这里。丹布罗西奥决定在这里静静地等候。

二月二十五日　星期三

晚上十点四十一分

贝洛斯精疲力竭，尽管已经快十一点了，他还在忙碌着。到现在为止，他还没有巡查 B-5 楼病区的病房，这是回家之前必须完成的任务。他把病历架从护士站推向休息室，准备去那儿喝一杯咖啡提提神，以便完成剩下的工作。他推开了休息室的门，吃了一惊，没想到会在这里看见苏珊正专心致志地工作。

“对不起，我一定是走错医院了。”贝洛斯说着假装就要转身离开，随即转头看了苏珊一眼。

“苏珊，你到底在这里做什么？上面已经明确地通知我，不允许你到这儿来了。”贝洛斯的声音里流露出一丝恼怒。今天真是糟糕透了——最糟糕的就是他发现了沃尔特斯的尸体。

“你说谁，我吗？我想是你搞错了，先生。我是斯嘉丽小姐，西十区新来的护士。”苏珊模仿着南方口音说道。

“天哪，苏珊，你别扯了。”

“是你先胡扯的。”

“你来这里做什么？”

“擦我的皮鞋。你觉得我在做什么？”

“好了，好了。我们好好地讲，”贝洛斯走进房间，坐到柜台上面，“苏珊，整件事情已经变得很严重了。我不是不想看见你，而是太高兴能看见你了。昨天晚上我过得相当愉快，天哪，已经感觉像是过了一个星期了。如果今天下午你在现场的话，就会知道我为什么会那么紧张了。他们警告我，如果再包庇或是纵容你——按他们的话说——做那些愚蠢的事，那我就得另谋生路了。”

“哎呀，可怜的孩子，现在你只能选择离开母亲的怀抱了呀。”

贝洛斯转头移开视线，努力保持冷静：“我就知道和你谈不出什么结果。苏珊，你要知道，在这件事情上，我的损失可比你大。”

“去你的损失大吧！”苏珊瞬间气得满脸通红，“你就是这样愚蠢的自私鬼，只会担心自己的职位，连那么明显的阴谋都看不出，如果这件事发生在你的母亲身上……”

“老天爷，这就是我帮助你所得到的回报吗？这跟我的母亲有什么关系？”

“没有，一点关系也没有。在你扭曲的价值观上，我想不出还有什么能与你住院医师的职位相媲美，所以只能拿你的母亲做比较。”

“苏珊，你真是不可理喻。”

“哼，马克，你过于关心自己的事业了，以至于像个瞎子。你真的看不出来我有什么异样吗？”

“异样？”

“是的，异样。你的临床经验去哪儿了？你在专业的医学训练中所养成的敏锐观察力跑哪儿去了？你看到我的眼睛下面是什么了吗？”苏珊指着脸上的青肿问，“你再看看这些又是什么？”苏珊翻出下唇，露出了嘴巴里的伤痕，最后的几句话已经听不太清了。

“看起来像外伤……”贝洛斯伸手想要检查一下苏珊的嘴唇，却被她挡开了。

“别用你该死的手摸我。你说你在这件事上比我的损失大得多。那好，我现在告诉你，今天下午，有一个男人袭击并威胁我，他了解我的情况，也知道我这两天在这里做什么。他甚至了解我的家庭情况，用我的家人来威胁我。你敢说你的损失比我大！”

“你说的都是真的？”贝洛斯简直不敢相信。

“行了，马克。你可以聪明点吗？你觉得我会故意弄出这些伤痕来博取别人的怜悯吗？我实话告诉你，我碰上大麻烦了。我有一种可怕的感觉，有可能是一个庞大的组织，但我搞不清楚它是一个怎样的组织、为什么会建立、有一些什么成员。”

贝洛斯愣住了，他盯着苏珊看了好一会儿，脑中回想她刚才讲述的事，又想起他自己今天下午的经历的事。

“虽然你看我身上没有什么外伤，但是我今天也度过了一个极其糟糕的下午。还记得我和你提过的那件关于药品的事情吗？就是在手术区医生休息室的衣帽柜里发现的药品。我和你说过，那个衣帽柜以前分配给我使用过。不管我愿不愿意，都已经被牵连进去了。所以，我必须彻底把这个问题解决了，所以我就去找沃尔特斯，问他为什么在给我分配了另一只衣帽柜之后，不把原先的取消掉。

“但是沃尔特斯今天没有来上班，这是以前从未出现过的情况，所以我决定去拜访一下他。”贝洛斯想起那叫人心惊肉跳的场景，不由得黯然叹息，给自己倒了杯咖啡，“这个可怜的家伙居然为了这事自杀了，而且偏偏还是我发现了他。”

“自杀？”

“是的。很明显，他知道药品的事情暴露了，所以使用了他觉得最简单的解决办法。”

“你确定他是自杀的吗？”

“我什么也不确定，甚至连他写的字条我都没有去看。我只是报了警，具体的细节还是听斯塔克和我说的。你千万别去怀疑他不是自杀的。天哪，他们会把我当成犯罪嫌疑人的，我可承担不起啊。到底是什么让你怀疑他不是自杀的？”贝洛斯显得很紧张。

“没什么理由，就是在这种关键时刻又发生了一次离奇的巧合。这样看来，那些被发现的药品应该很重要。”

“我就是担心你会把那些药品说得很重要，所以一开始有些犹豫该不该把这件事告诉你。可这些事和你在这种特殊时期出现在纪念医院毫无关联。苏珊，我是说你不应该来这里，这是再明白不过的事了。”贝洛斯顿了一下，拿起苏珊刚刚摘抄的一份病历，“你到底要做什么？”

“我终于拿到了昏迷病人的病历卡。不是全部的昏迷病例，只有几份。”

“天哪，你简直叫人不敢相信！你已经被赶出了医院，居然还有胆量回来想办法弄到这些病历卡。我觉得他们是不会把病历卡随便乱放、随便让人看的。你是怎么弄到手的？”

贝洛斯用期待的眼神注视着苏珊，喝了一口咖啡，等待着答复。苏珊只是微微地一笑。

“天哪，对了，”贝洛斯用手按着脑袋，“护士制服。”

“对，你猜得没错，我必须承认这是个好主意。”

“够了！你不需要再称赞我了，真的！你到底做了什么？找保卫处打开了麦克利里或者其他什么人的办公室?”

“马克，你变得聪明了。”

“你难道不知道这是犯法的吗?”

苏珊点点头，低头看着那些她写满了小字的纸。

贝洛斯顺着她的视线看过去。

“这些病历卡对你的自我毁灭式的研究有没有什么启发?”

“恐怕没多少。至少现在还没什么启发，也许是我不够聪明，暂时没有发现什么线索。真希望我能看到所有的病历卡。就现在所知的，昏迷的病人年龄相对比较年轻，从二十五岁到四十二岁不等，性别、种族以及社会背景都没有一定的规律。从他们以往的病史里面也看不出有什么相关的联系，所有病人的血压、呼吸、脉搏、体温等生命体征在昏迷之前都显示正常。为他们治疗的医生各不相同，只有两个外科病人遇了同一个麻醉师，使用的麻醉剂也不一样，这是我早就猜到了的。手术之前用药有一些重叠，有些病人用哌替啶和盐酸异丙嗪，但是其他病例用的麻醉剂都不相同，只有两个人用过依诺伐。所有这些信息都没有任何可疑之处。我还没去过手术室，但是就目前所知来看，有一点非常奇怪，绝大部分外科昏迷病例都出现在八号手术室。当然，这间手术室一般用作小手术，而问题往往就发生在小手术里，这或许也在预料之中吧。病人的化验报告一般都是很正常的。对了，顺便问一下，这些病例都检测了血型和组织类型，这些都是常规步骤吗?”

“大部分的外科病人都会化验血型，尤其是那些预计在手术时会大量失血的病人，他们更需要化验血型。而鉴定组织类型并不是常有的。化验室为了检验新设备是否正常或者需要鉴定组织类型的血清，有时候会做这个化验。查看一下化验报告单，上面有没有注明账号。”

苏珊立马往回翻看着前面的病历，找到了组织类型的鉴定报告。

“没有，上面没看到账号。”

“嗯，这就对了。化验室用自己的经费做的化验，这是正常现象。”

“这些病人都因为各种各样的原因而接受静脉滴注。”

“医院里百分之九十的病人都要接受静脉滴注。”

“我知道。”

“听上去你似乎一无所获。”

“是的，没错，”苏珊顿了一下，咬了咬下嘴唇，“马克，麻醉的时候，在病人插气管导管前，麻醉师先用氯化琥珀酰胆碱麻醉病人，是这样吗？”

“用氯化琥珀酰胆碱或箭毒。但是大多数时候用氯化琥珀酰胆碱。”

“当为病人注射的氯化琥珀酰胆碱达到药物剂量时，他就无法呼吸了。”

“没错。”

“会不会是氯化琥珀酰胆碱用得过量，导致病人缺氧？要是他们无法呼吸，就无法为大脑供氧了。”

“苏珊，麻醉师在给病人使用氯化琥珀酰胆碱的时候，会特别细心地监护着病人，他甚至还会给病人进行输氧。如果氯化琥珀酰胆碱用量较多，只能说明麻药在病人的体内代谢的时间比较久，麻醉师为病人的输氧的时间也会相对加长，麻痹作用是完全可逆的。再说，要是有人故意想让病人昏迷，就必须串通医院里所有的麻醉师，这根本不可能做到。最为重要的是，在麻醉师以及外科医生的双重监视之下，他们对病人的血液颜色和输氧情况都了如指掌，要去改变病人的生理状态同时不让别人发现是完全不可能的。当血液含氧充足时，颜色呈鲜红；当含氧不足时，血液会变紫，带着蓝褐色。况且麻醉师为病人输氧时，还要一直测量他们的脉搏、血压，观察心脏监视仪。苏珊，你总臆想有人在干一些卑鄙的勾当，却不问为什么要这么做，也不问谁要这么做、该怎样做这些勾当。你甚至无法肯定是否有这么一个受害者存在。”

“马克，我可以肯定有受害者存在。这也许不是某种新的疾病，不过肯定有什么名堂。还有一个问题：麻醉师使用的麻醉气体是从哪儿来的？”

“这就各不相同了。溴氯三氟乙烷和乙醚一样装在罐子里，它们都是液体，要汽化后才能使用；氮、氧和空气使用的是集中供气法，通过管道进入手术室；手术室里还配备了氧气筒和一氧化氮筒，以便急需。苏珊，我还有一点工作没完成，做完之后就没事了。回头去我寓所那里喝一杯怎么样？”

“马克，今晚就算了，我得好好休息一下。此外还有别的事情要做，谢谢了。还有，我必须把这些病历卡放回原处，然后再去看看八号手术室。”

“苏珊，我个人建议，在还没有发生太严重的事情之前，你还是早点离开医院吧。”

“医生，你有发表意见的权利。只是我这个病人不准备服从你的命令。”

“我觉得你做得太过分了。”

“有吗？嗯，我或许不知道谁是主谋，但是我知道某些可疑分子……”

“你当然知道，”贝洛斯不耐烦了，“你是打算主动告诉我，还是要我自己猜？”

“哈里斯、纳尔逊、麦克利里和奥伦。”

“你一定是疯了！”

“他们做贼心虚，所以把我撵走了。”

“不要把自卫行为和犯罪行为混为一谈，苏珊。毕竟，并发症在医学上是很难接受的，不管是什么原因造成的。”

二月二十五日　星期三

晚上十一点二十五分

苏珊把拿来的病历卡放回了麦克利里办公室的壁橱里，她感到轻松了许多。同时也大失所望，费了好大劲才找来的病历卡，看完之后居然一无所获。她之前觉得这些病历非常重要，但研究之后发现自己还是在原地停滞，没有什么实质性进展。她拥有了很多的数据，却依旧没有发现它们之间的联系，也没有发现任何不对劲的地方。每个病例看上去都是随机的，互相之间毫无关联。

电梯的速度慢慢减缓，最后停了下来。门颤抖了一下之后便自动打开。苏珊走出电梯，来到手术区。第二十号手术室里还有病人在做手术，急诊室刚收进来的一个腹腔动脉瘤破裂的患者。手术已持续八个多小时了，看起来情况不太乐观，夜间的手术区总是那样寂静，这时却有好几个人在忙着打扫地板，并把新洗过的亚麻布重新放到供应室。大办公桌的后面坐着一位身穿手术服的护士，她正在把最后几个病人的信息列入明天的总计划表里。

苏珊穿着护士服假冒护士的计划还真奏效，走廊里的几个人都没有注意到她。她径直来到护士更衣室里，换上一身消毒衣，把换下的护士服挂进一个敞开的衣帽柜里。

苏珊回到走廊里，打量着通往手术区的弹簧门。右半边的门上挂着一块大牌子，写着“手术室：未经许可，不得入内”。门口放着一张大办公桌，坐在桌子后面的护士仍在努力地工作。苏珊不知道如果她试图进去，会不会受到阻挠。

苏珊在走廊里来回徘徊，一是想了解一下周围的环境，二是她抱着一丝侥幸，希望桌旁的那个护士会离开座位去休息一下。但那护士坐在那儿一动不动，甚至连头也没抬起过。苏珊思虑着编一个适当的借口以防护士盘问她，但她怎么想也想不出。时间临近午夜，她知道她必须找一个令人信服的借口，解释她为什么会来这儿。

终于，苏珊开始行动了。她脑海中还没有想好一套完美的说辞，只有几个勉强的借口：比如想了解一下二十号手术室的手术进展如何、化验室安排她过来采集手术室细菌培养标本之类的。她假装没注意到桌旁的护士，若无其事地朝门口走去。在她经过办公桌的时候，护士没有理会。她继续走了几步来到门口，用手推开了右门，正准备走进去。

"喂，等一下。"

苏珊呆住了，厄运还是不可避免地到来了。她转头看着那个护士。

"你没有换导电靴。"

苏珊低头看了看自己的鞋子，这才反应过来护士关心的事情。她感到如释重负。

"见鬼，你不会以为这是我第二次进手术室吧？"

"我自己平时也经常忘记穿这鬼靴子的。"护士说完又把注意力集中到总计划表上去了。

苏珊走到墙边的不锈钢橱柜旁，导电靴就放在橱柜底层的一个大纸箱里。这种靴子是专为防止静电而设计的，在有易燃气体流动的地方，静电是相当危险的。两天前，苏珊第一次进入手术区的时候，卡平教过她怎么穿。她按照上次的样子，把黑色的绝缘带塞到鞋子里。当她再次推开弹簧门时，旁边的护士连眼皮都没有抬一下。纪念医院是一座大医院，到处都是陌生的面孔，苏珊的出现并不奇怪。

纪念医院里的所有手术室都集中在了一起，排列成了一个U形。最中间的是供应区、病人待术区和麻醉室。手术区的入口位于U形通道的底部；恢复室则在U形通道的左边，离电梯最近；八号手术室在U形通道的右边，位于外侧。

由于正在进行手术的二十号手术室位于相反的方向，所以八号手术室附近空无一人。苏珊在门口停下了脚步，透过门上的玻璃朝室内窥探。八号手术室看起来和奈尔斯昏迷的十八号手术室几乎一模一样：白瓷砖堆砌的墙壁、彩色斑点的塑料地板。尽管里面没有开灯，苏珊依然能清晰地看见上面悬挂着的鼓形无影灯和灯下的手术台。她推开门，打开了电灯。

苏珊漫无目的地在房间里来回巡查。她先查看了大型的器械，接着系统地检查小型物件。她找到了输气管的接头，氧气管的接头有一个绿色的阳连接器。而氮气的连接器是蓝色的，两者的结构完全不一样，是不可能搞错的。第三个阳连接器没有颜色，也没有标记，苏珊猜测这是用来连接压缩空气管的。还有另外一个较大的阴连接器标记着“吸出”二字，上面有一个带着大调节盘的仪表。在房间的后面有一些不锈钢的橱柜，里面装满了各种各样的用品。还有一张供护士使用的桌子。右边的墙上有一个X光屏。门旁的墙上挂着一个大时钟，红色的指针平稳地转动着。八号手术室与十号手术室共用的供应室由一扇门相连通，供应室里存放着消毒器和其他一些器具。

苏珊用了差不多一个小时的时间仔细检查了八号手术室和十号手术室，同时细心地将二者比较了一下，并未发现异常，甚至连值得注意的痕迹都没有。八号手术室和所有的手术室一样普通，十号手术室也是如此。

苏珊顺利地回到护士更衣室，换上自己的护士服。她把消毒衣放在大篮子里，朝着门口走去。她突然停住了脚步，仰头看着天花板，天花板的活动平顶是用大块的吸音板铺成的。

苏珊把废纸篓当作踏阶，从废纸篓往水池上跨，然后再爬到衣帽柜顶部。这里距离天花板只有三英尺左右。她屈膝猫腰试着推动第一块平板，纹丝不动，因为被上面的管道压住了。她又试着去推第二块，仍然没有效果，而第三块一推就动了。苏珊把它推到边上，然后站直了身子，上半身进入天花板隔层里面。天花的板隔层比她原先预料的要宽敞，从吸音板到上面混凝土楼板的大约有五英尺的垂直距离。里面铺设的各种管道纵横交错，多如牛毛。这些管道是整个医院的输送命脉。隔层的光线非常昏暗，只从打开的吸音板之间穿透进来的几道细小光束。

吊顶的吸音板的材料是一块块硬纸板，用细金属条固定在混凝土楼面上。硬纸板和金属条都无法载重，为了进入天花板隔层，苏珊只好爬到管道上。管道要么冷得像冰，要么热得发烫。一爬进隔层里，她就把推开的吸音板推回原处，穿透进来的细小光束瞬间被切断了。

下面是一片光明的世界，上面是忽明忽暗。苏珊在原地停留了一会儿，等待着视力适应变暗的光线。她总算能勉强看清四周的轮廓了，可以沿着管道缓缓前进。她注意到一排沿着隔层伸展的柱子和上面的楼层连接，应该是走廊的墙壁。

苏珊非常缓慢地前进着，踩在管道上移动的确不容易。她一会儿踩在这根管子上，一会儿抓住另一根柱子，一边防止摔倒，一边避免弄出声响。在接近大办公桌上方的时候更是小心谨慎。来到手术区后，行动起来就方便多了。因为手术室和恢复室的天花板都是固定的，是用预应力混凝土浇制而成的，苏珊可以在上面随意走动，只要注意别被管道绊倒就行。不过她必须继续弯着腰前进，因为这一段的垂直高度不超过三英尺。

苏珊看到了一堵混凝土墙，估计是安装电梯的升降机井，接着她又看见手术区的走廊上铺设的同样是活动天花板。在手术室走廊的另一侧，可能是中央供水管的上方附近，她看到成百上千的管道交叉在一起，如同一个扭曲的空间，她猜这里应该是总管槽所在的位置，所有的管道都从这里延伸出去，通往大楼的各个地方。

苏珊必须先确定八号手术室的位置，不过这并不容易。手术室之间不仅没有明确的标记，而且那些穿过混凝土通往各个手术室的管道看起来又极其复杂。还好，走廊上的天花板给她提供帮助，解开了这个难题。苏珊轻轻地揭开走廊上方几块活动板的边缘，确认了自己所处的位置，慢慢地找到了八号和十号手术室，同时确定了这两间手术室的进出管道数目相同，结构也相似。

与她在手术室看到的涂上颜色的进气口接头相对应的，气体管道在天花板上也用相同的颜色标识。在八号手术室上面，苏珊找到涂上绿色的氧气管。她顺着这根管道前进，管子通往走廊边缘，接着弯成一个直角，与走廊平行，同时和其他手术室的氧气管一同向前延伸。当苏珊经过越来越多的手术室后，管子也多了起来。为了和其他氧气管区分开，她始终把手指按在八号手术室的氧气管上面，一直追索到总管槽附近。突然，她感觉手指碰到了什么东西。因为光线昏暗，她只能弯下腰去看，是一个不锈钢的阴连接器。由医院的底层向上延伸的总管槽口周围，有一个高压 T 形阀，就安装在通往八号手术室的氧气管上。

苏珊注视着 T 形阀，又看了看周围其他的管道，其他管道上没有类似的装置。她走近检查了一下阀门，很明显，可以从这条管道抽取氧气，但是与此同时，其他气体也可能被排入管道。

苏珊从手术室上面的混凝土天花板走到大办公桌的上方，接着又经历了穿过漫长的活动天花板的惊险过程。苏珊真希望自己刚才能像童话故事里那样，在这个管道森林里撒下面包屑以防迷路，现在只好自己一边找一边前进。她掀起一块吸音板的边角，发现已经到了大厅的上方。过一会儿又揭开另一块，下面是医生休息室。掀开第三块吸音板时，下面终于是护士更衣室了，但是距离作为阶梯的衣帽柜还是有一点距离。她又移动到第四块吸音板附近，位置刚刚好，很轻易地就从隔层上跳了下来。

二月二十六日　星期四

凌晨一点

和许多大城市一样，波士顿从未完全进入过梦乡；不过又和很多大城市不同，波士顿一到晚上几乎变得寂静无声。当苏珊所坐的出租汽车沿着斯托罗大道驰行时，途中只遇到了两三辆往反方向行驶的汽车。她全身乏力，只想睡觉。今天的经历简直让人难以置信！

受伤的嘴唇和脸上的瘀青越来越痛。她轻抚着脸颊，万幸的是肿块没有变大。她透过车窗眺望着外面，视线经过海滨大道和右边结了冰的查尔斯河，坎布里奇方向的灯光稀疏，一片死寂。汽车猛地朝左急转弯，由斯托罗大道转向了公园大道，苏珊只好用手扶稳身体。

苏珊评估了一下调查的情况，没什么进展，结果并不理想。她估计最多还剩三十六个小时可以供她继续调查，否则无法保证自己的人身安全。当下的处境困难，苏珊不知道该怎样才能继续下去。这时汽车穿过了芬威路。由于纳尔逊、哈里斯、麦克利里和奥伦沆瀣一气反对她，她不可能在白天去纪念医院做调查，要是一不小心撞见他们，她的护士服就起不了作用了。

不过她还是想从电子计算机里获得更多的数据，还需要其他昏迷病人的病历。有什么办法可以拿到呢？贝洛斯会愿意帮忙吗？苏珊对此表示怀疑。她知道贝洛斯对他的职位非常看重，总担心会失去，他真是个胆小鬼。

还有，沃尔特斯为什么会选择自杀呢？他和那些私藏的药品又有什么联系呢？

苏珊付了车费，走下出租车。她走到宿舍门口的时候，决定回头就去了解一下沃尔特斯的情况，越详细越好。他肯定是和这事有关联的人，但到底会是什么关联呢？

苏珊站在宿舍楼门口，手按在门把上，希望前台坐着的值勤人员可以在听到蜂音器响了之后过来帮她开门，可他并不在那里。苏珊一边在大衣里摸索钥匙，一边咒骂着。当你需要他的时候，他却偏偏不在！真叫人无法理解！

今天通往她宿舍的四层楼梯似乎比平时更漫长了。她中途停下来好几次，一是由于精疲力竭，二是因为她一直在思考问题。

苏珊努力回忆着，贝洛斯说医生休息室里的衣帽柜发现的麻醉药物中是否有氯化琥珀酰胆碱。她确切地记得他提到了箭毒，但是不记得有没有提到过氯化琥珀酰胆碱。她爬完四层楼的所有阶梯时，脑子里仍在苦思冥想。又花了一分钟时间才找寝室门钥匙。她像平时一样把钥匙插入钥匙孔中，却没法像往常那样顺利开门。

尽管她在沉浸于自己的心事，身体也十分疲惫，但对于留在门缝里的小纸团却记得很清楚。她把钥匙插在门上，弯腰去找那个小纸团。

纸团不在了，有人来过，门也被打开过。

苏珊往后退了几步，以为有人会突然开门，她回想起了那个攻击者猥琐的面孔。他如果在屋内，肯定会有埋伏，等着她像平时一样进去；她又想起他之前挥舞过的那把匕首。她知道时间不多了，对她来说唯一的优势就是藏在房间里的攻击者还不知道苏珊已经有所防备，至少现在还不知道。

如果她选择报警，抓捕了凶手，她或许能有几小时的安全时间。但她想起凶手曾用她弟弟的安全威胁她不许报警。他是一个盗贼呢，还是个强奸犯呢？似乎都不是。苏珊知道昨天的袭击者是一名职业杀手，职业素养非常高，绝对不是开玩笑。她要做的应该是马上逃跑，甚至逃离这座城市。还是按斯塔克的建议，义无反顾地选择报警呢？非常明显，她在这方面是个外行。

他们怎么这么快又来追踪她了呢？她肯定自己回来的时候没有被跟踪，或许小纸团也是自己掉出来了吧？苏珊又走回到门口。

“这个锁是怎么回事？”她故意大声说道，假装摇晃着钥匙，拖延时间。她想起值勤的人员没有在楼下的办公桌边上坐着，所以，要去楼下敲其他人的房门吗？就说自己房门的锁坏了打不开。苏珊退到楼梯口，这是眼下的最佳选择了。她和住在三楼的玛莎·法恩关系不错，大半夜去打扰她应该没什么问题。她不知道该怎样去和玛莎解释，最好的办法就是什么都不说，直接告诉她自己的房间打不开了，想在她寝室的地板上睡一晚。

苏珊缓慢地踩在木制楼梯上。她的重量让楼梯的地板发出了嘎吱嘎吱的声响。她知道，如果房间里有潜伏者躲在门后偷听，肯定能听清楚，绝不会搞错。苏珊直接往楼下走，来到三楼时，她听到自己房门的锁啪的一声打开了。她吓得赶紧往下跑。可要是玛莎不在该怎么办？要是她来不及开门怎么办？苏珊知道绝对不能再被那个人逮到了。虽然现在才半夜一点，但是整座宿舍楼的人似乎都睡着了。

苏珊听到房门被猛地推开，撞在了过道的墙壁上，紧接着上方传来了脚步声。她猜想那个人应该来到了楼梯口，但她不敢往上看。她已经决定要赶快逃离宿舍，医学院大楼的复杂格局给了她巨大的帮助来甩掉追逐者。苏珊知道自己身手敏捷，而且她对这里的地形了如指掌。当她跑到底楼时，上面的追逐者才刚开始下楼。

苏珊在楼梯底部突然向左转，跑进一条小拱廊，然后赶紧打开了通往外院的大门。但她没有选择从这里逃跑，而是让这扇装有动能装置的门缓缓地自动关闭。与此同时，她又转身打开另一扇通往宿舍楼的门，走进去后立即关上。这时，她可以清晰地听到二楼传来追赶的脚步声。

为了防止鞋子和地面发出摩擦声，苏珊只能小心地迈着轻快而无声的碎步，经过学生保健室，来到过道尽头，然后轻轻地打开楼梯间的门，进去之后立即关上。她发现自己正站在通往地下室的楼梯口，于是立即往下面狂奔。

丹布罗西奥看到缓缓关闭的自动门，真的上当了。不过，他很快就反应过来，毕竟他是追踪方面的老手了，知道苏珊在他前面大概跑了多长的时间。当他跑进院子时，立刻意识到自己受骗了。要是周围没有别的门可以让苏珊在他追来之前返回大楼的话，他或许就会中计了。

丹布罗西奥转过身，大步跨过了他刚才打开的门。眼前出现了两条路，他选了较近的那扇门，沿着大厅向前跑去。

苏珊在宿舍通往医学院的地道中狂奔。她知道这里面没有任何阻挡，地道笔直地向前延伸了二十五码至三十码之间，然后转向了左边。她以最快的速度向前奔跑，戴着金属丝罩的灯泡照亮了她脚下的路面。

苏珊跑到地道的尽头，伸手打开太平门，走进门时，突然袭来一股气流，她瞬间觉得心头一沉，这阵气流意味着她身后的门也被打开了！接着，地道内传来了一个男人沉重的脚步声，他正在向她奔来。

“老天！”她惊恐地小声喊道，也许她做了一个错误的决定。她不应该离开一个住满了人的宿舍，单独逃往这栋黑暗又荒凉的大楼的地下迷宫中。

苏珊奔上前面的楼梯。一回想起孔武有力的丹布罗西奥，她就觉得手足无措，脑子里快速地回忆了一下此刻身处的这栋大楼的布局。这里是病理解剖大楼，分为四层：一楼有两个梯形的大教室以及几个附属小房间；二楼则是解剖室，附带几个小型实验室；三楼和四楼大部分是办公室，苏珊对那儿的地形不太清楚。

她打开通往一楼的大门。与地道不同，大楼里面黑漆漆的，只有偶尔从几扇窗户透进来的外面路灯的一点光亮。地面是大理石的，她的脚步走在上面发出了回声。走道一直延伸着，直到完成了一个弧形。

苏珊的心中没有什么特定的逃跑计划，直接冲向第一个大教室里那扇宽敞低矮的门，这是专门为手推车送病人来做教学示范时使用的一扇门。苏珊刚把门关上，就听到身后的大厅里传来奔跑的脚步声。她从矮门朝着梯形教室中间奔跑。教室里一排排座位缓缓上升，最后的几排消失在了黑暗之中。她从讲台登上通往座位间通道的台阶。

脚步声越来越响，苏珊急忙向上跑去，不敢回头望一眼。梯形教室传来的脚步声渐渐远去，最后听不见了。苏珊在梯形教室里越爬越高，身后的讲台已难以辨认。她跑到最后一排，接着拐弯沿着座位移动，这时，她又听到了从大理石地面发出的脚步声。苏珊想了一下，她知道自己无法和凶手正面较量，唯一的办法就是甩开他，或者躲藏起来，让他自己放弃追踪，主动离开。她想起那条通往行政大楼的地道，但她又无法肯定地道的门是否上了锁，有几次她晚上从图书馆回宿舍，走那条地道时，发现门上了锁。

此时，梯形教室讲台边的门被打开了，她惊呆了。一个人影走了进来，她几乎看不见他，但她自己穿着白色的护士服，或许更容易被对方发现。她慢慢地蹲下身子，把自己藏在座位背后，但是椅背只比她的身体高出八到十二英寸。那个人停下脚步，站在原地，苏珊估计他是在观察整间教室。她小心翼翼地躺到地上，在椅缝中观察他的动作。他走到讲台附近摸索着什么，对了，他肯定是在寻找电灯的开关！苏珊害怕极了。她前面大概二十英尺的地方有一扇门，可以通往二楼过道，她心中祈祷这扇门没有上锁，否则，她只能从梯形教室的另一扇门逃跑，这就必须花费更多的时间，丹布罗西奥绝对有机会追过来抓住她。如果她前面的门锁上了，她就无路可退了。

啪的一声响，讲台上的灯被打开了。灯光照亮了丹布罗西奥那张恐怖的麻脸，映射出奇形怪状的阴影，他深陷的眼窝如同食尸鬼面具上两只烧焦的黑洞。他的双手仍在讲台侧面摸索着。第二次开灯的声音传来，一束强烈的光线从黑暗的天花板上直射下来，照亮了整个讲台。现在，她可以清楚地看到丹布罗西奥了。

苏珊以最快的速度朝前面的门爬去。又是啪的一声，丹布罗西奥身后的黑板被一排灯光照亮了。这时，丹布罗西奥注意到黑板的左侧还有一排开关。当他向开关走过去时，苏珊站起身直接往门口冲去。她刚要转动门把手，教室里的灯全亮了。门是锁住的！

苏珊看着下面的讲台，丹布罗西奥也看到了她，带有疤痕的嘴角不怀好意地露出了期待的笑容，然后他飞快地朝着梯形教室的上方跑来。

苏珊只能绝望地用力摇门，她忽然发现门是从里面锁上的，上了个插销。她赶紧把插销拔出来，打开门，冲了出去，砰的一声把门关上。她几乎听到了丹布罗西奥跑到最近一排座位时发出的急促的喘息声。

教室门的正对面挂着一瓶二氧化碳灭火器，苏珊把它从墙上拆下来，颠倒过来。她转过身，听到丹布罗西奥鞋跟发出的咔嚓咔嚓的声音越来越近。苏珊刚做好应对准备，便看到门把手转动了一下，门开了。

与此同时，苏珊按下了灭火器上的按钮。干冰正好喷射到丹布罗西奥的脸上，突如其来的气流和气体膨胀发出的尖锐声在宁静的大楼里盘旋。丹布罗西奥往后面趔趄了一下，脚被身后的座位绊了一下，硕大的身躯瞬间倒地，侧身摔在倒数第二和第三排座位上，腰部直接撞在一张椅背上，左侧的第十一根肋骨折断了。他为了保护自己，赶忙伸手去抓身边的椅背，双脚却从头顶滚翻过去。最后，脸部朝下直接躺倒在了倒数第四排座位边上，一动不动。

眼前的场景让苏珊自己都大吃一惊，她走进教室，看到丹布罗西奥躺倒在座位边上。她在边上站了一会儿，想着丹布罗西奥肯定是失去知觉昏过去了。不料他居然弯曲膝盖，用手撑着地面跪坐起来，抬头看了一眼苏珊，强忍着撞断肋骨带来的剧烈疼痛，朝她挤出了一个微笑。

“我就喜欢你这样做出反抗……”他咬紧牙关，咕哝了一句。

苏珊举起灭火器，使出全身的力气朝跪着的丹布罗西奥砸去。他想要躲避，却还是被沉重的金属圆筒砸中了左肩，再次倒地，他的上半身倒在第五排的椅背上。灭火器哐当哐当往下翻滚，最后停留在倒数第八排的座位边上。

苏珊砰的一声关上了的教室门，靠在门口不停地喘着粗气。天哪，他是超人吗？必须想办法将他困在这儿。她知道，这次能够打伤他纯属运气好，连自己都无法相信。但是他显然没有被完全击败。突然，苏珊想起了解剖室的快速大冷藏柜。

大厅里一片漆黑，只有远处的窗户透进一丝微弱的灯光。窗户旁边就是解剖室的入口处，苏珊朝着解剖室跑去，刚到门口，后面就传来了梯形教室开门的声音。

丹布罗西奥虽然受伤了，但不算严重，他只要忍着不咳嗽或是深呼吸，还是能忍受疼痛的。他的左肩虽然被打中了，但依旧可以随意摆动。最重要的是，他完全气疯了。事实上，这个疯狂的小妞已经完全激怒了他。现在，他决定要先杀了她，再进行奸污。他的右手拿着贝雷塔手枪，枪管上面装有银制消音器。刚走出教室便看见苏珊正在朝解剖室奔去，他随即开了一枪，子弹打在距离苏珊几英寸远的地方，射中了门框的边缘，木头的碎片在空中飞舞。

枪声很轻，如同拍地毯时发出的声音。苏珊在听到子弹穿进门框的声音和看到飞舞的木头碎片时才反应过来：竟然是枪声，是一支带有消音器的手枪！

“到此为止了，你这个臭婊子，这场戏该结束了。”丹布罗西奥大声叫喊着，他沿着大厅缓缓地向前走。他知道苏珊已经被他逼进了死胡同，无处可逃了，自己走快了只会让他自己疼痛难忍。

苏珊在解剖室里站了一会儿，努力地在昏暗的光线中回忆这里的布局，然后她把身后的门上了插销。记得一年级时，她正是在这里上的解剖课。室内所有的解剖台上都覆盖着绿色的塑料布，在昏暗的光线下，绿色的塑料布变成了浅灰色。苏珊穿过解剖台，朝解剖室尽头的冷藏库跑去。库门的弹簧锁被一枚不锈钢的大插销穿插着，苏珊拔出插销，任由它垂在链条上。她打开锁，花了好些力气才把沉重的绝缘门拉开，随后侧身挤了进去，把门带上，随着一声沉重的咔嗒声，门被锁上了。她摸索着门边的开关，打开电灯。

冷藏库有十英尺宽，三十英尺长。苏珊清楚地记得她第一次来这里的情景。解剖课的助手负责保管这里的尸体，以供解剖。这些尸体经过防腐处理后，用大钳子挂在天花板的轨道上。大钳与天花板轨道上的滚轴相连，以便来回移动。尸体僵硬、赤裸、畸形，大多数呈现苍白的大理石的颜色。女性和男性、天主教徒和犹太人、白人和黑人，在死亡面前都是平等的。他们的脸被冻成各种各样的扭曲的表情，眼睛大多都是闭着的，偶尔会有一只眼睛是睁开的，眼神茫然而空虚。当苏珊第一次看到那些冰冻的尸体像衣服一样挂在一个冰柜里时，她感到一种说不出的恶心，暗暗发誓再也不来冷藏库了。直到今天晚上，她都没有再碰过“冰箱”——解剖课的助手亲切地称呼那些冷柜为“冰箱”——但现在情况完全不同了。

和幽暗的解剖室相比，冷藏库里要显得亮一些，隔间有一盏一百瓦的灯泡，灯光在地面和天花板上投射出了可怕的阴影。苏珊尽量不去看那些奇形怪状的尸体。她冻得直打哆嗦，脑子里却在拼命地思考。她只有几分钟的时间了，脉搏加速跳动着。她知道丹布罗西奥很快就会追到这里来，她得马上想出应对的办法，但时间有限，已经是千钧一发了！

这时，丹布罗西奥站在解剖室的门口，微笑着往后退了几步，然后用脚使劲地往锁着的门上踹，门没有被踢开。于是他朝着磨砂玻璃踢去，踢碎之后拔下残留的碎玻璃片，把手伸进去，打开了门。他环顾了一下四周，不知道这是什么房间。

为了防止猎物再次逃跑，他关上房门，把边上的一张桌子拉过来顶在门后。解剖室里很大，大约六十英尺宽，一百英尺长。室内摆满了长桌，总共有五排，每排七张，桌子全部被塑料布覆盖着。丹布罗西奥本想打开房间里的灯，但瞬间放弃了这个想法。解剖室内的窗户很大，他担心强烈的灯光会引起警卫人员的注意。倒不是他无法对抗一两个乳臭未干的警卫，而是他想在不受任何干扰的情况下捉住苏珊。

丹布罗西奥把每张桌子上的塑料布都一一掀开，自己尽量不去看那些被解剖的尸体，只是确认一下苏珊在不在其中。

丹布罗西奥环顾了一下解剖室，房间尽头有三张写字台和两扇门，一扇看起来像是冰箱的门，另一扇则是壁橱门，壁橱里空荡荡的，什么也没有。丹布罗西奥注意到冷藏库门上的弹簧锁，上面挂着一枚不锈钢插销，他的麻脸上又露出了一丝阴森的冷笑。他用左手拿着枪，用右手去开门，刚打开门，便被吓得后退了好几步。冷藏库里悬挂的尸体，就像东方神话故事里面的一群食尸鬼。

丹布罗西奥看到那两排挂着的尸体，心有余悸。他不情愿地跨过冷藏库的门槛，感到一股突如其来的寒意。

“我知道你在这儿，婊子。为什么不出来，我们再好好谈谈？”丹布罗西奥的声音越来越低。冷冻室里狭小的空间和僵硬的尸体都让他感到不寒而栗，比记忆中任何时候都要紧张。他低头看着前两排冻僵的尸体，小心翼翼地向右走了两步，朝中间那排走去。他可以看到隔间的那盏灯泡，回头看了看门口，又向右走了几步，这样他就能看清最后一条走廊。

苏珊躲藏在第二排尸体的后面，她用双手抓住头顶的轨道，手指快要撑不住了。她无法确定丹布罗西奥的位置，直到听见他第二次喊叫，才得知他的方位。

“行了，宝贝。别让我在这种地方找你了。”

苏珊判断出丹布罗西奥的位置在最后一排尸体的面前。这是唯一的机会！她双手抓住头顶上面的轨道，弯曲双腿，用尽所有力气，双脚向面前一个女尸的背部蓄力一蹬。一整排的尸体如同多米诺骨牌一般，伴随着滚珠轴承一起向前滑动。丹布罗西奥隔了一会儿才意识到动静，他像猫一样敏捷地转身，本能地举起枪开火，但已经来不及了，子弹打在了接二连三倒向他的一堆尸体上，丹布罗西奥被撞倒在地。这时，苏珊放开抓着轨道的双手，跳回到地面上，朝敞开着的门狂奔。丹布罗西奥拼命想把压在身上的尸体推开，可断裂的肋骨使他疼痛不已，完全使不上劲儿，防腐剂的臭味又刺激着他的鼻子，让他感到窒息。苏珊跑到他身边时，他想伸手抓住她，却又想挣脱出手枪射杀她，但都被一具尸体的手给缠住了。“他妈的！”他破口大骂，用尽全力想要推开压在身上的那堆尸体。

此时，苏珊已经跑出了冷藏库的门。

丹布罗西奥终于推开了尸体，站了起来，直接扑向那正要被关上的库门。苏珊在门外拼命地将门往里推，绝缘门的惯性动力也起了作用，门咔嗒一声关上了。苏珊不停地摸索着不锈钢插销。门里面的丹布罗西奥也在寻找锁钮。但苏珊的速度比他快了不到一秒钟，她抢先把钢销插上，丹布罗西奥输了。

苏珊的心怦怦地猛跳，忍不住往后退了几步，她听到里面传来一声沉闷的吼叫，接着砰的一声，丹布罗西奥在朝着库门开枪，连续开了几枪，但那是厚达十二英寸的库门，无论怎么射击都是徒劳的。

苏珊转身就跑。此时她才知道自己的处境有多危险。她强忍着泪水，全身忍不住地颤抖着。她必须寻求帮助，需要真正的帮助。

二月二十六日　星期四

凌晨两点十一分

灯塔山完全进入了梦乡。当出租汽车经过查尔斯街、拐进弗农山街、驶入住宅区时，沿途没有看见一个人影，也没有看到一辆汽车，甚至连一条狗都看不见。难得有灯光穿过窗户，仅仅的几盏煤气灯证明着这里并不是荒无人烟。苏珊付了车费，在街上四处看了看，提防有人跟踪她。

苏珊从冷藏库逃离后，完全被吓蒙了，决定不回自己的宿舍了。她不知道丹布罗西奥是单独行动还是有同伙，她已经没有心思去想了。她跑出解剖大楼，穿越行政大楼前面的马路，经过公共卫生学院，来到亨廷顿大街。这个点，她花了十五分钟才拦到一辆出租汽车。

贝洛斯，苏珊觉得他是她在凌晨两点时唯一可以求助的人，只有他能理解自己现在的困境。但她担心周围有人跟踪她，她也不愿意把贝洛斯拖进这危险的旋涡之中。因此，当她走进贝洛斯公寓的门厅时，她决定先等五分钟再按门铃，确定没有人跟踪她。

门厅没有暖气，苏珊在原地小跑着，用来暖和自己的身体。在与丹布罗西奥较量之后，苏珊的头脑慢慢地冷静下来。她一直在思考丹布罗西奥为什么那么快就找回来了。在她的记忆之中，她回纪念医院寻找病历和查探手术室时，并没有被人跟踪，甚至没有人知道她回过纪念医院。

她停止了小跑，透过玻璃门眺望弗农山街。对了，贝洛斯！只有他在休息室里看见过自己，也只有他知道自己仍在继续调查，而且他也看了病历卡。苏珊又开始小跑起来，同时还诅咒自己是不是得了妄想症。接着她再一次停下，想起贝洛斯与衣帽柜里发现的药品事件的联系，想起沃尔特斯自杀之后也是贝洛斯第一个发现了尸体。

苏珊转头看向楼梯口锁着的门，透过门玻璃能看清里面逐级往上的楼梯，台阶上铺着一条红色的地毯。难道贝洛斯也参与其中了吗？苏珊的身体极度疲惫，大脑过度紧张，她开始怀疑身边每一个人。她摇了摇头，不由得发笑，该死的妄想症！可是这引起了她的思考，这个想法让她极度不安。

她看了下手表，两点十七分。贝洛斯肯定会觉得惊讶，这个时候居然会有人来访，至少苏珊认为他会大吃一惊。如果他感到惊讶，只是因为他觉得这个时候苏珊应该会在别的地方被拖住，换句话说，如果他知道丹布罗西奥所做的一切，那么自己该如何是好？唉！疑心太重了。苏珊赶紧否定了自己的胡思乱想，毫不犹豫地按下了贝洛斯的门铃，必须多按一下，而且按着不放，直到贝洛斯有所回应。

苏珊开始往楼梯上走，刚上到二楼就看见穿着睡袍的贝洛斯站在那里。

“苏珊，我一下就猜到了是你。现在已经凌晨两点多了。”

“你不是说邀请我喝一杯吗？我改主意了，所以就来了。”

“但我说的是十一点啊！”贝洛斯走进了房间，让门开着。

苏珊走到贝洛斯住的那层楼，走进了他的公寓，却发现他人不见了。她立刻关上房门，上了锁，又添了两道保险。随后，她看见贝洛斯已经躺在了床上，被子盖到下巴，闭着眼睛。

“真是热情的接待啊！”苏珊说着便在床沿边上坐了下来。她看着贝洛斯，天知道她现在能见到他有多高兴！她真想投入他的怀中，与他热烈地拥抱一下呀！她真想告诉他那些关于丹布罗西奥和冷藏库里发生的事情。她想大喊、她要哭诉！可是，她并没有这样做，只是忐忑不安地坐在那儿，看着贝洛斯。

贝洛斯一开始毫无动作，随后慢慢地睁开右眼，又睁开左眼，最后坐了起来。“该死，你这样坐着，我没办法睡觉。”

“那陪我喝一杯怎么样？我需要酒。”苏珊知道自己必须赶紧镇定下来，但这并不容易，她现在的脉搏每分钟高达一百五十多跳！

贝洛斯看了一眼苏珊说道：“你这样也太过分了！”接着起床穿好睡袍，“行吧，你想喝什么酒？”

“如果你这有的话，我要波旁威士忌。波旁威士忌加苏打，苏打少放一点。”苏珊渴望喝一杯烈酒。她的手还在不停地颤抖。她跟在贝洛斯身后，走进了厨房。

“马克，我是没办法了才到这儿来的。我又受到了袭击。”苏珊强作镇静地说道，仔细观察贝洛斯的反应。他准备拿制冰盘的手在冰箱里突然停了下来。

“你确定不是在和我开玩笑？”

"我从来没有像现在这样认真。"

"是同一个人吗?"

"是同一个人。"

贝洛斯取出制冰盘，用叉子敲了几下冰块，终于把冰块凿开了。苏珊觉得他听到这个消息后有些惊讶，但表现得并不过分，也没有表现出过分担心。苏珊感到有些不安。

她换了个方式。

"我在手术室里发现了一些异常，非常有趣的异常。"她等待着贝洛斯的反应。

贝洛斯倒好波旁酒，然后打开一瓶苏打水，把它倒在冰块上，冰块在玻璃杯里嗞嗞作响。

"好吧，我相信你，所以你打算把事情的经过告诉我吗?"贝洛斯把刚倒好的那杯酒递给苏珊。她喝了一小口。

"我爬到天花板的隔层里，然后顺着八号手术室的氧气管摸索到了总管槽，发现那里有个阀门。"

贝洛斯抿了一口自己手中的那杯酒，挥手示意苏珊回客厅里再聊。壁炉上的钟声响起，两点三十分。

"通气管道上面都有阀门。"贝洛斯接着说了一句。

"可其他管子上都没有。"

"你是说那些把气体引入管内的阀门吗?"

"我想应该是的。我对阀门这种东西并不太了解。"

"那你有没有检查过通往其他手术室的管道呢?"

"没有。不过我发现只有八号手术室的通气管道在总管槽处有一个阀门。"

"单单一个阀门并不稀奇。可能其他管道在别的地方也安装了阀门。我不能单凭一个阀门就下结论。至少要把所有的管道都检查一遍之后才能下结论。”

“马克，这件事也太巧了吧？所有的昏迷病例都是在八号手术室里发生的，而八号手术室的氧气管上又有一个阀门，而且它还非常隐蔽呢。”

“你看，苏珊，你忘了，你假设的那些受害者里面有四分之一都没有接近过手术区，更不用说八号手术室了。你的那个研究，即便在我状态最好的时候，我也会认定为无稽之谈，害人不浅。况且现在的我已经极度疲惫，我对它已经麻木了。我们就不能聊点令人舒心的话题吗？例如公费医疗？”

“马克，这一点我可以肯定。”苏珊已经感受到了贝洛斯语气中的不满。

“我知道你可以肯定这一点，但同时，我也知道我否定这一点。”

“马克，今天下午袭击我的那个人刚警告我，晚上又折返回来。我想他不再是警告那么简单，而是想直接杀了我。事实上，他已经对我下杀手了，他直接对我开枪了。”

贝洛斯揉捏着眼睛，又按摩了一下太阳穴。“苏珊，我不知道如何处理这件事情，更不可能对你说出什么睿智的建议。要是你那么肯定，为什么不选择报警呢？”

苏珊没有听清贝洛斯最后说的那句话，她的大脑在飞速运转着，突然她大声说道：“肯定是因为缺氧，如果氯化琥珀酰胆碱或箭毒用量过多，就会导致病人产生缺氧现象。”她思考着，停顿了一下，“这或许就会突然出现呼吸停止。他们解剖过克劳福德的尸体，”苏珊掏出笔记本，贝洛斯又抿了一口酒，“在这儿，克劳福德，他的一只眼睛患有严重的青光眼，用的是碘化磷酸胆，一种抗胆碱酯酶，这意味着病人分解氯化琥珀酰胆碱的功能已经受到损害，哪怕是不致命的剂量，也容易致死。”

“苏珊，我早就和你说过，在手术室里是不使用氯化琥珀酰胆碱使病人昏迷的，因为外科医生和麻醉师都会在边上看着，不允许使用这种药。再者，氯化琥珀酰胆碱无法以气体的形式输送……至少，我从未见识过，或许只有你能办得到。无论如何，药性不消失的话，医生是不可能停止给病人输氧的，所以病人不可能是缺氧。”

苏珊也慢慢地抿了一口手中的酒。

“按照你的意思，手术病人如果缺氧，同时病人的血液颜色也没有变化，就不会引起外科医生的注意，这要如何才能做到呢？你必须以某种方式中止大脑的氧气供应……可能在细胞组织层面……或者是中止氧气进入脑细胞。我觉得存在一种药物，可以阻止氧气的输入，只是一下想不起来。如果氧气管上的阀门有其他用处，那么，这种药一定是以气体形式导入的。不过还有一种办法，你可以使用一种药，它在阻止血红蛋白吸收氧气的同时，又可以保持血液的颜色不变，马克，我想到了！”苏珊猛地坐了起来，眼睛睁得大大的，嘴角露出一丝微笑。

“你肯定可以想到，苏珊，你必须想到。”马克语带讽刺地附和道。

“是一氧化碳！小心地通过T形阀门输入一氧化碳，用量控制在刚好引起缺氧反应，血液颜色非但不会变暗，反而会变得更加鲜红，红得像樱桃。甚至只需要极少量的一氧化碳，就可以排出血红蛋白里的氧气，使大脑缺氧，导致患者昏迷，而手术室里却又显得一切正常。病人的大脑已经死亡了，但是找不到任何证据。”

两个人面面相觑，沉默无言。苏珊的目光中满怀期待，而贝洛斯却是一副疲惫而又毫无办法的样子。

“你想听听我的想法，对吧？好吧，首先我承认你的说法是有可能的，尽管它听起来非常荒唐，但确实是可能的。我指的是进手术室的病人因吸入一氧化碳而引起昏迷的现象，理论上是有可能的。可这是极其恐怖的假设，甚至可以说是别出心裁。当然，不管怎样，我都承认它的可能性是存在的。问题是还有百分之二十五的昏迷病人连手术区都没有去过，这个你又该如何解释呢？”

“这个很好解释，一点也不困难。反倒是那些进入手术室的病例不容易解释。而且我也很难摆脱在诊断疾病时，总是试图寻找单一原因的想法。可现在我们并不是在应对某种疾病。内科病房那几个昏迷的病人，输入了过量但又不足以致死的氯化琥珀酰胆碱。类似的情况在中西部的退伍军人医院就出现过，甚至在新泽西州也有过报道。”

“苏珊，你当然可以这么无限制地假设下去。”贝洛斯从沮丧转变为愤怒，“你所暗指的是一个神奇的、有组织的犯罪计划，而他们唯一的目的是使人昏迷。我必须提醒你，你根本没考虑过最重要的一个问题：为什么？你来说说看，苏珊，这一切是为什么呢？你在用你那每小时九十英里高速度运转的大脑展开丰富的联想，用自己的事业——也包括我的事业在内——冒着各种风险，把一系列毫不相干的、不幸的事件联系在一起，为它们给出一个看似合理、实则毫无证据、荒唐透顶的解释。而与此同时你却完全忘记了问一个为什么。苏珊，凡事总有个动机吧！我的天哪！这简直太荒唐了。对不起，但我必须得说，这实在是太荒唐了。现在，我必须立刻去睡觉了，你也知道，我们之中总得有人工作，毫无证据可言就怀疑氧气管上的阀门！天哪，苏珊，你也太乱来了！我的意思是，你的脑子需要好好清醒清醒了。你的观点我真的无法接受。以上就是我的意见。我是外科住院医生，不是兼职的夏洛克·福尔摩斯。”

贝洛斯站起身，一口气喝光了杯子里剩下的波旁威士忌。

苏珊眼睛一眨不眨地看着他，她的妄想症又开始了。贝洛斯不再与她站在同一条战线，这到底是为什么？这件事的犯罪性质在她看来可以说是非常明显的。“你凭什么这么肯定，”贝洛斯继续说，“这一切和南希·格林利或者伯曼有关系？苏珊，我觉得你有些过早下结论了。至于那个一直想要逮住你的家伙，我有个非常简单的解释。”

“你说吧，我听着。”苏珊渐渐感到恼火了。

“那家伙或许是想和你睡觉，而你……”

“去你的，贝洛斯！”苏珊气得脸色发青。

“你自己看看，你发火了。见鬼，苏珊，你把所有事情都看成了复杂的阴谋。我不愿再和你争辩了。”

“每次我谈到哈里斯那样的攻击行为，或者那个企图要谋害我的混蛋时，你就搬出该死的性来作为解释。”

“孩子，性确实是存在的，你必须正视现实。”

“那只是你的问题，你们这些男医生就像永远都长不大的孩子。或许当个青少年就够有趣了。”苏珊起身穿上大衣，准备离开。

“这种时候你还想去哪儿？”贝洛斯摆出一副专制者的姿态说。

“我觉得在大街上比待在这个房间更安全。”

“你现在不可以离开！”贝洛斯坚决地说。

“哎哟，大男子主义终于表现出来了啊！护花使者啊！多么伟大的壮举！去你的，一个利己主义者还不让我出去，你等着吧！”

苏珊转身就离开了，砰的一声关上了门。

举棋不定的贝洛斯望着房门发呆，既没有动，也没有说什么。他不说话，是因为他清楚苏珊的很多说法都是正确的。而他毫无动作，是因为他确实不愿意卷入这件复杂的事情。“一氧化碳，天哪！”他回到卧室，继续上床休息，看看钟表，黎明马上就要到来了。

丹布罗西奥开始感到惊慌失措了。他非常讨厌密闭的房间，冷藏库的四壁似乎在逐渐缩小，一副要将他一口吞噬的样子。他开始感到呼吸急促，大口大口地呼吸，他担心这样下去自己可能会窒息而死。还有周围那冰冷、刺骨的寒气，正在渐渐地往他厚实的芝加哥大衣里钻，尽管他不停地来回运动，手脚还是被冻僵了。

不过最让他苦恼的还是尸臭和甲醛的刺激气味。丹布罗西奥这一生经历过很多可怕的场景，但像和尸体一起关在冷藏库里这样恐怖的事情却从未遇到过。一开始，他尽量不去看那些尸体，但由于越来越害怕，他的眼睛不由自主地被吸引住了。过了一会儿，他感觉所有的尸体似乎都在微笑。如果他不仔细看，他们就会对着他笑，甚至活动起来。他朝一具他看上去在嘲笑他的尸体开了一枪，打掉了最后一颗子弹。

最后，丹布罗西奥退缩到角落。他慢慢地坐了下来，双腿再也站不起来了。

二月二十六日　星期四

上午十点四十一分

荆棘丛生的橡树丛中有一条小径，骤然向左延伸，两旁树枝形成拱状，把小径遮蔽得严严实实，宛如一条隧道，只能看清眼前那几英尺的距离。苏珊在这条路上飞快地奔跑，不敢回头看一眼。前面就是安全地带了，她可以想办法跑到，但是小径越跑越窄，四周的树枝不时地绊住她，阻挡她前进的路，荆棘总是挂住她的衣服。她拼命地向前挣扎，前方灯火阑珊，安全就在那里。

她越是挣扎，荆棘缠得就越紧，如同陷入一张巨大的蜘蛛网内。她试着用双手解开脚下的羁绊，结果胳臂也被紧紧缠住了。只有几分钟时间了，必须脱身。此时，她听到一声汽车喇叭的鸣笛声，一只胳臂终于挣脱了出来；又是一声喇叭声响起，她张开双臂，却发现自己睡在波士顿汽车旅馆七三一号房间里。

苏珊猛然从床上坐起，环顾着四周。原来做了个梦，一个多年没做过的噩梦。她清醒了，松了一口气，再次躺下，盖好被子。把她吵醒的汽车喇叭又响了一次，又传来几声低沉的喊叫，之后终于安静下来了。

苏珊观察着房间，完全美国式的布置，毫无品位，毫无特色。两张大床上铺着素色印花被单，厚厚的毛绒地毯略呈嫩绿色。左墙上裱着绿色花卉图案的墙纸，右墙裱着淡黄色的墙纸。床头上方挂着一幅田园风格的复制品，画面上是谷仓和庭院，空地上点缀着栩栩如生的鸭子和绵羊，整幅画显得有些俗气。室内家具的质量也比较低。只有那台二十八英寸彩色电视机给人留下了深刻的印象，那是汽车旅客生活中必不可少的慰藉。总体说来，波士顿汽车旅馆布置得并不美观。

不过这里是很安全的。苏珊在凌晨离开贝洛斯的寓所后，只想找一个可以安稳睡觉的地方。她之前不止一次注意到坎布里奇街上这家汽车旅馆花花绿绿的招牌。招牌外表非常不雅，肯定不是为了吸引疲乏的旅客。但是，现在这里成了苏珊必需的庇护所。她用劳丽·辛普森的假名进行登记，在大厅等了一刻钟才上楼，来到自己的房间。当服务台的服务员用异样的眼神看着她时，苏珊额外给他塞了五美元小费，告诉他如果有人打听她，务必先用电话通知她，因为她害怕自己那好妒忌的情人会找过来。服务员朝她眨了眨眼，对得到的五美元和她给予他的信任无比感激。苏珊知道他不会怀疑自己编造的故事，因为这就是男人虚荣心的一部分。

苏珊做好这些预防措施之后，又拿桌子顶住了门，然后躺下休息了。她没有睡好，还做了噩梦。不过，她差不多已经恢复精力了。

她想起昨天夜里对贝洛斯说的那些激烈的言辞，不禁有些后悔，现在想来，根本没必要那样。她犹豫是否要给他打个电话。昨晚的种种妄想和猜疑也历历在目，这使她羞愧不已。但转头一想，自己昨晚那种紧张亢奋的精神状态，也不是不能理解。只是她没想到贝洛斯居然那么不宽容她。当然，他要当一名外科医生，她早该意识到，急切的事业心使他难以——虽然并不是完全不可能——不带偏见地看待这件事情。假如因为贝洛斯对自己的想法并不赞同而导致双方关系的破裂，她觉得是非常遗憾的。他说的话也确实有些道理，她没法说出事情的动机。如果整件事情涉及某个庞大的组织，那么一定会有某种动机。

也许昏迷受害者是某个组织的复仇对象？但一想到伯曼和南希·格林利，苏珊立马打消了这个念头。不，绝不可能。那么，这或许会是一场敲诈勒索？也许是因为他们的家属没有支付赎金，致使他们惹来了杀身之祸？这似乎也不成立。要对昏迷这件事保密，难度太高了，倒不如在医院外面就把人杀了，这还容易一些。昏迷发生在医院里肯定有某种原因，撇开每个受害者的个人因素，必定有什么共同特性。

苏珊一边苦思冥想，一边把电话机搬到床上。她拨通了医学院的电话号码，要求接教务长办公室。

“查普曼博士的秘书吗？我是苏珊·惠勒，对，就是那个臭名昭著的苏珊·惠勒。嗯，我想给查普曼博士留个口信，你不必去打扰他了。今天我应该去退伍军人医院外科实习的，但昨晚我的腹部疼痛不止，一夜未眠。明天上午一定会好起来的。如果实在不行，我再给他打电话。请你一定转告查普曼博士，同时通知一下退伍军人医院的外科，可以吗？麻烦你了。”

苏珊放下电话，此时刚好九点三刻。她又拨通了纪念医院的电话，要求接斯塔克的办公室。

“我是苏珊·惠勒小姐，麻烦请斯塔克医生接一下电话。”

“哦，惠勒小姐。斯塔克医生九点钟就开始等待你了。他马上就过来，你一直没来电，他担心极了。”

苏珊在电话这头等着，用食指和拇指捻着电话线。

“苏珊?”对面传来斯塔克医生充满关切的声音，“非常高兴，总算接到你的电话了。在你描述了昨天下午发生在你身上的事情之后，今天你迟迟没来电话，我担心死了。你还好吗?”

苏珊犹豫了片刻，思考着是否要用对付查普曼的理由来对付斯塔克。斯塔克可能会联系查普曼，所以还是统一说法为好。

“我腹部有些疼痛，一直没起床，除此之外一切都很好。”

“休息一下就会好起来的。对于你的要求，我有一个好消息和一个坏消息。你想先听哪个?”

“坏的吧。”

“关于让你重回纪念医院的事，我先后跟奥伦、哈里斯和纳尔逊谈过了，他们的态度看起来都很坚定。虽然外科部门不归他们管，但我们毕竟要相互合作。说真的，我并没有敢过分坚持。如果他们有任何动摇的样子，我就会更强硬一些。但他们寸步不让，我想你一定是把他们惹得发毛了，小姐。”

“我知道了。”这是苏珊意料之中的事。

“还有，就算你回来了，我觉得你的名誉也恢复不了。还是就这样吧，让事情平息下来比较好。”

“我以为……”

“退伍军人医院里的实习计划一直是非常受欢迎的，相比之下，你在那里也许可以做更多的外科手术。”

“也许是这样，但是单就教学方面而言，那里是无法和纪念医院相比的。”

“不过关于你要参观杰斐逊研究所的请求，运气还算不错。我想办法找到了所长，跟他说你对重症护理非常感兴趣，而且告诉她你特别想参观一下他的研究所。他非常爽快地同意了，让你在下午五点过后去参观，那时候他们会稍微空闲一点。但是也有一个条件，你必须单独过去，因为他们只答应让你一个人参观。”

“没问题。”

“由于我现在已经做过了头，越出了自己的职责范围，所以我希望你不要把参观研究所的事告诉其他人。苏珊，我真的花费了很大精力才换来你的参观机会。当然，我这么说并不是要你感激我，而只是想作为我没能让你重回纪念医院的某种补偿。研究所所长直截了当地跟我说，绝对不允许你带其他人一起进入。只有当他们有足够的时间进行监管时，才会批准接待团体参观。那是非常特殊的一个地方，我相信等你去了就会明白的。如果你想带别人进入，就有点尴尬了，所以你只能单独前往。我想你理解我的意思。”

“当然。”

“好吧，那等你回来之后再告诉我你对研究所设施的印象，我自己都还没去过呢。”

“真的很感谢你，斯塔克医生。对了，还有一件事……”苏珊考虑要不要把丹布罗西奥与她第二次相遇的事告诉斯塔克，她最后决定还是先不说了。因为昨天斯塔克就想要苏珊去报警，今天肯定会更加坚持自己的想法。现在苏珊还不想让警察介入，如果幕后有某个大组织操纵，那么他们肯定有应对警察局调查的方案，不然就太天真了。

“我发现了一个情况，”苏珊继续说，“不知道和昏迷的事情有没有关联。我在八号手术室的氧气管上方发现了一个阀门，在靠近总管槽的位置。”

“靠近哪里？”

“总管槽，就是医院所有管道从一层通往另一层的主要通道。”

“苏珊，你真了不起。你是怎么发现的？”

“我爬到天花板隔层，顺着手术室的输气管找到的。”

“天花板隔层！”斯塔克因为愤怒而提高了嗓门，“苏珊，你这样做也太过分了！我不能容忍你在手术室天花板隔层到处乱爬的荒唐行径。”

苏珊等待着如同麦克利里和哈里斯那样的严厉申斥，可等到的只是一阵沉默。过了好一会儿，斯塔克说道：“好吧，你是说你在通往八号手术室的氧气管上发现了一个阀门？”他的声音渐渐恢复了平静。

“没错。”苏珊谨慎说道。

“我知道它的用处了，我是外科手术委员会主席，你应该早就知道了吧？那个阀门也许是排气阀，灌氧气的时候用来排除气泡。但是，不管怎么说，我肯定会派人去检查一下的，必须弄清楚。顺便问一下，你去杰斐逊研究所去探望的那个病人叫什么名字？”

“肖恩·伯曼。”

“哦，我想起来了。就是两天前斯波勒克的手术病人，我记得应该是做半月板手术的。太不幸了，那个人只有三十岁左右，太可惜了。好吧，祝你好运。和我说下，你今天去退伍军人医院吗？”

“没有，我的腹部疼痛不已，现在还在床上躺着，至少上午无法起床。不过，我明天一定能回那里工作。”

“但愿如此，苏珊，我是为你着想。”

“谢谢，耽误了你这么长时间，斯塔克医生。”

“别客气，苏珊。”

斯塔克挂了电话，苏珊也放下了话筒。

脏手套全被扔进纱布架旁的垃圾桶里。架子上面还挂着血迹斑斑的纱布，如同挂在绳子上的脏衣服。一名护士走到贝洛斯身后，为他解开手术服的背带。贝洛斯把手术服放在门边的篮子里，然后就离开了。

今天的胃切除术并不复杂，换成平时，贝洛斯最喜欢做这类手术。但是，在今天这个特别的早晨，贝洛斯有些心不在焉，对胃和小肠的双层缝合工作甚至感到厌烦。贝洛斯总是忍不住想到苏珊，充满了各种思绪，既有温柔的关心，为昨晚把苏珊气跑的那些话而感到后悔，又有一些扬扬得意，自以为说出了苏珊无法辩驳的评论。他觉得自己承担了极大的风险，已经走得太远了。可是，苏珊毫无收敛的意思，她正在自毁前途的边缘徘徊。

另一方面，前天晚上和苏珊情意绵绵的片段仍萦绕在他的心头。和苏珊在一起时，他感到了一种惊人的平等，一种拥有共同思想基础的感觉。贝洛斯意识到自己非常喜欢苏珊，哪怕对她还不够了解，哪怕她的性格那么固执。

贝洛斯以医学界常用的单调语气对着录音机记录了胃切除手术的过程，每说完一句，都会说一个“句号”。随后他来到更衣室，换上了便服。

贝洛斯承认自己确实喜欢苏珊，对此他不禁警觉起来。理智使他相信，这种感情会让他无法客观地、准确地去观察与思考。在事业还未成功之前，他不允许自己这样做，至少现在还不行。自从苏珊被转到退伍军人医院后，事情也慢慢平息了下去。斯塔克在查病房时又客气起来，甚至对毫无凭据地怀疑贝洛斯与三三八号衣帽柜发现的药品有关而表示了歉意。

贝洛斯换好衣服，走到恢复室检查病人在胃切除术后的医嘱。

“嗨，马克。”恢复室的办公桌旁传来了一声响亮的叫喊。贝洛斯转过身，看见约翰斯顿正朝他走来。

“你的那些学生怎么样了？我觉得那个女学生真是太傻了。”

贝洛斯没有说话，挥了挥手表示不赞同。他最不想做的事就是和约翰斯顿谈论苏珊。

"你的学生有没有跟你说，今天上午医学院里发生了一件怪事？我不知道有多久没听到这么可笑的事了。昨晚有人闯进了解剖室，这个家伙绝对是疯了，他放出了灭火器里面的气体，掀掉一年级学生上课用的裹尸布，在里面胡乱开枪，还把自己锁在冷藏库里。然后，他和尸体干了一仗，把那些尸体推翻在地，还朝他们开枪。你能相信会有这种怪事吗？"约翰斯顿说完大笑起来。

贝洛斯却一点都不觉得好笑。他盯着约翰斯顿，心里却想着苏珊。她昨天跟他说过，又有人跟踪她，甚至想要杀死她。会是同一个人吗？还有什么冷藏库？苏珊在他的眼里瞬间成了一个谜团。她为什么就不愿和他多说一些情况呢？

"那个疯子冻僵了吗？"贝洛斯问。

约翰斯顿只能憋住笑声，继续说下去。

"没有，并没有完全冻僵。昨天深夜，警察局接到了一个匿名电话，讲述了那里的情况。他们还以为是医学院的学生在恶作剧，所以第二天早班时才派人去核查。等他们赶到那里的时候，那家伙坐在角落里，完全不省人事，体温也只有三十三摄氏度。医学院的男生给他做了解冻，没有酸中毒的迹象。这些学生还挺有两把刷子的，不过他们隔了两小时才来想到找我过去商量。呵，你猜重症监护室的那些护士管他叫什么？"

"猜不出来。"贝洛斯心不在焉地回答道。

"冰球，"约翰斯顿接着又发出一阵大笑，"这绰号取得真传神，简直可以媲美《风流医生俏护士》里女主角的绰号'热嘴唇'。'热嘴唇'和'冰球'，多完美的一对啊。"

"他能活下来吗？"

“当然可以。但是我必须给他做截肢，至少要截去他大腿的一部分，究竟需要截掉多少，过两天才可以确定。真是可怜的家伙，或许真有可能会失去‘冰球’呢！”

“他们查出什么关于他的信息了吗？”

“你指的是什么？”

“嗯，比如他的姓名、来自哪里之类的。”

“没有，只搜寻出了一张假身份证，所以警察对他特别感兴趣。他神志不清地嘟囔着芝加哥什么的，简直太不可思议了！”约翰斯顿说到最后一句时，仿佛透露了什么重要秘密似的，说完便回到了办公桌旁。

贝洛斯继续检查胃切除手术病人的状况，患者的脉搏、呼吸、体温、血压都十分稳定。接着他看了看病历，医嘱是里德写的，没任何问题。想想冷藏库里的人，这个故事看起来真是离奇。他猜想，那个人会不会就是追杀苏珊的凶手呢？她是如何把他锁在冷藏库里的？这件事她为什么只字未提？或许是自己压根没给她讲话的机会。如果是她把那个人关进冷藏库，那她必须得承担法律的责任了。她会不会就是那个打匿名电话的人？

贝洛斯检查了病人伤口上的敷料，位置没有变动，也没有渗血，静脉滴注也正常。

他又想起了苏珊，确定冷藏库里的疯子就是追杀苏珊的凶手。如果他就是追踪者，那就必须让苏珊知道，他已经住院了，而且情况危急。

贝洛斯拨通了医学院的电话号码，要求接宿舍。苏珊寝室的电话铃响了十二声，却没有人接听。他只能给宿舍的总机打电话，并请他们转告苏珊：回宿舍后马上给他回电话。

接着，贝洛斯便出去吃午饭了。

二月二十六日　星期四
下午四点二十三分

波士顿汽车旅馆那间简陋的房间，住一晚的价格是三十六美元，还不算税款。在苏珊看来是有点贵了，不过还算值得。她已经休息好了，神清气爽，精力也得到了恢复，重要的是她平安无事。她把白天所有的时间都用在重读笔记本上了。她掌握的所有的手术昏迷的病例都符合一氧化碳中毒的观点，内科病例则符合氯化琥珀酰胆碱中毒的现象，但她依旧想不到动机和理由。所有病例都毫无联系。苏珊给纪念医院打过好几次电话，她想要知道沃尔特斯的地址，但都没有成功。有一次她给纪念医院打电话，想找贝洛斯，但没等到他接听便挂了电话。苏珊渐渐感到自己已经走到了死胡同。她觉得是时候去警察局了，把她所了解的一切都告诉警察，然后她自己去休假。三年级的她有一个月的假期，估计学校会欣然同意她的休假。

她只想远远地离开这里，忘记这里的一切。她想到了马提尼克岛，她喜欢法国的风光，她也期待阳光。

汽车旅馆的看门人为她叫来一辆出租汽车，她坐上车，把地址告诉了出租车司机：波士顿南区韦莫思南路一八〇〇号。接着靠在了椅背上。

坎布里奇街上人潮汹涌，出租汽车只能缓缓前行。斯托罗大道人流稍微好一些，伯克利街的交通就有些糟糕了。司机为了避免拥堵，直穿进入南区车辆较少的路段，在马萨诸塞大街左转弯，眼前是一片非常糟糕的环境。车子一驶入南区，苏珊便迷失了方向。这一带的房屋老旧单调，街道上混乱不堪。不一会儿，汽车驶入一片仓库区，经过废弃的工厂和昏暗的街道，几乎每隔一段路就有一盏坏了的路灯。

苏珊下了汽车，感觉来到了一个与世隔绝的地方。前方一盏孤零零的路灯从新式灯罩中投射出一道亮光，照亮了一幢建筑物的前门、招牌和通向门前的小径。招牌是用深蓝的印刷体字母拼成的，牌子上写着“杰斐逊研究所”。蓝字下方是一块黄铜牌匾：“一九七四年由美国政府卫生教育福利部资助建成。”

杰斐逊研究所被八英尺高的挡风围墙包围着，大楼距离街面有十五英尺，建筑的结构非常现代化。表面有一层光洁的白色砾岩水磨石，墙壁向内倾斜成八十度角，上下两层都高达二十五英尺，就连倾斜的角度也一样。两层之间空着一道狭窄的水平腰檐。除了正门，一楼整个立面上没有一扇门或窗，二楼虽然有窗，但是凹式的，从街面上完全看不清，只能看到呈几何状的窗墙和从室内透出的灯光。

这幢大楼占满了整整一条街。奇怪的是，苏珊竟然觉得它很美，尽管她意识到是周围肮脏的环境衬托了它的身价。她估计这幢大楼应该是某项城市改建规划的核心地标，给人的感觉就像是古埃及的一座两层矩形平顶斜坡坟墓，或者像墨西哥阿兹特克金字塔的底层。

苏珊走到大门口。正门是用青铜色的钢材建成的，没有门把，也没有任何缝隙，只有门的右边有一只嵌入式的话筒。苏珊刚走到门前，音响装置就被踩响了，录音机不慌不忙地发出低沉的声音，要求她报告姓名和来访的目的。

苏珊照办了，尽管她对这次来访的目的并不确定。她本来想说是来观光，但还是换了个说法。她没有心思开玩笑。最后，她说是为了“学术目的”。

对方没有回答。话筒下方亮起了矩形的红灯，玻璃上显示着“等待”的字样，很快红灯变成了绿灯，“等待”变成了“通行”。青铜色的大门悄无声息地往右滑行，苏珊走了进去。

苏珊发现自己置身于一个纯白色的大厅里，四周没有窗户、没有画、没有任何装饰品。唯一的光亮似乎是由脚下乳白色的不透明塑料地板发出，十分奇特，充满了未来主义色彩。苏珊继续往前走。

大厅的尽头又出现一扇门，悄悄地滑进墙壁，苏珊来到一间十分宽敞又极具现代化色彩的等候室。远近两面的墙上从地板到天花板都装有镜子。两侧的墙壁都是一尘不染的白色，没有任何装饰。这种千篇一律有点让人摸不着头脑。当苏珊看着墙壁时，她的眼睛开始聚焦于自己飘浮的阴影。她眨了眨眼睛，努力集中注意力，才勉强看清自己的影子。看着房间尽头镜子，效果刚好相反，面对面的镜子互相映射，将苏珊的影子映在无限远处。

房间里放有一排排的模铸白色塑料椅，和大厅里一样，地板发出的亮光在天花板上投下了奇怪的阴影。苏珊刚准备坐下，就看到另一头装着镜子的墙上滑开了一扇门。一位身形高大的女子径直向苏珊走来。她有着一头颜色适中的褐色短发，一双深陷的眼睛，鼻梁的轮廓与前额融为一体，让苏珊想起了小徽章上常有的古典人物的侧面浮雕像。这个女人穿着一身白色的长裤套装，如同房间里的墙壁一样，全身上下没有任何的装饰。口袋中装着一个袖珍计量器，脸上的表情不温不火。

“欢迎你来到杰斐逊研究所。我叫米歇尔，现在由我来带你参观这里的设施。”她的声音和她的表情一样不温不火。

“谢谢，”苏珊努力想要看透这个女人的外表，“我叫苏珊·惠勒。你是在等我吗?”苏珊环顾了下四周，“这里真的非常现代化，有很多我从未见过的设备呢!”

“我们确实在等你。不过参观前我要提醒你一下，里面温度很高，我建议你把大衣脱了，放在这里，还有你的提包也请留在这里。”

苏珊脱下大衣，她身上依旧穿着那件皱巴巴、脏兮兮的护士服，显得有些狼狈。她从提包里取出笔记本。

“好，你应该已经知道杰斐逊研究所是一家重症监护医院，换句话说，我们照料的是那些需要特别护理的慢性病人，现在这儿大部分的病人都处于不同程度的昏迷状态。这所医院虽然是由卫生教育福利部投资、根据小规模试验规划建立完成的，但它的实际运营已委托给了私人企业。它为缓解城市医院的紧张床位用以接纳急性重症病人做出了成功的典范。事实上，由于这项规划的成功，我国许多的大城市都在陆续筹建类似的医院。研究表明，任何一个人口超过一百万的城市都有能力在经济上资助建造这样的医院……不好意思，应该请你坐着谈的。”米歇尔说完指了指身边的椅子。

“谢谢。”苏珊坐了下来。

“由于我们照顾病人的方法非常特殊，所以参观会受到严格控制。我们这里的技术非常先进，要是没有提前准备，有些参观者在感情上容易接受不了。只有直系亲属才能探望病人，而且每两周只允许探望一次，还必须有预约。”

米歇尔顿了顿，很勉强地挤出一丝微笑：“我只能说，同意你来这里参观是一次极不寻常的破例。正常情况下，我们每个月的第二个星期二会接待一批医务人员，而且，这也得由我们事先安排。现在，只有你一个人来参观，我想可以变得轻松一些，如果你愿意看，我们这里有一部电影短片。”

“当然愿意。”

“好的。”

米歇尔没有任何提示动作，房间里的光线瞬间暗了下来，位于她们对面的墙上开始放映一部电影。苏珊感到非常好奇，她猜想作为银幕的那部分墙面应该是半透明状的，电影是从里面投影出来的。

影片本身使苏珊回想起从前的新闻纪录片，过时的拍摄技术与现代化的环境格格不入。第一部分是关于重症监护医院的简介。卫教福利部部长和政策规划者、经济学家及医疗卫生专家在共同探讨问题。影片中还用图表说明了由长期重症监护而导致的医院费用呈螺旋式上升的问题。图表讲解员的解说枯燥乏味，就像他们身上的西装一样无趣。

“真是一部糟糕的电影。”苏珊说。

“我也这样觉得。所有政府拍的影片都是这么千篇一律，真希望他们稍微有点创造力。”

影片接着播放的是奠基仪式。政客们一边傻乎乎地咧嘴笑着，一边开玩笑。接着又是一系列图表，说明由于建立了这家研究所，节省了大量的资金。里面有一些镜头展示了杰斐逊研究所是如何帮助其他医院腾出了大量病床，用以接纳更多的急症病人。接下来是人员数字对比：护理同等数量的病人，杰斐逊研究所所需的护士以及医务人员，相比普通医院要少很多。为了证明这一点，电影故意拍摄了一些医务人员在停车场漫无目的闲逛的镜头。最后放映了这所医院的核心部分——大型计算机，其中包括数字计算机和模拟计算机，而且还解释说病人体内的功能平衡都由计算机调节和监测。这部电影在一段鼓舞人心的进行曲中结束，就像一部战争电影的结尾。当最后一个镜头消失的时候，地板下的灯又亮了起来。

“不看这部电影好像也没关系。”苏珊笑着说。

“确实，但是，它至少强调了经济的重要性，这也是研究所的核心理念。现在，请跟我来，我给你介绍一下研究所的主要特点。”

米歇尔站起身来，朝着她走进来的那堵镜子墙走去。门向侧边慢慢滑开，等到她们走进另一条长约五十英尺长的走廊时，门便自动关上了。走廊的另一边的墙面上从地板到天花板也同样都是镜子。当苏珊穿过走廊时，她注意到其他的门都是关着的，每扇门上都没有安装外在的金属硬件，很明显这些门的启动和关闭都是全自动的。

她们来到走廊尽头，一扇门自动侧滑打开，里边是一间长约四十英尺、宽约二十英尺的房间。苏珊对此十分熟悉，因为它看上去和普通医院的重症监护室一模一样。里面有五张床位，各种各样的设备、心电图荧光屏、输气管，等等。但是，有四张床看起来和普通的病床不太一样。每一张中间都有着一条宽约两英尺的空隙，似乎是用两张病床拼接而成，床与床之间间隔了两英尺。床上方的天花板上安装着复杂的轨道机械装置。第五张床看上去很普通，上面躺着一个病人，一个小型呼吸器在帮助他呼吸，苏珊不禁想起了南希·格林利。

“这里是直系亲属的探视区，”米歇尔解释道，“家属过来探望时，病人会自动换到这个病房。只要有病人躺到这些特殊结构的病床上去，它们就会变成普通病床的样子。这个病人今天下午有家属过来探望过了，”米歇尔指着第五张床说，“由于你要过来参观，特意把他留在这里。”

苏珊感到疑惑：“你说这个病人睡的这张床和其他的床一样？”

“对，完全一样。家属来探望的时候，所有的床都躺着病人，所以这儿看上去和普通的重症监护室没什么两样。请跟我来。”

米歇尔看了看躺在床上的病人，朝着房间另外一边走去。房间的尽头，又有一扇门无声无息地打开了。

当苏珊靠近躺着病人的那张病床时，感觉十分震惊，它看起来和普通病床一模一样，看不出中间部分缺少主体支撑。可是她没有多余的时间仔细观察了，就跟着米歇尔走进隔壁的房间。

苏珊一进来首先意识到房间里的灯光有点特别，而且房间给人的感觉既温暖又湿润。当她看到病人的时候，惊讶地停住了脚步。这间房里大约有一百多个病人，全都赤身裸体地悬挂在距离地面四英尺的半空中。靠近观察，发现病人的长骨上穿刺了无数根细钢丝，钢丝紧绷着，和复杂的金属架连在一起。病人的头部钻了几个螺丝眼，被天花板上面的钢丝托住了，防止头部下垂。苏珊觉得他们就像是沉睡着的千奇百怪的提线木偶。

“正如你所看到的，这里的病人都是用紧绷的钢丝悬挂着，许多来访者对此的反应异常强烈。但事实证明，对于长期护理来说，这是最好的办法，可以预防皮肤腐烂，同时最大限度地减轻护理负担。这种方法源于整形外科，用钢丝穿过骨头作为牵引。烧伤治疗的研究表明，当皮肤不接触任何物体的表面时，会有更多好处。将这些概念用于护理昏迷病人是符合自然规律的一大进步。”

“可是看起来很可怕。”苏珊忍不住想起冷藏库里那些惊悚的尸体形象，“这些奇怪的灯光是怎么回事？”

“哦，对了，如果我们长时间待在这里，必须戴上眼镜。”米歇尔走到桌边拿来两副护目镜。

“这里装有低度紫外线灯，它可以抑制细菌的生长，同时还有助于保持病人的皮肤完整。”米歇尔把一副护目镜递给苏珊，自己戴上另外一副。

“这里的温度保持在三十五摄氏度，湿度保持在百分之八十二，这样可以减少病人热量的流失，从而降低病人热量的需求。适当的温度还可以减少呼吸道感染的几率，对于昏迷的病人来讲，呼吸道感染是极其恐怖的，你应该是知道的。”

苏珊愣愣地听着。她小心翼翼地靠近了一个悬挂着的病人，无数的钢丝穿过病人身上的长骨，接着水平穿过环绕病人躯干的铝架，再延伸到安装在天花板的复杂吊运装置上。苏珊抬头看了看，天花板上面布满了纵横交错的吊运轨道。病人身上的静脉滴注器、吸液管、监视仪等各种管线全都和上面的吊运装置相互连接着。苏珊回头看了一眼米歇尔，问道：“这儿没有安排护士吗？”

“很巧，我就是。另外还有两个护士在值班，外加一个医生，我们四个人负责一百三十一个特护病人。这个比例非常合理，你觉得呢？你看，一切都是自动化的。病人的体重、血气指标、体液平衡、血压、体温——其实这一长串的可变项目都用计算机不断扫描，然后和正常值进行比较。计算机自动开启网络管线上的阀门，调整那些异常现象。它比传统的护理方式要有效得多。医生可以从容不迫地关注个别特殊现象。而且，计算机取样检验速度快，所以疗效高。最重要的是计算机能在所有特定的时间让所有变量得到相互协调，这更像是人体本身的调节机制。”

“现代医学已经发展到如此高的水平，简直难以相信，真像科幻小说里的情景。一台机器看护着一大群失去知觉的人，仿佛这些患者不是人似的。”

“他们的确不是人。”

“什么？你在说什么？”苏珊的目光瞬间盯着米歇尔。

“他们以前是人，但现在只是单纯的脑干标本。现代医学和技术已经进步到了可以使这些有机体存活，甚至可以无限期地存活下去。过去，昏迷病人引发成本危机，而法律又规定必须维持这些病人的生命，就必须依靠技术进步来解决这些问题。现在可以做到了。这家医院可以一次管理一千个这样的病人。”

米歇尔叙述的基本观点中有一些东西让苏珊觉得很不是滋味。她感觉眼前这个向导自己肯定也被灌输了这种观点，苏珊看得出来，米歇尔不会对自己的解释有任何质疑。尽管如此，苏珊也没有多余的时间去思考研究所的医学伦理基础。她对这里的设施很感兴趣，想要多看一点。她观察着房间，这个房间一百多英尺长，十五到二十英尺高，天花板上错综复杂的轨道让人看得眼花缭乱。

房间的另一头有一扇关着的门，那是一扇普通门，装着普通的门把手。苏珊判断出只有她们刚才走过的门才是集中控制的。大部分参观者和家属应该从来不会走进这个大病房。

“杰斐逊研究所一共有几间手术室？”苏珊突然问道。

“我们这里没有手术室。这里是一所长期护理医院。如果病人需要做急性护理，会马上转回有关医院。”

她这种脱口而出的回答，仿佛是条件反射或者训练有素的反应。但苏珊记得很清楚，她从市政厅得到的平面图上有手术室的标记，就设在二楼。她觉得米歇尔在撒谎。

“没有手术室吗？”苏珊故意装出一副很惊讶的样子，“那医生在哪里对病人进行紧急手术呢？比如说气管切开手术之类的？”

“紧急情况的时候，就在这间大病房或者隔壁的重症监护室的探望室。这里也可以临时搭建手术室，但是这种情况几乎没有出现过。我说过，我们这里是一所长期护理医院。”

“我觉得总得有个手术室。”

这时，一个病人差不多就在苏珊的面前自动后仰，他的头部要比双脚低约六英寸。

“这就是计算机工作的一个非常好的例子，”米歇尔解释道，“计算机也许是检查出了病人血压下降，所以先让他处于头低臀高的特伦德伦伯格氏卧位，然后再检查和排除导致血压下降的原因。”

苏珊漫不经心地听着，心里在琢磨着怎样才能独自去探索一下这个研究所，她想去看看平面图上标注的手术室。

“我来这里的原因之一是想探望一个姓伯曼的病人，他叫肖恩·伯曼。你知道他在哪儿吗？”

“不可以，没法立刻知道。说实话，我们这里的病人都没有标注姓名，他们是按照号码编排。标本一、标本二，这样编排。这在使用计算机的时候会方便很多。想要知道伯曼的编号，我要用计算机查查对照表，几分钟就行。”

"好的，我希望能找到。"

"要找他的话，我必须去控制台使用终端设备。你可以先在这边看一看，看看能不能找到他。或者你也可以和我一起去，在等候室里稍等片刻，因为来客是不允许进入控制室的。"

"谢谢，你去吧，我在这里等就行了。这里太有趣了，我看上一个星期也不会腻。"

"那随便你吧。不过不用我多说，无论发生什么事，你也不能去触碰任何钢丝或者病人。整套系统都非常平衡，如果计算机检测到你身上的电阻，警报器就会自动鸣响。"

"放心吧，我不会触碰这里的任何东西。"

"那就好，我很快就回来。"

米歇尔取下护目镜。通往探望室的门自动打开了，她走了出去。

米歇尔穿过探望室，刚来到走廊的中间，控制室的门便打开了。里面的光线十分暗淡，就像核潜艇上的控制室。室内大部分的亮光都来自右墙上的双向镜子，双向镜子可以从控制室内直接观察大厅的情况。

当米歇尔进来的时候，里面还有两个人，一名警卫坐在一大排U形电视监视仪前，他同样身穿白衣，腰上系着白色皮带，装着带有白色枪套的自动手枪，以及一架索尼牌的收发两用机。他坐在一个安装了多种开关和键盘的大控制台前。他面前的一组电视监视仪正在扫描着医院内的房间、走廊和入口处。有几个屏幕的图像位置是固定的，比如前门和门厅的监视器，其他则是随着遥控电视摄像机的扫描而变动。米歇尔一进来，他便睡眼惺忪地抬起了头。

"你把她单独留在病房？这样做合适吗？"

"没事。我收到的指示是，在一楼她爱怎么看就怎么看。"

米歇尔朝着一架大型计算机的终端设备走去，那里坐着一个衣服和米歇尔一模一样的护士。她正在观察着眼前四十多台荧光屏上面显示的数据。她右边计算机上的记录器时断时续地跳动着，打出信息。

米歇尔一屁股坐到椅子上。

“她到底和谁有关系，居然被单独受邀？”计算机护士忍着呵欠问道，“她看起来应该是个开业护士，没戴帽子，也不用发夹，而且身上的那套护士服，像是穿了六个月了。”

“我也不清楚她认识谁。我只是接到了电话，说她要过来参观，要我们让她进来并接待她。还要我在她到来之后，给所长先生打电话。你觉得这其中有什么名堂吗？”

那位计算机护士哈哈大笑起来。

“帮我一个忙，”米歇尔接着说，“在计算机输入肖恩·伯曼的名字，他是纪念医院转过来的病人。帮我查一下他的代号和床位。”

计算机护士开始输入信息：“下一班换你在计算机旁坐着，我去巡回。整天摆弄这台机器都要把我憋出毛病了。”

“没问题。这个星期的例行巡回里，唯一的意外就是这位访客。如果在一年前，有人叫我看管一百个特护病人，我肯定当面嘲笑他。”

有一个显示屏上出现了信息：肖恩·伯曼。年龄：三十三岁；性别：男；种族：白种人。诊断：麻醉并发症引起大脑死亡；标本号：323-B4；完。

护士把标本号 323-B4 再次输入计算机里。

室内另一端的警卫无精打采地呆坐着，眼睛和往常一样盯着监视仪看。他已经连续看了两小时，实际上，他做这份工作已经这样将近一年了。十五号荧光屏显示出大病房的图像，电视摄像机的镜头由房间的一端转动到另外一端，图像也在不断地变化着。他对眼前那些吊着的裸体病人没有丝毫兴趣，他早已习惯了这些可怕的景象。摄像机继续不停地转动扫描着，十五号荧光屏自动转向探望室。

警卫忽然坐立起来，眼睛注视着十五号荧光屏。他伸出手去打开手动模式的开关，重新扫描大病房。电视摄像机再一次扫描了着整个房间。

“访客已经不在大病房了！”警卫大叫道。

米歇尔的视线从计算机显示屏转向十五号荧光屏。“不见了？仔细找一下，看看探望室和走廊。可能是她受不了了，对于第一次来访的人而言，大病房容易让人害怕。”

米歇尔转过头，看着玻璃后面的等候室，那里也没有看到苏珊的踪影。

计算机上的显示屏又亮了：标本 323-B4 于二月二十六日三点十分死亡。死亡原因：心力衰竭。完。

“如果她是来看望伯曼的，那就太可惜了，她来晚了。”护士冷冰冰地说道。

“她已经不在探望室了，”警卫一边说，一边启动了一连串开关，“走廊里也没有。这不可能！”

米歇尔从椅子上站了起来，双眼盯着十五号荧光屏，然后朝着门口走去。“别着急。我去找找看。”米歇尔转身对计算机旁的护士说，“我觉得你应该给所长再打个电话，我们最好还是让她早点离开。”

二月二十六日　星期四

下午五点二十分

米歇尔一离开大病房，苏珊就从笔记本里拿出了那张复印的杰斐逊研究所平面图。她从入口处开始寻找，一直到大病房，确认了自己所在的方位后，又接着查找通往二楼的路线。她现在面对两个选择：

“MG”标注的地方有一个楼梯，而“M Comp.R”标注的地方有电梯。苏珊瞥了一眼右下角的缩写注解，“MG”代表太平间，“M Comp.R”代表总计算机室。苏珊迅速做出判断：相比之下，走楼梯的安全性要高于坐电梯，计算机室内很可能有人。

她走到大病房的另一头，那里装着一扇传统式样的门，她试着旋转门把手，居然转开了。苏珊打开门，来到走廊里，感觉光线十分暗淡，这才想起自己还戴着那副护目镜。她将护目镜取下，顺手塞到制服袋里。这条走廊和她以前见过的其他走廊一样，四周洁白无瑕，地板反射着灯光。走廊两端各装着一面大镜子，两面镜子相互映照，将走廊拉得很长，像是完全看不到尽头。

走廊里空无一人，寂静无声。苏珊查看楼层的平面图，上面显示太平间和楼梯都在右边。她把身后的病房门关上，快速跑到走廊尽头的门边。门上没有任何标记，只有一个普通的门把手。苏珊用力旋转一下，发现门并没有锁住。

她轻手轻脚地把门打开，每次都只轻轻地移动几英寸。她可以看到附近墙上的瓷砖，接着她又看到了不锈钢解剖台的一部分，有一具赤裸的尸体躺在上面。苏珊听到了里面有人在说笑，还听到了拨弄天平的声音。

“嗯，肺是这个重量，那心脏呢?”一个声音传来。

“这次该你猜了。”另一个声音笑着说。

苏珊再次旋转把手，把门推开一英寸，正好看到了尸体的头部。她眯起眼睛，定神看去，瞬间感觉全身都软了。这是伯曼的尸体!

苏珊无声地关上了门，站在门边深吸了几口气。她感觉很恶心，但很快抑制住了。她意识到时间紧迫，这个地方不应该久留，必须马上乘电梯上楼。

苏珊在门口的停留的时间恰到好处，她回到走廊时，镜子后面的电视扫描机刚好结束了五秒的扫描。下一次扫描在十秒之后。她匆匆跑回大病房，走到通往计算机室的门边，有些犹豫地试着转动门把，这里的门也没被锁上。她把门推开十英寸左右，朝屋里看了看，发现一个人也没有，她瞬间感到如释重负。她打开门，发现里面的计算机控制台、输出输入设备及磁带存储系统多得数不胜数。

房间靠近天花板的一个角落里，一台正在转动的机器引起了苏珊的注意。她立刻认出来那是电视监控摄像机。当镜头缓缓地转向苏珊时，她赶紧往后退，关上了门；估算着摄像机镜头扫过以后，她又迅速把门打开，穿过房间朝着电梯跑去。但时间还是不够，这样的话，她必定会被往回扫描的电视监控摄像机发现的。于是，苏珊在跑到一半时停了下来，躲到一个计算机控制台的后面。

她不得不挨着一个个控制台迂回前进，避开摄像机移动的镜头。她一跑出房间便朝着电梯冲去，疯狂地按电梯的按钮。苏珊听到升降机井内的电梯声，电梯在另一层。

监控摄像机转到极限，已经开始往回扫。苏珊不停地按电梯按钮。电梯声停止了，电梯门颤动了一下，缓缓打开。苏珊回头看了一眼监控摄像机，心急火燎地挤进门缝，按下了“关”的按钮，电梯门自动关闭。苏珊不清楚自己是不是被摄像机拍到了。

电梯又深又暗，速度非常缓慢，可能只有三个滑轮装置。她按了去二楼的按钮，感觉到电梯开始上升。二楼的平面图显示手术室就在距离电梯最远的另一头。电梯到手术室之间是一条长廊。右边的第八、第九两扇门通往手术区。

电梯停下了，电梯门自动打开，苏珊站在电梯中，手指放在“关”的按钮上，以防走廊上有人，一旦发现就立刻关门。这里的走廊和楼下的一样，只是房门往里凹陷得更深，天花板上到处都是推车的吊运轨道。

电梯门缓缓关闭时，苏珊顺着走廊往前奔跑，心中默默地计算着经过的房门。突然，苏珊发现远处有个男人开着一辆微型叉车，上面装满一瓶瓶的血液，他似乎是从另一条交叉的走廊里出来的。苏珊慌忙地躲到一个门口的凹处，不小心撞到了墙上，痛得她直喘大气。她躲着听了一会儿，直到叉车的声音渐渐远去，才探出头看了看，发现走廊中空无一人，就继续朝着第九扇门靠近。

她等到呼吸均匀后，才缓缓把门推开一条缝，观察室内，接着灵活地钻了进去。

这是一间更衣室，烟灰缸上还搁着半截燃烧的香烟，烟雾在静止的空气中袅袅上升。通往浴室的门开着，里面传来有人洗漱的声音。

米歇尔再次进入控制室，倦怠的感觉早已消失。她闭紧嘴唇，眼珠却在不停地转动着。她现在和警卫一样，显得非常紧张。

“那个来访的姑娘真的蒸发不见了，她该不会已经出去了吧？”米歇尔问道。

“这不可能。如果我不按下按钮，无论是前门还是任何通大楼外的门都不可能打开。”警卫继续开着电视扫描器逐一排查。

“情况或许很糟糕，我们还是再给所长打个电话吧。”计算机控制台前的护士说道。

“我真搞不懂，我们所有主要的区域都已经安装了监控，可就是找不到她。她绝对在哪个门口躲起来了。”警卫说。

“所有门口都没有看到她。我去大病房的时候，全都排查过了，也许她躲进了电梯？”

“这倒是有可能，”警卫说，“要是她真的上了楼，事情就严重了。现在我去警卫大楼，把所有楼梯的门都自动锁上，再给外面的围墙接通电源。在上级下达新的指令前，我会一直守着总警报器。”

米歇尔走到一个红色电话机前："太荒唐了！真的，完全是多此一举！为什么要同意她来单独参观呢？"

更衣室的弹簧转门可以直达手术接待区，苏珊走了进去。这里面的陈设很普通，天花板上亮着日光灯，边上安装着随处可见的吊运病人用的轨道。昏暗的灯光让苏珊想起大病房的照明，她猜想这里的灯光可能含有紫外线的成分。地面上铺满了白色的塑料地板，四周的墙壁是用白色瓷砖装饰的。

手术接待区并不大，中间有一张空桌。手术室共有四间，每边两间，中间分别隔着一个辅助室。一号手术室里低沉的聊天声引起了苏珊的注意，门上小窗口投射出的灯光表明里面正在进行手术。

而与手术室临近的辅助室门窗上黯淡无光，表明这里面没有人。苏珊走进观察了一下，随后潜入了昏暗的辅助室。

辅助室内很暗，只有手术室的门玻璃上透入了一丝光线。

苏珊等到眼睛渐渐适应昏暗的光线后，才稍微看清了室内物体的轮廓。中间的一张桌子上摆放着大容器，里面不停地发出低沉的声音。沿着墙壁有一排柜台，左柜台中间位置有一个水槽，她的右边存放着一个气体消毒器。

苏珊小心翼翼地打开水槽下面的橱门，用手摸索了一下，发现里面的空间足够容纳一个人，出意外的时候可以在这里藏身。她又走到通往接待区的门边，拧动门把，门被锁上了。她安静地听着手术室内发出的声音，确定没有异常。苏珊的双眼注视着桌子中间的容器。不过因为光线太昏暗，看不清是什么。

苏珊轻轻地走到手术室的门口，踮起脚尖往里看。她看见两名外科医生穿着普通的手术服，戴着手套，正俯身对着一个病人，边上没有麻醉师，也没有手术台。病人依然悬挂在半空中，右侧被固定着，肾脏部位有个切口，外科医生正在缝合着。苏珊可以很容易地听到他们的谈话。

“上次那个病例的心脏送到哪里去了？”

“旧金山，”另一位医生说完开始打结，缝线被他系得很紧，“我猜大概只值七万五千美元。组织类型对不上，四个项目里只有两项符合，订单催得太急了。”

“不可能那么凑巧，”第一个医生说，“但是这个肾脏是四个项目都匹配。听说大约值二十万美元。过几天他们也许还会要另外一个。”

“好吧，除非找到心脏的销售市场，否则我们是不会放手的。”另一位医生继续说道，手中迅速打着另一个结。

“现在继续解决的问题，就是赶紧给达拉斯找到一个组织类型符合的病人，四个项目都要符合的，他出价一百万美元。这家伙的老爸是个石油大亨。”

第二位医生吹了一声口哨，说道：“到目前为止有进展了吗？”

“只找到一个三个项目匹配的病例，预定在下个星期五在纪念医院做扁桃体切除手术……”

苏珊的大脑飞快地思考着，努力分析他们对话的内容，正这么琢磨，突然，她听见接待区那边的门被人扭动了，有人想要进来。苏珊心中第一反应就是跑进另一间没人的手术室里，但是那人已经走进亮着灯的手术室。她慌忙跑到水槽边，钻进下面的小橱里。她的脚刚缩进去，就听到几个罐子被打翻了的声音，把她吓了一跳。橱内的空间很小，她费了九牛二虎之力才把胳膊缩进去。她还没来得及把橱门完全关上，辅助室和手术室之间的门就被打开了，室内的电灯也亮了。苏珊赶忙屏住呼吸。

因为她的头是侧着的，橱门开着一条缝，所以看到了桌上有两个外形如同金鱼缸的有机玻璃容器。此时她才反应过来，原来进屋时听到的低沉声是这两台配套装置发出的，用电池供电，为两只有机玻璃容器输液。其中一个容器装着一颗人的心脏，悬浮于液体中的心脏不是跳动，而是颤动。另一个装着一只人的肾脏，同样悬浮在液体里。

苏珊茅塞顿开，整件事情都瞬间明了了，她终于找到了动机，迫使病人昏迷的令人惊悚的动机。杰斐逊研究所居然是买卖人体器官的黑市交易所！

苏珊没有多余的时间思考。那个人走过水槽边，裤管擦过半开着的橱门。他先把通往接待区的门打开，再回到桌旁，吃力地端起装着心脏的容器，朝外面走去。辅助室里面的灯还亮着，门半掩着，没有关闭。

苏珊脑海中回忆起调查过的每个细节：氧气管上的T形阀门、丹布罗西奥狰狞的嘴脸、南希·格林利的形象，以及有机玻璃容器里装着的心脏。她又想起楼下太平间里那两个医生的对话，猜想这颗心脏估计就是伯曼的。她开始有一种紧迫感，又感到无比恐惧。一想到这件骇人听闻的事件，就让她手足无措。她必须马上离开，但是她立刻意识到，想要离开研究所谈何容易。这不是一家普通的医院，至少这里有一些人员就是罪犯。她必须逃出去，找一个能够理解这一切并且相信自己的人。斯塔克？对！一定要找斯塔克。只有他才能相信自己，了解整个事件的罪恶程度，并且有能力采取相应的措施。

苏珊慢慢地推开橱门，小心翼翼地把左手伸到橱外的地板上，侧耳倾听。桌上装着肾脏的容器传来低沉的输液声，除此之外周围没有任何声响。她努力把右腿从小橱的角落里往外拉。突然，走廊那边传来了脚步声。她赶紧缩回橱柜，收起胳膊，身子努力往里蜷缩。上面水槽排水管的弯头刚好顶在她的背上。

来人快速地走进房内，路过水槽边时，顺便踢了一下橱门。藏在橱里的苏珊耳朵被震得嗡嗡作响。她听到那人吃力地把第二个容器端走，脚步声离开了房间，渐渐消失在走廊中。

苏珊继续在原地躲了两三分钟才敢动。她侧耳倾听，没有听到走路的声音，只有从一号手术室传来的低沉的笑声。身体僵硬发麻的苏珊从水槽底部钻了出来。突然，一只喷雾筒从小橱里掉落在地，翻滚了一段距离。苏珊吓得呆住了，还好没人听到。她朝另一间关着灯的手术室跑去。

苏珊不得不再次停下来，等待眼睛慢慢适应黑暗的环境。头顶悬挂的手术灯的轮廓依稀可辨。她谨慎地朝着靠走廊的那堵墙走去，找寻门把手。她摸到门把手后，把门拉开一丝缝隙，原来这里是洗手消毒处。

突然，刺耳的警报声打破了黑暗的宁静，那些昏暗的房间瞬间灯火通明。苏珊心惊胆战地放下门把手，转身靠近墙面，做好遭受袭击的准备。

房间里空无一人。

有个小喇叭边上的红灯一闪一闪地跳动着，扬声器噼里啪啦地发出声音："有一位女性没有获得批准闯进了大楼，必须立即扣留。再重复一遍，有一位女性没有获得批准闯进了大楼，立即扣留。"扬声器停止了播报，苏珊松了口气。她离开手术室，从消毒处窥视外面，走廊里也没有人。

两个身穿白色制服的警卫快速穿行在大病房，对悬挂在他们周围的一百多个昏迷病人视而不见，他们俩的手里都握着手枪。身材魁梧的警卫在听索尼牌对讲机。他把对讲机挂在皮带上说道："我去计算机室坐电梯上二楼，你穿过太平间去机械间看看。"

两个人走到病房外的走廊里。

"切记，上面下达的命令很清楚。要是找到了她，她愿意乖乖地跟我们走，当然最好；不然的话，就开枪杀了她。但是必须射击她的头部，他们也许需要她的肾脏或者心脏，这得看看她的组织类型。”

两个人分开后，身材魁梧的警卫走进计算机室。他井然有序地检查了房间，然后打开电梯。

苏珊跑到手术接待区，绕过一号手术室。她刚想打开更衣室的门，突然听到里面传出说话声，她毫不犹豫地改变计划，转身朝通向主走廊的门跑去。这时她看到接待区桌上放着一把大剪刀，便顺手拿了起来，剪刀可以当作她的武器。然后她来到走廊里。

走廊里依旧空无一人，苏珊总算松了口气。她可以看到另一头紧闭的电梯门，于是深吸了一口气，直接朝着电梯奔去。

苏珊刚把一百五十英尺长的走廊跑完一半，电梯便升到了二楼。电梯门颤动着打开了，苏珊慢慢放缓了脚步。警卫从电梯中走出来，苏珊立刻停了下来。两个人看到对方都吃了一惊。

“非常好，小姐。我们还是去楼下谈谈吧。”警卫的声音并没有丝毫的威胁。他慢慢地朝着苏珊走过来，把手枪藏在身后。

苏珊慌张地往后退了几步，猛然转身向着手术区狂奔。警卫立刻紧追她的脚步。苏珊在绝望中连续推了几扇门。第一扇门锁着，第二扇门也锁着。眼看着警卫就要追上来了，第三扇门终于被她推开了。

她冲进室内，准备把门关上，警卫的左手已经抓住门沿，而半只脚也跨进了门内。

苏珊使出全力把门向外推，但比拼力气，她显然不是警卫的对手。警卫体重有二百多磅，虽然苏珊使出全身气力，警卫的体重和力量还是占据了压倒性的优势。门越开越大。

苏珊用左手和肩膀拼命顶着，右手紧握之前拿的大剪刀，当作匕首用力往下戳，剪刀刺入了警卫的手掌。

剪刀的尖头刺在食指和中指关节中间，这一戳十分奏效，刀身穿过掌骨，撕开蚓状肌，直穿掌背。警卫痛得大叫起来，松开推挤大门的双手，跌跌撞撞地退回走廊，剪刀还嵌在他的手掌里。他屏住呼吸，忍痛拔出剪刀，鲜血如喷泉一般喷射到不透明的塑料地板上。

苏珊砰地把门关上，锁上了门。她赶紧转身扫视了一圈房间，这是一间小实验室，中间有一个实验室工作台，左边有两张办公桌面对着放在一起，靠墙位置有几只文件柜。房间另一头有一扇窗。走廊里的警卫平静了下来。他用手帕把左手包好，止住了往外喷射的鲜血，又用手帕把食指和中指包住，绑在手腕上。他摸出万能钥匙，怒火中烧。第一把钥匙插入锁孔里转不动，第二把连型号都对不上，第三把依旧没法转动，第四把终于转动了，锁芯一下被弹开，门开了。警卫气愤地踢开房门，因为过度用力，门把手竟然嵌进了灰泥墙壁。他给手枪上了膛，跳入了房内，环视了一圈，却没有发现苏珊的踪影。窗子开着，二月的寒风呼呼地吹进温暖的房间。警卫跑到窗口，探出身子望着窗外的窗台，随后再次回到房间，取出了他的对讲机。

“好了，我发现那个女孩了，就在二楼的组织实验室。她挺难对付的，往我手上捅了一刀，不过我没事。现在她逃到窗外的窗台上去了……不，我看不到她。她应该在窗台那里转弯了……不，我觉得她不会跳下去。杜宾犬准备好了吗？很好，我唯一担心的是如果她绕到了大楼正面，可能会引起路人的注意。好，我去检查另一边的窗台。”

警卫把对讲机插回皮带，把窗户关上，锁起来，随后捂着受伤的手跑出了房间。

二月二十六日　星期四

下午五点四十七分

天花板上厚重的塑料板在苏珊的手中慢慢往下滑。她只能紧紧地用指尖抓着，手早已麻木了。她咬紧牙关，拼尽全力把它顶在距离自己六英尺远的金属架上。她可以听到警卫在她正下方用对讲机讲话，如果塑料板滑落，她就暴露了。她紧闭双眼，尽量让自己不去想她麻木的手指和疼痛的前臂。塑料板持续下滑，马上就要掉下去了。这时警卫关闭对讲机，然后锁上了窗户。苏珊居然坚持下来了。她没有听到警卫走出房间的声音，塑料板终于掉下去了，砰的一声，震动了整个悬空的天花板。血液瞬间涌入指尖，疼痛极了。苏珊仔细听着，发现下面没有了动静。她总算可以松一口气了。

苏珊趴在组织实验室的天花板隔层里。讽刺的是，她在检查纪念医院手术区之前，还不知道天花板上面会有隔层。这次居然可以爬上去躲过一劫。幸好有个文件柜，她可以站在柜顶，移开塑料板爬进隔层里躲起来。

苏珊取出楼层平面图，借着板缝中透过的一丝微光，查看楼房布局。但即使她的双眼早已适应了黑暗，依旧看不清平面图。她观察着四周，发现距离她大约二十英尺的地方有一束较为集中的光线，那是从一个较大的缝隙中照射进来的。苏珊摸索着实验室和隔壁办公室间的竖柱，移动到光源附近，以便观看平面图。她要找出类似纪念医院的总管槽，如果总管槽足够大，就可以爬出去。平面图没有标记总管槽的位置，不过在电梯井边上，画有一个长方形围墙。苏珊估计那就是她要找的总管槽口的位置。

她沿着组织实验室的墙顶继续前进，双手牢牢抓紧竖柱，缓慢地来到走廊上面的固定天花板。为了能够承受吊运轨道的重量，这里的天花板是用混凝土浇筑而成的。苏珊踏上混凝土的天花板，行走起来方便多了，她朝着电梯井方向跑去。

越靠近电梯井，就越难前行。因为光线越来越暗，而且管道、电线和输送管纵横交错地交织在一起。她像个瞎子一般摸索着徐徐前进，好几次不小心触碰到蒸汽管，烫伤了手，皮肤烧焦的气味飘进了她的鼻子。

她在漆黑的环境中摸到了电梯井的垂直混凝土墙，绕过墙角，顺着一根管子摸索，感到它成直角往下延伸。其他管子也同时成直角往下弯。她趴在管槽口向下望去，看见最远处的底层透进了一丝微弱的光亮。

苏珊用手估算管槽的大小，大约是一个边长四英尺左右的正方形，与电梯井公用的一堵墙是混凝土建筑。她进入管槽，选择了一根直径为两英寸的管子，用手紧紧抓住，背对着混凝土墙壁，双脚踩着其他管子，身子和槽壁紧贴着，然后一寸一寸地向管槽下方挪动，就像一个在烟囱内爬行的登山运动员。

这个挪动的过程并不容易，每次只能往下滑行几英寸。她要避开灼热的蒸汽管，却又免不了碰到。过了一会儿，苏珊能看清眼前的管子了。朝黑暗中望去，物体的轮廓依稀可见。这时，她知道自己已经到了一楼的天花板隔层。她对自己一步步成功下移而由衷地感到欢喜。但当她一想到既然自己可以从管槽往下爬，研究所的人也可以从管槽爬上来时，愉悦的心情瞬间消失了。同时她突然意识到，如果纪念医院里有人爬上去把氧气管的 T 形阀给打开，也是相当容易的！

苏珊继续往下慢慢滑动。下方的光线越来越亮，电机的轰鸣声也越来越响。接近地下室时，苏珊想到下面没有悬空的天花板可以隐蔽，她也无法贸然横冲出去。她继续往下滑动，不一会儿就看见一楼楼面，然后她停止移动，身体抵在混凝土墙壁上，朝下方观望。

机房和动力房有几盏工作灯亮着。苏珊下滑时抓住的是一根水管，直接通到地面。另外几根稍微粗一点的管子在距离一楼混凝土楼面四英尺的地方直角转弯，由从楼面垂下的铁条固定，向前延伸穿过机房。

苏珊踩在其中一根管子上。她并不是耍杂技的演员，但天生的舞蹈才能起了至关重要的作用。她用右手和头部抵住坚实的混凝土，顺着管道弯腰前进，眼睛尽量不往下看。

她举步维艰，但充满自信。她看到前面有一堵墙，后面是另一个天花板隔层。她仍旧头顶着天花板，脚踩钢丝绳一般，顺着管子慢慢向前移动。苏珊刚走到动力房的上方，距离目标只有四英尺了，忽然，一道光亮照射到她身边，把她吓了一跳，险些失去平衡。原来是机房的电灯亮了。

苏珊紧闭双眼，用手平托天花板，双脚卡着管道。下方有个警卫正在绕着机器巡查，双手分别拿着大电筒和手枪。

接下来的十五分钟或许是苏珊这一生中最漫长的一段时间。她身上穿着显眼的白护士服，站在黑色的管道和天花板中间，而警卫居然没有发现她，就连她自己都觉得不可思议。警卫巡查得非常认真，甚至是工作台下面的小橱也检查了，却唯独没有抬头看天花板。为了保持平衡，苏珊的双臂由于紧张而不停地颤抖着，两腿也跟着哆嗦，她很怕鞋底会和管道一起发出“拍电报”般的声音。终于，警卫关灯离开了。

苏珊不敢立刻移动。她先放松了一下过于紧张的情绪，克服了眩晕的感觉。她渴望立即躲到四英尺外的混凝土隔层里面去。隔层近在眼前，却又远在天边。她的右脚向前移动六英寸，随之把身体重量往前倾，接着再把左脚移过去。她的四肢非常疼痛，恨不得直接就扑到对面的隔层内，但又害怕动静太大会被发现，所以只能像毛毛虫似的慢慢蠕动。当苏珊一进入天花板的隔层，便仰躺在上面，累得直喘粗气，任由血液流向麻木的四肢。

不过苏珊知道不能在这里久留，必须尽快逃出大楼。她躺着查阅平面图，发现了两条出路：第一是离她最近的供应室，第二是大楼远端标注“DP”的房间。苏珊翻看平面图的“说明”，得知“DP”表示“调度”。

苏珊想起了在楼上辅助室里取走心脏和肾脏的人。虽然供应室更近，可她还是选择了调度室。她想他们肯定会赶运器官，因为移植的器官必须尽快使用。

苏珊的衣服现在又脏又破。她站起身，收好平面图，顺着地下室走廊上的混凝土天花板向调度室走去。这里和机房一样，也有很长的一段没有隔层，所以光线稍微明亮一些，走起来方便了许多，让她可以轻松避开各种管道，顺利前进。

她来到大楼的另一处角落，再次查看平面图，估算自己已经到达目的地了。她趴在调度室上方的混凝土隔层里，头枕着活动天花板，非常小心掰开一块塑料板，把手指伸进去，用力将它抬起，苏珊瞬间看清了下面的调度室。里面有人！

因为担心会发出声音，苏珊不敢放下塑料板。她看见室内的那个人正伏在办公桌上填写表格。他身穿一件拉链开着的皮上衣。地上有两只绝缘纸箱，上面清楚地写着：“人体移植器官——此端向上——易碎品——急件。”

调度室那扇她无法看见的门被打开了，走进来一个警卫。

“我们出发吧，麦克。赶紧把东西装车走吧，还有事要做。”

“填好单子才可以装车。”

警卫从调度室另一边的弹簧门离开了，苏珊看到那里像是一个车库。

司机填完表格，一份放进柜台上的盒子里，另一份放入自己的口袋。他把纸箱搬上手推车，倒退着推开弹簧门，出去了。

苏珊把塑料天花板放下，迅速走到走廊尽头的墙边。她贴着墙，听到卡车关门和上锁的声音。

靠墙的地方光线很暗。苏珊伸手摸索着墙壁，本以为会摸到混凝土，却发现摸到的是一块竖着的塑料板。这时，苏珊又听见下面卡车引擎发动的声音。她想把这块板推开，却发现它被金属凸缘固定住了。卡车引擎发动了几下之后就停止了，随后又开始呜呜作响。

苏珊拼命地推凸缘，凸缘慢慢朝上弯。她又反复推了另外几个凸缘。引擎再次发动了，先是嘎嘎作响，接着是隆隆声，最后转变成有节奏的空转。苏珊听到车库沉重的大门往上缓缓升起。她用手指抓住塑料板上部拼命往自己方向拉，却纹丝不动。她又推动凸缘，再拉板，塑料板总算拉开了。苏珊没有及时反应过来，往后跌了一跤。她立刻回过神，爬起来，在开口处俯视车库，看见正下方的一辆大卡车正在排废气，一个警卫在入口处站着，一只手按在脑袋上方的大门开关上，眼睛看着缓缓上升的车库门。

苏珊纵身一跃，四肢同时落到车顶，发出的撞击声随即被汽车引擎的轰鸣声和车库门打开的隆隆声淹没了。卡车忽然向前开动，她的四肢趴在车顶，由于惯性，她的身子往后偏移。她想抓住点什么，但金属车顶上一片光溜溜，什么也没有。她顺利通过车库门。汽车沿着斜坡驶向大街，苏珊往后滑的幅度更大了，几乎难以控制，她的脚尖已经滑出汽车后顶，她的双手努力压在光溜溜的金属车顶上。

卡车开到大街上，司机左转弯时点刹了一下，苏珊顺势让身子向前滑行，朝逆时针方向倾斜。刺骨的寒风扑面而来，司机忽然加速。苏珊惊恐不已，绝望而无助。她缓慢地朝前方驾驶室爬行，冻僵的双手紧握车顶前凸出的通风装置。忽然，卡车颠簸了一下，苏珊的身子往上一弹，然后又跌回车顶，下巴和鼻子狠狠地撞到了金属车顶，痛得她倒吸一口气。之后的事情，她已记不清了。

苏珊猛地醒了过来，发现自己的鼻腔和嘴唇正在流血。她抬头看着街边的建筑，认出这里是干草市场，她觉得卡车肯定是去洛根机场了。

卡车停下来等红灯。街上车水马龙，行人川流不息。苏珊艰难地爬到驾驶室顶，双腿向前挪动，想要站起来，然后坐下，双脚放在发动机的引擎盖上，低头透过挡风玻璃，看着驾驶座上的司机。司机惊呆了，以一副不敢相信的表情看着她，双手僵硬地握着方向盘。

苏珊从引擎盖滑到保险杠上，接着跳到地上。刚站稳身子就立刻从车辆间穿过，朝着政府中心跑去。此时，司机稍微缓过神来，匆忙打开车门，对着她喊叫。绿灯亮了，后面司机愤怒的喊叫声和刺耳的喇叭声使他不得不回到驾驶室。他挂上挡，启动卡车，心想，谁能相信会遇到这种怪事呢！

二月二十六日　星期四
晚上八点十分

苏珊破旧不堪的护士服无法抵御刺骨的寒风。气温低至零下八摄氏度，还伴有六级北风，使本就严寒的天气更加寒冷。苏珊沿着空旷的干草市场蔬菜摊跑着，尽量躲避拦路的空纸箱，被风吹得满地乱跑的空纸箱挡住了她前进的路，她不禁想起早上的噩梦。

她跑到街角左转，顶着风前进。这里风力很强，她冻得直打哆嗦，上下颌不停地碰撞着，像是在用莫尔斯电码发什么紧急电报。在市政厅的林荫路上，风力更强了。市府中心区的设计特殊，大楼的正面是弧形，林荫路很宽广，形成了一条风道，北风在这里肆意地刮着。苏珊只有迎着顶头风、弯着腰才能爬上宽阔的台阶。她的左边是市政厅，这一卓越的现代化建筑阴森森地隐现在黑暗之中，鲜明的几何图形轮廓投下相互交错的阴影，给整个场景笼罩了一种不祥的气氛。

苏珊想要打个电话。她走到坎布里奇街，看见几个行人弯腰缩首，迎着刺骨的寒风赶路。苏珊拦下第一个行人，是一名妇女。她抬头看着苏珊，先露出疑惑的眼神，接着又露出了害怕的表情。

苏珊牙齿颤抖着说道："我需要十分硬币打个电话。"

那位妇女一言不发，推开苏珊的手臂，头也不回地匆匆走了。

苏珊低头看了看身上的衣服，护士服被撕破了，脏兮兮的，沾满了血迹。她的手掌黑乎乎的，头发也乱成一团。她意识到自己现在看起来像个精神病患者，或者像个乞丐。

苏珊又拦下了一个男人，说了同样的话。那人被苏珊的样子吓得倒退了几步。他伸手从口袋里掏出一些零钱，递给苏珊，眼神中带着疑惑和惊愕。他把硬币扔到苏珊手上，仿佛害怕触碰到她的身体。

苏珊把零钱收好，数目比她要求的多。

"下面左边那家餐厅可以打电话，"那人对着苏珊说，"你还好吗？"

"只要可以打电话就行，太谢谢你了。"

苏珊僵硬的手指难以握住零钱，手掌也麻木得几乎感受不到硬币的存在。她穿过坎布里奇街，向餐厅跑去。

餐厅里雾气缭绕，充满了油腻的味道，苏珊刚进门，一股暖流迎面扑来，让她松了口气。她狼狈的样子引起了几个用餐者的注意，但是，大家对于在美国大城市中经常出现的来历不明的人物通常都不予理会，所以那几个人继续低头吃饭，以免卷入不必要的纠纷。

苏珊陷入了一种莫名其妙的妄想状态，她的视线从一个人转到另一个人，检查餐厅里是否存在敌人。室内温暖的气息使她更加控制不住地哆嗦起来，她赶忙朝洗手间边上的公用电话走去。

她的手指早已冻僵，连硬币都无法拿住。终于，一枚十分的硬币被投了进去，其他几枚都掉到了地上，没有人站出来帮她捡起这些零钱。一个浑身油腻、手臂上有文身的侍者面无表情地看着她，对于波士顿街头发生的千奇百怪的事情，他早就习以为常了。

纪念医院的接线员接通了电话。

“我是惠勒医生，有紧急情况，需要立刻联系斯塔克医生。你能告诉我他家的电话号码吗？”

“对不起，我们不能告诉你他家里的电话号码。”

“可是情况非常紧急。”苏珊环视了一眼餐厅，像是在防备别人的袭击。

“对不起，这是我们的规定。或者你把电话号码留下，我可以请他给你回电话。”

苏珊转动眼珠，找寻电话号码。

“五二三八七八七。”

对方咔嗒一声把电话挂了，苏珊也放下了话筒。她手中还有一枚十分的硬币。她想，一杯热茶也许可以暖暖身体，便开始找寻掉落的零钱。捡起一枚五分的硬币。她记得原本有一枚二十五分的硬币，于是扩大了搜寻范围。

一位顾客从柜台边站起来，满脸疲倦地走过来准备打电话。他刚伸手拿话筒，就被苏珊看到了。

“不好意思，我正在等电话。麻烦你过几分钟再打吧！”苏珊走过来，对这个满脸胡茬的男子恳求道。

“对不起，小妹妹，我现在就要打。”那人拿起话筒，往电话机里塞硬币。

苏珊有生以来第一次失去理智和控制。

“不！”她声嘶力竭地大喊道，餐厅里所有的人都朝她这边看。为了表示自己的决心，苏珊手指交叉，握紧双拳，迅速往前一举，朝那人的前臂猛地一击。这意想不到的一击把他手中的话筒和硬币都打落在地。苏珊依然紧握双手，由上而下又是一拳，打在他的前额和鼻梁上，那人踉跄着往后退了几步，退到电话间的角落，如同电影里的慢镜头一般，缓缓地跌坐在地，双脚朝外伸展。苏珊出手如此突然、如此猛烈，吓得他目瞪口呆。

苏珊赶紧把话筒挂上，用手按住话筒。她闭上双眼，盼望电话会响。终于，铃声响了，是斯塔克打来的。苏珊原本想着在大庭广众之下简单说几句，可刚开口，就滔滔不绝地说了起来。

"斯塔克医生，是我，苏珊·惠勒。我找到答案了……所有的问题都解开了。简直不可思议，真的，太难以置信了。"

"冷静一下，苏珊。你说的找到了答案，到底是什么意思？"斯塔克的语气平静，让人听着非常安心。

"我找到动机了，动机和方法都找到了。"

"苏珊，你是在和我猜谜语？"

"我是说昏迷的病人，他们的并发症不是偶然的，而是早有预谋。我摘录病历时发现，这些受害者全都做过组织类型的鉴定。"

苏珊顿了一下，回想起贝洛斯曾经劝她不要重视组织类型鉴定的那些话。

"继续说，苏珊。"斯塔克医生说道。

"我以前没有注意这一点，可是在参观杰斐逊研究所后，我就明白了。"

当苏珊说出"杰斐逊研究所"时，疑虑重重地环视了一眼餐厅里的人。餐厅里大多数的眼睛都看着她，但没有一个人动。苏珊缩进洗手间边上的凹陷处，用手捂着话筒说话。

"我知道接下来的话听起来难以置信，但杰斐逊研究所其实是移植器官的黑市交易所。他们得到各种特定组织类型的器官订单，负责这些事宜的人员就会把黑手伸向波士顿各大医院，找寻合适的组织类型病人。一旦发现合适的外科病人，他们只需要在麻醉时加上一些一氧化碳；如果是内科病人，就给他——或者是她——静脉注射一针氯化琥珀酰胆碱。之后，受害者的大脑就被破坏了，变成植物人，但是其他器官依然完好，功能依然健全，直到它们最后被研究所的屠夫们取出来。”

“苏珊，这个故事真是令人难以置信，”斯塔克的声音听起来惊愕不已，“你有证据吗？”

“问题就在这里。我担心打草惊蛇，比如报警之后，带着警察去杰斐逊研究所进行调查，可那时他们可能早就准备好了掩盖真相的应急对策。那里会被伪装成特护医院。而且，一氧化碳和氯化琥珀酰胆碱在人体内很快就会被代谢掉，不会残留任何痕迹。想要击破这个犯罪组织，唯一的办法就是让你这样的权威人士出面说服当局，让他们派人进行一次真正的突然袭击。”

“这个主意不错，苏珊，”斯塔克说，“但是，我还得先听听你得出这个惊人结论的具体细节。你现在处境危险吗？需要我来接你吗？”

“不用，我很好，”苏珊又看了一眼餐厅里的人，“不如你定个地方见面更方便一些。我可以叫辆出租车过来。”

“好，那就在纪念医院我的办公室碰面吧。我现在就去。”

“我马上来。”苏珊刚要放下电话。

“等一下，苏珊，还有一件事。如果你说的这件事属实，那么一定要保密，在我们谈完之前，谁都不能说。”

“好的，一会儿见。”

苏珊放下话筒，在电话簿里查了一家出租车公司的电话号码，她用最后一枚十分硬币叫了一辆出租汽车。她给了雪莉·沃尔顿这个名字。对方说十分钟后到。

霍华德·斯塔克和波士顿九成的医生一样，全都住在韦斯顿。他有着一幢都铎式楼房，楼内还有一间维多利亚式的藏书室。和苏珊打完电话后，他把话筒放回办公桌的电话机上。接着，他打开右手边的抽屉，拿出另一台电话。这台电话机经过精心维护，具有电子检测额外电阻或干扰的功能，只要有人窃听，斯塔克就会立刻发现。他赶紧拨通号码盘，双眼注视着抽屉里的示波器，没有任何异常。

杰斐逊研究所控制室里的红色电话机响了，一个身材瘦弱的男人伸出刚修过指甲的手，拿起电话。

“威尔顿，”斯塔克没有刻意掩饰自己的愤怒，对着电话吼道，“对数字和商业方面来说，你称得上神童，但在如同城堡一般的大楼里抓一个手无寸铁的年轻女孩，你却相当无能。我不明白你是如何把事情搞砸的，让它发展到了不可收拾的地步。几天前我就警告过你要对她多加小心了。”

“不要担心，斯塔克。我们能找到她的。她从窗台爬了下去，但是肯定还是会回到大楼里的。所有的门都已封闭。我还派了十个人在这里，放心吧。”

“别担心？”斯塔克咆哮道，“我告诉你，她刚刚给我打电话了，向我简要概述了我们整个项目的核心机密。她早就逃出来了，你这个蠢货。”

“逃出来了？这不可能！”

“不可能？你说的什么话？她已经给我打过电话了，你以为她用的是你们那里的电话？我的老天，威尔顿，你怎么不好好‘照料’她？”

“我们是这样做的，但她非常巧妙地躲开了我们可靠的打手，就是那个‘照料’沃尔特斯的瘸子。”

“天啊，那件事也做得很糟糕。你为什么不直接干掉他，还要故意制造自杀的假象？”

“当然都是因为你。那个老混蛋贮藏的药品被发现后，你第一个紧张得要死，是你害怕官方会对这件事进行大规模调查。所以我们在干掉沃尔特斯的同时，还要把他和那些药品联系在一起。”

“好吧，这一切让我下定了决心，是到我们收场的时候了。你明白吗，威尔顿？”

“这么说，我们的大医生准备开溜了，是吗？三年来，头一次遇上点小麻烦，你就想溜之大吉。你赚够了钱修建你那个医院，还当上了外科主任，现在想丢下我们跑路了。行，我现在告诉你，斯塔克，也该给你吃一个难吃的苦果了。从现在起，你不能再发号施令了，你只需要服从命令就行了。你接受的第一个命令，就是干掉那个女孩。”

斯塔克发现对方已经挂断电话，自己手中还握着话筒。他砰的一声把电话放下，重新放回抽屉。他气得浑身发抖，恨不得把身边所有的东西都砸了。但他忍着怒火，双手紧紧抓着桌子边缘，直到手指发白。过了一会儿，他的怒意总算消退了。斯塔克知道，愤怒本身不能解决任何问题，他必须依赖自己的分析力。威尔顿说得对，苏珊只是他三年里遇到的第一个小麻烦而已，他取得的进展早已超越了自己的想象。这项工作一定要继续下去，医学不能离开它。苏珊必须得死，一定要除掉。但要好好策划，以防被别人怀疑或引起恐慌，特别是像哈里斯或纳尔逊这种心胸狭窄的人。斯塔克深知他俩远远缺乏自己所拥有的远见。

斯塔克从他那张巨大的办公桌后站了起来，在一排排书架边徘徊。他陷入了沉思，一只手漫不经心地抚摸在狄更斯初版著作的烫金书边上。他顿时豁然开朗，脸上露出怪异的笑。

“这简直太好了！”他不由得脱口而出，大声笑起来，之前的愤怒早已忘却。

二月二十六日　星期四

晚上八点四十七分

苏珊没有付车费便从出租车里冲了出来，径直朝着纪念医院入口处跑去。她身上没钱了，也不想卷入一场争吵。司机也跳下了出租车，气愤地喊叫着。他的喊叫声引起了门口一个警卫的注意，不过苏珊早已跑进了入口处的大门。

苏珊来到大厅里，诧异地看见贝洛斯走在前面，她不得不放缓脚步，尽量与他保持距离。她走在他身后，思忖着要不要让他看见。她回想起贝洛斯让她忽视昏迷病人的组织类型鉴定，贝洛斯有可能是参与其中的人。而且，斯塔克提醒过她，不要把这件事告诉任何人。因此他们在走廊转弯时，贝洛斯径直走向急诊区，苏珊则转向 B 楼的电梯。刚好有一部电梯停在那里，她走进去按下十楼的按钮。

苏珊看着走廊的视线被缓慢关闭的电梯门渐渐挡住了。就在电梯门要完全关闭的瞬间，一只手伸了进来，拉着门不让它关闭。苏珊迷惑地看着那只手，门打开了，出现了一个警卫的面孔。

“小姐，我想和你说几句话。”他说。尽管电梯门一再合拢，但还是被警卫止住了。苏珊按下了关门的按钮。“麻烦你从电梯里出来。”

“我没空，我有急事。”

“急诊室在这层楼，小姐。”

苏珊只能听从警卫的要求，不情愿地走出电梯。电梯门在她身后关上，直接升到十楼。

“不是急诊室的急事。”苏珊说道。

“你急得连车费都来不及付吗？”警卫既关心又责备地说道。从苏珊的外表完全看得出她的情况确实紧急。

“帮我记下他的名字和公司，我忙完了就来付钱。我是三年级的医科学生，名字是苏珊·惠勒。现在我没有时间。”

“你准备去哪儿？”警卫的语气显得十分关心。

“B-10楼。我要去见一位医生。我得走了。”苏珊说完按下电梯的按钮。

“见谁？”

“霍华德·斯塔克。你可以打电话询问他一下。”

警卫被弄糊涂了，半信半疑地看着她：“好吧，但是你忙完记得来保卫处一趟。”

“没问题。”苏珊同意后，警卫就转身离开了。

就在此时，另一部电梯下来了。苏珊没等出来的乘客走完，就心急如焚地往里挤。他们惊讶地看着苏珊肮脏邋遢的样子。电梯缓缓地往十楼上升，苏珊背靠在电梯里，顿时感觉轻松了许多。

此时的走廊和她上次在白天来参观时的情景完全不一样，现在既没有看到病人的踪影，也没听到打字机的声音。十楼如同太平间一般安静。她朝着安全的目的地走去，迟疑的脚步声被厚厚的地毯吸收了。唯一的亮光来自走廊中央一盏孤零零的台灯。摆放《纽约客》杂志的书架被整理得整整齐齐，墙上挂着纪念医院前外科医生像，像上的面庞带着紫色的阴影。

苏珊来到斯塔克办公室门口，停顿了一会儿，稳定了下思绪，刚准备敲门，突然改变了注意。她拧了下门把，门开了。斯塔克秘书工作的接待室里一片漆黑，通往里面私人办公室的门开了一条缝隙，一道光从门缝中照射出来，苏珊推开门，直接走了进去。

苏珊一进来，门就立即关上了。她的神经过于紧张，心中惊恐不已，迅速回头准备对付袭击者，努力克制着自己不叫出声音。

关门的是斯塔克，他就站在苏珊背后。

“不好意思，为了防止别人打扰我们的谈话，采用了这个戏剧性的方式，”他笑了笑，“苏珊，再次见到你真是太高兴了。当你在电话里对我说你的危险经历后，我应该直接去你打电话的地方接你的。还好你没出事，安全过来了。你估计有人跟踪你吗？”

苏珊准备拼命反抗的想法消失了，猛增的心跳也慢慢降了下来。她咽了咽口水说：“应该没有，但是不能肯定。”

“先坐下。你看起来就像刚参加完第一次世界大战。”斯塔克扶着苏珊的手臂，领她坐到办公桌前的椅子上。“我觉得你得先喝点苏格兰威士忌。”

苏珊感到疲惫不堪，思想、体力以及精神上都觉得难以支撑。她没有说话，只是顺从着，大口地喘着气。她倒在椅子上，几乎要忘了自己所有的经历。

“你这个姑娘真是了不起。”斯塔克边说边朝着办公室另一头的酒柜走去。

“没什么大不了的，”从声音中就能听出来她非常疲惫，“我不过是莫名其妙地卷进了这个恐怖的旋涡中。”

斯塔克拿出一瓶苏格兰威士忌，倒了两杯端到办公桌旁，给苏珊递过去一杯。“你太谦虚了。”斯塔克在办公桌边坐了下来，注视着苏珊问道，“怎么样，你没有受伤吧？”

苏珊摇了摇头，拿酒杯的手不停地颤抖着，杯子里的冰块被摇晃得叮当作响。她试图让自己的情绪稳定下来，喝了一大口这种令人舒适又火辣的液体，在两次深呼吸之间让它顺着喉咙往下流。

“苏珊，首先我想弄清楚现在的情况。我们谈过之后，你有没有和别人讲过？”

“没有。”苏珊又喝了一口酒。

“很好，非常好。”斯塔克顿了下，看了看正在喝酒的苏珊，“除你之外，还有人知道这件事吗？”

“没有，就我一个。”苏格兰威士忌让苏珊全身感到舒适暖和，她慢慢镇静下来，呼吸也渐渐恢复正常。她喝着酒，看着边上的斯塔克。

“非常好，苏珊。你是如何发现杰斐逊研究所是一个器官移植的黑市交易所的呢？”

“我偷听了他们的对话，并且亲眼看到运输器官的纸箱。”

“但是，苏珊，医院住了许多需要长期特护的昏迷病人，如果他们去世了，就可能成为移植的器官的来源，我觉得这是很正常的事情。”

“可能是吧。但问题是幕后操纵者一开始就设法使一些病人昏迷，然后割下他们的器官去倒卖，交易的数目非常大！”苏珊感觉自己的上下眼皮在打架，努力地睁开眼睛，浑身都有一种隐隐的麻木感。她知道自己非常疲倦，却还是硬撑着身子。她继续喝着酒，尽量不让自己回想丹布罗西奥。至少酒能让她感到暖和。

“苏珊，你真是太了不起了。我指的是，你不过是去那儿待了一小会儿，居然这么快就把整件事情查清楚了？”

“我从市政厅弄了一份杰斐逊研究所的平面图，上面标注了手术室，可是陪同我参观的护士告诉我，那里没有手术室，于是我亲自去检查了一下。然后事情就清楚了，完全清楚了。”

“原来如此，你太聪明了。”斯塔克点了点头，惊叹地对苏珊说，“后来他们放你离开了？我以为他们会把你留下呢。”他又笑了。

“我很侥幸，非常侥幸。有一颗心脏和一只肾脏要送往洛根机场，我乘那辆车离开了。”苏珊尽力忍住不打呵欠，她不想被斯塔克察觉到。她现在真的太累了。

“苏珊，这些都很有趣。这可能就是我真正需要的全部信息了。不过，你应该受到嘉奖。你这几天的行动，充分表现出了你的洞察力和不屈服的精神。我还想再问你几个问题，告诉我……”斯塔克双手合十，转动了一下椅子，眺望着窗外海港黑沉沉的水面，“告诉我，对于你这么机智查清的整个黑幕，你还能猜测出这其中的其他原因吗？”

“你指的是除了钱以外的原因？”

“是的，除了钱。”

“你如果想干掉你讨厌的人，这是个不错的办法。”

斯塔克大笑起来，苏珊觉得他笑得不是时候。

“不，我指的是实际的利益，你能想到除了经济之外的利益吗？”

“我觉得要是器官的受主不清楚这些器官是哪里来的，那他们肯定是受益者。”

“我指的是普遍性的利益，比如对社会有益。”

苏珊努力地思考，可双眼忍不住地闭拢。她又挺了挺身子。利益？她看着斯塔克。她感觉话题扯远了，令人费解。

“斯塔克医生，我觉得现在不应该谈什么利益……”

“行了，苏珊。揭露这个黑幕，你做得很出色，再试试看，你一定想得出。好好想想，这很重要。”

“想不到。整件事都太可怕了，我压根就没想过利益这个词。”苏珊感觉胳膊越来越沉。她摇着头，那一瞬间她觉得自己就要睡着了。

“哎呀，这真让我感到惊讶，苏珊。这几天你表现出了过人的才智，我觉得你会是能看到事物另一面的少数几个人之一。”

“另一面？”苏珊紧闭的双眼再次强行睁开，希望眼皮别再闭上了。

“没错。”斯塔克面向苏珊，微微向前倾了下身，双臂搁在办公桌上。“有的时候……在某种情况下……我该怎样给你解释呢，嗯，平庸之人，要是你觉得这个称呼可以，无法考虑到长远的利益，无法做出明智的决定。他们的目光短浅，只会考虑当下的需求和自身的需求。”

斯塔克站了起来，随性地走到有落地窗的墙角处，凝视着窗外，那栋他资助建造的医院大楼。苏珊感觉自己已经无法动弹，甚至连扭头也做不到。她知道自己很累了，但她从来没有感到这么疲惫，这么无精打采。眼前斯塔克的模样已经模糊不清。

“苏珊，”斯塔克忽然转身对她说，“你应该认识到，医学即将迎来它在漫长、悠久的历史长河中可能获得最重大的突破。麻醉剂的发明、抗生素的发现……这类划时代的成就和这项突破相比都会显得黯然失色。我们即将揭开自然免疫功能的神秘面纱，不久的将来，我们可以随心所欲地移植人体各种器官，人类对大多数癌症的恐惧将不复存在。退行性疾病也将成为过去式，器官移植影响的范围是无限的。

“但是想要取得这项突破并不容易，它需要付出辛苦的劳动和大无畏的牺牲，需要付出很多代价。我们需要第一流的研究机构，比如纪念医院以及它的先进设施。我们更需要像我、像达·芬奇这样的天才。为了人类的进步，敢于冲破法律的限制。假如达·芬奇没有挖掘尸体进行解剖、假如哥白尼屈服于教会的法律和教堂的教规，我们现在会处于怎样的时代？我们要让突破成为现实，我们需要数据，绝对的大数据，苏珊，以你的聪明才智，肯定能理解这一切。”

虽然苏珊的大脑昏昏沉沉，但她渐渐明白了斯塔克的意思。她想要站起身来，却连胳臂都抬不动。她使劲挣扎，却只是打翻了酒杯，杯中的酒洒了一地。

“苏珊，你能懂我的意思吧？我觉得你能懂。我们的法律制度无法满足我们的需求。老天，哪怕在肯定病人的大脑已经死亡、成为无生命的肉冻时，也不允许做出结束病人生命的决定。在这种公共政策的阻碍下，科学怎么可能前进呢？

“苏珊，你好好想想。我知道，你现在很难思考。但是，你试试看。我想和你商量个事，我需要你的回答。你是个非常聪明的姑娘，你很明显是……该怎样形容呢？对，‘卓越人才’。这个词听起来似乎不切实际，但是我相信你能懂我的意思。我们需要你，需要你这样的人才。我还想说的是，杰斐逊研究所的负责人是站在我们这边的，你能理解吗？是我们的人。”

斯塔克停顿了一下，看着苏珊。她用尽所有的力气才把上眼皮抬起来。

“你觉得怎么样，苏珊？为了社会、为了科学、为了医学的利益，你愿意奉献出你的大脑吗？”

苏珊的脸上没有丝毫表情，但嘴唇在发出喃喃的声音。斯塔克只能低下头，让耳朵靠近苏珊唇边去倾听。

“再说一遍，苏珊。你再说一遍，我现在能听见了。”

苏珊努力抬起下巴，上下齿碰撞在一起，形成了第一个辅音，以耳语的声音说出了几个字。

“去你的，你这个混蛋……”还没说完，苏珊的脑袋便沉了下去，嘴巴微张，发出熟睡时均匀的呼吸声。

斯塔克安静地看着苏珊被麻醉后的身体。苏珊的挑衅让他感到愤怒。但沉默了几分钟后，他的愤怒情绪逐渐转化成了失望。“苏珊，我们本可以利用你的大脑，现在没办法了，”斯塔克说着摇了摇头，“但是，你或许还有别的用处。”

斯塔克转身拿起电话，打到急诊室，接通了负责的住院医生。

二月二十六日　星期四
晚上十一点五十一分

纪念医院外科住院医生值班室的设施十分简陋：一张能够调整角度的病床、一张小书桌、一台只有两个频道还经常花屏的电视机，以及一堆破旧的《阁楼》杂志。贝洛斯正坐在桌旁阅读一篇发表在《美国外科杂志》上的文章，可是他怎么都无法集中精神。他的脑子，特别是他的良心，都处于一种异常烦躁的状态。他脑海中无数次浮现出几小时前苏珊的模样。苏珊刚走进纪念医院，贝洛斯就看到了她，也知道她一直跟在自己身后。他以为苏珊会追上来叫住他，可是她没那么做，贝洛斯觉得不可思议。

贝洛斯虽然没有从正面看她，但还是看清了苏珊蓬乱的头发和满是血迹的破衣服。这些细节引起了他的注意，但是他没有过问。他在纪念医院的工作已经岌岌可危。如果苏珊需要他在医学上提供帮助，那她找对了地方；如果她要的是心理上的安慰，那她应该给他打电话约在院外见面。但是，苏珊既没有找他，也没有给他打电话。

此时，贝洛斯已得知苏珊作为病人入院，而且是由斯塔克亲自负责她的手术。贝洛斯正好是外科当班的高级住院医生，所以会知道苏珊要做阑尾切除手术。这事似乎太巧了，但事实就是如此。由斯塔克主持手术。一开始，贝洛斯准备洗手消毒，可他忽然想到自己和苏珊的特殊关系，他无法客观地分析情况，反而容易影响手术的顺利进行。于是他安排了一个初级住院医生去参加手术，自己在外面等着。

贝洛斯看了看手表，快到午夜了。十分钟后，苏珊就要做阑尾切除手术了。他继续翻看着杂志，却始终心神不定。贝洛斯透过满是污垢的窗户看着室外，沉闷地思考着。随后他拿起电话，询问苏珊的阑尾手术在几号手术室进行。

“八号，贝洛斯医生。”手术室的值班护士回答道。

贝洛斯放下电话。太奇怪了！苏珊和他说过，通往这间手术室的氧气管上方有个T形阀，很多怪事都是在那里发生的。

贝洛斯再次看了看表，突然站起来。他忘了去自助餐厅取硬奶酪，现在肚子饿了。他穿好鞋子，朝餐厅走去。脑子里一直想着T形阀。

他走进电梯，按下一楼电钮。电梯降至一半时，他改了主意，转到二楼。行吧！趁着苏珊在动手术，他亲自去看看T形阀。这个想法或许很蠢，但他还是想去看看，至少他的良心上能过得去。

黑暗中浮现出奇形怪状的彩色几何图像，飘浮着的物体逐渐变大，越来越近。这些几何图像相互碰撞，撞得粉碎，又重新结合，变成新的毫无意义的形状。在一片混乱之中，出现了一只被剪刀刺伤的手，然后是步步紧逼的画面。忽然，纪念医院尸体解剖室内传来一阵解剖声，那股血腥味飘了过来，接着又是螺旋形上升的楼梯井。在一条长长的走廊里，到处都是丹布罗西奥猥琐的笑脸，越来越近。突然，丹布罗西奥的面容破碎了，他旋转着掉进万丈深渊。走廊蜿蜒曲折，变幻无穷，如万花筒一般。

苏珊从迷迷糊糊中渐渐恢复了知觉。终于，她意识到自己的目光注视着一条走廊的天花板，天花板在移动。不对，是自己在移动。苏珊想抬头，但头部如有千斤之重；她想挪动双手，双手也十分沉重。她用尽全力才勉强把手抬到肘部。此时，苏珊正仰面躺在病车上，沿着走廊移动。她慢慢地听到了声音，听到了说话声，但听不清说的是什么。她感觉到有人拉着她的双手，把它们推回自己身旁。她想知道自己在哪里、发什么了什么事。她睡着了吗？不对，自己被麻醉了。

苏珊瞬间意识到这一点。她努力和麻药做斗争，想要挣脱它的控制。她的意识渐渐清醒起来，能听懂别人讲话的内容了。

“她患了急性阑尾炎，情况十分紧急。她是医科学生，按理应该早就来看病的。”

另一个声音相对低沉许多：“据我了解，今天早上她向院长办公室打电话请病假，很明显她知道不太对劲，可能是担心自己怀孕了。”

“也许你是对的，不过她的妊娠测试是阴性。”

苏珊嚅动嘴唇想要说话，却发不出一点声音。她发觉自己的脑袋已经可以左右转动，麻药的药效正在消失。这时移动停止了，苏珊认出了这个地方，她在洗手消毒室。她朝右边转头，看见洗手消毒槽。一位外科医生正在洗手消毒。

“先生，你需要几个助手？”苏珊身后有人问道。

洗手槽边上的人转过身来。他戴着兜帽和口罩，但是苏珊一眼就认出了他，那人是斯塔克。

“只是一个简单的阑尾切除手术，一个人就行了。二十分钟内我就可以搞定。”

“不，不。”苏珊叫喊着，却发不出任何声音，只有一丝的空气在她双唇间轻微作响。接着她被推向了手术室。手术室的门打开了，她看清了门上的号码：八号手术室。

麻药的药效正在慢慢消失，苏珊可以抬起头和左臂。她看见手术室里的巨大的无影灯，灯光的照射使她感到头晕目眩。她明白自己必须站起来，立刻逃跑。

强健的胳膊抱住了她的腰、脚踝和头部。她感觉到几只手托住了自己的背部，她被抬上了手术台。苏珊举起左手想抓住些什么，结果抓住了一只手臂。

“请……别……我是……”苏珊从喉咙里艰难地吐出几个字，声音轻得几乎听不见。虽然她觉得头很重，却还是想努力坐起来。

然而，一只有力的手臂搭在了她的前额上，她的头被按了回去。

“别担心，会好起来的。做几次深呼吸就没事了。”

“不！”苏珊的声音稍微响了一点。

但麻醉罩盖在了她的脸上。她感觉右臂突然被刺痛了一下……是静脉滴注。滴液逐渐流进了她的血管。不！不！她竭力摇头，想要挣脱这一切，却被那只手臂紧紧地控制住了。她睁开眼睛，看到了一张戴口罩的脸，那双眼睛正在看着自己。她看到静脉滴注瓶里的气泡往上冒，又看到有人把注射器插入静脉滴注器的皮管里。喷妥撒！

“一切都会好起来的，别紧张，放轻松，深呼吸……”

二月二十七日午夜十二点三十六分，八号手术室的气氛十分紧张。初级住院医生感到自己在整个手术过程中手忙脚乱，甚至把血管钳掉在了地上，线结也十分不顺利。这个初出茅庐的外科医生和声名显赫的斯塔克一起进行手术，感到无所适从，特别是斯塔克那友好的态度消失之后，他感到十分不自在。

麻醉师写下最后几项麻醉记录时，字迹比平时更加潦草。他想尽快结束手术，手术中病人那不规则的心律让他感到心神不定。而更糟糕的是，墙上氧气管的单向阀居然莫名其妙关闭了。他做麻醉师已经八年了，还是第一次遇到氧气输入管供气出现故障。他快速地接上绿色应急氧气筒，并且深信给病人输入的氧气量没有变化。但是这种事情让人觉得害怕。他知道，要是没能赶紧接上氧气，病人很快就会死亡。

“还需要多久？”麻醉师把笔放下，在苏珊的乙醚罩上方问道。

斯塔克看了一眼挂钟，接着看了看房门，又看了看手术台。他已经从笨拙的住院医生手中接过了皮肤缝合的工作。

“最多五分钟。”斯塔克一边说，一边用灵巧的手指打了个结。他也十分紧张，住院医生也看出来了。住院医生觉得斯塔克的紧张都是他造成的。但是斯塔克的紧张其实别有缘故，他感到不太对劲。

氧气管上的止回阀不应该出现故障的。这种情况说明总管里的氧气气压降到了零。这场手术中的所有人，只有斯塔克自己知道，病人的不规则心律说明她在吸入总管里的氧气同时，也吸入了一氧化碳。现在氧气供应被切断了，他无法判断苏珊吸入的一氧化碳是否足以致命。

这时，外面传来了沉闷的叫喊声，巡回护士来到走廊查问。不过斯塔克知道声音是从上面传来的，来自天花板。

情况不仅如此。当斯塔克缝到倒数第二针时，透过手术室门上的玻璃窗，他看见外面似乎引起了一阵骚动。走廊里似乎挤满了人。半夜十二点三十五分还有这么多人，这太不正常了。

斯塔克把最后一针缝完，将持针器扔到器械盘中。当他捏着线的末端准备打结时，手术室的门被打开了。斯塔克看到至少有四个人一起走了进来，马克·贝洛斯就是其中之一。

擅自闯入的这几个人身穿外科手术服。斯塔克的脉搏剧烈地跳动着，因为他看到这些人的手术服里，是蓝色的警察制服。手术室内一片死寂。斯塔克直起身子站在手术台边，他知道情况很糟糕，非常糟糕。